ANNA DOWNES
GEWITTERMÄDCHEN

D0885880

Über dieses Buch

Emily erhält von ihrem Chef Scott ein großartiges Angebot: Er lädt sie ein, in sein Familienanwesen an der französischen Küste zu ziehen. Dort soll sie Scotts Ehefrau Nina als Kindermädchen für Aurelia zur Hand gehen. Überbordender Luxus erwartet Emily auf *Querencia*, die anmutige Nina betört mit ihrem Charme, und laue Abende am Pool verstreichen in sommerlicher Unbeschwertheit. Doch der perfekte Schein trügt. Zunächst verschließt Emily die Augen vor den Ungereimtheiten, die nicht ins Bild der makellosen Familie passen wollen. Aber im Haus geht Unerklärliches vor sich. Scott und Nina verbergen etwas. Aurelia ist kein normales Kind. Emily beginnt Fragen zu stellen — und erkennt zu spät, welche Rolle sie in diesem heimtückischen Spiel hat …

Über die Autorin

Anna Downes ist in Sheffield, Großbritannien, geboren und aufgewachsen. Nach ihrem Schauspielstudium war sie bereits im TV und auf der Theaterbühne erfolgreich, ehe sie sich dem Schreiben zuwandte. Ihre Erfahrungen als Haushälterin auf einem abgelegenen französischen Landgut haben sie zu »Gewittermädchen« inspiriert. Heute lebt die Autorin mit ihrem Mann und ihren zwei Kindern an der Küste von New Wales in Australien.

ANNA DOWNES

GEWITTER MÄDCHEN

THRILLER

Aus dem Englischen
von Nicole Hölsken

DIANA

Sollte diese Publikation Links auf Webseiten Dritter enthalten,
so übernehmen wir für deren Inhalte keine Haftung,
da wir uns diese nicht zu eigen machten, sondern lediglich
auf deren Stand zum Zeitpunkt der Erstveröffentlichung verweisen.

Penguin Random House Verlagsgruppe FSC® N001967

Deutsche Erstausgabe 04/2022
Copyright © 2020 by Anna Downes
Die Originalausgabe erschien 2020 unter dem Titel
The Safe Place bei Hodder, London.
Copyright der deutschsprachigen Ausgabe
© 2022 by Diana Verlag
in der Penguin Random House Verlagsgruppe GmbH,
Neumarkter Straße 28, 81673 München
Redaktion: Sonja Häußler
Umschlaggestaltung: t.mutzenbach design, München
Umschlagmotiv: © Trevillion Images (© Lee Avison, © Lisa Holloway),
Shutterstock.com (Nejron Photo, MaeManee)
Autorenfoto: © Ona Janzen
Satz: Leingärtner, Nabburg
Druck und Bindung: GGP Media GmbH, Pößneck
Printed in Germany
Alle Rechte vorbehalten
ISBN 978-3-453-36093-8

www.diana-verlag.de

Für meine Familie

PROLOG

Als der Wagen um das Gebäude des Hauptterminals herumfuhr und vor einem Schild hielt, auf dem *Privatflüge* zu lesen war, atmete Emily so scharf ein, dass sie sich beinahe verschluckt hätte.

»Sie machen wohl Witze«, sagte sie zu ihrem Fahrer (ihrem eigenen Fahrer!), der lächelte und ihr die Tür öffnete, als sei sie Cinderella.

Durch das Security-Gate gelangte sie zunächst in einen gläsernen Tunnel, der wiederum in eine Abflughalle führte, die so elegant wie eine Hotellobby anmutete. Buchstäblich niemand durchsuchte ihr Gepäck oder verlangte, ihre Bordkarte zu sehen; stattdessen wurde sie direkt zur Rollbahn geführt, wo zwei Piloten und eine Flugbegleiterin sie mit strahlend weißem Lächeln persönlich begrüßten. Die Flugbegleiterin nahm Emilys Reisepass entgegen und führte sie zu einem kleinen schlanken Flugzeug mit abgerundetem Bug; es hatte nur sechs Passagierfenster, und von einer Tür an der Seite führte eine kleine Treppe herab.

Emily erklomm die Stufen und gelangte in einen glänzenden, mit Leder ausgekleideten Himmel. Plötzlich bereute sie, für den Flug nur bequeme Kleidung angezogen zu haben (schwarze Leggins, ein Ramones-T-Shirt und alte Converse-Turnschuhe).

Mit offenem Mund starrte sie die Sessel und das Sofa, das die gesamte Länge des Flugzeuges einnahm, an und erwartete jeden Moment, dass die Crew ihren Irrtum erkannte und sie wieder zum Terminal zurückgeleitete. *Es tut uns sehr leid,* würden sie sicherlich sagen. *Anscheinend lag hier eine Verwechslung vor.* Oder sie würde in ihrer schäbigen kleinen Wohnung aufwachen, die Lungen voller Schimmelsporen, und feststellen, dass alles nur ein Traum war. *Jeden Augenblick wird es so weit sein,* dachte sie.

Aber man bat sie nicht, wieder zu gehen, und das Flugzeug löste sich auch nicht langsam in Luft auf. Es erhob sich in die Lüfte, ohne dass man ihr irgendwelche Fragen stellte, und nach einer lächerlichen Flugzeit von einer Stunde und vierzig Minuten waren sie wieder auf der Rollbahn. Diesmal jedoch erblickte Emily nicht Londons geordnetes Netzwerk aus Gebäuden, sondern einen niedrigen, scheunenartigen Bau, auf dessen Seite in großen blauen Lettern ein unaussprechlicher Name prangte.

Sie verließ das Flugzeug und machte sich auf den Weg zu dem winzigen Terminal, wo ihr Koffer und ihr Reisepass auf sie warteten. Die Ankunftshalle war klein und still – und vollkommen leer. Der einzige Mensch, der sich dort aufhielt, war ein großer Mann mit zerzaustem, staubgrauem Haar und stoppeligem Kinn. Emily stellte ihre Tasche auf den Boden und blinzelte ihn an. Aus halb geöffneten Lidern erwiderte der Mann ihren Blick. Irgendwo draußen auf dem Rollfeld war ein gedämpfter Ruf zu hören, dann das langsame, periodische Piepen eines Fahrzeugs im Rückwärtsgang. Sie zögerte, wartete darauf, dass noch jemand anderes erscheinen würde – vielleicht ein netter Gentleman mit silbergrauem Haar und Schirmmütze sowie einem handgeschriebenen Schild. Aber schließlich musste sie sich eingestehen, dass dieser groß gewachsene, finster dreinblickende Fremde sie fahren würde. Sie lächelte ihm zaghaft zu.

»Emily?«, fragte er mit leiser, barscher Stimme. Durch seinen heftigen französischen Akzent klang ihr Name eher wie *Ey-milly*.

Sie nickte.

»Yves«, sagte er. Dann griff er nach ihrer Tasche und schritt dem Ausgang entgegen, sodass ihr nichts anderes übrig blieb, als ihm wie ein Welpe hinterherzutrotten.

Auf dem Parkplatz öffnete Yves die Tür eines schwarzen SUVs, der so riesig war, dass Emily hineinklettern musste, als steige sie auf ein Pferd. Er verstaute ihr Gepäck im Kofferraum, schwang sich auf den Fahrersitz und setzte rückwärts aus der Parklücke heraus, ohne auch nur ein Hüsteln von sich zu geben.

Während sie über eine flache Straße dahinrasten, versuchte Emily vom Rücksitz aus, eine Unterhaltung mit ihm zu beginnen. »Schön, Sie endlich kennenzulernen«, sagte sie. »Werden wir bei der Arbeit viel miteinander zu tun haben?« Aber Yves gab keine Antwort, und siebzehn Minuten später hatte er noch immer kein Wort gesagt, also beschränkte sie sich darauf, schweigend aus dem Fenster zu blicken.

Straßenschilder flogen an ihr vorüber: *Avenue de Cordouan, Boulevard de Pontillac, Rue de Platanes*. Sie versuchte, sie auszusprechen, spürte den Silben in ihrem Mund nach. *L'Île d'Aunis. Saint-Marc-des-Fontaines. Beaulieu-les-Marais.* Sie schmeckten nach Poesie.

Grüne Felder wurden unterbrochen von gelben Sonnenblumen und rostroten Dächern. Weiße Steinmauern erstreckten sich über Hügel, auf denen Weinstöcke in ordentlichen Reihen wuchsen. Sie entdeckte Bauernhäuser, Flüsse und hohe, spindeldürre Bäume; hohe Turmspitzen, verfallene Kirchen, und – in weiter Ferne – den schmalen blauen Streifen des Meeres.

Mit der Zeit wurden die Straßen schmaler und die Bäume standen dichter. Dann bog Yves ohne jede Vorwarnung auf einen unbefestigten Feldweg ab. Die Blätter strichen wie Finger seitlich über die Karosserie, und die Zweige schienen über dem Autodach nacheinander zu greifen, sodass sie einen grünen Tunnel bildeten. Die Motorhaube neigte sich weit nach vorn, als der Weg hügelabwärts führte, sodass der Eindruck entstand, als würden sie sich gleich in die Erde graben.

Die Fahrt durch ein immer dichter werdendes Waldgebiet schien Stunden zu dauern. Zweige schlugen gegen die Fenster und knackten unter den Reifen, und Emily überlegte, ob der Franzose ihr überhaupt irgendeinen Beweis für seine mutmaßliche Identität vorgelegt hatte. Sie hätte sich ohrfeigen mögen, als sie erkannte, dass sie noch nicht einmal daran gedacht hatte, ihn zu bitten, sich auszuweisen. Sie war ihm einfach in sein Auto gefolgt und hatte sich angeschnallt.

Ihr Atem ging flach. Sie beobachtete den Mann, der sich Yves nannte. Seine Augen waren unverwandt auf die Straße gerichtet, sein Kiefer zusammengepresst, während er den Schlaglöchern auswich. Klammheimlich checkte sie ihr Handy: kein Empfang.

Im Wagen wurde es dunkel, denn das Blätterdach über ihnen wurde immer dichter, sodass das Tageslicht jeden Versuch hindurchzudringen aufgab. Emily fragte sich, wie viel weiter sie noch fahren würden, fahren *konnten*; sicherlich gelangten sie doch irgendwann ans Meer? Sie drehte sich um, um nach Anzeichen für Zivilisation Ausschau zu halten, doch der Blick durch die Heckscheibe war noch beunruhigender als der nach vorne. Die Landschaft wirkte, als hätte sie niemals auch nur einen Zaun gesehen, geschweige denn befestigte Straßen oder Gebäude. Sie befanden sich mitten im Nichts.

Schließlich, als sie schon das Für und Wider abwog, sich aus dem fahrenden Wagen zu werfen, wurden sie langsamer. Emily warf einen Blick durch die Windschutzscheibe und entdeckte schwarze Eisenstangen. Ein Tor. Als sie sich näherten, konnte sie auch den Schriftzug im schmiedeeisernen Muster erkennen.

»*Querencia*«, las sie laut.

Sie hielten an einem glänzenden Bedienfeld, und Yves öffnete sein Fenster und streckte den Arm aus, um ein paar Tasten auf einer kleinen Tastatur zu drücken. »*Voilà*«, sagte er und erschreckte Emily damit so sehr, dass sie zusammenzuckte. »Wir sind da.«

Es brummte und klirrte, und als das Tor sich langsam öffnete, blieb Emily der Mund offen stehen. Jeglicher Gedanke an Flucht war wie weggeblasen. Ein Wunderland aus Farben und süßen Blumendüften schien förmlich durch die Öffnung zu quellen: purpurne Blüten, smaragdgrüne Blätter, pinkfarbene Blumen, orangefarbene Schmetterlinge – dies alles schien sich aus einem strahlend blauen Himmel zu ergießen. Sogar das Licht wirkte hier anders als sonst.

Der SUV rumpelte eine sandige Auffahrt hinauf. Emily ließ ihr Fenster herunter und steckte den Kopf hinaus, um so viel wie möglich in sich aufnehmen zu können. Grillen zirpten unaufhörlich in ihren Verstecken, und irgendwo zu ihrer Rechten hörte sie Hühner gackern und einen leisen, klagenden Schrei – vielleicht ein Schaf? Wege schlängelten sich zwischen Lavendelsträuchern hindurch, und eine Hängematte schaukelte träge neben einer Reihe Tomatenpflanzen, die beinahe unter der Last ihrer strahlend roten Früchte zusammenbrachen. Vor ihnen, durch die Zweige und das helle Blattwerk hindurch, entdeckte sie das Funkeln eines Pools und dahinter sogar noch mehr Wasser, dunkler, mit weißen Schaumkronen.

Und dann tauchten zwei identisch aussehende Pferde aus der Pflanzenfülle auf, eines auf jeder Seite einer großen ovalen Rasenfläche: zwei riesige, weiß getünchte Rösser, die über dieses märchenhafte Königreich Wache hielten.

Emily pfiff leise durch die Zähne, als der Wagen anhielt. Sie konnte es bereits spüren. Dies war die Art von Ort, an dem alles anders sein konnte, an dem *sie selbst* anders sein konnte.

»Was *ist* das für ein Ort?«, hauchte sie.

»Es gefällt Ihnen«, sagte Yves, was eher eine Feststellung als eine Frage war. Er wandte den Kopf ab, sodass sie sein Gesicht nicht sehen konnte.

»Gefallen?« Ihr fehlten die Worte. Sie fühlte sich wie Dorothy, die aus ihrer monochromen Welt in das vielfarbige Land Oz kam. So sehr, dass sie beinahe erwartete, jeden Augenblick Zwerge aus den Blumen kriechen zu sehen, die zu singen anfingen. Sie schüttelte den Kopf und staunte über das Tempo, in dem sich ihr Leben verändert hatte. In einer Minute noch völlig am Boden und in der nächsten schon ... hier.

Sie wandte sich der Sonne zu und ließ die Brise wie einen Seidenschal über ihr Gesicht gleiten.

»Ich liebe es«, sagte sie, als sich das Tor hinter ihr schloss. »Ich will hier nie wieder weg.«

1

EMILY

Gänsehaut breitete sich wie ein Ausschlag über Emilys Haut aus.

»Sorry«, sagte eine große, blonde Frau, die es versäumt hatte, sich vorzustellen. »Wir können jeden Augenblick anfangen.« Sie machte sich an ihrer Digitalkamera zu schaffen, um sie auf dem Stativ zu befestigen.

Emily nickte höflich. Sie hatte schon in unzähligen Sälen vorgespielt, aber so kalt und zugig wie hier war es nirgendwo gewesen. Das Echo prallte von den Wänden ab und tanzte durch den Raum, sodass man kaum verstehen konnte, was die Leute sagten.

Ein bärtiger Mann an einem Holztisch unterdrückte ein Gähnen.

»Entschuldigung«, murmelte die Frau und musterte die Kamera mit verengten Augen. »Es dauert wirklich nur noch einen Moment ... Aha! Da haben wir's ja. Jetzt ist alles klar. Ich hoffe, Sie fühlen sich dadurch nicht allzu unbehaglich, Emily, aber heute nehmen wir jedes Vorsprechen auf. Das hilft uns, wenn wir später über das Casting sprechen. Wenn möglich, ignorieren Sie die Kamera einfach.«

Emily nickte. Unter ihrem Rock rann ihr der Schweiß die Schenkel hinab.

»Okay, Aufnahmestart. Sprechen Sie einfach Ihren Namen und Ihren Agenten in die Kamera, und dann fangen wir gleich mit der Szene an.«

Emily schloss die Augen und holte Luft, stieß sie langsam wieder aus. *Einfach nur atmen.*

Der Bärtige holte sich irgendetwas aus den Zähnen. Sie hatte ihn schon beim Hereinkommen erkannt, aber im wahren Leben wirkte er kleiner und weniger gut aussehend. Er hatte seine spindeldürren Beine übereinander geschlagen, und sein kantiges Kniegelenk stak aus seiner Hose hervor. Die Arme hatte er über der Brust verschränkt, was ihm die Ausstrahlung vollkommener Gleichgültigkeit verlieh.

»Lassen Sie sich Zeit. Es geht erst los, wenn Sie bereit sind«, sagte die Blondine und sah verstohlen auf ihre Armbanduhr.

Emily schluckte. *Atme. Komm schon. Du schaffst das.*

Sie nickte schwach. *Bereit.*

»Okay«, sagte die Frau. »Dann los.«

»Entschuldigen Sie. Ent-*schuldigung.* Kann ich bitte vorbei?«

Mit den Ellbogen bahnte sich Emily ihren Weg durch den zähen Menschenstrom. Sie drängte sich an einem Paar vorbei, das gerade Selfies machte, stolperte über die Räder eines Kinderwagens und stieß sich das Handgelenk an einem Laternenpfahl. Sie trat dagegen und fluchte laut, und zwar gleich zweimal. Die Besitzerin des Kinderwagens zuckte zusammen und brachte ihr Baby schnell außer Hörweite.

Emily presste die Ärmel gegen die Augen. Trotz der wochenlangen Vorbereitung hatte sie das Vorsprechen total vermasselt. Sämtliche Zeilen, die sie eigentlich genau im Kopf gehabt hatte, hatten sich irgendwie in Luft aufgelöst, und übrig war nur ihr lautstarker innerer Monolog aus Angst und Selbstzweifeln geblieben: *Ich schaffe das nicht. Ich kann mich nicht an den Text erinnern, ich schaffe das nicht, sie hassen mich, ich kann meine Beine nicht spüren, ich schaffe das nicht.* Sie hatte gehustet, gestammelt, geschwitzt, und beinahe hätte sie sich auch noch übergeben müssen. Warum passierte ihr das immer wieder? Was war nur los mit ihr?

Außerdem war sie vollkommen auf dem Holzweg gewesen, als sie die Carnaby Street für eine Abkürzung gehalten hatte; sie hätte wissen müssen, dass alle Welt jetzt Mittagspause machte. *Total bescheuert, ich kriege aber auch gar nichts gebacken.* Sie sah auf ihrem Handy nach der Uhrzeit und erhöhte das Tempo, drängte sich an Straßenkünstlern und -musikern vorbei, bis sie die Menge endlich hinter sich gelassen hatte und die wenigen verbleibenden Straßen entlanghastete, die sie bis zum Büro noch zurücklegen musste.

Sie rang nach Luft, als sie durch die Drehtür in die Lobby stürzte. Eine Signallampe leuchtete über dem nächstgelegenen Aufzug auf, und sie rannte darauf zu, wobei sie gerade rechtzeitig ankam, um mit dem großen Mann zusammenzuprallen, der gerade zwischen den silberfarbenen Türen auftauchte.

»Tut mir leid«, murmelte sie mit dem Gesicht in seinem gestärkten Jackenaufschlag.

»Nichts passiert«, antwortete der Mann.

Er hielt ihr die Aufzugtür auf, und sie stürmte hinein. In letzter Minute sah sie auf und bemerkte, dass sie gerade mit dem Generaldirektor der Firma zusammengestoßen war. »Shit«, sagte sie, als er sich abwandte und davonging. »Ich meine, einen schönen Nachmittag noch, Mr. Denny!« Sie schauderte und drückte immer wieder energisch auf den Knopf für den fünften Stock, bis sich die Türen endlich schlossen.

Sie betrachtete sich in den verspiegelten Wänden. Sie sah aus wie eine Irre – ihr Haar stand verfilzt vom Kopf ab, auf ihrer Oberlippe glänzte Schweiß, und die Mascara war verschmiert. Kein Wunder, wenn man den ganzen Weg von Soho nach Mayfair rannte.

Als die Türen sich mit einem *Ping* wieder öffneten, trippelte Emily mit gesenktem Kopf über die glänzenden Fliesen und tauchte hinter dem Empfangspult ab. Sie sah sich um und klapperte mit den Stiften, raschelte mit den Papieren, um hektische Betriebsamkeit vorzutäuschen. *Gerade angekommen? Nein, ich doch nicht, ich bin schon seit Stunden hier.* Glücklicherweise schien niemand auf sie zu achten. Sie zog den Kragen ihrer Bluse hoch und blies hinein in dem Versuch, die Feuchtigkeit darunter zu vertreiben.

»Verschwitzt, rot im Gesicht, außer Atem. Hat sich da etwa jemand in der Mittagspause flachlegen lassen?«

Sie wirbelte herum und entdeckte einen geschniegelten Kopf, der wie ein Spion hinter einer Zeitung hervorlugte. *Igitt. David.* Der Personalleiter von Proem Partners saß mit überkreuzten Beinen auf einem niedrigen Sofa und zog mit matronenhaft tadelndem Gesichtsausdruck die Augenbrauen in die Höhe. *Erwischt!*

Emily entschied sich für die Flucht nach vorne. »Na ja, warum auch nicht?«, sagte sie lächelnd. »Mittwoch ist immerhin Halbzeit, also der ideale Tag, um es zu treiben.«

David lächelte gekünstelt. »Sie sind zu spät«, sagte er und tippte auf seine Uhr. »Schon wieder.«

»Ich weiß, tut mir leid. Ich habe die Zeit vergessen.«

»Ein Vorsprechen, oder?«

»Hm. Ja. Tut mir leid, dass ich niemandem Bescheid gesagt habe; ich habe erst in letzter Minute davon erfahren.«

»Verstehe. Na ja, wir können doch Spielberg nicht warten

lassen, oder?« Demonstrativ und betont ordentlich faltete er seine Zeitung zusammen. Dann erhob er sich und glättete sein teures Hemd, wobei sein Blick von Emilys Gesicht weiter nach Süden wanderte. »Und wie ist es gelaufen? Machen sie Sie jetzt zum Star?«

»Großartig ist es gelaufen, danke«, log sie. »Drücken Sie die Daumen.«

»Ich bin gespannt.«

»Ja.« Es entstand eine unbehagliche Pause. Emily sortierte Briefe und Notizen zu nutzlosen Stapeln. David warf ihr ein Unheil verkündendes Lächeln zu. Warum lungerte er immer noch hier herum? Hatte er nichts Besseres zu tun, als ihr Oberteil anzustarren? »Ja, na gut, ich haue jetzt mal lieber rein«, sagte sie. »Um die verlorene Zeit aufzuholen.«

»Oh, klar, natürlich.« Aber David bewegte sich immer noch nicht. Er tippte mit den Fingern auf den Schreibtisch. »Aber eigentlich … Emily?«

»Ja?«

»Kann ich Sie kurz sprechen? Konferenzraum eins?« Der Blick, mit dem er sie bedachte, war gleichzeitig gönnerhaft und durchtrieben, und plötzlich pochte Emilys Herz wild in ihrer Brust. Sie kannte diesen Blick. Sie hatte ihn schon viele Male auf ähnlich dienstbeflissenen Gesichtern gesehen.

»Klar, natürlich«, sagte sie und stand zu schnell auf, sodass ihr Bürostuhl hinten gegen die Wand prallte. Sie folgte David in den Konferenzraum und hoffte wider alle Wahrscheinlichkeit, dass er sie nicht aus jenem Grund »kurz sprechen« wollte, den sie vermutete.

Aber sie vermutete genau richtig.

Gefeuert, dachte sie, als David fertig war. Sie konnte es nicht laut aussprechen. Egal, wie oft es geschah, das Gefühl der

Demütigung war immer wieder gleich heftig. »Aber ...«, stammelte sie. *Nein, nein, nein, ich darf diesen Job nicht verlieren.* Plötzlich kam wieder Leben in ihr Gehirn, das wie gelähmt gewesen war, und ihre Gedanken sprudelten nur so aus ihr heraus. »Es tut mir wirklich sehr leid. Es kommt nie wieder vor. Eigentlich bin ich ein total pünktlicher Mensch. Ich kann es beweisen. Ich kann es besser machen, ich verspreche es. Ich brauche nur noch *eine* Chance.«

David zuckte mit den Schultern, und sein vorgetäuschtes Mitgefühl breitete sich wie Öl auf seinem frettchenhaften Gesicht aus. »Sie wissen, dass ich Sie mag, Emily, aber ich habe das nicht zu entscheiden. Wenn ich das beeinflussen könnte, hätten Sie hier eine lebenslange Festanstellung.«

»Okay, na gut, wessen Entscheidung ist es denn dann? Vielleicht könnten Sie bei dem Betreffenden ein gutes Wort für mich einlegen?« *Nicht betteln,* befahl sie sich. *Es ist doch wohl unter deiner Würde, um einen beschissenen Aushilfsjob zu betteln?* Aber die Worte wollten trotzdem nicht versiegen. »Vielleicht könnte ich ja eine andere Aufgabe übernehmen, etwas mit weniger Verantwortung. Es muss doch noch andere Dinge geben, die erledigt werden müssen?«

»Kommen Sie schon, Sie brauchen uns doch gar nicht. Ein gut aussehendes Mädchen wie Sie?« David streckte die Hand aus, als wolle er ihr das Haar zerzausen, schien es sich aber glücklicherweise in letzter Minute noch anders zu überlegen. »Ich bin sicher, Hollywood überschlägt sich bereits vor Begeisterung.«

Emily spürte, wie ihre Wangen brannten. Proem war das einzige, das sie über Wasser hielt. Zeitarbeitsjobs waren in letzter Zeit dünn gesät, und die Firmenvideos und szenischen Lesungen brachten nicht allzu viel ein.

Als die Tortur endlich überstanden war und David ihr die Schulter getätschelt hatte wie ein Schuldirektor, der sie in die Klasse zurückschickte, kehrte sie im glücklicherweise leeren Empfangsbereich an den Schreibtisch zurück, der nicht mehr ihrer war. Hinter ihr fiel die Tür zum Konferenzraum mit einem Klicken ins Schloss, und Davids eilige Schritte verklangen in dem weitläufigen Gebäude. Grabesstille senkte sich wie eine Schneedecke auf sie herab.

Ach … Mist. Was zum Teufel sollte sie jetzt tun? Der Vorteil ihrer Entlassung war natürlich, dass sie jetzt nicht länger so tun müsste, als läge ihr die Ablage am Herzen oder als mache es ihr Freude, dafür zu sorgen, dass sich neue Kunden hier wohlfühlten. Aber andererseits war die Miete fällig, sie hatte ihr Konto schon deutlich überzogen, und es war wenig wahrscheinlich, dass sie nahtlos einen Anschlussjob bekommen würde. Jamie von der Zeitarbeitsagentur hatte erst vor ein paar Tagen erwähnt, dass sie Mühe hatten, genug Arbeitsplätze für alle registrierten Mitarbeiter zu finden, und eine Kündigung würde sie wohl kaum an die Spitze der vermittelbaren Kräfte katapultieren.

Sie hob den Kopf und warf dem Computerbildschirm einen wütenden Blick zu. Das Telefon klingelte, aber sie ignorierte es. Nein, sie hatte keine Wahl: Sie müsste sich einfach eine Geschichte einfallen lassen, die auf die Tränendrüsen drückte, Jamie anrufen und sich seiner Gnade ausliefern.

* * *

Es gab keinen Grund, bis zum Ende dieses Arbeitstages zu bleiben, aber der Nachmittagsansturm machte es Emily unmöglich zu gehen. Jedes Mal, wenn sie sich daran machte, ihre Sachen zusammenzupacken, kam jemand an den Empfang und gab dermaßen nachdrückliche Anweisungen, dass sie es nicht wagte zu erklären, dass sie eigentlich gar nicht mehr hier arbeitete. Dann kam eine Klientin mit einem Vierjährigen im Schlepptau herein, den sie wie ein Gepäckstück zu Emilys Füßen deponierte, sodass sie nun *wirklich* nicht gehen konnte. Der arme Kleine wirkte so verloren, dass sie schließlich Verstecken hinter den Topfpflanzen mit ihm spielte, während sie gleichzeitig Anrufe weiterleitete oder den Empfang von Paketen quittierte.

Nach einer Weile legte sich eine bleierne Traurigkeit über sie. Sie beobachtete den Strom gut gekleideter Menschen, der stetig durch das Foyer floss, und fragte sich, wie es sich wohl *anfühlen* mochte, irgendwo fest angestellt zu sein. Regelmäßige Einkünfte, Sicherheit, Kollegen, Drinks am Freitagabend. Das klang alles dermaßen *erlösend*.

Emily merkte nun, wie sehr sie ihre sechs Wochen bei Proem genossen hatte. Eigentlich passte sie natürlich gar nicht hierher, aber die Leute hatten begonnen, sie in der Kaffeeküche zu grüßen, und man hatte ihr sogar einen lustigen kleinen Fragebogen für den »In-House-Newsletter« geschickt, was immer das sein mochte. »Lernen Sie Ihr Team kennen«, hatte in der E-Mail gestanden, und dass ihre Antworten in der darauffolgenden Woche zusammen mit ihrem Foto gepostet würden. Es war ein schönes Gefühl gewesen, zur Gemeinschaft zu gehören.

Sie suchte nach weiteren Ausreden, um noch ein wenig zu bleiben. Motiviert durch die Aufmerksamkeit des verlassenen kleinen Jungen fand sie immer aufwendigere Methoden, um ihm die Zeit zu vertreiben: Fragespiele, Zaubertricks, eine Schatzsuche. Sie fegte den Boden. Dann piepte der Fotokopierer: ein Papierstau. Die Kaffeemaschine musste gereinigt werden, die Kissen aufgeschüttelt. Sie wollte diesen Ort in perfektem Zustand hinterlassen. Vielleicht würde dann ja doch jemand erkennen, was für eine fantastische Mitarbeiterin sie gewesen war, und sie zurückrufen. Aber als es stiller im Büro wurde und die Mutter des Jungen endlich wieder auftauchte, um ihren kreischenden, zappelnden Sprössling einzusammeln (Emily hatte ihn mit Süßigkeiten vollgestopft), wusste sie, dass es nun doch Zeit war, zu gehen.

Sie nahm ihre Tasche und sah sich ein letztes Mal um. Irgendwo in einem Paralleluniversum gehörte sie vielleicht an einen Ort wie diesen. Vielleicht lief irgendwo eine Version von ihr in einem Stella-McCartney-Outfit mit Aktentasche in der Hand herum.

Doch als sie wieder im Aufzug stand, musterte sie erneut ihr Spiegelbild. *Aber eigentlich*, dachte sie, *ist auch das eher unwahrscheinlich.*

2

Scott

Die dicke Feder des Füllers war zu stumpf, um seine Haut zu durchbohren, aber Scott Denny gab dennoch sein Bestes. Er rammte sie in die Mitte seiner Handfläche, drehte sie langsam erst in die eine Richtung, dann in die andere, schraubte das Metall in sein Fleisch.

Es war schmerzhaft, aber doch nicht annähernd schmerzhaft genug. Er ließ den Blick über seinen akribisch aufgeräumten Schreibtisch wandern, auf der Suche nach einem Gegenstand, mit dem er diese Aufgabe vernünftig bewältigen konnte. Aber er fand nichts Geeignetes. Sein Handy würde offensichtlich nicht allzu viel Schaden anrichten können. Genauso wenig wie die Metallspitzen des Ladegerätes, egal, wie fest er zustieß. Vielleicht konnte er ja seine Finger mit einer der schweren Granit-Statuetten zerquetschen. Oder den verzierten Bilderrahmen zerschmettern und mit dem Glas Linien in seinen Arm ritzen. Wenn er einen Tacker dagehabt hätte, hätte er sich ein paar Klammern in den Oberschenkel rammen können.

Das machte allerdings zu viel Schweinerei. Und war zu laut. Zu verdächtig.

Auf der anderen Seite des Schreibtisches saß seine schlanke Chefassistentin Verity zierlich auf einem Drehstuhl aus dänischem Kirschholz und plapperte. Ihre makellos manikürten

Nägel tippten in unregelmäßigem Takt auf der Tastatur ihres Laptops herum, während sie seinen Terminplan auf den neuesten Stand brachte.

»Morgen um acht Uhr dreißig haben Sie einen Termin mit der Geschäftsführerin von Alkira-Dunn und ihrer Anwältin. Danach eine Telefonkonferenz mit dem Vertreter von Truss and Boulder. Er hofft, dass wir einen Aufkauf finanzieren. Ich habe bereits mit ihm gesprochen; er hat keinen Businessplan, und wir haben auch die Konkurrenzsituation noch nicht abgecheckt, das müssen wir uns heute Abend also genauer ansehen. Und wenn Sie noch ein Darlehensmodell ausarbeiten wollen, dann haben Sie dafür vor Ihrem Termin in der Mittagspause noch etwas Zeit. Sie müssen mir jetzt nur noch sagen, was ich tun soll im Hinblick auf ...«

Sie plapperte immer weiter.

Und unter dem Tisch *schraub, schraub, schraub.*

Er sollte besser aufhören. Das würde eine echt tiefe Wunde verursachen.

Der Himmel draußen, den die in Bronze gefassten Koppelfenster in Vierecke unterteilten, war spülwassergrau. Wo war nur der Nachmittag geblieben? In wenigen Stunden würden die Straßenlaternen aufflackern; sie säumten die Grosvenor Street bis zum Hyde Park in einer ordentlichen Reihe, eine strahlende Prozession, die jedermann heimleuchtete – außer Menschen wie ihm selbst, den Nachteulen, deren Tage nicht durch Sonnenaufgang und Sonnenuntergang definiert wurden, sondern durch das Öffnen und Schließen des Welthandels.

Plötzlich fiel Scott auf, wie still es geworden war. Er hob den Kopf. Verity hatte mitten in ihrem Vortrag innegehalten und warf ihm nun einen merkwürdigen Blick zu.

»Was?«, fragte er.

»Das Start-up von gestern. Ich will wissen, ob ich weiterma-chen und den Leiter anrufen soll.«

Scott versuchte, sich an den gestrigen Tag zu erinnern, aller-dings erfolglos.

»Alles okay?« Besorgt verzog Verity ihr Puppengesicht.

»Bestens.« Er lächelte schmallippig. »Nur ein paar Probleme zu Hause. Nichts Schlimmes. Ja, setzen Sie ein Meeting an. Sonst noch was?«

Verity bedachte ihn mit einem Seitenblick, wandte sich dann aber wieder ihrem Bildschirm zu. Sie war zwar nicht überzeugt, wollte aber unbedingt ihr Pensum erledigen.

Schraub, schraub, schraub.

Neben ihm auf dem Schreibtisch leuchtete Scotts Handy mit einer weiteren neuen Nachricht auf. Mittlerweile waren es schon einige.

Bitte rede mit mir ...
Gestern Abend dachte ich ...
Wir brauchen dich, mach nicht ...
Ich schwöre, wenn du ...
Ich hasse dich, verdammt ...
Egoistischer, gedankenloser, feiger Mistkerl ...

Schraub, schraub, schraub.

Er nickte zu allem, was Verity zu sagen hatte, wobei er ge-danklich immer weiter abdriftete. Bilder schwirrten ihm durch den Kopf wie Vögel, die herabschossen und ihre Farben auf-leuchten ließen. Er sah eine orangefarbene Sonne, die durch die zarten Wedel des Pampasgrases hindurchspähte. Einen feuch-ten Fußabdruck, der auf dem heißen, polierten Travertin ver-dampfte.

Dann ein Kissen, weich und füllig. Einen zarten Finger, der auf ihn zeigte.

Und Sterne. Ein dichtes Muster aus Sternen, das sich über einem klaren, schwarzen Himmel ausbreitete.

Er kämpfte gegen den Impuls an, sich eine Ohrfeige zu geben. Seine Augen wanderten umher, suchten Halt. Durch die Glaswand seines Büros konnte er die Arbeiterbienen sehen, die wie im Zeitraffer von Raum zu Raum summten. Klienten kamen und gingen. Juniormitarbeiter lehnten an Türrahmen, in der Hand zierliche Espressotassen. Und an der Rezeption wackelte eine riesige Topfpflanze, als eine erwachsene Frau versuchte, sich dahinter zu zwängen.

Er kniff die Augen zusammen. Hatte er jetzt Halluzinationen? Nein. Seine Empfangsdame versteckte sich tatsächlich hinter einer Topfpflanze. Plötzlich stürmte ein kleiner Junge unter dem Schreibtisch hervor und hüpfte auf und ab, deutete voller Vergnügen auf die nur notdürftig versteckte Blondine. Sie packte sich an die Brust, als sei sie angeschossen worden, dann ließ sie sich zu Boden plumpsen. Der Junge lachte und setzte sich auf ihren Kopf.

Scott zog den Stift aus seiner Hand.

Hingerissen beobachtete er, wie die Empfangsdame sich unter dem Jungen hervorschlängelte und einen weiteren Angriff mit einem Trick abwehrte. Das Kind sah zu ihr auf, als sie einen kleinen Gegenstand hinter seinem Ohr hervorzauberte, und zum ersten Mal seit langer Zeit lächelte Scott.

Leise klopfte es an seine Tür. Scott und Verity wandten sich um und entdeckten David Mahoneys schmieriges, kleines Gesicht, das um die Tür herum ins Zimmer lugte. »Entschuldigen Sie die Störung«, sagte David. »Ich wollte Ihnen nur sagen, dass es erledigt ist. Ich habe es ihr gesagt.«

Scott blinzelte. »Was?«

»Die Zeitarbeitskraft an der Rezeption. Ich habe sie gefeuert. Wie … wie wir besprochen hatten.« David warf Verity einen Blick zu, doch die zuckte nur mit den Schultern.

»Oh.« Scott blickte erneut zur Rezeption hinüber. Die junge Frau galoppierte nun umher und schlug mit den Armen, als hätte sie Flügel. »Ja. Gut. Danke.«

David presste die Hand aufs Herz und tat, als fiele er in Ohnmacht. »Oh Gott, tun Sie mir doch so etwas nicht an. Eine Minute lang dachte ich, ich hätte einen Fehler gemacht.«

»Nein. Kein Fehler.«

»Dem Himmel sei Dank.« Er stieß ein schrilles Lachen aus. »Ich hatte schon befürchtet, dass *ich* der Nächste bin, der gehen muss.«

Scott starrte ihn an.

»Okay, na ja, sie sollte eigentlich ihre Sachen zusammenpacken, während wir uns unterhalten.«

»Keine Eile«, murmelte Scott. Im Flur wickelte die Rezeptionistin gerade etwas, was wie Kekse aussah, in eine Serviette. Dann drückte sie dem Jungen das Bündel in die Hand.

David zog sich mit beinahe höfischer Verbeugung zurück, und die Tür schloss sich hinter ihm mit einem Klicken. Es entstand eine kurze Pause, in der Verity eine ihrer fein gezeichneten Augenbrauen hochzog. »Darf ich fragen, was sie verbrochen hat?«

Scott gab keine Antwort, und Verity wandte sich wieder ihrem Laptop zu. Sie wusste, dass es keinen Zweck hatte, ihn unter Druck zu setzen. Also nahm sie ihre bedeutungslose Schilderung von Fakten und Zahlen wieder auf.

Ein leiser, unangenehmer Laut bildete die Geräuschkulisse.

Tropf, tropf, tropf.

Scott runzelte die Stirn. Es drang von unter seinem Schreibtisch zu ihm empor. Ein leises gleichmäßiges Klatschen irgendwo neben seinen Füßen.

Tropf, tropf, tropf.

Er sah nach unten und entdeckte ein paar kleine, dunkle Spritzer Blut auf dem glänzenden Boden. *Na, sieh mal einer an,* hätte er beinahe ausgerufen. Offensichtlich sollte man einen stumpfen Gegenstand niemals unterschätzen.

3

Emily

Nachdem sie von der Lobby des Gebäudes auf die Straße getreten war, ging Emily um das Gebäude herum und bog nach links ab, dem kleinen Tesco-Markt an der U-Bahn-Station entgegen. Sie war am Verhungern, und ihre Küchenschränke waren so gut wie leer. Im Geiste hatte sie den Kühlschrank durchsucht und dort nur ein kleines hartes Käsestück, ein Glas Currypaste, Tomatensoße und eine Karotte gefunden. Nicht einmal Jamie Oliver hätte daraus eine Mahlzeit zaubern können.

Unterwegs schaute sie aufs Handy. Keine verpassten Anrufe, keine neuen E-Mails, nur eine Textnachricht von ihrer Agentin Lara, die Emily noch einmal die Uhrzeiten für das morgige Vorsprechen durchgegeben und sie an ihre Besprechung erinnert hatte, die eine Stunde vorher stattfinden sollte. Emily tippte eine Antwort: *Juhu! Bis morgen also!* Dann lief sie schneller. Ihre Kündigung hatte zumindest den Vorteil, dass sie sich nicht wieder von der Arbeit wegschleichen musste. Vielleicht war sie ja sogar ein Zeichen. Schicksal oder so. Vielleicht *sollte* sie ja gefeuert werden, damit sie zu diesem Vorsprechen gehen konnte. Die Wege des Universums waren schließlich seltsam und unergründlich.

Im Supermarkt ertappte Emily sich dabei, wie sie zu der blechernen Hintergrundmusik vor sich hinsummte, während sie durch die Gänge schlenderte, den Einkaufskorb am Ellbogen. Sie holte Milch, Eier, Cornflakes, Zwiebeln, Tomaten und Huhn und warf – einer fröhlichen Laune folgend – auch noch geräucherten Lachs und eine Avocado hinein. Als sie die Selbstbedienungskasse erreicht hatte, waren auch noch eine Tafel gute Schokolade und vier Bacardi Breezer hinzugekommen, denn warum auch nicht?

Unglücklicherweise zeigte ihr das Display des Kartenlesegeräts schon bald, warum nicht. Kartenzahlung nicht möglich, Konto nicht gedeckt.

Emily runzelte die Stirn. Unmöglich. Sie hatte definitiv noch Geld auf dem Konto; sie hatte zwar ihr Gehalt noch nicht bekommen, aber die Miete war auch erst nächste Woche fällig.

Eine Verkäuferin lungerte in der Nähe herum. »Brauchen Sie Hilfe?«

»Nein, nein.« Emily grinste. »Alles gut, ich habe nur die falsche Karte benutzt, das ist alles. Ich bin gleich so weit.«

Sie holte das Handy aus der Tasche und öffnete ihre Banking-App. Ihr Kontostand leuchtete auf. Shit. Die Miete war *diese* Woche fällig, nicht erst nächste. Die Lastschrift war geplatzt, also würde sie noch einmal eine Erhöhung ihres Kreditlimits beantragen müssen – zum dritten Mal in ebenso vielen Monaten. Man würde sie mit Hohngelächter aus der Bank werfen.

»Sind Sie sicher, dass Sie keine Hilfe brauchen?«, fragte die Verkäuferin noch einmal.

»Nein, alles gut, kein Problem.« Emily wollte gerade ihre Kreditkarte zücken, da fiel ihr ein, dass die ja gesperrt worden war, weil keine regelmäßigen Zahlungen eingegangen waren. *Nein, nein, nein.* Kurz überlegte sie, ob sie aus dem Geschäft flüchten sollte, ohne zu bezahlen, aber dann besann sie sich eines Besseren.

Sie errötete und winkte die Verkäuferin zu sich. »Ich habe tatsächlich ein kleines Problem. Total peinlich, aber ich habe meine Karte zu Hause vergessen. Und anscheinend irrtümlich die alte eingesteckt. Wirklich ärgerlich – sie sehen genau gleich aus!«

Die Frau musterte sie über die Brille hinweg. Sie war schließlich nicht auf den Kopf gefallen. »Gehen Sie nach Hause und holen Sie sie«, sagte sie. »Wir verwahren Ihre Einkäufe hier, bis Sie wieder da sind.«

»Na ja, nein. Ich wohne ziemlich weit weg. Es ist also nicht ... Sehen Sie, kann ich nicht einfach nur ein paar Sachen mitnehmen und den Rest hierlassen?«

Die Frau verdrehte die Augen. Ohne ein weiteres Wort drückte sie ein paar Tasten auf dem Bildschirm und zog ihre Freigabekarte hindurch. Damit war Emilys Einkaufsliste leer, und der Startbildschirm erschien.

»Danke. Tut mir leid.« Emily bezahlte für die Breezer, die Milch und die Eier und sah zu, wie ihre Luxusgüter wieder fortgeräumt wurden.

Draußen auf der Straße kaute sie an den Nägeln. Ihr Gehalt würde erst in der nächsten Woche überwiesen werden und nur für die nicht gezahlte Miete reichen. Für Essen oder Bahnfahrten würde also nichts mehr übrig sein. Oder für ihre Rechnungen. Sie dachte an die Mahnung für die Stromrechnung, die an ihrem Kühlschrank hing.

Es sah nicht gut aus. Die Frau, die nicht auf den Kopf gefallen war, hatte recht gehabt; sie brauchte Hilfe.

Statt gleich in die U-Bahn zu steigen, nahm Emily die Seitenstraßen, die von Piccadilly Circus und Trafalgar Square hinunter zum Fluss führten. Die smogverseuchte Londoner Luft war alles andere als frisch, aber immer noch besser als die stickige U-Bahn, und sie brauchte jetzt einen klaren Kopf.

Auf der Golden Jubilee Bridge stellte sie ihre Einkaufstasche auf den Boden und holte das Handy aus der Tasche. Unter ihr floss die Themse dahin, eine braune Brühe. Ihr Daumen schwebte über dem Namen ihrer Mutter. Brachte sie es wirklich über sich, sie anzurufen? War sie dermaßen verzweifelt?

»Ich habe jetzt endgültig *die Nase voll*«, hatte Juliet bei Emilys letztem Besuch gekreischt. »So geht das nicht weiter. Du kannst nicht einfach monatelang von der Bildfläche verschwinden, ohne anzurufen, ohne E-Mails, nichts, und dann tauchst du wie auf dem Nichts wieder auf und bittest um *Geld*.« Danach hatten sie in bestürztem Schweigen nebeneinander gesessen, denn keine von ihnen wusste, wie sie die Kluft überbrücken konnten. Wie immer hatte Juliet den ersten Schritt gemacht. »Tut mir leid, dass ich laut geworden bin«, hatte sie gesagt, und ihr Gesicht hatte dabei verhärmt gewirkt. »Aber dein Vater und ich, wir machen uns solche Sorgen um dich, und wir haben Angst, dass … Sieh mal, es wäre einfach nur nett, wenn du auch mal anriefst, um einfach nur Hallo zu sagen, und nicht, weil du mal wieder etwas brauchst.«

Das hätte Emilys Stichwort sein können, um liebenswürdig und versöhnlich zu reagieren. Aber sie hatte sich für die schäbigere Variante entschieden. »Tut mir leid, dass ich so eine *Riesenenttäuschung* für euch bin«, hatte sie gesagt. »Aber ihr wart diejenigen, die ein Kind adoptiert haben, von dem niemand weiß, woher es verdammt noch mal stammt. Wenn ihr Perfektion wolltet, dann hättet ihr mich vielleicht da lassen sollen, wo ich war.«

Juliet war zurückgezuckt, als hätte man sie geschlagen. »Das ist nicht fair, Emily. Und das weißt du.«

Emily wusste es, dennoch lag ein Funken Wahrheit in dem, was sie gesagt hatte. Außerdem hatte sie immer ihre helle Freude daran, wenn ihre ach so beherrschte Mutter ausrastete. *Immer noch kein Silberstreif am Horizont? Oh, wie traurig.* An jenem Tag jedoch war der Ausdruck auf Juliets Gesicht irgendwie weniger befriedigend gewesen.

Nach ein paar Sekunden verstaute Emily ihr Handy wieder in der Tasche. Der Fluss breitete sich unter ihr aus, voll und breit. Träge Wellen leckten an den kalten Steinmauern, klatschten an die Unterseite von Partybooten, und Emily verspürte den flüchtigen Impuls, sich hineinzustürzen. Das Leben fühlte sich einfach … zu groß an. Eigentlich sollte sie doch erwachsen sein, aber aus irgendeinem Grund hatte sie Mühe mit, na ja, eigentlich mit allem. Sie verstand ihren Mietvertrag nicht. Die Steuererklärung kam ihr wie ein kryptisches Kreuzworträtsel vor. Gespräche über Hypotheken und Darlehen für Kleinunternehmen (sehr selten in ihrem Leben, aber manchmal kam so etwas dann doch zur Sprache) hätten auch in Urdu geführt werden können, so wenig verstand sie sie. Meist war sie nur ratlos und überfordert. Was, so überlegte sie, vermutlich erklärte, warum sie jetzt pleite und arbeitslos war und nur mit der Hälfte ihrer Einkäufe auf einer Brücke stand.

Sie seufzte tief, nahm ihre Tasche und wandte sich vom Wasser ab, um nach Hause zurückzukehren.

Wie üblich wurde die Tür zu Emilys Wohnhaus durch den wulstigen Teppich blockiert, sodass sie gezwungen war, sich seitlich durch den Spalt zu zwängen. Ihre Jacke blieb an der Klinke hängen, und sie riss sich ein kleines Loch in den Stoff. »Mist«, murmelte sie und versuchte erfolglos, die Tür wieder zuzuschieben. Sie versetzte ihr einen Tritt. Und die Klinke fiel ab.

Sie trottete die Treppe hinauf, wobei sie mit dem Ärmel eine Staubschicht vom Geländer wischte. In der Wohnung wurde der allgegenwärtige Geruch nach Curry, der von dem indischen Restaurant darunter heraufdrang, durch den beißenden Gestank angebrannten Toasts bereichert. Anscheinend hatte Spencer sich heute selbst etwas zu essen gemacht.

Sie steckte den Kopf in die Küche und erwartete, ihren Mitbewohner an seinem Lieblingsplatz am Tisch zu entdecken, über ein Päckchen Tabak und Zigarettenpapier gebeugt. Dort war er nicht, aber es lagen eindeutige Beweise vor, dass er gerade erst gegangen war. Ein Aschenbecher voller selbst gedrehter Zigarettenstummel schwelte auf dem Tisch vor sich hin, und ein feiner Rauchschleier hing in der Luft. Ein Becher Margarine ohne Deckel stand schwitzend neben fettigen Tellern, und in der Ecke quoll der Mülleimer von Kartons aus Take-away-Restaurants förmlich über.

Emily schnitt eine angewiderte Grimasse und stellte die Margarine in den Kühlschrank. Dann öffnete sie ein Fenster und stakste auf der Suche nach einem sauberen Glas – einem, in dem sich kein kleiner Alkoholrest befand – vorsichtig zur Anrichte hinüber. Dabei stach ihr etwas ins Auge. Zwischen dem Müll lag ein fettverschmierter Zettel.

Rate mal, was los ist, stand dort in Spencers unordentlichem Gekritzel, *Miete konnte wieder nicht abgebucht werden. Vermieter ist ausgerastet. Wir haben vier Wochen.*

Emily setzte sich an den Tisch und vergrub den Kopf in beiden Händen. Sie zermarterte sich das Gehirn und ging im Geiste all ihre Freunde durch, die vielleicht ein Zimmer oder auch nur ein Sofa hatten, wo sie für ein paar Wochen unterkommen konnte, aber überraschenderweise fiel ihr niemand ein.

Wie ist das nur möglich? Ich habe doch Freunde, oder nicht?

Die hatte sie. Aber die meisten davon hatten das Handtuch geworfen und waren aus London fortgezogen, um zu heiraten und Kinder zu kriegen. Jetzt wohnten sie im ganzen Land verstreut, lebten ihr Leben, schickten Einladungen zu Events, die ihr persönlich vollkommen sinnlos erschienen. Tupperpartys. Gender-Reveal-Partys. Sie wusste nicht mal, was das zu bedeuten hatte. Wann immer sie sich zu einem solchen Ereignis aufgerafft hatte, hatte sie festgestellt, dass sie nichts zu sagen hatte, nichts zur Unterhaltung beitragen konnte. Es war, als seien sie alle zum Mond geflogen und hätten sie zurückgelassen.

Von den Freundinnen, die noch in der Stadt wohnten, fielen ihr nur zwei ein, die vielleicht ein Plätzchen für sie übrig hatten, aber Louise hatte ihr Zimmer untervermietet, während sie auf Tournee war, und Rheas Vater war gerade gestorben, weshalb sicher nicht der richtige Zeitpunkt war, um sie um einen Gefallen zu bitten. Hinzu kam, dass Rheas Wohnung eine Drogenhöhle war. Als Emily das letzte Mal dort übernachtet hatte, war sie um acht Uhr morgens im Wohnzimmer aufgewacht, hatte einen höllischen Kater gehabt und war von bärtigen Männern und Haschrauch umgeben gewesen. Sie hatte sich nicht getraut, sie zu fragen, wer sie waren oder woher sie kamen, also hatte sie sich aufgesetzt und einfach so getan, als sei das alles völlig normal. Der Fernseher lief, spuckte eine grässliche Nachricht nach der nächsten aus, und die Männer starrten mit glasigen Augen auf die grauenvollen Berichte über häusliche Gewalt und Massenschießereien, Kindesmisshandlung und Mord. Sie hatte bei ihnen gesessen und über eine halbe Stunde mit ihnen ferngesehen, bevor sie den Mut aufgebracht hatte, aufzustehen und den Raum zu verlassen.

Und dann war Rhea aufgetaucht, mit grauem Gesicht und vollkommen erledigt. Sie hatte darauf bestanden, dass Emily sie zur

Geburtstagsparty ihrer Nichte begleitete, die an jenem Tag zwei wurde. »Bitte, Em«, hatte sie gebettelt. »Das ertrage ich einfach nicht allein.« Also hatten sie sich zu einem sauberen, weißen Haus in Putney begeben, wo sie von Kindern mit kuchenbeschmierten Gesichtern buchstäblich umzingelt wurden. Emily war sich noch nie im Leben so schmutzig vorgekommen. Das war jetzt drei Jahre her, und seitdem war sie nie wieder bei Rhea gewesen.

Natürlich gab es auch noch ihre Eltern, aber bei der Vorstellung, wieder bei Juliet und Peter einzuziehen, und sei es auch nur vorübergehend, musste sie sich beinahe übergeben. Es gab noch eine weitere Option, aber die war nur unwesentlich weniger grauenhaft. Während der letzten fünf oder sechs Jahre hatte Emily ihre Mutter schon unzählige Male angerufen und sie um Geld gebeten; immer Juliet und niemals Peter, der grundsätzlich verkündete, Kinder könnten heutzutage nur Selbständigkeit lernen, wenn man sie ohne Rettungsweste in die tosende See des Erwachsenenlebens warf. Juliet hingegen gab stets nach, aber ob sie das auch diesmal tun würde?

Emily hatte seit ihrem letzten Besuch nicht mehr mit ihren Eltern gesprochen. Das Szenario von damals konnte sich durchaus wiederholen, und schon wieder befiel Emily Brechreiz. Aber was blieb ihr anderes übrig? In einem Pappkarton auf der Straße zu leben? Ihre Mutter würde wahrscheinlich eher Geld herausrücken, als zuzulassen, dass sie in irgendeinem Hauseingang schlief. Dessen war sie sich sicher – zumindest zu achtzig Prozent. Vielleicht fünfundsiebzig.

Emily sah auf ihr Handy. Ihr Mund war staubtrocken.

Tu es einfach.

Sie drückte auf den Anrufknopf.

Nach sechs langen Klingeltönen nahm Juliet endlich ab. »Hallo, Emily? Bist du das?«

»Ja, ich bin es. Hi.«

»Schatz, hallo! Ich freue mich ja so, dass du anrufst! Hör zu, ich will einfach nur … bleib dran, ich kann nicht …«

»Hallo? Kannst du mich verstehen?« Im Hintergrund hörte sie jede Menge Lärm, Gläserklirren, Gelächter und Musik.

»Bleib dran«, wiederholte Juliet. »Ich will nur schnell …« Es quietschte, dann ein Knall, und das Schwatzen war leiser. »Ah, schon besser! Tut mir leid, ich bin im Restaurant. Weißt du noch, wo früher an der Ecke die alte Bank war? Die haben sie renoviert. Ist sehr hübsch geworden, und das Essen ist göttlich.«

»Das freut mich.« Emily holte Luft. »Hör zu, ich wollte mich nur entschuldigen für, du weißt schon, die Sache damals bei euch. Wie wir damals auseinandergegangen sind … ich hatte ein schlechtes Gewissen.«

»Oh. Na ja. Danke, Liebes, das weiß ich zu schätzen.« Juliet machte eine Pause. »Lass es uns einfach vergessen, okay?«

»Bist du sicher?«

»Absolut.«

»Okay. Wir vertragen uns also wieder?«

»Ja, Süße, alles wieder in Ordnung.«

»Cool.« Emily knibbelte an einem eingetrockneten Spritzer Eigelb auf dem Tisch herum. »Also … wie ist es dir so ergangen?«

Juliet gluckste. »Mir geht es einfach prima.« Es klang wie eine Frage, ihr Tonfall war heiter.

Sie ist seltsam, dachte Emily und war sofort auf der Hut. »Und Peter?«

»Ja, deinem Vater geht es auch gut. Er ist auch hier. Genauso wie deine Großeltern und Tante Cath. Möchtest du sie begrüßen?«

»Oh nein, ich will nicht stören.« Ihr Schuldbewusstsein verwandelte sich in Bitterkeit. *Wie behaglich, ein nettes Familienessen ohne das schwarze Schaf, so ist es euch am liebsten.* »Sieh mal«, preschte sie weiter voran. »Das klingt jetzt vielleicht schlimm, aber bitte lass mich zu Ende reden, denn ich habe hier, ähm, ein paar Schwierigkeiten.«

»Geht es dir gut?«

»Na ja, ich liege nicht im Sterben oder so etwas. Aber im Augenblick gibt es Probleme. Ich stecke in der Klemme.«

»Jetzt machst du mich nervös.« Juliet kicherte. »Du bist doch nicht schwanger, oder? Ich frage nur, weil ich *weiß*, dass du nicht anrufst, um mich um Geld zu bitten.«

»Ich hab ja gesagt, es würde sich schlimm anhören.«

»Emily …«

»Und ich würde nicht fragen, wenn es sich nicht um einen Notfall handelte.«

»Emily, stopp!« Juliets Ton hatte sich vollkommen verändert. »Willst du mich jetzt um noch mehr Geld bitten? Ja oder nein?«

Emily schluckte. Es ließ sich nicht beschönigen. »Gewissermaßen. Ja. Aber bitte glaub mir, wenn ich sage, dass ich in einer verzweifelten Lage bin.«

Sie hörte ein Seufzen, gefolgt von einem kurzen, glucksenden Geräusch, das sowohl Lachen als auch Schluchzen hätte sein können.

Emily konzentrierte sich auf das gedämpfte Gläserklirren und das Stimmengewirr im Restaurant, wappnete sich für den Vortrag. »Oh, komm schon«, brach sie schließlich das Schweigen. »So ein großer Schock kann das doch nun auch wieder nicht sein.« Sie hatte eigentlich nicht mürrisch klingen wollen, aber genauso kamen die Worte heraus.

Als Juliet irgendwann antwortete, klang ihre Stimme belegt:

»Ich bin nicht schockiert. Nicht im Geringsten. Ich habe nur gedacht …«

»Was? Was hast du gedacht?«

Ein Schniefen und das Rascheln eines Taschentuchs.

»Ich habe nur gedacht, dass du vielleicht anrufst, um mir alles Gute zum Geburtstag zu wünschen.«

Oh. Fuck.

»Juliet, ich …«

Es ertönte ein leises Klicken, und die Leitung war tot.

4

Scott

Für Scott begann jeder Arbeitstag mit einem frühmorgendlichen Ritual. Er kam noch vor Sonnenaufgang im Büro an und ging von Zimmer zu Zimmer, ließ die Finger liebevoll über die Ecken und Kurven seines Königreiches gleiten. Weiches Leder, poliertes Holz, mattes Glas und schwarzer Stahl: Er liebkoste das alles, machte im Geiste eine Bestandsaufnahme von jedem Detail. Er kannte das Gebäude so gut wie seine eigene Haut. Er hatte die gesamte Renovierung überwacht, vom Einreißen der ersten Wand bis zur Neuverteilung der Steckdosen; er erinnerte sich an jeden einzelnen Kauf, jede Entscheidung, jede Platzierung von Möbelstücken. Diese Firma war sein Baby, seine Vision, buchstäblich ein Traum, der wahr geworden war.

Vor Jahren, kurz nach seinem Abschluss und vor seinem ersten Job bei einer Investmentbank, war Scott in einem Zug von London nach Bristol eingeschlafen, und als er aufgewacht war, hatte er genau gewusst, welche berufliche Karriere er einschlagen wollte. Mit klarer, brennender Gewissheit wusste er, dass er eines Tages seinen eigenen Fonds auflegen würde, einen, in dessen Fokus die Entwicklung und Mentorenbetreuung von Nachwuchsunternehmen stehen sollte. Und er würde den perfekten Firmensitz bauen, in dem sein Unternehmen residieren sollte. Er konnte die reine Schönheit seiner Büroräume förmlich vor sich sehen, die ungeheuren Kosten, die sich hinter der atemberaubenden Schlichtheit verbargen. Er hatte diesen Traum gehegt und gepflegt und unermüdlich daran gearbeitet, ihn umzusetzen. Das war so seine Art. So war er schon als Kind gewesen, als Teenager, als junger Erwachsener. Schon immer hatte er geträumt, geplant und gearbeitet, hatte seinem Gehirn Ideen abgetrotzt und sie wahr werden lassen.

Irgendwie war es ihm gelungen, sein Eheleben auf ähnliche Weise zu organisieren. Er hatte sich das perfekte Mädchen erträumt, das seine perfekte Frau werden würde. Und so hatte er sein Glück kaum fassen können, als plötzlich Nina hinter der Theke des Cafes um die Ecke stand. Noch nie hatte er etwas Schöneres gesehen. Sie war ein Wunder, das Sinnbild dessen, was er sich wünschte: eine geheimnisvolle Fremde aus einem fernen Land mit einem Gesicht so frisch wie die Meeresgischt. Es war Liebe auf den ersten Blick gewesen. Er wusste, dass er mit ihr etwas Reines, etwas Unverbrüchliches schaffen konnte. Und tatsächlich hatte ihr perfektes Leben wie durch Zauberhand vor ihren Augen konkrete Formen angenommen.

Lange Zeit schien es tatsächlich so, als brauchte er nur an das zu denken, was er sich wünschte, und schon ging es in Erfüllung. Auch Nina konnte seine Fähigkeit, besondere Dinge zu bewirken, nicht bestreiten. Sie sagte gern, er sei wie ein Glasbläser, der sogar trockenem, staubigem Sand Form und Farbe abzuringen vermochte.

Wärme breitete sich auf Scotts Schulter aus, und er wandte sich um und sah, dass sich die Sonne aus der Londoner Skyline erhob. Ihre buttergelben Strahlen fielen durch die Glasfenster des Zwischengeschosses, erhellten die Konferenzräume, sodass sie aussahen, als glühten sie von innen. Die Sonne verwandelte das gesamte Büro in ein funkelndes Prisma. Er versuchte zu lächeln. Früher hatten seine Büroräume ihn immer glücklich gemacht, aber seit Neuestem ertappte er sich dabei, dass er die Oberflächen der Möbel nicht mit Freude, sondern voller Melancholie streichelte, als würde er sich verabschieden. Als könnte die bloße Berührung seiner Finger seine Träume zu Staub verwandeln und sein Glas wieder in Sand.

Er wich vor dem Licht zurück und sah von der Galerie hinunter. Das Halbgeschoss liebte er besonders, nicht zuletzt, weil man hier den Empfangsbereich aus der Vogelperspektive betrachten konnte. Er beobachtete von hier aus gern, wie seine Mitarbeiter zur Arbeit kamen. Verity war immer die Erste, ihr langes Haar wehte wie ein Umhang hinter ihr her. Dann erschienen seine Seniorpartner, in der Regel dicht gefolgt von den jüngeren, ehrgeizigeren Juniormitarbeitern. Irgendwann tauchte dann auch sein Stellvertreter auf. Und während der letzten sechs Wochen hatte – fast immer mit rotem Gesicht und außer Atem – Emily, die Rezeptionistin, die Nachhut gebildet.

Ursprünglich war ihm Emily aufgefallen, weil ihm irgendetwas an ihr bekannt vorgekommen war, etwas, das er nicht so recht in Worte fassen konnte. Aber sie faszinierte ihn auch weiterhin, denn sie war verblüffend anders. Mit ihren großen Augen und ihrer Neigung, sich ständig zu verspäten, war sie ganz anders als die absolut erfahrenen Zeitarbeitskräfte, die sie sonst engagierten. Sie hatte die Telefonanlage angestarrt, als hätte sie nie im Leben etwas Komplizierteres gesehen, und begrüßte jeden, der durch die Tür kam, wie einen Gast auf einer Überraschungsparty, ohne auch nur einen Augenblick innezuhalten, um die Identität des Betreffenden zu überprüfen (einmal ertappte er sie sogar dabei, wie sie einen Kurier in das Sitzungszimmer des Aufsichtsrats führte). Mit ihren panischen Reaktionen auf die meisten Anfragen sorgte sie für eine amüsante

Ablenkung von seinem vollgestopften E-Mail-Postfach und dem ständig brummenden Handy.

Täglich hatte er zugesehen, wie sie auf dem Schreibtisch herumkramte, das Headset fallen ließ und Schriftstücke verlegte. Er sah zu, wie sie allein zu Mittag aß, wie sie zwanghaft aufs Handy sah und immer wieder sichtlich enttäuscht war. Er registrierte, wie sie das Team beobachtete, besonders die Frauen: Sie folgte ihnen mit hungrigen Blicken, kopierte ihren tänzelnden Gang und ihre aufgebauschten Frisuren, imitierte ihre Outfits mit gewöhnlichen Fälschungen, wünschte sich verzweifelt, von ihnen wahrgenommen zu werden. Und während er sie so beobachtete, formte sich eine Idee in seinem Kopf oder besser der Ansatz einer Idee, die eigentlich gar nicht besonders brauchbar war. Doch die Zeit zog ins Land, und Ninas Nachrichten klangen immer panischer. Also wuchs der Samen in seinem Herzen zur Pflanze heran, bis er eines Tages beschloss, Emily genauer unter die Lupe zu nehmen.

Zuerst suchte er bei Google. Er stellte fest, dass Emily Schauspielerin war, wenn auch keine besonders erfolgreiche. Sie war in einem Dorf in Derbyshire aufgewachsen. Ihre Accounts in den sozialen Netzwerken wiesen nicht allzu viele Aktivitäten auf – nur ein paar Fotos mit den immer gleichen zwei bis drei Freundinnen, die in billigen Lokalen oder bei Events mit freiem Eintritt herumlungerten. Kein Freund. Keine Familienfotos.

Er tätigte ein paar Telefonate, forschte noch ein wenig intensiver.

Er bat Verity, ihr noch ein paar Aufträge zu geben, von denen er wusste, dass Emily sie bereits erledigt hatte, nur um zu sehen, ob sie sie noch einmal erledigen würde. Das tat sie. Er bat sie, zu einer bestimmten Tageszeit hinauszugehen und ein Foto von dem Gebäude am Ende der Straße zu machen. Sie gehorchte.

Per E-Mail schickte er ihr das Passwort für den Computer eines abwesenden Juniormitarbeiters und gab ihr die Anweisung, eine Datei zu öffnen, die mit *Privat* gekennzeichnet war. Sie erhob keine Einwände. Sie war so versessen darauf zu gefallen, dass sie ohne zu zögern jeden Befehl ausführte.

Dann stieß er online auf einen Jung'schen Persönlichkeitsfragebogen, wie sie häufig zur Mitarbeitereinschätzung benutzt wurden. Er kopierte ihn in eine E-Mail und ergänzte ihn um ein paar weitere, »witzige« Fragen. Er vermutete, dass Emily die zusätzliche Aufmerksamkeit gefallen würde, also erfand er einen Firmen-Newsletter und eine Initiative, durch die einzelne Teammitarbeiter ins Rampenlicht gerückt werden sollten. Natürlich biss sie an. Ihre Antworten waren sehr aufschlussreich.

Er folgte ihr eines Abends sogar bis nach Hause, beschattete sie in der U-Bahn bis nach Deptford, wo er beobachtete, wie sie mit der Tür kämpfte, die in ein Gebäude mit einer deprimierenden, kleinen Wohnung über einem indischen Schnellrestaurant führte.

Und dann war etwas Erstaunliches geschehen. Er hatte einen früheren Kollegen angerufen, der ihm schon seit Langem einen Gefallen schuldete. Normalerweise glaubte er nicht an Schicksal, aber das hier schien doch so etwas wie Fügung zu sein. Des Himmels, der Götter, wessen auch immer: Irgendjemand hatte ausgerechnet dieses Mädchen hierher geführt, zu Proem, zu ihm. Das konnte einfach kein Zufall sein. Alles passte auf ebenso unheimliche wie tadellose Weise zusammen.

Am gleichen Nachmittag noch verwandelte sich seine Idee von einem Samenkorn zu einem komplett ausgeklügelten Plan. Er rief weitere Leute an, die ihm einen Gefallen schuldeten, traf ein paar Arrangements, bereitete alles aufs Gründlichste vor. Und dann, etwa eine Woche später, gab er David Mahoney die Anweisung, Emily zu entlassen.

Natürlich hatten ihn hin und wieder Zweifel befallen. Es gab durchaus Augenblicke, in denen er seiner eigenen Urteilskraft misstraute. Aber dann, als er beobachtet hatte, wie Emily im Empfangsbereich mit dem kleinen Jungen Verstecken spielte, hatte er das letzte, noch fehlende Puzzleteil gefunden. Sie war genau die Richtige; dessen war er sich sicher.

Bald würde er Yves anrufen. Mit den Vorbereitungen beginnen. Nur eines musste er noch tun.

In seiner Tasche vibrierte sein Handy. Einmal. Zweimal. Dreimal. Wahrscheinlich wieder Nina. Glücklicherweise hatte er so viel Umsicht bewiesen, auf ihr Trommelfeuer der gestrigen Nachrichten noch zu antworten, bevor er schlafen gegangen war. Sie hatten um Mitternacht miteinander telefoniert, ihr gequältes Flüstern hatte die Entfernung zwischen ihnen überbrückt wie ein fadendünner Lichtstrahl, der über Land und Meere hin und her schnellte, von den Sternen und Satelliten zurückgeworfen wurde. So hatte er ihre Verbindung früher gesehen: als unverbrüchliches Band zwischen ihren Herzen, das sie zusammenhalten würde, egal, wie weit sie voneinander getrennt sein mochten. Aber diese Zeiten waren vorbei.

»Bitte«, hatte sie wieder gefleht. »Du kannst dir nicht vorstellen, wie das ist. Ich bin so einsam.«

Er hatte tröstende Worte gemurmelt, hatte ihr gesagt, was sie hören wollte.

»Wenn ich nur jemanden hätte, mit dem ich reden könnte, dann ...« Sie hatte innegehalten. Dann die Kehrtwendung vollführt. »Wann kommst du? Wann?«

Ein paar Augenblicke lang hatte er es sich gestattet, sich an früher zu erinnern. Er dachte daran, wie es sich angefühlt hatte, mit ihr zu lachen, sie zu halten, sich ihr Haar um die Finger zu wickeln. Er erinnerte sich an den Tag, an dem sie sich kennenlernten, und Euphorie erhob sich in seinem Herzen wie ein Geist aus einem Grab. Er beschwor den Duft ihrer Haut und die Wärme ihres Körpers herauf, und nachdem sie aufgelegt hatten, hatte er – ganz kurz – das Gefühl gehabt, wieder atmen zu können. Aber dieses Gefühl hatte unweigerlich wieder nachgelassen. Innerhalb weniger Stunden war er wieder genauso nervös, aufgewühlt und leicht aggressiv wie zuvor.

Unten signalisierte das Rumpeln des Aufzugs den Beginn des Arbeitstages. Die Türen öffneten sich, und Verity stieg aus, wobei ihre Absätze auf dem polierten Betonboden klapperten.

Scott ließ die Fingerknöchel knacken und die Schultern kreisen. Er nahm sein Handy aus der Tasche, entschlossen, Ninas neueste Nachrichten auszublenden und sie zumindest für ein paar Stunden vollkommen zu vergessen. Aber der verpasste Anruf kam nicht von seiner Frau.

Scott sah auf die Nummer. Der Anrufer hatte eine Nachricht auf seiner Mailbox hinterlassen. Scott drückte auf den Knopf und hielt sich das Handy ans Ohr.

»Scott. Tom hier. Tom Stanhope.« Die Stimme klang ungeduldig, selbstbewusst. »Tut mir leid, dass ich so früh anrufe. Ich wollte Ihnen nur sagen, dass ich mit Damien gesprochen habe und dass es mit dem Job vorangeht. Alles läuft sogar überraschend schnell, und das ist großartig. Nächsten Monat sind wir weg. Ich wollte Ihnen einfach nur mitteilen, wie sehr ich es zu schätzen weiß, dass Sie das alles eingefädelt haben. Sie haben mein Leben verändert, Mann. Und diese Sache, über die wir uns unterhalten haben?« Die Stimme des Mannes klang jetzt gedämpft, als hätte er sich gerade in ein stilles Zimmer zurückgezogen. »Das regeln wir heute. Zehn Uhr. Also ja, ich hoffe, ich helfe Ihnen damit weiter. Rufen Sie mich später auf jeden Fall mal an. Und danke nochmals.«

Scott löschte die Nachricht und ließ das Handy in die Tasche zurückgleiten.

»Scott?«, drang Veritys Stimme von unten zu ihm empor. »Sind Sie da oben?«

»Jep«, rief er. »Ich komme runter.«

Er holte tief Luft und warf einen letzten Blick auf den leeren Empfangstresen, bevor er die Treppe hinabging und dabei die Hand über den bronzenen Handlauf gleiten ließ.

Bereits um Viertel nach neun war Scott erschöpft. Das Frühstücks-Meeting lief gar nicht gut. Scotts Augen brannten, er ließ den Blick um den Tisch herum schweifen und versuchte, der Unterhaltung zu folgen. Verity hatte einen guten Lauf, nahm ihre Investoren mit ihrem üblichen Charme in Beschlag, aber Scott konnte heute nicht mithalten. Er war abgelenkt und ideenlos. Nach dem Gespräch mit Nina hatte er unruhig geschlafen, hatte sich hin- und hergewälzt und war erst gegen drei Uhr morgens eingeschlummert. Und schon zwei Stunden später – aus Gründen, die er selbst nicht recht verstand – hatte er sich aus dem Bett gequält und war in sein Fitnessstudio gegangen.

Unter dem Tisch ballte er die Hand zur Faust und zuckte zusammen. Mit einem Stift ein Loch in seine Hand zu bohren, war nicht gerade ein brillanter Schachzug gewesen. Er hatte die Wunde gesäubert und verbunden, aber sie pochte immer noch. Als Verity sich nach dem Verband erkundigt hatte, hatte er behauptet, sich am Herd verbrannt zu haben. Anscheinend hatte sie es ihm abgekauft.

Jemand stieß ihn an.

»Entschuldigung«, sagte er und räusperte sich. »Was haben Sie gesagt?«

»Ich sagte, Gratulation zum neuesten Börsengang«, erklärte der Investor links neben Scott, ein Italiener mit Haarimplantaten und starrer Botox-Stirn. »Beeindruckend. Ich muss Ihnen sagen, dass ein paar von uns ihre Zweifel hatten, aber Sie haben es mal wieder geschafft.« Er tippte Scott leicht auf den Arm. »Und jetzt sage ich Ihnen mal etwas, Scott Denny: Ich werde immer mit Ihnen investieren. Egal, worum es sich handelt, ich bin dabei.«

»Ich weiß Ihr Vertrauen in mich zu schätzen.«

»Oh, ich vertraue Ihnen in der Tat. Und wissen Sie auch, warum? Weil Sie skrupellos sind, mein Freund.« Der Italiener hielt seinen Macchiato in die Höhe, wie um mit ihm anzustoßen. »Man hat mir von Anfang an gesagt, dass Sie kaltblütig sind, und es stimmt.«

Scott nahm das Kompliment mit einem – wie er hoffte – würdevollen Nicken entgegen. Ja, er war skrupellos. Und dazu hatte er allen Grund.

Er biss die Zähne aufeinander und verlagerte sein Gewicht. Er war nicht in Feierlaune. Was für eine Untertreibung! Er war noch nicht mal mehr in der Stimmung zu trinken, zu essen, zu reden oder jemandes Gesellschaft zu ertragen.

Verity sagte von gegenüber irgendetwas zu ihm. Er lächelte, doch in seinem Innern braute sich ein Gewitter zusammen.

»Noch einen Piccolo, Mr. Denny?« Der Oberkellner ragte an seinem Ellbogen über ihm empor.

Scott lehnte mit einem leichten Kopfschütteln ab. Er fühlte sich nicht wohl. Heiße Wut loderte in ihm auf, und der Drang, sich auf der Stelle, hier im Restaurant davon zu befreien, seine Geheimnisse just hier auf das weiße Leinentischtuch zu erbrechen, wurde beinahe unerträglich.

Er sah auf die Uhr, legte die Serviette auf den Tisch und schob den Stuhl zurück. »Meine Herren, ich hoffe, Sie werden mich jetzt entschuldigen«, sagte er zu den anderen am Tisch. »Aber ich muss noch zu einem weiteren Meeting.«

Aus dem Augenwinkel sah er, wie Veritys Kopf ruckartig in die Höhe schnellte. Sie formte etwas mit den Lippen. *Was für ein Meeting?*

»Ich überlasse Sie nun Veritys Fähigkeiten. Danke, dass Sie sich die Zeit genommen haben, meine Herren, ich freue mich, Sie bald wiederzusehen.«

Er schüttelte beiden Investoren die Hand, wandte sich zur Tür und ließ seine Assistentin bei ihnen zurück, die hektisch durch ihren Kalender scrollte und nach einem Termin suchte, den es nicht gab.

5

Emily

Emily hatte einen schweren Kopf und war wild entschlossen, der Diskussion mit Spencer über ihren bevorstehenden Rausschmiss zu entgehen. Also schlich sie sich in aller Herrgottsfrühe aus dem Haus und nahm die Docklands Light Railway in die Innenstadt. Sie lehnte sich ans Fenster und ließ im Geiste das Telefonat mit Juliet noch einmal Revue passieren. Kein Zweifel: Sie hatte es vermasselt. Schon wieder. Sie war ein schrecklicher Mensch.

Tränen brannten ihr in den Augen, und sie senkte den Kopf, dankbar für das ungeschriebene Gesetz unter Pendlern, einander niemals in die Augen zu blicken. *Seit wann war das Leben so schwer? Seit wann lief alles so schief?*

Sie war in Hoxley aufgewachsen und hatte immer das Gefühl gehabt, anders als die langweiligen Nobodys zu sein, die in der Dorfbäckerei, beim Metzger oder bei der Post arbeiteten; sie war mutiger, kühner. *Besser.* Jahrelang hatte sie sich über ihre Eltern gewundert und darüber gestaunt, dass sie diese Langeweile aushalten konnten. Peters kleine Zahnarztpraxis lief nun seit mehr als dreißig Jahren wie ein Uhrwerk – die stets gleiche Routine, die sich im Laufe der Woche in langweiligen Achtstundentagen wiederholte und die einem eigentlich den Verstand rauben müsste. Solange Emily denken konnte, hatte Juliet drei Tage die

49

Woche als Landschaftsgärtnerin für den National Trust gearbeitet. Ihre Wochenenden waren mit Kaffee, Gartenarbeit und Aquarellmalerei angefüllt. Die beiden waren ebenso Teil der Landschaft wie die Trockenmauern, die sich über die Hügel Derbyshires erstreckten, und abgesehen von ihrem alljährlichen, zweiwöchigen Aufenthalt auf Teneriffa wagten sie sich nur selten weiter weg als Sheffield. Ihre Schulfreundinnen waren genauso gewesen: kein Ehrgeiz, keine Fantasie. Sie hörte zu, wenn sie über Babynamen und Hochzeitskleider sprachen, und schüttelte den Kopf über sie, weil sie sich fragte, wie sie das Dorfleben ertragen konnten. Umgekehrt schüttelten auch sie die Köpfe über Emily, gleichermaßen fassungslos, dass sie das *nicht* konnte.

Der Ausdruck auf ihren Gesichtern, als sie zum Schauspielstudium zugelassen worden war, war unbezahlbar gewesen; Emily wusste genau, wie Cinderella sich fühlte, als der Prinz auftauchte und die hässlichen Schwestern veranlasste, sich zu entschuldigen, weil sie so böse zu ihr gewesen waren. Doch zu jedem Weihnachtsfest kehrte sie abgerissener und verzweifelter nach Hause zurück, und das Erstaunen auf den Gesichtern der anderen wich mit der Zeit der Verwirrung. Ihre Großeltern konnten es nicht fassen, warum sie noch immer nicht bei *East-Enders* mitspielte. Tante Cath erkundigte sich, warum sie noch immer nicht mit Jude Law befreundet war. Schließlich lebte sie doch in London? Und war sie nicht Schauspielerin? Und warum hatte sie nie Geld?

All diese Fragen waren sicherlich berechtigt, doch Emily hatte nie die richtige Antwort darauf. Warum *kannte* sie nicht mehr berühmte Menschen? Warum *wohnte* sie immer noch in einem Schuhkarton ohne Zentralheizung? Warum *hatte* sie immer Löcher in ihren Kleidern? Jeder Heimatbesuch war wie eine dieser Aufgaben in der Schule, bei denen man um die Ecke denken musste und sich unweigerlich wie ein Dummkopf vorkam. Also hatte sie irgendwann aufgehört, zu ihren Eltern zu fahren.

Sie presste die Finger auf die Augen. Vielleicht war London von Anfang an eine Schnapsidee gewesen; vielleicht hätte sie lieber in Hoxley bleiben sollen. Hochzeitskleider und Aquarellbilder kamen ihr mittlerweile immer weniger wie das Todesurteil vor, für das sie sie immer gehalten hatte.

Nein. Sie warf den Kopf in den Nacken, als wollte sie den Gedanken abschütteln. Kam nicht infrage. Sie hatte richtig gehandelt, als sie gegangen war. Das Kleinstadtleben hätte sie umgebracht. Sie hätte die Monotonie und die ständigen Wiederholungen ebenso gehasst wie die Tatsache, ihr Leben lang Tag für Tag die gleichen Gesichter zu sehen. Sie hatte sich immer anders gefühlt, weil sie eben anders *war*, und zwar nicht nur, weil ihre Eltern sie adoptiert hatten. So war sie nun einmal, dies war das Leben, für das sie bestimmt war, und sie musste es nehmen, wie es war.

Emily setzte sich auf, straffte die Schultern und reckte das Kinn. Alles war in Ordnung. Sie würde ihre Sache gut machen. Mehr als nur gut, sie würde fantastisch sein! Ja! Sie würde heute diesen Job bekommen. Das war ihre Zeit, verflucht, sie war ein aufstrebender Star. Sie lebte ihren *Traum!*

Nachdem sie sich an der Station Bank and Monument aus dem Zug gedrängt hatte, erwischte Emily die Central Line nach Tottenham Court Road und gönnte sich einen kleinen Latte bei Pret, bis es Zeit für das Treffen mit ihrer Agentin wurde.

»Emily, Süße!«, rief Lara, sobald Emily zur Tür hereinkam. Sie stand auf und umarmte den Neuankömmling kurz und energisch. »Bist du nicht ein bisschen früh dran? Wie spät ist es denn?«

»Zehn, glaube ich.«

»Oh. Okay, na gut, dann bist du genau pünktlich. Wie dumm von mir! Wie geht es dir, Süße? Ich habe das Gefühl, dass es schon Jahrhunderte her ist, seit wir das letzte Mal gequatscht haben. Ein paar Wochen mindestens, oder?«

»Hmm, vielleicht fünf? Oder sechs. Keine Ahnung«, log Emily. Es war exakt neun Wochen und zwei Tage her, dass sie zum letzten Mal auf einen Schwatz herzitiert worden war.

»Na, jedenfalls freue ich mich ja *so*, dich zu sehen. Du siehst ja *so* gut aus.« Lara führte sie durch die offenen Büroräumlichkeiten, bahnte sich den Weg zwischen Schreibtischen und einigen herabhängenden Sukkulenten hindurch, bis sie einen abgeteilten Konferenzbereich erreicht hatte, dessen rückwärtige Wand mit Schwarz-Weiß-Porträts gepflastert war, wobei die aktuellsten Erfolgsstorys an markantester Stelle hingen (Emilys Bild befand sich ganz unten, halb versteckt hinter einer großen, tropischen Zimmerpflanze. »Komm rein, Schätzchen. Setz dich, setz dich, setz dich.« Sie selbst nahm auf einem Ledersofa Platz, schlug die gebräunten Beine übereinander und bedeutete Emily, neben ihr Platz zu nehmen. »Also«, sagte sie, während eine leichte Röte an ihrem Hals hinaufkroch. »Ich habe gute und schlechte Neuigkeiten.«

»Alles okay?«, fragte Emily. Lara schien ein wenig nervös zu sein.

»Ja, ich … nun ja, die gute Nachricht ist – Trommelwirbel –, dass ich heiraten werde!« Sie beugte ihr Handgelenk und spreizte die Finger, um mit einem riesigen funkelnden Diamanten zu prahlen, der von einer Vielzahl anderer funkelnder Diamanten eingerahmt wurde.

Emily war einen Augenblick lang geblendet, als der Ring das Licht einfing. »Oh, wow. Gratuliere!« sagte sie blinzelnd.

»Danke, ja, das alles ist total aufregend. Tom hat mich allerdings auch lang genug warten lassen, aber jetzt ist es endlich so weit.«

Emily verdrehte nachsichtig die Augen, als wollte sie sagen *typisch!* Sie wusste alles über den wundervollen Tom und seine fantastische Familie, deren Hund und deren Sommerhaus an der Amalfiküste. Lara hatte ein riesiges Mitteilungsbedürfnis und servierte einem oft seltsame und beinahe unangebrachte Details, wie andere Leute Erfrischungen reichen würden. Emily kannte Toms Ernährungsgewohnheiten (kein Gluten, keine Eier, keine Kohlehydrate nach vierzehn Uhr), seine geheime Schwäche für eine Prominente (Jane Fonda), wusste, auf welcher Bettseite er schlief (rechts; Lara schlief links, weil das näher zur Tür war, und sie zwei- oder dreimal die Nacht aufstand, da sie eine winzige Blase hatte). Wenn Emily etwas von sich hatte erzählen wollen – was nicht besonders oft vorkam –, war sie so schnell abgewürgt worden, dass es beinahe schon wieder lustig war. Waren sie nun Freundinnen oder nicht? Es war anstrengend, sich dauernd fragen zu müssen, wo die Grenze zwischen Beruflichem und Privatem verlief; sie schien sich ständig zu verlagern.

»Wo heiratet ihr denn?«, fragte Emily höflich.

»Äh, nun ja, eigentlich in New York.«

»Oh. Das ist ... weit weg.«

»Ja. Tom hat diese Wahnsinnsbeförderung bekommen – also *der absolute Megawahnsinn* – deshalb ziehen wir da auch hin.«

»Wirklich? Ihr zieht nach New York?«

»Hm-hmm.« Lara senkte den Blick. »Anfang nächsten Monat.«

»Nächsten *Monat?*«

»Ja, ich weiß, das geht alles ziemlich schnell. Und natürlich bedeutet das, dass ich die Agentur verlassen muss.«

»Oh. Okay.«

»Es tut mir so leid, dass ich dir das auf den letzten Drücker erzähle. Das alles hat sogar mich total überrascht«, sagte Lara mit der winzigsten Andeutung eines Stirnrunzelns. »Es kam aus heiterem Himmel. Aber weißt du, es fühlt sich richtig an. Tom hat so hart gearbeitet; er hat es wirklich verdient. Und hoffentlich kann ich drüben bei einer anderen Agentur anfangen. Natürlich erst, nachdem wir die Familiengründung angestoßen haben.«

Emily nickte, sie wusste nicht, was sie sagen sollte. War es gut oder schlecht, dass Lara die Agentur verließ? Wahrscheinlich war das das Ende einer Ära, aber vielleicht würde ja der nächste Agent ihre Vertretung übernehmen.

»Es tut mir so leid«, wiederholte Lara und presste sich die Hände auf die Wangen. »Bist du sehr sauer?«

»Sauer? Überhaupt nicht.«

»Offen gesagt habe ich mir den Kopf darüber zerbrochen, ob ich dir das vor deinem Vorsprechen heute überhaupt sagen sollte, aber ich dachte mir, dass dir das vielleicht den nötigen Ansporn gibt, es dieses Mal tatsächlich zu schaffen. Ich meine, ich bin sicher, dass es zuerst schwer sein wird, eine neue Agentur zu finden, aber ...«

Emily erstarrte. »Moment mal, wie bitte?«

»Es wird sicher eine gewisse Übergangszeit ...«

»Stopp.« Emily schüttelte den Kopf. »Was für eine neue Agentur? Übergibst du mich denn nicht einem anderen Agenten?«

»Oh.« Laras Hand flog auf ihren Mund. »Oh, Schätzchen, ich dachte, ich hätte mich deutlich ausgedrückt.«

»Inwiefern deutlich?«

Lara blickte auf ihren Schoß hinunter. »Ich … hör mal, es ist nicht leicht für mich, dir das zu sagen. Es tut mir so leid, aber die Agentur übernimmt meine Klientenliste nicht.«

Emily spürte, wie ihr die Kinnlade herunterklappte.

»Keiner der Agenten hat noch freie Kapazitäten.« Laura hielt inne und schüttelte den Kopf. Schweigend rückte sie näher und legte ihre Hand auf Emilys, drückte sie, als läge sie im Sterben. »Schätzchen, ich fürchte, du bist draußen. Tut mir wirklich wahnsinnig leid.«

6

Scott

Vom Eingang eines Cafés in Soho beobachtete Scott die Fenster eines grauen Gebäudes auf der anderen Straßenseite. Er sah auf die Uhr: zehn Uhr siebzehn.

Sein Handy vibrierte in seiner Hand. Ohne den Blick abzuwenden, ging er dran. »Scott Denny.«

»Scott!«, bellte eine Stimme. »Junge! Tom hier. Hast du meine Nachricht erhalten?«

»Ja.« Der Eingang des Gebäudes lag verlassen da. Seit über zwölf Minuten war niemand hineingegangen oder herausgekommen. »Und gern geschehen. Obwohl ich ja eigentlich nicht allzu viel getan habe. Nichts, was du mit ein bisschen Zeit nicht auch selbst hättest schaffen können.«

»Machst du Witze?« Tom lachte. »Ich versuche schon seit Jahren, einen Fuß in genau diese spezielle Tür zu bekommen. Ich schulde dir mehrere Drinks, Kumpel.«

»Nicht nötig, wir sind quitt.« Scott verlagerte sein Gewicht von einem Fuß auf den anderen. Die Tür blieb verschlossen, die Fenster still. »Danke übrigens, dass du diesen Gefallen erwiderst. Ich weiß, dass die Sache ein wenig unorthodox ist.«

»Na, das ist doch das Mindeste, was wir tun konnten.«

»Ich weiß es jedenfalls zu schätzen.« Ein Schatten glitt über eines der Fenster. Es war nicht schwierig gewesen, die Agentin ausfindig zu machen. Und auch an ihre persönlichen Informationen war er mit Leichtigkeit herangekommen. Heutzutage fand man jede Menge Details online.

»Lara glaubt, Emma hätte es sowieso nicht viel länger gemacht. Sie hat kein Geld verdient, und um Geld geht es ja schließlich, oder?« Tom gluckste.

Scott verdrehte die Augen. Er kannte Tom Stanhope kaum – sie hatten sich nur einmal persönlich getroffen, bei irgendeiner Veranstaltung vor ein paar Jahren – aber es war lächerlich einfach gewesen, Tom vom Gegenteil zu überzeugen. Ein paar geschickt eingestreute Namen und ein feuchtfröhlicher Lunch, und schon schien Tom zu glauben, dass sie alte Freunde waren. Als Scott dann angeboten hatte, ihm die Tür zum Job seines Lebens zu öffnen, hätte Tom alles für seinen »Bruder im Geiste« getan. Und so hatte er seine Verlobte gebeten, einer ihrer weniger erfolgreichen Klientinnen den Laufpass zu geben, damit Scott seinen vielversprechenden neuen Protegé unter seine Fittiche nehmen konnte.

»Aber sie war überrascht.«

»Wer?«

»Lara. Sie sagte, sie könne sich nicht vorstellen, dass Emma ein Händchen für Kapitalanlagen hat.«

Auf der anderen Straße tat sich etwas. Die Tür zu dem Gebäude hatte sich geöffnet, und eine gebeugte Gestalt schlurfte heraus. »Emily«, murmelte er und folgte der Person mit den Augen.

»Wie bitte?«

»Sie heißt Emily.« Scott legte auf und setzte sich in Bewegung.

7

Emily

In einer ruhigen Seitenstraße konnte Emily vor lauter Tränen gar nichts mehr sehen. *Fallen gelassen. Ausrangiert. Weggeworfen.* Das Schlimmste, was ihr als Schauspielerin hatte passieren können. Sie wusste, was das bedeutete: Das Gleiche war letztes Jahr einem alten Freund aus der Schauspielschule passiert, einem armen, bescheidenen Waliser, der gleich darauf aus der Londoner Schauspielszene verschwunden war und nie wieder gesehen wurde. Als sei er gestorben. Niemand erwähnte auch nur seinen Namen, als reiche seine Erwähnung schon aus, um die Seuche des Vergessens über das gesamte West End zu bringen.

Nein, komm schon, reiß dich zusammen. Sie tupfte sich das Gesicht mit dem Ärmel ihrer Jacke ab in dem Versuch, ihr Makeup zu retten. Ein einziges Vorsprechen hatte sie ja noch vor sich. Es bestand immer noch Hoffnung.

Sie checkte die Uhrzeit auf ihrem Handy. Noch eine Viertelstunde, um sich wieder in den Griff zu kriegen und dann die Vorstellung ihres Lebens zu geben. *Das hast du noch*, sagte sie sich. Sie griff in ihre Tasche und zog die Seiten hervor, die man ihr per E-Mail geschickt hatte. *Atme, geh den Text durch, alles wird gut gehen.*

Doch die Zeilen tanzten vor ihren Augen, verhöhnten sie. Das Vorsprechen war für einen Kaugummiwerbespot. *Ein Mädchen soll von ihrem Date geküsst werden*, las sie in der Zusammenfassung, *doch sie riecht unverkennbar nach dem, was sie zu Abend gegessen hat, und das wird alles vermasseln. Es folgt ein Streit. Und der Kaugummi gewinnt.*

Na ja, gut, es war nicht gerade Shakespeare. Emily drückte die Schultern nach hinten. *Egal*, dachte sie. *Ich schaffe das.*

Aber das letzte Tröpfchen Optimismus versickerte im Boden, und die Demütigung bemächtigte sich ihres ganzen Körpers, fraß sich hindurch wie Termiten durch totes Holz. Sie durfte nicht einmal das Mädchen spielen; sie sollte für die Rolle der Zwiebel vorsprechen. Eine verkleidete Zwiebel, die Karate kann und im Straßenkampf bewandert ist.

Was für ein verfluchter Witz. Sie zerknüllte die Seiten ihres »Drehbuchs« in der Faust. Wem wollte sie eigentlich etwas vormachen? Ihren Lebensunterhalt würde sie damit niemals verdienen können, egal ob mit oder ohne Agentin. Sie ließ die vergangene Woche Revue passieren. Man hatte sie in einem stickigen Kabuff dazu aufgefordert, sich möglichst sexy durch einen improvisierten Hindernisparcours zu bewegen. Dann eine weitere, bizarre Erinnerung: Sie stand auf einem Stuhl und hielt einen Monolog, während ein Regisseur sie mit Zeitungspapier bewarf. Dann noch eine, als sie einem Butterfass »Happy Birthday, Mr. President« vorsingen musste.

Tränen strömten über ihr Gesicht und in ihren Mund. *Ich hasse mich.* Sie ließ die Worte in jede Zelle ihres jämmerlichen Körpers fließen. Ihr blöder Traum war das Einzige gewesen, was sie davon abgehalten hatte, sich unterkriegen zu lassen, und nun hatte er sich vor ihren Augen in Luft aufgelöst. Was sollte sie jetzt tun? Wohin sollte sie gehen? Wie konnte sie je wieder einen neuen Agenten finden? Sie hatte nichts vorzuweisen – kein Demoband, kein Vorzeigeprojekt, nicht einmal eine Darbietung in einem beschissenen Werbespot als *Zwiebel*, verdammt noch mal! Niemand würde sie je wieder engagieren. Sie würde London verlassen müssen. Sie müsste …

»Hey.« Eine Stimme drang durch ihre sich überschlagenden Gedanken.

Emily wich zurück. Sie wischte sich noch einmal die Nase am Ärmel ihrer Strickjacke ab, senkte den Kopf und stapfte in entgegengesetzter Richtung davon.

»Hey«, rief die Stimme noch einmal.

Sie blieb nicht stehen. Wahrscheinlich irgendein Cracksüchtiger, der sie um Kleingeld anbetteln wollte.

Laras Worte wollten ihr einfach nicht aus dem Kopf gehen. Ihr Gesicht war voller Mitgefühl gewesen. *Schätzchen, ich fürchte, du bist draußen.* Die Scham brannte wie Säure in Emilys Magen.

»Hey, warten Sie.«

Sie schlängelte sich an einer Gruppe Schulkinder vorbei und riskierte einen Blick über die Schulter. Hinter ihr lief ein Mann in dunkelblauem Anzug, der schnell näher kam. Definitiv kein Cracksüchtiger. *Oh Gott, das ist doch wohl nicht einer von diesen Spendensammlern, oder?* Sie lief schneller. Unter gar keinen Umständen würde sie jetzt stehen bleiben und mit einem Fremden über die missliche Lage der Eisbären plaudern, während ihr Leben komplett aus den Fugen geriet.

Sie wischte sich die Wimperntusche unter den Augen ab und wollte die Straße überqueren, doch sie stolperte über die Bordsteinkante, und ihr Drehbuch rutschte ihr aus den Fingern. Die Seiten lösten sich voneinander und flatterten in den Rinnstein. Plötzlich entsetzt über die Vorstellung, dass sie wegfliegen könnten, dass sie ihre allerletzte Chance verlieren könnte, schrie Emily auf und griff danach, wobei sie einem vorbeifahrenden Radfahrer in den Weg stolperte. Das Fahrrad schlingerte, entging nur knapp einer Kollision; Emily schnappte nach Luft, griff nach dem Papier. Sie wollte es unbedingt pünktlich zu diesem Vorsprechen schaffen, beweisen, dass sie immer noch jemand war ... aber es war zu spät. Weiße Blätter flatterten über den Asphalt und verschwanden unter Autoreifen.

Sie stand auf, sah durch den Schleier neuerlicher Tränen alles verschwommen. Hinter ihr rief der Mann ihr immer noch hinterher.

»Hey, Emily.«

Mist, dachte sie und wollte schon davonlaufen. *Bitte sei kein Vergewaltiger.* Dann schaltete sich ihr Gehirn ein, verarbeitete das, was ihre Ohren gerade gehört hatten, und sie erstarrte.

»Emily«, rief der Mann noch einmal, diesmal lauter, und als sie sich umdrehte, stellte sie erschrocken fest, dass sie dieses Gesicht kannte.

»Mr. Denny?«, stieß sie mühsam hervor.

Plötzlich ertönte ein Schrei, Bremsen quietschten, und aus dem Augenwinkel nahm sie einen riesigen roten Schatten wahr. Noch mehr Schreie, dann lautes Hupen, und Emily hielt sich die Ohren zu. Aber der Lärm war ohrenbetäubend, und der rote Schatten kam immer näher. Das Quietschen wurde lauter, und ihre Atmung ging immer schneller, und ...

Panik erfasste sie, noch bevor der Bus sie erwischte, eine riesige Flutwelle der Angst, die ihre Kehle hinabströmte, ihre Lungen überschwemmte, bis sie keine Luft mehr bekam. Dann explodierte etwas in ihrem Innern, wie das Flattern Tausender von Flügeln. Etwas Unsichtbares drückte auf ihre Rippen, und unwillkürlich hob sie die Hände, als wolle sie ein schweres Objekt von ihrer Brust schieben.

Na toll, dachte sie vage, als sie wie ein gefällter Baum zu Boden ging. *Jetzt geht das wieder los.*

Die Häuser schwankten, der Himmel wurde dunkel, die Welt stand kopf.

Der Bus hielt nur wenige Zentimeter vor ihrem Gesicht – und dann, wie aus dem Nichts, sprang Mr. Denny, Emilys ehemaliger Chef, aus dem Chaos wie ein gut aussehender, menschlicher Schild, ein Superheld, ein glorreicher Ritter. Er gab dem Fahrer ein Handzeichen, schrie ein paar Umstehende an, ihr ein wenig Platz zu machen, und fast hätte sie gelacht, denn das musste eine Halluzination sein. Nichts davon konnte real sein: Diese sanfte Hand auf der ihren, diese Jacke unter ihrem Kopf, diese verschwommene Gestalt mit einem Heiligenschein aus Haaren, die erhobene Hand und diese Stimme, die sagte: »Haben Sie keine Angst, Emily. Ich helfe Ihnen.«

Das alles konnte nur ein wunderschöner Traum sein.

8

Scott

Während er Emily auf die Füße zog und sie durch die Tür eines nahe gelegenen Pubs schob, war ihm schwindelig vor Triumph. Wenn sein Plan irgendeinen Haken gehabt hatte, dann den, dass Emily eigentlich keinen wirklichen Grund hatte, ihm zu trauen. Dieses Problem hatte der Bus innerhalb von Sekunden gelöst.

Schicksal. Etwas anderes war gar nicht möglich.

Scott nahm ein paar Servietten und bestellte einen Saft an der Bar, während er sich mit seiner neuen Rolle als Retter anfreundete. Aus der Nähe bemerkte er, dass Emily hübsch war, und zwar auf natürliche Art und Weise. Blondes Haar, braune Augen, Sommersprossen auf der Nase ... keine wirklich bemerkenswerte Erscheinung, aber sämtliche Einzelteile passten auf angenehme Weise zusammen. Allerdings wurde die Wirkung momentan von fleckigen Wangen, blutunterlaufenen Augen und einer rotzverschmierten Oberlippe etwas beeinträchtigt.

Er wartete höflich, bis Emily sich die Nase geputzt hatte. Erhitzt und zitternd plapperte sie unzusammenhängendes Zeug vor sich hin – etwas von einem Vorsprechen, und dass sie zu spät kommen würde und von all den schrecklichen Dingen, die Lara zu ihr gesagt hatte. Er nickte mitfühlend und dankte seinem Glücksstern, dass er mit seiner Intuition richtig gelegen hatte. Nachdem er ihren Ausführungen zehn Minuten lang zugehört hatte, war er überzeugter denn je, dass Emily genau die Person war, nach der er suchte.

»Es tut mir so leid«, sagte er, als sie endlich eine kleine Atempause machte. »Ich wollte Ihnen keine Angst einjagen. Ich habe Sie nur gerade vorbeikommen sehen und mich gefragt, ob ich Sie mit zurück zur Arbeit nehmen sollte. Sie kamen mir ziemlich durcheinander vor.«

Emily warf ihm, wie erwartet, einen misstrauischen Blick zu. »Arbeit?«

»Ja. Arbeit.« Er lachte. »Sie wissen doch, diese Sache, die Sie für Proem machen? Wir geben Ihnen dafür Geld.«

»Aber …« Sie schüttelte den Kopf. »Ich arbeite nicht mehr für Sie. Man hat mich gefeuert.«

Scott tat verwirrt. »Gefeuert? Was meinen Sie damit?«

Emily berichtete ihm lang und übermäßig ausführlich davon, wie David Mahoney ihr die Neuigkeiten hinterbracht hatte, wie er ihr gesagt hatte, sie sei »untauglich« und »passe nicht zu Proem«.

Scott gab sich gebührend schockiert. »Da muss irgendein Irrtum vorliegen.« Er wartete sorgsam den richtigen Moment ab, bis sich ihre Atmung wieder normalisiert hatte. Er fragte, ob er sie ins Krankenhaus bringen sollte, und als sie ablehnte, bot er ihr an, ein Taxi zu rufen, das sie nach Hause brachte. Dann legte er ihr sanft die Hand auf die Schulter und versicherte ihr, dass alles gut werden würde. Alles hat seinen Grund, sagte er. Vielleicht, so fügte er hinzu, hatten sie sich ja treffen *sollen* – die einzigen Worte, die er aufrichtig meinte.

Schließlich drückte er ihr seine Visitenkarte in die Hand. Nachdem er sich erneut für das Missverständnis, das hier offenbar vorlag, entschuldigt hatte, schlug er vor, dass sie Proem noch eine Chance gab. Wenn sie es über sich brächte, zu vergeben und zu vergessen, sagte er, dann hätte er noch eine andere Stelle für sie in der Pipeline. Wie er vorausgesehen hatte, stürzte sie sich auf diese Information. »Wirklich?«, fragte sie mit leuchtenden Augen. »Ja. Danke. Die nehme ich.«

Er lachte. »Sie wissen doch gar nicht, worum es sich handelt.« Er sagte, dass er später im Büro mit ihr darüber reden wolle, wenn es ihr recht sei. »Kommen Sie doch einfach am Montag zu mir, dann kann ich Ihnen ausführlicher erklären, worum es geht.«

Er wartete auf ihre Antwort, doch so wie sie ihn in diesem Augenblick ansah, wie sie die Karte in der Hand hielt – als handele es sich um einen kostbaren Edelstein –, war eigentlich schon alles klar.

9

Emily

Als sie wieder in ihrer tristen kleinen Wohnung war – die nach dem glänzenden Interieur des Pubs in Soho umso heruntergekommener wirkte, nach dem reinen Weiß von Scotts Hemd umso schmutziger –, klopfte Emilys Herz noch immer wie wild; wobei sie nicht sagen konnte, wie viel davon auf die Nachwirkungen des Schocks, beinahe von einem Bus überfahren worden zu sein, zurückzuführen war. Ja, sie war traumatisiert. Ja, sie hatte ihr überaus wichtiges Vorsprechen verpasst, ihren Schwanengesang. Aber wahrscheinlicher war, dass die Ursache für ihre anhaltende Atemlosigkeit, den Schwindel und das Herzrasen vor allem Scott Denny war.

Sie ignorierte das unsägliche Chaos in der Küche (Spencer hatte sein Schmutzlevel als Protest gegen ihren Rauswurf offensichtlich erhöht) und ging geradewegs in ihr Zimmer, wo sie sich aufs Bett setzte und ernsthaft über die Möglichkeit nachsann, ob sie soeben eine Begegnung mit dem Göttlichen gehabt hatte. Die Haare auf ihren Armen stellten sich auf, als sie erneut an den Augenblick dachte, als Scott aufgetaucht war – seine Anzugjacke hatte ihn umweht wie ein Cape. Sie würde niemals zugeben, auf diesen Quatsch mit dem Ritter in schimmernder Rüstung hereinzufallen, doch als Scott sie geschickt auf die Füße gezogen hatte, als wolle er mit ihr tanzen, hatte sie gespürt, wie etwas in ihr aufbrach.

Zu diesem Zeitpunkt war auf seinem Gesicht lediglich höfliche Besorgnis abzulesen gewesen. Die Freundlichkeit eines Fremden. Aber nachdem er ihr aufgeholfen und ihr den Staub abgeklopft hatte, nachdem sie eine gefühlte Ewigkeit lang in diesem Pub gesessen und Scott ihr so aufmerksam gelauscht hatte, als wolle er sein Ohr geradezu an ihre Seele pressen, hatte er noch etwas über das Schicksal gesagt. Da hatte sie gewusst, dass auch er es gespürt hatte.

Und dann, als sei es nicht genug gewesen, dass er sie vor dem sicheren Tod bewahrt hatte, hatte Scott Denny ihr einen geheimnisvollen neuen Job angeboten. Ohne Vorstellungsgespräch oder Probearbeiten; er hatte versprochen, dass ein Arbeitsplatz auf sie wartete, wenn sie ihn wollte. *Rufen Sie mich an*, hatte er gesagt und seine Visitenkarte aus der Brieftasche gezogen. *Dann können wir uns treffen. Wie wäre es mit Montag?*

Emily fragte sich, was ihr neuer Arbeitsplatz wohl für sie bereithalten mochte. Keine Empfangstätigkeit, vermutete sie. Vielleicht würde er sie weiterbilden als … *hmmm*. Was machten sie bei Proem noch mal? Aktien und Anteile? Irgendwas in der Art. Egal – es zählte nur eins: dass sie einen neuen Job hatte. Sie würde also Geld verdienen und musste sich keins von ihren Eltern leihen. Sie nahm sich vor, Juliet gleich am nächsten Morgen anzurufen.

Sie rollte sich auf dem Bett zusammen und schnitt eine Grimasse, als ihr der Bus, der auf sie zugerast war, wieder einfiel. Sie hatte sich schon lange nicht mehr so gefühlt. Diese schiere, blinde Angst und dieses Déjà-vu … und dann diese Schwerelosigkeit, als sie fiel, so vertraut wie ihre Bettdecke. Dabei hatte sie geglaubt, das überwunden zu haben.

Sie verdrängte ihre Gefühle mit einem Bild von Scott. *Mein Held.* Sie lächelte. In der Hand hielt sie noch immer seine Visitenkarte. Gab es ihn tatsächlich? Vielleicht hatte sie ihn sich nur eingebildet.

Sie griff nach ihrem Handy und schickte ihm eine Nachricht. *Danke, danke, danke.* Wenige Sekunden später antwortete Scott. Er existierte also tatsächlich.

Das Wochenende kam ihr quälend lang vor. *Solange man auf die Uhr schaut, vergeht die Zeit garantiert nicht,* rief sich Emily immer wieder ins Gedächtnis, aber die Anspannung war kaum zu ertragen, und schon bald starrte sie wie hypnotisiert auf den Zeiger, wie ein Kind, das vor dem Fernseher saß. Doch allmählich beschlichen sie auch Zweifel. Scotts dramatisches Erscheinen und das nachfolgende Angebot hatten für einen Augenblick den Kummer darüber, aus Laras Liste gestrichen worden zu sein, verdrängt. Aber was, wenn er es sich anders überlegt hatte? Oder es *vergessen* hatte? Was, wenn sie bei Proem auftauchte und kein Mensch von ihrem Termin wusste? Was würde sie dann tun?

Am Montagmorgen war sie versucht, im Bett zu bleiben, sich unter der Decke zu verkriechen. Aber nachdem sie sich streng ins Gewissen geredet hatte, scheuchte sie sich selbst zur Tür hinaus und in die U-Bahn. Versehentlich war sie viel zu früh da, weshalb sie so lange wie möglich an der Straßenecke herumlungerte, bevor sie schließlich mit dem Aufzug in den fünften Stock fuhr. Als sie sich der Rezeption näherte, klopfte ihr Herz so laut, dass sie jeden Augenblick damit rechnete, von jemandem gebeten zu werden, es leiser zu stellen.

Die Frau, die an Emilys früherem Platz saß, war älter als sie und offensichtlich auch klüger. Emily staunte über das Tempo und die Effizienz, mit der sie Telefonate entgegennahm, eine E-Mail verschickte und einen Vertrag abheftete – und das alles gleichzeitig. »Hi«, grüßte die neue *(alte)* Empfangsdame. »Haben Sie einen Termin?«

»Äh, ja. Ja, habe ich. Ich bin Emily. Emily Proudman. Ich möchte zu Mr. Denny.« Sie zögerte, kam sich vor wie ein Schulmädchen im Büro des Direktors. »Scott«, fügte sie hinzu und fühlte sich gleich etwas besser.

Die Rezeptionistin gab etwas auf ihrer Tastatur ein. Es entstand eine angespannte Pause. »Ah ja«, sagte sie endlich. »Um halb zwölf?«

»Genau.« Emily sah auf die Uhr an der Wand. »Tut mir leid, ich bin etwas zu früh dran.« Wie seltsam, diese Worte aus ihrem eigenen Mund zu hören. Sie kam selten zu früh – und ganz sicher war sie nie zu früh an ihrem Arbeitsplatz bei Proem gewesen. *Sieh an, ich verändere mich*, dachte sie glücklich.

»Nehmen Sie doch bitte Platz.«

Auf der Samtcouch, auf der David Mahoney ihr aufgelauert hatte, überkreuzte Emily die Beine, schlug sie dann anders übereinander, tupfte sich die Stirn ab und strich sich das Haar glatt. Sie zupfte an ihrem Rock herum, weil seine Länge sie unsicher machte. *Bleib ruhig*, ermahnte sie sich. *Bleib cool*.

Sie nahm die oberste Zeitschrift von einem Stapel auf dem Beistelltisch und wäre beinahe von der Couch gefallen. Scotts dunkle Augen blickten sie vom Cover aus an. *Der Gründer von Proem Partners, Scott Denny, schildert die Herausforderung, im Herzen des traditionsreichen London innovative Räumlichkeiten zu schaffen*, hieß es darunter. Hastig blätterte Emily zum Hauptartikel: Ein Foto von der Lobby und dem großen LED-Kronleuchter zierte eine ganze Doppelseite.

Proem, mit Sitz in einem instand gesetzten, unter Denkmalschutz stehenden edwardianischen Altbau in Mayfair, ist ein herausragendes Unternehmen für Kapitalanlagen mit dem Fokus sowohl auf aufstrebende als auch etablierte Firmen unterschiedlichster Branchen. Proem bezeichnet sich selbst als »Kleinunternehmen«, doch Gewinnmarge und Jahresumsatz legen das Gegenteil nahe.

Wieder ein Foto von Scott, der nun lässig auf der Lehne eines schwarzen Ledersofas hockte, die Füße auf der Sitzfläche, die Ellbogen auf den Knien aufgestützt. Der Fotograf hatte ihn halb lachend eingefangen, wobei ihr schleierhaft war, warum dies so entwaffnend wirkte. Scott war zweifellos gut aussehend. Aber das brodelnde, siedende Gefühl in ihrem Brustkorb war mehr als nur sexuelle Anziehungskraft – es fühlte sich irgendwie *größer* an.

Das flexible Arbeitsraumkonzept umfasst fünfunddreißig Arbeitsplätze, zehn Büros, sieben Konferenzräume und einen Sitzungssaal für zwanzig Personen mit modernster AV-Medientechnik für Telefonkonferenzen, Videokonferenzen und Whiteboard-Präsentationen. Eigenen Angaben zufolge steht für Scott Denny die Mitarbeiterzufriedenheit an erster Stelle, weshalb die Räumlichkeiten selbstverständlich auch einen luxuriösen Pausenbereich und eine Dachterrasse umfassen.

Eine Gruppe aus drei Analysten – einer Frau und zwei Männern – kam gerade aus einem der Konferenzräume und durchquerte das Foyer. Sie blieben an der Rezeption stehen, um sich ein paar Akten aushändigen zu lassen. Emily lächelte und hob zaghaft die Hand zum Gruß.

»Ann-Marie ist schon wieder krank«, sagte einer der Typen mit lauter, gelangweilter Stimme.

»Also bitte, sie ist doch nicht krank«, antwortete die Frau und warf sich die blonden Löckchen über die Schulter. »Wieder mal nur ein Vorwand, um ihren fetten Hintern auf die Couch zu pflanzen und sich den ganzen Tag mit Chips vollzustopfen.«

»Ich dachte, sie sei ausgerastet? So etwas wie ein waschechter Zusammenbruch?«

»Depressionen, hab ich gehört.«

»Weshalb sollte die denn Depressionen haben?«

»Äh, hallo? Hast du ihre Brustvergrößerung nicht gesehen?«

»Wenn mich irgendjemand so zurichten würde«, sagte die Frau, »würde ich ihn verdammt noch mal verklagen.« Die Gruppe nahm die Akten an sich und ging weiter in den Kopierraum.

Emily ließ die Hand wieder in den Schoß sinken und fragte sich, ob ihre Kündigung mittlerweile schon allgemein bekannt war. Sie konnte sich nicht vorstellen, noch nicht Objekt des Büroklatsches geworden zu sein, aber vielleicht war sie es ja auch gar nicht wert, dass man Klatschgeschichten über sie verbreitete. Sie beugte sich wieder über die Zeitschrift und dachte, dass es wohl das Beste wäre, keine Aufmerksamkeit zu erregen – für alle Fälle.

Als er das Projekt in Angriff nahm, wollte Scott Denny kein traditionelles Büroambiente, sondern eine »warme, einladende Atmosphäre« schaffen. Inspiriert von New Yorker Lofts, wird der Industrial Chic mit einer Wohnatmosphäre kombiniert, wodurch eine Struktur und eine Stofflichkeit entstehen, die den Räumlichkeiten Brillanz und Tiefe verleihen. Erdige Töne und gedämpfte Farben sorgen für Ruhe, während riesige Kunstwerke und hohe Decken Ehrfurcht einflößen.

Ehrfurcht. Ja, das war das Wort. Das war es, was Emily empfand, wenn sie an Scott dachte.

Wieder erklang die gleiche laute, gelangweilte Stimme. Emily blickte auf. Die Tür zum Kopierraum stand einen Spalt offen.

»Gibt es irgendetwas Neues in Sachen Sommerparty?«

»Ich habe gehört, wir buchen ein *Restaurant.*«

»Ach, wirklich. Wie öde.«

»Wir sollten lieber wieder auf diese Superjacht. Das war der *Hammer.*«

»An den Abend kann ich mich buchstäblich überhaupt nicht mehr erinnern. Absoluter Absinth-Blackout.«

Allgemeines Gelächter.

»Also wird Scott uns dieses Jahr nicht seine französische Villa zur Verfügung stellen?«

Emily spitzte die Ohren. Sie rutschte zum Ende des Sofas und beugte sich weiter zur halb offenen Tür.

»Lass gut sein, Mann«, sagte die weibliche Stimme erschöpft. »Das wird er nie tun. Ich liege ihm damit schon seit Jahren in den Ohren, aber anscheinend erteilt ihm seine völlig durchge-knallte Frau jedes Mal eine Abfuhr.«

Emily erstarrte. *Frau?* Sie legte die Zeitschrift weg. *Was für eine Frau?*

»Wie ich gehört habe, soll sie eine ziemliche Zicke sein«, murmelte einer der Typen.

»Wer *ist* sie überhaupt?«

»Ist sie heiß?«

»So heiß kann sie nicht sein, wenn er sie nie besucht.«

»Keine Ahnung. Klingt in meinen Ohren nach der perfekten Ehe.«

Emilys Herz sank. *Er ist verheiratet*, dachte sie. Und dann:

Natürlich ist er verheiratet. Was hast du denn erwartet? Sie beugte sich noch weiter vor.

»Ich sag doch, sie ist eine Zicke.«

»Sei mal ein bisschen toleranter. Du weißt doch, was passiert ist, oder?«

»Ja klar, aber das ist Jahre her. Und du weißt doch, wie man so sagt: Sei stärker als deine beste Ausrede.«

»Das ergibt doch überhaupt keinen Sinn.«

»Er *hasst* sie. Das merkt man doch.«

Plötzlich hörte man das leise Klappern von Absätzen. »Pssst«, zischte jemand. »Kim Kardashian ist auf dem Kriegspfad.«

Hastig nahm Emily ihre ursprüngliche Position ein und griff wieder nach der Zeitschrift, die Stimmen im Kopierzimmer wurden zu einem Flüstern, als Scotts persönliche Assistentin, Verity, wie die Königin unter den Supermodels auf spitzen Stilettos in den Empfangsbereich stolzierte und die Augenbrauen nach oben zog. »Sorgen Sie dafür, dass das hier in den nächsten fünf Minuten per Kurier rausgeht«, sagte sie zu Emilys Nachfolgerin und ließ eine dicke, schwarze Akte auf den Schreibtisch plumpsen. »Und bitte sagen Sie diesen Idioten, dass es keine drei Leute braucht, um einen Vertrag zu fotokopieren.«

Hinter ihrer Zeitschrift beobachtete Emily, wie die Analysten einer nach dem anderen verlegen aus dem Kopierraum schlüpften.

»Oh, und Ms. Proudman?« Verity warf einen Blick über die Schulter, der so scharf war, dass Emily zusammenzuckte. »Scott wird Sie jetzt empfangen.«

10

Scott

Scott lag auf dem Boden seines Büros, das Gesicht auf den Beton gepresst. Als er sich heruntergebeugt hatte, um ein heruntergefallenes Blatt Papier aufzuheben, war sein Blick auf zwei tote Kakerlaken gefallen, die neben der Fußleiste auf dem Rücken lagen. Ihre Beine zuckten, weil sich ein Ameisenvolk an den dürren Kadavern labte. *Warum zwei?* fragte er sich. Und warum lagen sie so dicht beieinander? Vielleicht war es ein Duell gewesen oder ein Selbstmordpakt. Vielleicht waren die beiden Romeo und Julia der Insektenwelt.

Er hatte die Insekten eine Zeit lang beobachtet und sich schließlich auf Hände und Knie hinuntergelassen, um sie besser sehen zu können. Ihn faszinierte sowohl die Komplexität der wogenden Masse, als auch die Einfachheit der einzelnen Aufgabe: marschieren, essen, marschieren, essen. Jedes einzelne Tierchen war Teil eines gigantischen Superorganismus, der das Ziel hat, zu fressen und zu überleben. Der Anblick war hypnotisch. Außerdem fühlte sich der Boden gut an. Kühl und fest. Also legte er sich hin.

Die letzten paar Tage waren nicht einfach gewesen. Nach einer kurzen Phase relativer Ruhe, in der Scott sich wohl genug gefühlt hatte, um Flüge für das bevorstehende lange Wochenende zu buchen, hatte sein Überziehungskredit verrückt gespielt.

74

Immer wieder war das Konto aufs Neue belastet worden: erst dreimal, dann fünfmal, dann erneut dreimal, bis eine Summe von insgesamt 97 556 Pfund zusammengekommen war. Er hatte versucht, Nina zu erreichen, aber sowohl seine Anrufe, als auch seine E-Mails waren unbeantwortet geblieben. Das einzige Lebenszeichen von ihr war eine letzte gigantische Abbuchung heute Morgen gewesen, wie der finale Feuerwerkskörper nach einer Pyrotechnik-Show. Er konnte nichts weiter tun, als zusehen, wie es sich entwickelte; seine einzige Rettung war, dass er sich dieses Schauspiel nicht persönlich ansehen musste. Er stornierte seine Flüge.

Auf dem Boden fuhren die Ameisen fort, sich über die Kakerlaken herzumachen. Einer kleinen Gruppe gelang es, ein Bein abzubrechen und es wegzutragen wie eine Siegesbeute. Eines der kleinen Kerlchen hatte den Anschluss verloren und verpasste das Spektakel, also stieß Scott es mit dem Finger wieder zurück auf Kurs. »Falsche Richtung«, flüsterte er der Ameise zu. »Das große Futtern findet da hinten statt. Na los, mach schon. *Bon appétit.*«

»Entschuldigen Sie bitte, sprechen Sie mit mir?«, sagte eine Stimme.

Scott sprang auf. Im Türrahmen stand ein Mädchen. Nein, Moment mal. *Das* Mädchen. Emily.

»Hallo«, sagte sie. »Tut mir leid, dass ich Sie störe bei, äh …«

»Nein, überhaupt nicht. Ich habe nicht …« Scott unterbrach sich. »Schon gut. Danke, dass Sie gekommen sind.« Was um Himmels willen hatte er gemacht? Wie hatte er die Zeit dermaßen vergessen können? Und wie viele seiner Angestellten hatten wohl mitbekommen, wie er auf dem Boden herumgekrochen war? Er sah zur Bürowand hinüber. Das intelligente Glas war noch durchsichtig, aber glücklicherweise war der Flur dahinter leer.

»Nun«, sagte er und ging zu der Glaswand hinüber. Er drückte auf einen Schalter, und durch die elektrochrome Beschichtung wurde das Glas opak, sodass sie von außen für niemanden mehr zu sehen waren. »Wie fühlen Sie sich nach letzter Woche? Keine gebrochenen Knochen, nehme ich an?«

»Oh nein.« Sie errötete. »Ich meine, ich bin immer noch etwas durch den Wind, aber eigentlich … na ja, geht es mir gut.«

»Was war denn da überhaupt los?«

»Was meinen Sie damit?«

»Na, der Bus hat schließlich noch rechtzeitig halten können. Er hat Sie nicht mal gestreift, und doch gingen Sie zu Boden wie ein nasser Sack.«

»Oh ja.« Emilys Gesicht rötete sich sogar noch mehr. »Ich neige dazu. Ohnmächtig zu werden, meine ich. Das ist mir jetzt schon länger nicht mehr passiert, aber als ich jünger war, bekam ich immer diese Panikattacken, bei denen mir schwarz vor Augen wurde und so? Bisschen seltsam. Ich dachte, ich sei die Anfälle losgeworden, aber vielleicht durch den Stress der letzten Zeit …« Sie verstummte und zuckte mit den Schultern.

Scott setzte sich an seinen Schreibtisch und bedeutete ihr, auf dem Stuhl gegenüber Platz zu nehmen. Er bemerkte, dass sie eine ungewöhnliche Interpretation von Bürokleidung trug: ein geblümtes Top mit U-Boot-Ausschnitt, das sie in einen leuchtend grünen Rock mit hoher Taille gestopft hatte, dazu eine schwarze Strumpfhose und glänzende, vorne abgerundete Pumps mit hohen Absätzen. Und sie bewegte sich, als hätte sie im Leben noch nie hohe Schuhe getragen.

Sie lächelten einander zu, und da war es schon wieder: dieses vage Gefühl, dass er sie kannte oder sie irgendwo schon mal gesehen hatte.

»Kaffee? Tee?« Er griff nach dem Telefon auf seinem Schreibtisch.

»Oh, nein, vielen Dank.«

»Wahrscheinlich besser so. Ich sollte meinen Koffeinkonsum auch einschränken, aber ohne komme ich einfach nicht durch den Tag.« Er drückte auf einen Knopf. »Verity, bringen Sie mir bitte einen großen schwarzen Kaffee? Und dazu noch ein paar von diesen Keksen? Den schokoladigen? Danke.« Er legte auf. »Ich habe das Gefühl, dass das hier ein Meeting wird, bei dem Kekse angebracht sind«, erklärte er grinsend.

Auf der anderen Seite des Tisches holte Emily tief und bebend Atem. Sie schien nervös zu sein, was Scott durchaus nachvollziehbar fand. Auch sein eigenes Herz flatterte in seiner Brust, seine Hände waren feucht, und ihm klebte das Hemd am Rücken.

»Gut, kommen wir also zur Sache.« Er legte die Hände auf den Schreibtisch und verschränkte sie, um sie am Zittern zu hindern. »Im Hinblick auf die Beendigung ihrer Anstellung hier möchte ich nochmals betonen, dass diese Anweisung eigentlich nicht von mir kam. Ich persönlich war sehr zufrieden mit Ihnen. Sie haben wunderbare Arbeit geleistet. Und waren sehr beliebt.« Emily zog ein Gesicht, als könne sie ihm nicht so recht glauben, und damit lag sie gar nicht so falsch. Die anderen Mitarbeiter hatten sie bestenfalls ignoriert; schlimmstenfalls hatten sie sie wegen der gleichen Dinge verspottet, wegen denen sie Scott überhaupt erst aufgefallen war: Sie war naiv, unzuverlässig, unkonzentriert.

»Sie haben mich während der Zeit in unserem Unternehmen vielleicht nicht allzu häufig wahrgenommen«, fuhr Scott fort, »aber ich habe Sie gesehen und war sehr beeindruckt. In meinen Augen wäre es ein Jammer, Sie zu verlieren.« Einen Augenblick lang geriet sein Selbstvertrauen ins Wanken. Noch war es nicht zu spät; er konnte noch immer einen Rückzieher machen. Aber dann dachte er an den orangefarbenen Umschlag und die bedruckten Seiten darin, und wieder fühlte es sich so an, als hätte er diese ganze Situation nicht mehr selbst in der Hand. Irgendetwas hatte Emily zu ihm geführt. Die Rädchen drehten sich bereits, und selbst wenn er gewollt hätte, hätte er sie nicht mehr anhalten können.

»Ich möchte, dass Sie auch weiterhin für mich arbeiten«, sagte er, straffte die Schultern und richtete sich auf. »Natürlich nur, wenn Sie sich das ebenfalls wünschen. Bevor wir aber die Einzelheiten besprechen, könnten Sie mir vielleicht ein wenig über sich selbst erzählen. Immerhin wurden wir einander nie richtig vorgestellt, als Sie hier Ihre Arbeit aufnahmen.«

»Oh. Okay, klar«, antwortete Emily. »Obwohl es wahrscheinlich nicht allzu viel zu erzählen gibt.«

An der Tür klopfte es energisch, und Verity kam herein, in den Händen ein kleines, schwarzes Tablett. »Meeting mit Lomax in einer halben Stunde«, sagte sie und stellte Scotts Kaffee und die Kekse vor ihn hin. Sie warf Emily noch einen Seitenblick zu, dann fegte sie genauso schnell aus dem Zimmer, wie sie hineingekommen war, wobei ihr Parfüm wie eine Duftwolke hinter ihr herwehte.

Scott nahm seine Tasse zur Hand und nippte daran. Der Kaffee war brühend heiß. Er trank ein paar große Schlucke, genoss das Brennen in Mund und Kehle. Er legte einen Keks auf eine Serviette und schob ihn über den Schreibtisch. »Also, erzählen Sie mal. »Was machen Sie, wenn Sie nicht als Zeitarbeitskraft arbeiten?«

Emily entpuppte sich als durchaus mitteilsam. Er fand sie süß und skurril, sowohl geistreich als auch ungewollt witzig. Sie zwitscherte wie ein Vogel, war lebhaft und heiter, und sie warf ihre Gedanken in die Luft wie Papierflugzeuge. Eine Anekdote hier, ein kleiner Scherz dort; ein Schritt zurück, dann ein verrückter Sprung nach vorn. Sie beantwortete Scotts Fragen offen und vorbehaltlos. Offensichtlich gab es kaum einen Filter zwischen dem, was sie dachte, und dem, was sie sagte; sie breitete alles aus, noch während sich ihre Gedanken bildeten. Und dann lieferte sie ihm freiwillig eine Fülle persönlicher Informationen, ohne dass er sie überhaupt darum gebeten hatte. Ihm stellte sie, wie zu erwarten gewesen war, nur wenige Fragen.

Während sie sprach, fand er seine Theorien bestätigt; alles, was seine Recherchen ergeben hatten, wurde in diesem einen Gespräch bestätigt. Wenige enge Freundschaften, keinen festen Freund und eine anscheinend recht schwierige Beziehung zu ihrer Familie. Sie war isoliert und einsam. Außerdem schien sie nicht allzu sesshaft zu sein, blieb selten lang an ein und demselben Ort wohnen. Praktischerweise sollte sie demnächst ihre Bude räumen, weil sie die Miete nicht pünktlich bezahlen konnte (eine Information, die sie ihm ohne jede Scham von selbst lieferte), und sie hatte keine Alternativen. Ihre Schauspielkarriere stand vor dem Aus, und nach dem Gespräch mit Lara war sie gedemütigt und verletzlich, genau wie er es sich erhofft hatte.

Wie der Persönlichkeitstest schon ergeben hatte, war sie eine Träumerin, eine Geschichtenerzählerin, war umgänglich und lebte ausschließlich im Augenblick. Abenteuerlustig, aber ohne allzu viel Selbstvertrauen, wandte sie sich gern an andere um Rat, bevor sie eine Entscheidung traf. Sie war loyal, mitfühlend und – was am wichtigsten war – sehr, sehr vertrauensselig.

Ja, dachte er. *Sie ist die Richtige.*

Zwanzig Minuten später sprach Emily immer noch. Auf ihrer Wange prangte ein Schokoladenfleck. Scott widerstand dem Impuls, die Hand auszustrecken und ihn mit dem Finger abzuwischen.

Er sah auf die Uhr. Verity würde schon bald wieder an die Tür klopfen. Er wartete auf eine Pause in Emilys Bericht über irgendeinen absurden Vorfall (irgendetwas mit einer Zwiebel?), um sie zu unterbrechen. »Nun, das alles hört sich an, als hätten Sie wirklich einiges hinter sich. Wir sollten vielleicht noch schnell über den Job reden.«

Emilys Hände flogen auf ihre Wangen. »Oh Gott. Ich habe viel zu viel geredet.«

»Nein, gar nicht. Ich stehe nur etwas unter Zeitdruck und will mit Ihnen heute schon so viel wie möglich besprechen.«

»Ja, natürlich. Tut mir leid.« Sie stopfte sich den Rest des Kekses in den Mund.

»Ihnen ist sicher schon aufgefallen«, sagte Scott, »dass ich viel Zeit auf dem Kontinent verbringe. Vornehmlich aus geschäftlichen Gründen, aber ich halte mich dann auch in meinem Haus in Frankreich auf. Offen gesagt, müsste ich viel häufiger dort sein, aber ich fliege hin, wann immer ich kann.« Er spürte, dass seine Gedanken abzuschweifen drohten. Das geschah immer, wenn er von dem Anwesen sprach, als ob allein das Reden darüber ein Portal öffnete, durch das er die Hand ausstrecken und buchstäblich das Pampasgras berühren konnte. Den Travertin.

Das weiche, pralle Kissen …

Den einsamen Finger, der nach oben deutete, immer und immer wieder.

Scott holte tief Luft, um wieder einen klaren Kopf zu bekommen. Dieser Ort saugte ihn auf. Nina nannte ihn ihre Blase, und er erkannte, warum. Die Konturen des Landes, die Bäume, die Wiederholung der Kreise und Linien in der Anlage des Geländes … aber für ihn war es keine Blase, sondern etwas Festeres, Undurchdringlicheres. Eine Schneekugel. Manchmal, wenn sein letzter Besuch besonders lange her war, hatte er sich sogar vorgestellt, wie dieser Ort wohl in schneebedecktem Zustand aussehen würde – zarte Flocken, die vom Himmel wirbelten und herabsegelten, die sich auf die Blätter und Blüten legten und sich auf den Fensterbrettern zu weichen Verwehungen türmten – was lächerlich war, denn dort schneite es so gut wie nie.

Er konzentrierte sich. »Es ist unglaublich schön dort. Sehr weit abgelegen, aber wir haben weder Kosten noch Mühen gescheut. Alles, was man sich jemals wünschen kann, … findet man dort.« Sein Magen zog sich zusammen, als er kurz an den Kontoauszug dachte. Er räusperte sich. »Aber das Anwesen ist groß und schwer instand zu halten. Es hat viele Besonderheiten, die sorgfältiger Pflege bedürfen. Hinzu kommt die Bewirtschaftung zweier Häuser. Meine Frau will eines davon zu einem Gästehaus machen, es gibt also jede Menge zu tun. Und wir haben eine Tochter.«

Emily bekam einen Hustenanfall. »Mein Gott, tut mir leid«, stieß sie mühsam hervor. »Eine Tochter? Wie schön. Wie alt ist sie denn?«

»Sie ist gerade sechs Jahre alt geworden.«

Emily klopfte sich auf die Brust, Tränen standen in ihren Augen. »Tut mir leid«, wiederholte sie. »Wow. Sechs. Das ist … ein nettes Alter.«

»Hmmm. Sie hat allerdings gesundheitliche Probleme, die nicht leicht zu bewältigen sind, deshalb geht sie erst wieder zur Schule, wenn es ihr gut genug geht. Sie wird daheim unterrichtet und muss ständig Medikamente nehmen … alles in allem findet meine Frau es extrem schwierig, sämtliche Aufgaben ganz allein zu bewältigen.«

»Natürlich. Das ist sicher eine große Herausforderung.«

»Eine Herausforderung. Ja.« Scott sah auf seine verbundene Hand hinab. »Nun, sie bat mich darum, jemanden zu finden, der ihr hilft. Sie braucht eine Haushaltshilfe, Schrägstrich, Au Pair, Schrägstrich Persönliche Assistentin. Mir ist bewusst, dass das vage klingt, aber ich – *wir* – hatten bislang niemanden, der in diesem Umfang im Haus für uns gearbeitet hat, weshalb uns die Details selbst noch ein wenig unklar sind. Wahrscheinlich werden Sie feststellen, dass Sie sich viele der Regeln im Laufe Ihrer Tätigkeit selbst ausdenken müssen. Natürlich erhalten Sie ein Gehalt plus ein Auto, Kost und Logis. Jegliche zusätzliche Auslagen werden ebenfalls erstattet. Und angesichts Ihrer momentanen Lebenssituation können Sie gerne sofort anfangen.«

Emily blieb der Mund offen stehen. »Wow«, sagte sie schließlich. »Jetzt bin ich sprachlos. Sagten Sie Frankreich?«

»Ja. An der westfranzösischen Küste.«

»Wow«, wiederholte sie.

»Sie müssen die Entscheidung auch nicht sofort treffen. Ich meine, für Sie wäre es eine riesige Veränderung. Der Job ist in vielerlei Hinsicht flexibel, aber die Isolation könnte ein Problem darstellen. So wie meine Frau lebt ... das ist nicht jedermanns Sache.« Scott sah Emily direkt in die Augen und zwang sich zu einem Lächeln.

»Okay«, sagte Emily und lächelte ebenfalls, wenn auch ein wenig unsicher. Völlig zu Recht sah sie so aus, als sei ihr gerade von einem maskierten Fremden ein Koffer mit Bargeld angeboten worden. Er konnte förmlich sehen, wie es in ihrem Kopf arbeitete.

»Bitte«, sagte er, »nehmen Sie sich Zeit, darüber nachzudenken. Wir können uns im Laufe der Woche noch einmal unterhalten.« Er würde sie gleich morgen anrufen. Sie würde das Angebot annehmen, dessen war er sicher.

»Okay«, sagte sie noch einmal. »Und danke, dass Sie mich genommen haben. Sorry, das klang jetzt merkwürdig – dass Sie mich eingeladen haben, meinte ich. Mich empfangen haben. Sie wissen schon, was ich meine.« Sie errötete heftig und erhob sich. Scott stand ebenfalls auf, weil er sie hinausbegleiten wollte, doch sie blieb auf halbem Wege zur Tür stehen. »Entschuldigen Sie, aber darf ich Sie etwas fragen?«

»Natürlich, schießen Sie los.

»Warum ich?«

Einen Augenblick lang sah er sie verwirrt an.

»Verstehen Sie mich nicht falsch, ich bin total dankbar für das Angebot. Es ist nur … es kommt mir ein wenig willkürlich vor. Ich verstehe, dass sie meine versehentliche Kündigung wiedergutmachen wollen – was Sie übrigens nicht zu tun bräuchten, das ist okay –, aber ich habe eigentlich nicht allzu viel Erfahrung als Haushaltshilfe. Oder mit Kindern. Es gibt doch sicher Hunderte von Profis, die das besser könnten, warum also ich?«

Für den Bruchteil einer Sekunde spürte Scott, wie seine Entschlossenheit Risse bekam. »Sie stecken in der Klemme«, antwortete er nach einer kurzen, aber gefährlichen Pause. »Sie brauchen Hilfe.«

»Wer braucht keine?« Emily lachte. »Aber im Ernst. Warum?«

Scott seufzte. Er hatte noch nicht genug getan, war noch nicht überzeugend genug gewesen. Flüchtig überlegte er, ob er ihr die Wahrheit sagen sollte. Er trat hinter dem Schreibtisch hervor, stemmte die Hände in die Hüften und bedachte sie mit seinem strahlendsten Lächeln. »Ganz ehrlich? Ich will nicht irgendjemanden hinschicken. Es muss jemand sein, dem ich vertrauen kann, jemand, der zu meiner Familie passt. Aber die Person muss sofort anfangen können, und ich habe nicht die Zeit, den Dienstweg einzuschlagen. Die Vorstellungsgespräche und der Papierkram würden eine Ewigkeit dauern, und offizielle Qualifikationen sind ohnehin nicht nötig. Was zählt, ist eine persönliche Verbindung. Ich glaube, Sie haben uns etwas zu bieten, das wir von keiner Agentur bekommen können ...« Er verstummte. Kein einziges Wort davon war gelogen. Und doch war es auch nicht die Wahrheit. Er lachte, um seine Nervosität zu überspielen. »Keine Ahnung. Ich glaube, ich habe bei Ihnen einfach ein gutes Gefühl. Ist das so ungewöhnlich?«

Emily sah ihn an, und einhundert versteckte Botschaften knisterten zwischen ihnen, als wäre die Luft elektrisch aufgeladen.

Es klopfte, und Verity stieß die Bürotür auf. »Tut mir leid, dass ich störe, Scott, aber Karen Lomax wurde aufgehalten und hofft, dass wir das Meeting um ein paar Stunden verschieben können.«

Scott runzelte die Stirn. »Um ein paar Stunden?«

Verity verdrehte die Augen. »Ich weiß, es ist ärgerlich. Wollen Sie, dass ich Nein sage?«

Automatisch ging er im Geiste seinen restlichen Tag durch, überdachte, plante neu ... aber dann hielt er inne, schaute auf die Uhr und sah dann Emily an.

»Wissen Sie was?«, sagte er. »Es ist okay. Rufen Sie Karen an, und sagen Sie ihr vierzehn Uhr dreißig, aber keine weiteren Verschiebungen mehr.« Verity nickte zustimmend und verschwand wieder.

Scott kehrte auf seine Seite des Schreibtisches zurück. Er bemerkte eine Kühle in seinem Nacken, wo Schweißperlen seinen Kragen durchtränkten. »Nun Emily«, sagte er und zog sein Jackett von der Rückenlehne seines Stuhls. »Anscheinend muss ich jetzt etwas Zeit totschlagen. Was halten Sie von einem Mittagessen?«

Er sah, wie sie zögerte, wie sich ihre Augenbrauen ein ganz klein wenig zusammenzogen.

»Rein geschäftlich, natürlich«, fügte er hinzu. »Dann hätte ich Gelegenheit, Ihnen mehr über den Job zu erzählen, und Sie können mir alle Fragen stellen, die Ihnen womöglich unter den Nägeln brennen. Oder sollen wir lieber im Laufe der Woche telefonieren? Wie sie wollen. Aber ich bin am Verhungern, und mein Lieblingsrestaurant befindet sich gleich um die Ecke.« Er zuckte mit den Schultern und breitete die Hände aus. »Was meinen Sie? Sie machen dort fantastisches Eis.«

Emilys Gesicht entspannte sich, und ihre Mundwinkel hoben sich langsam zu einem beinahe spitzbübischen Lächeln. Plötzlich verspürte Scott einen bittersüßen Stich. Jetzt wusste er, warum sie ihm so bekannt vorkam. Es war so offensichtlich; warum fiel ihm das erst jetzt auf?

Sie erinnerte ihn an Nina.

* * *

Er ist es. Er ist wieder da.

Ich spüre ein Kribbeln im ganzen Körper, als ich den Latte, den ich eigentlich zubereiten wollte, links liegen lasse und stattdessen einen Piccolo öffne. Der Piccolo ist bereit, noch bevor er es zur Theke schafft. Ich halte ihn ihm lächelnd hin, zusammen mit einem Schokoladenkeks.

»Danke«, sagte er grinsend. »Woher wissen Sie das nur immer?«

Du bestellst doch nie etwas anderes, denke ich. »Ich bin Hellseherin«, sage ich zu ihm und wünschte sofort, mir wäre etwas Klügeres eingefallen.

»Ach ja?«, sagt er und legt einen Arm hinter seinen Rücken. »Wie viele Finger halte ich hoch?«

»Schwierige Frage«, sage ich. »Keinen.«

Er lächelt und zieht eine geschlossene Faust hervor. »Unglaublich.«

»Nicht wirklich. Sie scheinen ein schwieriger Typ zu sein.«

Die Frau, die auf ihren Latte wartet, wirft mir einen genervten Blick zu. Sie hält mich nur für eine Kellnerin. Aber was sie nicht weiß, ist, dass sich unter der rostroten Schürze Wonderwoman verbirgt. Eine Kämpferin. Eine Überlebenskünstlerin. Ich bin hergeflogen, würde ich ihr am liebsten sagen. Ich habe mir eine Tasche auf den Rücken geschnallt wie einen Raketenrucksack. Ich habe Ozeane überquert. Ich habe alles hinter mir gelassen. Ich habe es geschafft. Ohne jede Hilfe. Nur ich allein. Ich bin unbesiegbar.

Ich wende mich wieder der Maschine zu und mache mit dem Kaffee für die Frau weiter. Als ich mich wieder umdrehe, um ihn ihr zu servieren, steht er immer noch da, in der Hand seinen Keks.

»Sie sind noch da«, sage ich.

»Stimmt.« Er sieht nach unten und wartet, bis die griesgrämige Latte-Frau gegangen ist. Dann sagt er: »Hören Sie. Ich bin am Verhungern, und daran wird dieser Keks wohl auch nicht viel ändern. Wann haben Sie hier Feierabend?«

»In einer Stunde«, antworte ich. Mein Gesicht ist ganz heiß.

Er schluckt. »Mein Lieblingsrestaurant ist gleich um die Ecke. Ich habe an Eis zum Mittagessen gedacht. Kann ich Sie vielleicht überreden mitzukommen?«

Ich betrachte ihn in seinem Anzug mit den glitzernden Manschettenknöpfen und dem unerschütterlichen Selbstvertrauen. Ich wette, er glitzert auch innerlich. Ich drehe mich um und greife nach einem Lappen, senke den Blick, tue so, als würde ich nachdenken. Langsam wische ich die Theke ab. Ich spüre seinen Blick auf mir, wie er mich taxiert. Ich streiche mir das Haar hinters Ohr und neige den Kopf, biete ihm einen Ausblick auf meine Schokoladenseite.

»Ihr Lieblingsrestaurant. Das ist nicht zufällig das Bombini?«, frage ich, und er starrt mich mit offenem Mund an. »Ernsthaft«, sagt er. »Woher wussten Sie das?«

Ich weiß es, weil ich tagtäglich daran vorbeigehe. Die Fenster blitzen und blinken, und auf der Tafel davor steht: NICHT STRESSEN, EIS ESSEN! Drinnen steht ein Klavier, und es gibt eine Frau, deren einzige Aufgabe darin besteht, die ankommenden Gäste zu begrüßen. Es ist die Art von Restaurant, in die jemand wie ich niemals gehen würde.

Na ja, vielleicht nicht niemals. Ich bin immerhin Wonderwoman, ermahne ich mich. Ich kann alles.

Er sieht mich immer noch an, mustert mich, studiert jede meiner Bewegungen, und ich zögere. Kurz durchzuckt mich die Angst, lähmt mich. Was wenn, was wenn, was wenn …

Doch dann schüttele ich sie ab. Wonderwoman hätte keine Angst.

»Hab ich doch gesagt«, sage ich. »Ich bin Hellseherin.«

Er lacht, und das klingt so wunderschön. In diesem Augenblick weiß ich, dass alles gut werden wird.

11

Emily

Emily konnte ihr Glück kaum fassen. Sie folgte Scott über die Regent Street nach Soho – offenbar zu einem piekfeinen Restaurant – und hörte gar nicht mehr auf zu lächeln. Gerade als sie gedacht hatte, so tief im Sumpf zu stecken, dass es kein Zurück mehr gab, hatte ihr das Universum ein Paddel zugeworfen. Nein, es hatte ihr *eine Jacht* geschenkt. Sie hatte das Gefühl, in der Lotterie oder bei einer Spielshow gewonnen zu haben. *Unser Hauptgewinn heute Abend, Bob, ist ein nagelneues Leben, inklusive eines Autos, eines Gehalts und eines wunderschönen französischen Schlosses!*

Aber konnte sie wirklich so einfach abreisen und bei einer Familie einziehen, die sie gar nicht kannte? Was würden ihre Eltern dazu sagen? Sie konnte Juliet anrufen und sie fragen. *Hey, schon wieder ich; ich frage mich, ob ich meine Karriere an den Nagel hängen soll, um nach Frankreich zu ziehen. Was hältst du davon?* Nicht dass an der Karriere viel dran gewesen wäre, und nicht dass sie damit rechnete, dass ihre Eltern allzu viele Einwände erheben würden, wenn sie die Schauspielerei aufgab – aber wegen einer Stellung als Haushaltshilfe in einem anderen Land? Eigentlich wollte Emily gar nicht hören, was sie dazu vielleicht zu sagen hatten.

Aber spielte es wirklich eine Rolle, was sie dachten? Ihr Leben war beschissen. Es konnte gar nicht mehr schlimmer kommen. Es konnte nicht schaden, sich anzuhören, was Scott sonst noch zu sagen hatte. Und zumindest sprang ein kostenloses Mittagessen für sie dabei heraus.

Das Restaurant war wunderschön. Es lag versteckt am Ende eines Gässchens in Soho und war beinahe vollkommen von Efeu überwuchert. Ein bisschen erinnerte es sie an eine Weihnachtskrippe im Kaufhaus. Lichterketten und Kerzen funkelten verheißungsvoll in den Fenstern.

Drinnen geleitete sie eine große, ganz in Schwarz gekleidete Frau auf eine Terrasse, wo duftende Kletterpflanzen von einem Rankgerüst über ihren Köpfen herabhingen. Scott deutete auf einen Tisch in der Ecke, doch Emily blieb zurück und zupfte am Saum ihres Rockes. Obwohl sie heute Morgen fast zwei Stunden lang grübelnd vor ihrem Schrank gestanden hatte, hatte sie das falsche Outfit gewählt. Seit sie diesen Rock das letzte Mal getragen hatte, hatte sie zugenommen; das dumme Ding war zu kurz und an genau den falschen Stellen zu eng. Völlig unangemessen für ein Geschäftsessen. *Denn etwas anderes ist das hier nicht*, redete sie sich ein und ignorierte hartnäckig den kleinen Schauer, der sie überlief.

Irgendwie sehnte sie sich danach, auf die Toilette zu verschwinden, um ihr Make-up zu checken, ein kokettes Lächeln im Spiegel zu üben – ihr Körper schien fälschlicherweise zu glauben, dass das eine Art *Date* war. Umso wichtiger war es, jetzt einen klaren Kopf zu bewahren. Die Situation war ganz einfach; und außerdem: Wem wollte sie etwas vormachen? Bei jemandem wie Scott hätte sie ohnehin keine Chance, selbst wenn er nicht *verheiratet* wäre. Und kein *Kind* hätte.

Aber trotz ihrer Bemühungen klopfte Emilys Herz schmerzhaft in ihrer Kehle, sobald sich ihre Blicke trafen.

Lächelnd zog Scott den Stuhl für sie nach hinten.

»Danke«, sagte sie, zupfte wieder an ihrem Rock herum und

machte so etwas wie eine kleine Verbeugung. Ihr brach jetzt schon der Schweiß aus. *Herrgott noch mal, was ist denn bloß los mit dir? Benimm dich einfach ganz normal.* Als sie sich hinsetzte, rutschte ihr Rock beinahe ganz nach oben; panisch schnappte sie sich die Stoffserviette vom Tisch, um sie über ihren Schoß zu legen. Doch peinlicherweise riss sie das Besteck gleich mit herunter, und zwei Gabeln landeten mit lautem Scheppern auf dem Boden. Ihre Wangen brannten.

Die Empfangsdame in der schwarzen Bluse tauchte neben ihr auf, bückte sich und hob die Gabeln mit fröhlichem Lächeln wieder auf. »Ups«, sagte sie. »Kein Problem, ich hole Ihnen frisches Besteck. Kann ich Ihnen unterdessen etwas zu trinken bringen? Wein? Cocktails?«

Scott sah Emily an. »Was möchten Sie trinken?«

»Oh, äh …« Emilys Kopf war plötzlich leer. Ihr fiel kein einziges Getränk ein. »Hmmm …« *Komm schon, du bestellst dir doch andauernd etwas zu trinken, was willst du?* »Ich nehme …« Von einem der anderen Tische hörte sie das Ploppen eines Korken. »Champagner?«

»Gute Wahl«, sagte Scott. »Dom Pérignon, bitte.«

Die Empfangsdame lächelte herzlich. »Besondere Gelegenheit?«

Emily lachte so laut auf, dass die Bedienung einen winzigen Schritt zurückwich. »Nein, keineswegs«, antwortete sie. »Das ist ein *Geschäftsessen.*«

»Ah«, erwiderte die Frau, eine Augenbraue leicht nach oben gezogen. »Natürlich. Dann will ich Sie nicht weiter stören.«

Emily sah ihr hinterher. *Champagner?* dachte sie. *Echt jetzt?*

»Also«, meinte Scott, wobei ein kleines Lächeln seine Lippen umspielte. »Apropos Geschäft, haben Sie Fragen zu dem Job?«

Sie nickte zwar, fühlte sich von seinen onyxschwarzen Augen

aber dermaßen hypnotisiert, dass ihr nur eine einzige in den Sinn kam: *Was zum Teufel mache ich hier eigentlich?*

Zwei Gläser Champagner später hatte Emily sich entspannt. Ihr waren tatsächlich ein paar Fragen zu dem Anwesen selbst eingefallen, und Scott hatte sie ausführlich beantwortet, hatte ihr alles über das Meer, den Pool und die beiden separaten Häuser berichtet. Er beschrieb die historische Architektur – Gesimse, Täfelungen, Kamine, gewölbte Decken – und weckte damit tatsächlich ihr Interesse. Er sprach über das Gelände. Es gab Gemüse- und Kräutergärten, Olivenbäume und sogar einen Obsthain.

»Das gesamte Anwesen scheint sein eigenes kleines Wettersystem zu haben«, fügte Scott hinzu. »Genau richtig, damit die Pflanzen gedeihen. Im vergangenen Sommer richteten wir ein Atelier ein, und am Ende des Grundstücks befindet sich eine Stelle, die wir befestigen ließen. Wir nennen sie den Sunset Point. Er geht genau an der Stelle, an der im Hochsommer die Sonne untergeht, aufs Meer hinaus. Wenn man am äußersten Rand sitzt und die Beine über die Kante baumeln lässt, hat man das Gefühl zu schweben.«

Emily hielt seinen Blick. Man konnte es nicht anders sagen: Scott war sehr gut aussehend. Groß und schlank, muskulös, aber keineswegs bullig, nicht wie ein Gewichtheber oder ein Fitness-Freak. Eher wie ein Jogger, kompakt und gut proportioniert. Dunkelbraunes Haar mit einem distinguierten Hauch von Grau an den Schläfen und einem meist grüblerischen Gesichtsausdruck, der sich aber vollkommen veränderte, wenn er lächelte. Sein Alter ließ sich schwer schätzen; Anfang vierzig vielleicht? Als sie noch bei Proem gearbeitet hatte, hatte sie kaum auf ihn geachtet; er war nichts weiter als der Chef gewesen, der große Mann in der oberen Etage. Aber jetzt konnte sie es kaum fassen, dass sie ihn übersehen hatte.

Wenn er lächelte, zeigte er ein wenig zu viel von seiner unteren Zahnreihe, was hinreißend aussah; wie ein Kind, das zu viel Zucker intus hat. Und vielleicht war er ja einfach nur ein Profi, aber wenn er sprach, vermittelte er ihr das Gefühl, der wichtigste und interessanteste Mensch der Welt zu sein. Er hörte wirklich zu. Er schaute einen an. Er lachte. Er *sah* sie. Und diese ungeteilte Aufmerksamkeit war wie eine Droge: Jetzt, wo sie eine Kostprobe davon erhalten hatte, wollte sie mehr.

Sie bemerkte den Kontrast zwischen Scotts dunkler Haut und seinem Hemd, wie sich sein Adamsapfel bewegte, wenn er schluckte. Sein Kragen war makellos gebügelt, die beiden oberen Knöpfe standen offen und gaben den Blick auf schwarzes Brusthaar frei. *Nicht zu viel, nicht zu wenig,* dachte sie. Und dann: *Jetzt aber mal langsam. Denk daran, dass du dich nicht zu ihm hingezogen fühlen solltest.* Denn sonst hätte diese ganze Situation – ihr leises Gespräch, dass sein Knie das ihre streifte, der Champagner – einen anrüchigen Beigeschmack gehabt. Aber es war okay, denn sie hatte es im Griff. So heiß war er nun auch wieder nicht. Und wahrscheinlich lag es sowieso nur am Anzug.

Scott räusperte sich.

»Na gut, o-*kayk*,« sagte sie, als sie bemerkte, dass sie sein Brusthaar angestarrt hatte.

Er bestellte etwas zu essen. Gebratene Jakobsmuscheln. Pasta mit Herzmuscheln. Eis zum Nachtisch: Sauerkirsche und süße Vanille. Die köstlichste Kombination, die sie je gekostet hatte.

Mittlerweile mutiger geworden, fragte Emily ihn nach seinem Leben. »Ich habe den ganzen Morgen nur von mir geredet. Jetzt sind Sie an der Reihe.« Sie imitierte seine Vorgesetztenstimme. »Vielleicht könnten Sie mir ein bisschen über *sich* erzählen.«

Scott zögerte. Dann senkte er den Blick und erzählte ihr seine Geschichte. Er war mit einem älteren Bruder in den Cotswolds aufgewachsen. Seine Mutter war Schneiderin, und sein Vater – soweit man wusste – ein erfolgreicher Unternehmer. Im Laufe der Jahre hatte Terrence Denny viele verschiedene Firmen gegründet und eine Menge Geld verdient. Einige Jahre lang hatte ihnen das ein angenehmes Leben ermöglicht. Doch alles war in sich zusammengestürzt, als eines Tages die Gerichtsvollzieher an die Tür klopften. Ohne dass die Familie es geahnt hatte, hatte Terrences heftige Spielsucht zunächst seinen Aufstieg und dann seinen Fall begründet. Sie hatten alles verloren. Er hatte die Familie verlassen und überdies aus irgendeinem Grund Scotts einzigen Bruder mitgenommen.

»Meine Mutter wäre vor Scham und Kummer beinahe gestorben«, sagte Scott, und einen Augenblick lang war Emily wie elektrisiert, weil sie befürchtete, er bräche in Tränen aus. »Ich schwor mir damals, ich würde um ein besseres Leben kämpfen – für uns beide. Ich schwor, das zu tun, wozu er nicht in der Lage gewesen war.«

Möglicherweise lag es am Champagner, aber ein paar unverstellte Sekunden lang war alles anders. Die Zeit verstrich langsamer. Es gab keine Mauern zwischen ihnen, keine unterschwelligen Absichten, keine anderen Menschen; nur Luft und die leise Wahrheit ihrer Herzen.

Aber genauso schnell, wie er gekommen war, löste sich dieser Augenblick wieder in Luft auf, und der alte Scott war wieder da: ruhig, gesammelt, vollkommen beherrscht.

»Also …«, wechselte Emily das Thema. »Dieser Job. Nehmen wir einmal an, ich würde Ihr Angebot annehmen.«

»Rein hypothetisch?«

»Rein hypothetisch. Was würde dann passieren?«

»Nun ja.« Scott schob seinen leeren Teller zur Seite. »Rein hypothetisch würde ich Ihnen dann das hier geben.« Er griff unter den Tisch. Aus einer schwarzen Laptop-Tasche zog er ein Dokument hervor.

»Was ist das?«

Er reichte es ihr. Es war ein Stapel bedruckter DIN-A4-Blätter, vielleicht zwölf Seiten, die durch eine schwarze Plastikbindung zusammengehalten wurden.

»Das ist eine Vertraulichkeitsvereinbarung.« Er zuckte mit den Schultern. »Unsere gesamte Belegschaft hat so etwas unterzeichnet. Zumindest die Führungskräfte.«

Emily überflog das Dokument, die Klauseln, den juristischen Fachjargon. »Okay ... wofür ist das?«

»In diesem Fall? Eigentlich für nichts Spezielles. Diese Dokumente setzen wir standardmäßig bei Proem ein, denn es geht um den Austausch sensibler Informationen zwischen Klienten und Investoren. Bei Ihnen aber liegt der Fokus eher darauf, die Klatschgeschichten vor Ort auf ein Minimum zu reduzieren.« Er grinste und beugte sich zu ihr vor. Seine Stimme klang jetzt vertraulich. »Die Wahrheit? Ich habe ein wenig gemogelt, als ich angefangen habe, das Anwesen zu renovieren. Ich musste die Sache schnell durchziehen, und *manchmal* habe ich es versäumt, mir die entsprechenden Genehmigungen einzuholen, Sie wissen schon. Keine große Sache, aber es hätte mir wirklich gerade noch gefehlt, wenn es auf mich zurückfiele. Hinzu kommt ...« Beinahe hatte sie das Gefühl, dass Scott errötete. »Mein Gott, das klingt jetzt total angeberisch, aber ich bin immer mehr von öffentlichem Interesse, deshalb würde ich lieber unauffällig bleiben.«

Emily kicherte. »Unauffällig?« Sie schnippte mit den Fingern. »Moment mal, ich *wusste* doch, dass ich Sie von irgendwo her kenne! Kann ich ein Autogramm von Ihnen haben, Brad? Ich fand Sie in *Benjamin Button* einfach fantastisch!«

Scott lachte. »Machen Sie sich nicht lustig über mich.«

»Keine Panik, aber ich glaube, über uns kreisen bereits die Hubschrauber. Das sind wahrscheinlich die Paparazzi.«

»Ich meine es ernst. Ich will nicht, dass öffentlich bekannt wird, wo ich wohne.«

Emily lächelte. Sie hatte schon von derlei Vertraulichkeitsvereinbarungen gehört. Bei Prominenten waren sie gang und gäbe. »Gut«, sagte sie. »Ich werde Ihre Geheimnisse für mich behalten.«

»Sehr freundlich. Wenn diese Vereinbarung unterzeichnet wäre – rein hypothetisch natürlich –, würde ich Ihnen womöglich das hier vorlegen.« Er kramte in seiner Jackentasche und zog eine glänzende schwarze Kreditkarte und drei Schlüssel an einem silbernen Ring hervor. »Diese Karte würde dann Ihnen gehören. Sie können Sie für alles benutzen, was Sie sich kaufen wollen – natürlich sollte es im Rahmen sein. Ihr Gehalt würde wöchentlich auf Ihr Konto gebucht. Sie können es aber auch mit der Karte in bar abheben, wenn Ihnen das lieber ist.«

Steuerfreies Einkommen, dachte Emily. *Die Sache wird ja mit jeder Sekunde besser.*

»Das hier sind die Schlüssel zum Haus und zu Ihrem Auto. Der kleine hier passt auf das vordere Tor, aber wir verfügen über ein elektronisches Sicherheitssystem. Wahrscheinlich werden Sie ihn also nicht benötigen. Yves wird Ihnen alles erklären, wenn Sie vor Ort sind.«

»Yves?«

»Mein Mann auf dem Grundstück.« Wieder dieses jungenhafte Grinsen. »Er stammt von dort und ist Landschaftsgärtner. Der Mann fürs Grobe, sozusagen. Er erledigt die größeren Sachen wie Zäune ausbessern, Drainagen legen, Klempnerarbeiten. Das meiste macht er selbst, aber er verfügt auch über jede Menge Kontakte, falls irgendetwas sein Können überschreitet.«

Emily nahm die Karte und die Schlüssel und legte beides auf den Geheimhaltungsvertrag. »Und danach? Was würde dann passieren?«

»Nun, wenn Sie keine weiteren Fragen hätten, würde ich Ihnen mitteilen, dass Ihr Flug bereits gebucht ist und Sie am Donnerstag fliegen.« Scott lehnte sich zurück und musterte sie; Emily wurde klar, dass sie sich nun entscheiden musste. Jetzt oder nie. Ja oder nein. Die rote Pille oder die blaue.

Sie blickte zum Rankgerüst hinauf und betrachtete die Flecken strahlend blauen Himmels, die zwischen den Kletterpflanzen sichtbar waren. Haushälterin. Emily dachte an ihr Bad und die dicke Schmutzschicht, die Waschbecken und Badewanne zierte. Au pair. Ja, sie konnte gut mit Kindern umgehen, aber sie hatte keine Ahnung, wie man sie versorgte, insbesondere nicht, wenn sie »gesundheitliche Probleme« hatten. Aber ein vollfinanzierter Sommer auf einem Luxusanwesen am Meer? Mit der Zeit würde sie bestimmt lernen, was man als Haushälterin so können musste, oder?

»Wissen Sie, Em«, sagte Scott mit seltsam erschöpfter Stimme. »Jede noch so winzige Kleinigkeit kann Ihr Leben verändern. Eine einzige Entscheidung kann so viele Türen öffnen. Durch jede einzelne davon können Sie gehen – oder auch durch alle gleichzeitig – und ein vollkommen anderer Mensch werden. Und ehe Sie sichs versehen, ist nichts mehr, wie es einmal war.«

Sie sahen einander in die Augen, und Emily hatte das Gefühl, als blicke er geradewegs in ihre Seele. Ihr Herz entflammte wie ein angerissenes Streichholz. Vielleicht war sie ja *tatsächlich* etwas Besonderes.

Sie nahm die Vereinbarung und lächelte. »Haben Sie einen Stift?«

12

Scott

Scott stand im Wohnzimmer seiner Wohnung am Flussufer und hielt sich das Handy ans Ohr. Nina hob nicht ab. Er ließ es zwei weitere Male klingeln, bevor es in der Leitung klickte, und ihre Stimme durch ein statisches Knistern erklang.

»Scott?« Er konnte sie kaum hören.

»Nina. Bist du da?«

Die Leitung knisterte.

»Nina?«

»... höre dich«, sagte sie. Sie klang weit weg, als befinde sie sich im Inneren einer riesigen Höhle.

Er wartete. »Ich schicke jemanden zu dir«, sagte er schließlich.

Wieder Knistern. Dann: »... jemand da draußen.«

»Was?«

Plötzlich drang Ninas Stimme laut und deutlich durch den Hörer: »... beobachtet mich. Da draußen ist jemand und beobachtet das Haus.«

Ein Zittern durchlief Scott, rasch und heftig, es hinterließ ein Prickeln auf seiner Haut. Er holte tief Luft und atmete langsam wieder aus. »Nina ...«

»Im Wald. Ich kann sie hören.«

»Nina, hör zu. Da ist niemand im Wald.«

Wieder die statischen Geräusche. Ihre Stimme war nur noch bruchstückhaft zu hören.

Er wartete. »Kannst du mich verstehen?«

»Ja«, antwortete sie leise.

»Hast du gehört, was ich gesagt habe? Ich schicke jemanden zu dir.«

»Du tust was?«

»Ich schicke jemanden. Zu dir. Sie kommt am Donnerstag.« Ein Knall, dann ein leises Heulen, wie Wind, der um ein Haus weht. »Yves wird sie vom Flughafen abholen und zu dir bringen.«

»Du …« Ninas Stimme verhallte erneut.

»Wo bist du? Bist du im Freien?« Scott stellte sich vor, wie sie auf dem Rasen stand und ihr Handy so fest umklammerte, dass die Knöchel weiß hervortraten. Die Stirn gerunzelt, die Augen weit aufgerissen. »Geh wieder hinein, Nina. Im Wald ist niemand.«

»Scott? Hast du gerade gesagt, dass jemand herkommt?«

»Ja, aber noch nicht heute. Erst am Donnerstag.«

»Donnerstag? Wer? Wer kommt?«

»Eine Haushälterin.«

»Eine Haushälterin«, wiederholte Nina leise.

»Oder eine Gärtnerin. Eine Babysitterin. Ein Mädchen für alles. Sie kann tun, was immer du willst.« Er ging zum Fenster hinüber und sah hinaus. Draußen prasselte heftiger Regen auf hohe Gebäude herunter und klatschte auf die Straße. Er lauschte dem Rauschen des Wassers, das draußen über die Traufe schwappte und stellte sich vor, er wäre ebenfalls ein Regentropfen im freien Fall durch die Luft, sich drehend, sich überschlagend, auf dem Wind reitend. Wie er mit einem PLATSCH auf dem Boden aufkäme und in eine Million Wassertröpfchen zerstöbe.

»Sie?«

»Ja. Sie heißt Emily.« *Emily, Emily, Emily.* Sie ging ihm nicht mehr aus dem Kopf. Bei der Erinnerung, wie viel er beim Mittagessen über sich preisgegeben hatte, zuckte er zusammen. Seine Jugend, sein Vater ... warum hatte er das gesagt? Er musste vorsichtiger sein.

Nina sagte etwas, aber da war wieder dieses Knistern in der Leitung, sodass er es nicht verstand. »Nina? Bist du noch dran?« Scott ging in die Küche und lehnte sich gegen die Kücheninsel, stützte die Ellbogen auf den Marmor. Riesige Gehänge aus Glas schwebten über seinem Kopf wie Planeten. »Nina?«

Schweigen.

»Ich versuche doch nur, das Richtige zu tun«, murmelte er.

Immer noch nichts.

Er biss sich auf den Daumennagel, nahm die schartige Kante zwischen die Zähne; er riss daran, blieb an einer Stelle jedoch hängen. Er machte weiter, und der Nagel lockerte sich, Blut quoll darunter hervor.

»Ich weiß, dass du mich jetzt gern bei dir hättest.« Seine Stimme war kaum mehr als ein Flüstern. »Aber wir wissen beide, dass das nicht geht.«

Es rauschte, und plötzlich war die Leitung so klar, dass er jedes noch so kleine Geräusch hören konnte, das sie von sich gab. Er hörte, wie ihre Lippen sich öffneten und ihre Zunge sich bewegte; er hörte, wie sie stoßweise ein- und ausatmete: Sie weinte.

»Danke«, hauchte sie. »Danke.«

Scott schloss die Augen. Ließ die Ellbogen über den gemaserten Marmor gleiten, presste die Stirn in die Hände und ließ sich von ihrer Dankbarkeit einhüllen. *So ist es richtig, Nina,* dachte er. *Du hast gewonnen. Wieder einmal.*

Aber er wusste, dass das nicht stimmte. Niemand würde gewinnen.

Sie würden alle verlieren. Jeder einzelne von ihnen.

* * *

Mein Mann stolpert rückwärts, versucht, den Pfannkuchen aufzufangen, und ich lache, entschlossen, uns die letzten gemeinsamen Augenblicke nicht zu verderben. Ich will, dass er gut gelaunt von hier weggeht.

»Ha! Hab ihn!« Er lässt den Pfannkuchen auf meinen Teller gleiten, wo er zu einem unordentlichen Haufen zusammensackt. Stirnrunzelnd schiebt er ihn wieder in Form.

Ich mustere ihn aufmerksam. Er ist genauso gut aussehend wie an dem Tag, als wir uns kennenlernten. Ich liebe die Art, wie seine Zunge aus seinem Mundwinkel herausschaut, wenn er sich konzentriert, als ob sie ihn vom Spielfeldrand anfeuern wolle. Eigentlich sollte man ihr einen kleinen Hut und eine Pfeife besorgen.

»Ihr Frühstück ist angerichtet, *Madame*«, sagt er mit aufgesetztem französischem Akzent und stellt den Teller mit einer schwungvollen Verbeugung vor mir ab. Lächelnd nehme ich mir eine halbe Zitrone und träufele Saft über den Pfannkuchen. Dann füge ich Zucker und eine Handvoll geriebenen Käse hinzu, drücke alles ein wenig an und rolle den Pfannkuchen dann zu einer Zigarre. Er schneidet eine Grimasse, als ich das Ganze in die Hand nehme und meine Zähne darin versenke. Es schmeckt himmlisch.

»Eklig«, sagt er und verteilt Erdnussbutter auf einer Scheibe Toast. »Und du schimpfst dich Köchin.«

»Nein«, sage ich. »Ich habe meinen Abschluss ja noch gar nicht.«

»Den kriegst du nie, wenn du dauernd Zeugs wie das hier machst. Du misshandelst unser ungeborenes Kind, weißt du das? Wahrscheinlich bekommt es da drin gerade Brechreiz.«

»Nein, es ist genau das, was es will. Das hat es mir gesagt«, sage ich, den Mund voll Zitrone und Käse. »Crêpe Suzette au fromage. In Paris ist das total en vogue!«

»Ist das so? Darauf muss ich mal achten, wenn ich da bin.«

Ich schlucke und ziehe ein trauriges Gesicht. »Musst du denn wirklich gehen? Was, wenn das Baby kommt, während du weg bist?«

»Es sind doch nur drei Nächte. Und das Baby geht nirgendwohin. Noch nicht. Es ist sehr glücklich da drin. Das hat es mir gesagt.« Er kommt um die Kücheninsel herum und beugt sich vor, um mich zu küssen.

»Igitt!«, rufe ich, denn mir wird sofort übel. »Komm mir nicht zu nah mit deinem Erdnussbutteratem. Sonst muss ich mich übergeben!«

»Du verträgst Zitrone, Zucker und Käse, aber bei Erdnussbutter wird dir übel?« Er lacht und liebkost meinen Nacken. »Du bist verrückt.«

Ich versetze ihm einen Schlag, um ihn zu vertreiben, aber er ist nicht allzu heftig. Das Lustige ist, dass ich mich noch nie so normal und gesund gefühlt habe. Die Schwangerschaft scheint mich und meine Hormone ins Gleichgewicht gebracht zu haben, statt sie durcheinander zu bringen. Ich kann mich nicht erinnern, jemals so einen klaren Kopf gehabt zu haben, so viel Energie. Das ist eine Riesenerleichterung, denn ich hatte schließlich sowieso vor, die Medikamente abzusetzen. Ich stelle mir vor, wie frei ich wäre, wenn ich sie nicht mehr nehmen müsste. Ich würde nicht mehr lügen müssen; ich würde die Tabletten nicht mehr verstecken müssen.

Ich streiche über die gespannte Haut über meinem Bauch und stelle mir das kleine Wesen vor, das zusammengerollt wie ein kugelrunder Astronaut darin herumschwimmt.

»Okay, meine Liebe. Meine beiden Lieben, sollte ich besser sagen. Daddy macht sich jetzt auf den Weg.« Er küsst mich auf den Scheitel und schlingt mir die Arme um die Schultern. Dann beugt er sich nach unten und presst die Lippen auf meinen Bauch. »Sei brav, da drinnen, kleiner Schwimmer«, sagt er. »Keine Partys, während ich fort bin.«

Eine Panikblase steigt in meiner Brust empor und zerplatzt auf meiner Zunge. »Können wir nicht mitkommen?«, bitte ich nur halb im Scherz. »Gib mir fünf Minuten Zeit. Ich packe eine Tasche, und dann reisen wir alle nach Paris.«

Er lacht. »Du und eine Tasche in fünf Minuten packen? Das möchte ich sehen. Und was hast du nur immer mit Frankreich? Was reizt dich so daran? Abgesehen von den ungewöhnlichen gastronomischen Trends, meine ich.«

»Keine Ahnung.« Ich presse seine Hand an meine Wange. »Ich wollte einfach nur immer dort leben. Auf die Märkte gehen. In den kleinen Cafés an der Ecke sitzen. Vielleicht eines Tages eine Pension eröffnen oder so etwas.«

»Hmmm. Na ja, erst mal bekommen wir dieses Baby, oder?« Er küsst meine Nase, meine Augenbrauen, meine Fingerspitzen. »Und bis dahin muss ich Geld verdienen gehen. Ich ruf dich an, wenn ich im Hotel bin.«

Ich beobachte, wie er den Griff seines Trolleys packt und ihn zur Tür rollt. Gierig nehme ich jede seiner Bewegungen in mich auf, jeden Zentimeter von ihm, speichere sie ab für später, wenn ich allein bin. In ein paar Sekunden ist er fort, aber jetzt ist er noch bei mir, in diesem Haus, in dem wir zusammen leben, in diesem wunderschönen, traumhaften Leben, das wir uns zusammen aufgebaut haben.

Im Flur dreht er sich noch einmal zu mir um. »Warum gehst du später nicht ins Kino? Oder zur Maniküre? Tu dir etwas Gutes.«

Ich versuche, nicht darauf zu reagieren. So etwas macht er manchmal; er macht sich über mich lustig. Es ist wie ein Test. Ein Test, den ich immer bestehe.

Mit einem letzten Lächeln verschwindet er durch die Tür, und seine Abwesenheit überwältigt mich. Die Tür fällt mit einem Klicken ins Schloss, und ich bleibe mit meinen treuen Weggefährten zurück: der Liberty-Tapete, der italienischen Espresso-Maschine. Dem einzelnen Armani-Sessel und dem geblümten

Teetablett, das fast genauso viel gekostet hat, wie ich früher im Jahr verdiente.

Ich schlucke die Leere herunter, nehme die Stille an. Ich werfe der Tür einen innigen Luftkuss zu, schicke ihn meinem Mann hinterher und staune über die Fröhlichkeit, die in mir emporsprudelt, über mein Wahnsinnsglück.

13

Emily

Querencia, dachte Emily. *Was für ein schönes Wort.*

Als der SUV durch das schwarze schmiedeeiserne Tor am Ende des langen Feldwegs fuhr, war sie überwältigt. Die Farben, die Düfte, die beiden schimmernden Häuser ... ein Teil ihrer selbst, jener Teil, der sich während der gesamten Reise von London hierher gesorgt hatte, dass Scotts Jobangebot zu schön war, um wahr zu sein, wich zurück und hob kapitulierend die Hände.

Hingerissen starrte sie hinaus, während Yves auf das Anwesen fuhr. Er deutete während der Fahrt auf dieses und jenes und kommentierte mit ausdrucksloser, monotoner Stimme: Tennisplatz, Basketballplatz, Gemüsegarten. Quads, Baumhaus, Koi-Teich.

Er fuhr links um eine zentrale Rasenfläche herum und stellte den Wagen vor dem größeren der beiden Häuser ab. »*Madame* ist im Garten«, sagte er, riss die Handbremse nach oben und stellte den Motor ab. Noch bevor Emily etwas erwidern konnte, war er schon ausgestiegen und stapfte auf einen weißen Lieferwagen zu, der halb hinter den Bäumen verborgen stand. Er stieg ein und brauste davon, passierte das Tor und verschwand in einer Staubwolke.

Emily war allein, sie schaute sich um und suchte das verlassene Gelände ab. Schließlich öffnete sie die Wagentür und trat hinaus auf den weichen Sand; die gesamte Auffahrt war davon bedeckt, ein feiner weißer Puder, der unter ihren Füßen knirschte. Nirgends gab es ein Lebenszeichen. Keine Schuhe auf der Veranda, keine Handtücher über Stühlen, kein Laut.

Sie zog die Schlüssel, die Scott ihr in Soho gegeben hatte, aus ihrer Handtasche. Das Emblem auf dem Autoschlüssel passte zu dem des SUVs. Sie drückte auf den Verriegelungsknopf, und der Wagen gab ein Piepen von sich. Ach du Schande! Anscheinend war dieses riesige, schwarze Gefährt ihr zugedacht worden. Wahnsinn, wenn man bedachte, dass sie noch nie etwas Größeres als einen Ford Ka gefahren hatte. Und was noch irrer war: Scott hatte sie nicht einmal gefragt, ob sie überhaupt einen *Führerschein* besaß.

Sie klimperte mit dem Schlüssel, drehte sich einmal um die eigene Achse und fragte sich, in welchem Teil dieses riesigen Gartens sie »*Madame*« wohl finden würde. Scott hatte ihr einige Informationen über das Anwesen per E-Mail zugesandt, nicht jedoch die Kontaktdaten seiner Frau. Sie nahm ihr Handy heraus und fragte sich, ob sie Scott schreiben sollte, aber sie hatte immer noch keinen Empfang.

Plötzlich bemerkte sie eine Bewegung in der Nähe des kleineren der beiden Häuser. Emily hob die Hand, damit die Sonne sie nicht so blendete, und ließ ihren Blick über die Haustür und die Fenster schweifen. Sie machte ein paar zögernde Schritte, und da war es wieder. Ein Aufblitzen von Farbe hinter einer Hecke links von ihr.

Emily ging zielstrebiger darauf zu. »Hallo?«, rief sie.

Eine kleine, flatternde Gestalt kam ins Blickfeld, schoss über eine kleine Rasenfläche und verschwand wieder hinter dem Haus. Emily sah ihr nach. *Ein Kind*, dachte sie. Ein kleines Mädchen mit schwarzem Haar war mit Volldampf an ihr vorbeigerast, einen viel zu großen gelben Hut mit flatternder Krempe auf dem Kopf.

Sie wartete ab.

»Hallo?«, rief sie diesmal lauter. »Jemand da?«

Keine Antwort. *»Madame«* war wohl doch drinnen.

Die Tür zum Haus stand einen Spalt offen. Sie ging zur Vordertreppe und reckte den Hals, um hineinzuspähen. Dahinter befand sich eine Art Wohnzimmer, ausgestattet mit hellem Mobiliar und impressionistischen Gemälden. Dicke Zeitschriften und Fotobücher waren kunstvoll auf niedrigen Tischen arrangiert worden, daneben jede Menge Kerzen, auf denen sie Markennamen entdeckte, die sie nur von gelegentlichen Fantasie-Einkaufsbummeln bei Selfridges kannte, und die Luft war erfüllt von einem blumigen, exotischen Duft.

Nachdem sie eine Minute lang nichts anderes gehört hatte, als das Ticken einer unsichtbaren Uhr, bemerkte Emily einen mechanischen Laut, eine Art leises Surren. Sie trat zurück und blickte nach oben. Über der Tür drehte sich eine Überwachungskamera langsam auf ihrer Halterung. Ihr rotes Licht blinkte. Sie blieb stehen, als das Objektiv genau auf Emily ausgerichtet war. Eine weitere Kamera war an der Wand über einem Fenster im ersten Stock angebracht, und als sie wieder ins Haus hineinsah, entdeckte sie eine dritte Kamera ganz oben in der hinteren Ecke des Wohnzimmers.

Da sie nicht so recht wusste, was sie sonst tun sollte, ging sie hinein und ließ die Finger geistesabwesend über die Oberfläche eines Beistelltisches gleiten. Sogleich waren sie mit klebrigem schwarzem Staub bedeckt.

Emily ging weiter in den Raum hinein und wandte sich in Richtung Treppe.

Erst in diesem Augenblick sah sie die Frau, die reglos in der Ecke stand.

Der Schreck fuhr ihr durch alle Glieder, und sie stolperte rückwärts gegen den staubigen Tisch, sodass eine kleine Schale ins Wanken geriet und zu Boden fiel. Als sie auf die Fliesen traf, zerbrach sie in drei Teile.

»Oh nein! Oh Gott, es tut mir so leid!« Emily bückte sich, um die Teile aufzusammeln. Ihre Wangen brannten vor Scham.

Die Frau machte einen Schritt auf sie zu. »Bitte entschuldigen Sie, ich wollte Ihnen keinen Schrecken einjagen.« Ihre Stimme klang leise und rauchig.

»Nein, nein, es war meine Schuld«, erwiderte Emily auflachend. »Ich werde total ungeschickt, wenn ich nervös bin.« Sie hörte Stoff rascheln, und ein süßer, sommerlicher Duft stieg ihr in die Nase. Wieder lachte Emily, zu verlegen, um überhaupt aufzublicken. »Wohl kaum die beste Methode, um einen guten ersten Eindruck zu hinterlassen, nicht wahr? Kaum bin ich fünf Minuten hier, fange ich schon an, alles zu demolieren.«

»Ist doch nur eine Schale.« Perfekte, pinkfarbene Fingernägel tauchten neben Emilys abgekauten auf, als sie und die Frau gleichzeitig nach den Scherben griffen.

»Das passiert mir andauernd.« Emily wusste, dass sie gleich hektisch drauflosplappern würde, schien sich aber trotzdem nicht beherrschen zu können. »Na ja, natürlich nicht genau *das*. Es ist ja nicht mein *Hobby* oder so. Ich laufe schließlich nicht herum und werfe Porzellan gegen die Wand. Allerdings habe ich tatsächlich mal in einem Restaurant ein ganzes Tablett mit Essen gegen eine Wand geworfen, aber das war keine Absicht. Das Tablett war echt schwer, und mein Fuß hatte sich in der Tasche eines Gastes verfangen.«

Die Scherben der Schale in der Hand, blickte Emily auf und

entdeckte gebräunte Beine und ein weißes Baumwollkleid, eine unglaublich schmale Taille und Arme, die mit Sommersprossen wie dunkle Farbspritzer bedeckt waren. Nackte Schultern gingen in zarte karamellfarbene Schlüsselbeine über. Ein langer Hals, schlank wie der einer Ballerina, mündete in ein kantiges Kinn und messerscharfe Wangenknochen. Das kurze blonde Haar trug sie in einer Welle zur Seite gekämmt.

Emily erhob sich. Dieses Gesicht wäre der Schönen Helena würdig gewesen. Ein knospenartiger Mund, der strahlend weiße, gerade Zähne preisgab. Unglaublich lange Wimpern, die mandelförmige Augen umrahmten.

Die Frau erwiderte ihren Blick, musterte sie ebenfalls schweigend. Als die Situation unbehaglich zu werden drohte, lächelte sie. »Also, Sie sind dann wohl Emily«, sagte sie. »Ich danke Ihnen vielmals, dass Sie bereit waren, so kurzfristig bei uns anzufangen; wir wissen das wirklich zu schätzen.« Mit ausgestreckten Armen kam sie auf Emily zu. »Ich bin Nina. Ich freue mich riesig, Sie kennenzulernen.«

Die Umarmung kam überraschend, und Emily erwiderte sie nur zögerlich, unsicher, wie sie den Druck um ihre Schultern interpretieren sollte, die unbekannten Finger an ihrem Rücken. Dann, wie aus dem Nichts, hatte sie kurz das seltsame Gefühl zu fallen, als zöge Nina sie über eine Klippe in den Abgrund; ein Gefühl, das, noch während die Umarmung andauerte, in Unbehagen umschlug. Die Porzellanscherben gruben sich in Emilys Handflächen, und Haarsträhnen verfingen sich in ihrem Mund.

Und dann fühlte es sich plötzlich nicht mehr so an, als würde sie gezogen, sondern vielmehr geschoben, als würde sich Nina mit ihrem ganzen Gewicht an sie pressen, sie erdrücken, sich an sie klammern, als sei sie der einzige Anker im endlosen Ozean.

Und dann nahm Emily durch den Duft des Kokosshampoos und der teuren Kerzen hindurch noch etwas anderes wahr. Einen seltsamen, fast unmerklichen Gestank, als ob ein Stück Fleisch zu lange in der Sonne gelegen hätte; einen säuerlichen Geruch, der noch lange, nachdem Nina sich wieder von ihr gelöst hatte, auf Emilys Haut und in den Fasern ihrer Kleider zu haften schien.

14

Emily

Emily legte die Scherben der zerbrochenen Schale in Ninas hohle Hand, wobei sie die kleineren Splitter vorsichtig von ihrer Haut abstreifte. Nina lächelte höflich und betonte nochmals, dass sie sich nicht zu entschuldigen brauchte, doch Emilys Wangen brannten immer noch vor Scham. Sie wich etwas zurück und wartete an der Tür, während Nina die Scherben entsorgte.

Das Haus, zumindest das, was sie davon sehen konnte, war eleganter als Emily erwartet hatte. Die Inneneinrichtung war fein und feminin. Sie suchte die Wände des Wohnzimmers nach irgendeiner Spur von Scott ab, fand aber keine. Die einzig greifbare Präsenz war die der schönen Frau, die da vor ihr stand.

Auch sie war nicht so, wie Emily sie sich vorgestellt hatte. Sie sah fantastisch aus – natürlich – hatte aber etwas Seltsames an sich, etwas, das Emily nicht in Worte fassen konnte. Sie machte einen sympathischen Eindruck, aber irgendetwas … stimmte nicht. Zum einen fiel es ihr schwer, Scott, seine Anzüge, seine edlen Räumlichkeiten mit dieser verloren wirkenden Person in Verbindung zu bringen, die wie ein Geist durch die Gärten wehte und Emily hinter sich her winkte. Der Eindruck, den Scott hinterließ, manifestierte sich fast schon körperlich, während Nina so sacht über den Sand glitt, dass sie kaum Fußspuren zu hinterlassen schien. Scott war selbstsicher, Nina hingegen von einer nervösen Energie erfüllt; ihr Blick huschte ständig umher wie der eines wachsamen Tieres. Scott war so großzügig, so warmherzig, während seine Frau eher abgeklärt und ätherisch wirkte, als sei ein Teil von ihr gar nicht wirklich da. Unvorstellbar, dass diese beiden ein Paar waren.

»Ich führe Sie mal herum«, sagte Nina.

Emily trottete hinter ihr her, versuchte ihr Alter zu schätzen. Anfang dreißig vielleicht? Definitiv älter als Emily, aber nicht viel. Sie musterte Ninas schlanke Handgelenke, die gebräunten Waden, ihre anmutigen Schulterblätter und wurde von Groll geschüttelt bei der Vorstellung, dass Scott sie berührte. Mit kaum verhohlenem Neid beobachtete sie, wie Ninas Kleid sie umfloss wie ein Nebelschleier, der sich im Gleichklang zu jedem ihrer Schritte hob und senkte. Ihre Gesten waren so elegant, dass sie wie eine Choreographie anmuteten. Sie war die Verkörperung von *Querencia* – die Fleisch gewordene, überwältigende Einsamkeit –, und während sie dahinschritten, kam sich Emily immer linkischer und trampeliger vor, wie ein Elefantenbaby, das einem Schwan hinterherstapft. Sie wurde sich ihrer billigen Klamotten immer schmerzhafter bewusst, ebenso ihres schlaffen Haars, ihres verschmierten Make-ups. Die Worte, die sie im Büro belauscht hatte, hallten in ihren Ohren wider: *völlig durchgeknallte Frau; eine totale Zicke ... er hasst sie.*

Nina schwatzte beim Laufen vor sich hin, zeigte ihr den Kräutergarten, den Rosengarten, den Obstgarten und das Fitnessstudio. Die Gestaltung des Anwesens war beeindruckend, es hätte aus der *Chelsea Flower Show* stammen können. Die sandige weiße Zufahrt erinnerte an einen Fluss, der mitten durch das Grundstück floss, um den Rasen herumführte, sich in Nebenflüsse aufteilte, die zu verschiedenen Bereichen und

Elementen führten, die an der dafür vorgesehenen Stelle sorgfältig angelegt worden waren.

Der zentrale Rasen war oval und hatte etwa die Größe eines Olympiabeckens. Zu beiden Seiten standen sich die beiden weitläufigen Häuser wie Gegner, die versuchten, sich gegenseitig zu übertrumpfen, gegenüber. Das, in dem Emily Nina vorgefunden hatte, war hübscher, mit blauen Fensterläden und Glyzinen, die sich an den Mauern emporrankten. Das andere war größer und umfasste drei Stockwerke, statt nur zwei. Das Dach war grau, die Mauern waren kahl, die Fenster hoch und schmal. Sogar ein Erker mit einem Türmchen gehörte dazu.

Jenseits der beiden Gebäude verjüngte sich die Auffahrt zu einem schmalen Weg, der sanft abwärts führte und zu einem Pfad wurde, der von Rhabarber, Aloe Vera, wilder Iris und Fuchsien gesäumt war. Terrassenförmig angelegte Steingärten führten zum Meer hinunter. Spaliere und Lauben verliehen den atemberaubenden runden Beeten voller Wildblumen Struktur. Emily musste unwillkürlich daran denken, wie sehr das alles Juliet gefallen hätte.

Am Fuße einer breiten Steintreppe fand sie sich vor einem makellosen Infinitypool wieder, um den sich Sonnenliegen und riesige Glaslaternen gruppierten. Eine gepolsterte Liegefläche und ein Hängesessel befanden sich vor einer Hecke aus hohem puscheligen Gras, dessen Stängel jeweils in einer Art riesigem Staubwedel mündeten. Eine Pergola im balinesischen Stil schützte eine Küche am Rand des Pools vor der Sonne. Alles war so angeordnet, dass man von überall eine spektakuläre Sicht auf den Ozean hatte. *Das ist der Wahnsinn.* Emily blieb der Mund offen stehen. *Wer lebt denn so?*

Sie drehten eine Runde und kehrten dann wieder zu den Häusern zurück, wo sie zum größeren der beiden abbogen.

»Das ist das Gästehaus«, sagte Nina und zeigte Emily den Wäscheraum und die Vorratskammer. Ordentliche Schrankreihen säumten die Wände, und in Keramikkrügen standen überall Lavendelsträuße. Über einem großen steinernen Spülbecken befanden sich Weidenkörbe auf Regalbrettern. Alles war makellos ordentlich, aber die Regalbretter selbst hingen durch, und von den Wänden blätterte die Farbe ab wie schuppige Haut. Emily schnüffelte. Da war er wieder, dieser Geruch, ein feiner Gestank, der Waschpulver und Lavendel durchdrang. Der gleiche wie zuvor, aber doch wieder anders. Feuchtigkeit. Schimmel. Verwesung. »Sie haben sicher bemerkt, dass einiges an Arbeit auf Sie wartet«, sagte Nina nun. »Wir planen umfangreiche Renovierungsmaßnahmen, aber es geht ziemlich langsam voran.«

Sie erklommen eine Holztreppe und gelangten auf einen Treppenabsatz, von dem ein Gewirr von Fluren und Türen abging. Emily verlor den Überblick, wie viele Schlafzimmer es waren, aber es schienen etwa acht zu sein; fünf auf der ersten Etage und drei auf der zweiten. Hinzu kam eines im Turm, das sich als das schönste Zimmer entpuppte, das Emily je gesehen hatte. »Das ist Ihr Zimmer«, sagte Nina, als sie sie hineinführte. »Ich hoffe, es ist okay.«

Das Zimmer war weiß, hell und luftig, hatte hohe Fenster, duftige Gardinen und Holzdielen, die im Fischgrätmuster angeordnet waren. In der einen Ecke befand sich ein großer Schrank mit Glastüren; in der anderen stand eine Frisierkommode, die ein kleiner Messingwecker und eine Vase mit riesigen pinkfarbenen Pfingstrosen zierten. Glastüren führten auf einen kleinen Balkon hinaus, auf dem Nina Emily über ihre Pflichten aufklärte, während sie mit ausladenden Handbewegungen über das Anwesen gestikulierte.

Emilys Gehirn war völlig überfordert, sodass sie die Einzelheiten gar nicht mitbekam, aber sie verstand, dass sie beim Kochen, Saubermachen und der Wäsche helfen sollte. Sie würde die Einkäufe erledigen und sich um den Pool kümmern. Auch die Gartenarbeit war ziemlich umfangreich – Unkraut jäten, Rasen mähen, mit dem Hochdruckreiniger putzen, Pflanzen zurückschneiden, gießen, harken; außerdem mussten die Tiere regelmäßig versorgt werden. Es gab Hühner und Ziegen, ein paar Hasen und ein winziges Schwein namens Francis Bacon. Nina benötigte auch Hilfe bei den Renovierungsarbeiten, die sie selbst durchführte: Schleifen, streichen, Teppiche herausreißen, Böden lasieren … die Liste der Aufgaben war endlos.

»Irgendwann möchten wir das Gelände geschäftlich nutzen«, erklärte Nina. »Ich denke an Yoga-Retreats, eine Kochschule. Vielleicht sogar Künstlerresidenzen. Wir haben mittlerweile ein Atelier, hat Scott das erwähnt? Oh, und wahrscheinlich wird es Sie erleichtern, dass sich Ihre Aufgaben innerhalb des Hauses ausschließlich auf das Gästehaus beschränken. Um das Familienhaus kümmere ich mich selbst.«

Vom Balkon aus konnte Emily erkennen, dass der Rasen zu einer ordentlichen Spirale gemäht worden war, in deren Mitte ein hoher schlanker Baum stand. Seine Äste dienten als Sichtschutz zwischen den Häusern und sorgten für eine gewisse Privatsphäre im Obergeschoss.

»Eigentlich«, fuhr Nina fort, »möchte ich, dass das Familienhaus tabu ist. Ich hoffe, das macht die ganze Sache nicht unangenehm, aber wenn unser Arrangement funktionieren soll, müssen wir die Privatsphäre der jeweils anderen respektieren, finden Sie nicht auch?«

Emily zuckte mit den Schultern und nickte. »Klar«, antwortete sie. »Allerdings hat Scott auch erwähnt, dass ich Ihnen ab und zu mit Ihrer Tochter helfen soll?«

»Nun ja, darüber können wir uns auch später noch unterhalten.« Nina stieß sich vom Geländer ab und ging durch die Balkontüren wieder hinein. »Aber wo wir gerade von ihr reden, warum machen wir uns nicht einfach auf die Suche nach dem kleinen Racker? Ich werde sie Ihnen vorstellen.«

»Okay. Großartig.«

»Sie werden sie lieben«, sagte Nina, durchquerte das Zimmer und verschwand im Flur. »Sie ist ein richtiger kleiner Schlingel.«

Unten führte Nina Emily in ein lang gestrecktes Esszimmer, das von einem riesigen steinernen Kamin beherrscht wurde. Auf Seitentischen ragten Skulpturen empor, in den Schränken glitzerten Kristallvasen. Auf hohen Weinregalen lagerten unzählige staubige Weinflaschen. Strukturierte Ölgemälde reihten sich an der Wand auf. Emily schauderte. Trotz der Hitze, die draußen herrschte, war es hier empfindlich kühl, und es herrschte kalter Modergeruch wie in einem geschlossenen Museum.

Nina stand mitten im Zimmer, die Hände in die Hüften gestemmt. »Komm raus, Erdbeerchen«, sagte sie. »Hier will dich jemand kennenlernen.«

Keine Antwort.

»Sie spielt gern Verstecken«, erklärte Nina grinsend.

Emily lächelte höflich.

Nina wandte sich wieder dem Zimmer zu. »Komm raus, Liebling.«

Emily wurde langsam unbehaglich zumute. Sie dachte an die gesundheitlichen Probleme, die Scott erwähnt hatte. Wieso hatte sie sich nicht genauer danach erkundigt? Eine Brise wehte durch die offene Tür hinein und kitzelte sie am Nacken. Sie sah sich im Zimmer um, in den Ecken und unter dem Tisch. Unter den Vorhängen lugten keine Füße hervor, kein ersticktes Kichern hinter der Tür. Der Raum war vollkommen leer.

Dann ertönte ein leises Quietschen, und ein Paneel an der hinteren Wand schwang auf. Nach einigen Sekunden tauchte eine kleine Hand auf, gefolgt von einem Arm und danach einer Strähne schwarzen Haars und einem riesigen Strohhut. Ein bleiches Gesicht sah unter der Krempe hervor.

»Da bist du ja«, sagte Nina.

Ein kleines Mädchen kroch aus seinem Versteck und richtete sich auf.

»Emily, das ist unsere Tochter Aurelia.«

Emily atmete aus und merkte in diesem Moment, dass sie sich auf eine sichtbare Erkrankung eingestellt hatte, irgendeine Anomalie oder Behinderung, bei der sie hätte tun müssen, als hätte sie sie nicht wahrgenommen. Doch Aurelia war ein ganz normales kleines Mädchen. Wenn auch eindeutig ziemlich mager und mit so dunklen Augen und so weißer Haut, dass Emily beinahe einen Scherz über Wednesday Addams gemacht hätte. *Beinahe.* Sie winkte, aber das Mädchen sah sie nur ausdruckslos an.

»Aurelia, ich möchte, dass du unserer neuen Freundin Hallo sagst. Sie soll sich hier doch wie zu Hause fühlen, oder?« Nina legte Emily die Hand auf die Schulter. »Willkommen auf Querencia.«

Aurelia machte sich auf den Weg zu den Ställen. Sie hüpfte voraus und kam vom Weg ab, verschwand plötzlich und tauchte dann an unerwarteten Stellen wieder auf.

»Sie war ganz aufgeregt und hat sich total darauf gefreut, Sie kennenzulernen«, sagte Nina. »Sie hat eine ganze Liste von Dingen, die sie Ihnen zeigen will, aber seien Sie nicht beleidigt, wenn es eine Weile dauert, bis sie Vertrauen fasst. Sie ist extrem schüchtern.«

Emily überlegte angestrengt, was sie darauf erwidern sollte und beobachtete derweil, wie Aurelias großer Hut hinter einem Busch verschwand. »Ich finde sie … sehr süß.«

Nina grinste stolz. »Das ist sie.«

Während sie auf das Tor zuschlenderten, fragte sich Emily, ob sie das Anwesen jetzt wohl verließen, aber kurz vor dem Ende des Weges wurde Nina langsamer und deutete auf eine Lücke in der Hecke. Ein Kiesweg führte von dort aus nach links. »Nach Ihnen«, sagte sie.

Vor sich entdeckte Emily einige Holzhütten und einen Drahtzaun.

»Hat Scott Aurelias Zustand erwähnt?«

Emily nickte. »Gewissermaßen. Er sagte, dass sie nicht ganz gesund sei.« Schon wieder hätte sie sich treten können, dass sie vergessen hatte, Scott danach zu fragen. Außerdem hatte sie es auch versäumt, Scott Fragen über seine Frau zu stellen – sie hatte nicht mal ihren Namen wissen wollen.

»Aurelia war als Baby sehr krank«, sagte Nina. »Gott sei Dank hat sie überlebt, aber ihr Immunsystem wurde schwer geschädigt. Unter anderem hat sie eine heftige Sonnenallergie. Selbst die kleinste Spur von Sonnenlicht kann heftigen Ausschlag auslösen. Sie bekommt Kopfschmerzen, Übelkeit, Erbrechen – manchmal wird sie sogar ohnmächtig.« Nina schüttelte den Kopf und seufzte. »Sie muss konstant vor der Sonne geschützt werden. Langärmelige Kleidung, Hüte, Sonnencreme. Auch ihre Augen sind unglaublich empfindlich. Es ist nicht leicht, damit umzugehen, aber wir geben unser Bestes.«

Emily sah zu den Bäumen hinüber und entdeckte Aurelia schließlich in etwa zwanzig Metern Entfernung. Ihr großer Hut verschwand gerade hinter einer der Hütten. Emily entdeckte, dass sich innerhalb des Drahtzaunes etwas bewegte.

»Es gibt sogar Tage, an denen ihr Körper einfach vollkommen versagt und sie nicht einmal aus dem Bett kommt. Man sagte uns, dass sie im Laufe der Jahre stabiler werden wird, aber im Augenblick sind unsere Möglichkeiten begrenzt. Wir können eigentlich nirgends hingehen. An manchen Tagen können wir nicht einmal das Haus verlassen.« Nina breitete die Hände aus. »Und deshalb sind jetzt Sie da. Allein kann ich mich weder auf Aurelia noch auf unser Anwesen so intensiv konzentrieren, wie ich es gerne möchte. Wir sind mit unserem Hausunterricht ebenso im Hintertreffen wie mit unseren zahllosen Renovierungsaufgaben, weshalb ein Großteil der täglich anfallenden Aufgaben ebenfalls liegen bleibt.«

»Haben Sie mal darüber nachgedacht, einen Maler oder Innenausstatter zu engagieren?« Eine vollkommen unschuldige Frage, aber Emily merkte selbst, wie ungehobelt das klang. »Ich meine, ich freue mich natürlich sehr, dass ich Ihnen hier zur Hand gehen kann, aber ginge es dann nicht vielleicht etwas schneller?«

»Stimmt«, bestätigte Nina. »Aber es würde nicht halb so viel Spaß machen. Wahrscheinlich sieht es so aus, als würde ich mir selbst das Leben schwer machen, ich weiß, aber mir tut es gut, ein Projekt am Laufen zu haben, etwas, das nichts mit dem Kind zu tun hat. Und ein Innenausstatter würde einfach das Heft in die Hand nehmen. Ich will die Dinge auf meine Weise realisieren.« Sie beugte sich herunter und pflückte ein Spielzeug vom Weg, das sich hierher verirrt hatte: eine pinkfarbene Plastikschaufel. »Außerdem müssen wir aufpassen, wie viele Menschen wir auf das Anwesen lassen. Aurelia hat ein Problem mit Fremden.«

Emily fiel auf, dass Nina keinen englischen Akzent hatte. Jedenfalls keinen lupenreinen. Sie klang zwar britisch, aber darunter lag etwas Variationsloses, Kehliges. Das »L« hörte sich dunkler an, und ihr Tonfall ließ sämtliche Aussagen wie Fragen klingen.

Sie näherten sich den Ställen, und Emily erkannte, was sich dort bewegte. Es waren Hühner, die aber kaum als solche erkennbar waren. Sie waren weiß und flauschig und hatten bauschige Federbüschel auf dem Kopf. Sie sahen weniger wie Vögel aus, sondern eher wie Wattebäusche. Ihr Gefieder war so lang, dass es über ihre Augen hing und sich wie Schlaghosen über ihre Füße ergoss.

»Silkie Chooks – Seidenhühner«, erklärte Nina und stieß die Tür zu einem der Ställe auf. »Die süßesten Tiere der Welt.«

Chooks – mit einem Mal war alles klar. *Natürlich! Sie kam aus Australien.*

Emily zog den Kopf ein und folgte ihr hinein, schob sich an den Hühnernestern vorbei, bis sie ins Gehege gelangte.

»Morgens und abends muss jemand nach den Hühnern sehen«, erläuterte Nina. »In der Frühe muss man sie rauslassen und die Eier einsammeln, abends vor dem Schlafengehen wieder einsperren. Das Futter bewahren wir im letzten Verschlag auf. Ich gebe Ihnen dann noch einen vollständigen Überblick über den Zeitplan.« Sie streckte die Hand aus und nahm eines der Hühner auf den Arm, streichelte es wie ein Kätzchen.

Aurelia drängte sich an ihnen vorbei und tat es ihr gleich, hockte sich in den Sand und hob ein etwas kleineres Huhn hoch. Sie hielt es sich ans Gesicht und schmiegte die Nase in den weißen Flaum.

Dann gingen sie weiter zu den angrenzenden Gehegen. Vier braun-weiße Ziegen scharten sich eilig um sie, blökten und knabberten an Emilys Kleidern herum. Zwei riesige Schlappohrkaninchen sahen mit kohlrabenschwarzen Augen und zuckenden

Näschen zu ihnen empor. Aus dem hintersten Verschlag trottete ein sehr kleines, schläfrig dreinblickendes Schwein heraus, um sie zu begrüßen. Francis Bacon war schwarz gepunktet, hatte eine runzelige Schnauze und grunzte leise, sodass Emily ganz weiche Knie bekam. »Oh, ach du meine Güte.« Lachend bückte sie sich.

»Süß, nicht wahr?«, fragte Nina. Sie schnappte sich eine Handvoll Grünzeug von einer Ablage in der Nähe und verteilte es zu Emilys Füßen. »Hier, setzen Sie sich. Warten Sie, bis er zu Ihnen kommt.«

Emily nahm auf dem staubigen Boden Platz, und Francis näherte sich ihr langsam und vorsichtig. Er schnüffelte und kam zu dem Schluss, dass sie in Ordnung war. Er trottete zu ihr hinüber, grunzte ihr in die Hand, wobei er seine Vorderfüße auf ihre überkreuzten Beine stützte. »Er ist einfach hinreißend.«

Aurelia stand nicht weit dabei und beobachtete die Szene mit ausdrucksloser Miene.

»Hey«, rief Emily, denn sie witterte eine Gelegenheit, um Freundschaft zu schließen. »Mache ich das richtig?«

Aurelia starrte sie mit Augen an, die genauso dunkel und verträumt waren wie die ihres Vaters.

Sie machte ein paar Schritte auf Emily zu.

»Ich weiß nicht viel über Schweine. Ob es sich von mir in den Arm nehmen lässt, was meinst du? Kannst du mir zeigen, wie man das am besten macht?«

Aurelia schlurfte noch näher.

Aus den Augenwinkeln sah Emily, wie Nina sich versteifte. *Entspann dich*, dachte Emily, *Kinder mögen mich*. »Ich muss wahrscheinlich ganz vorsichtig mit ihm sein, oder? Und leise?« Emily senkte die Stimme zu einem Flüstern. »So? Wahrscheinlich mag es keine lauten Stimmen.« Sie hob den Finger an die Lippen – *»pssst«* – und streckte die Hand nach Aurelias aus.

Und dann geschah etwas Seltsames. Als Emilys Fingerspitzen die nackte Haut von Aurelias Hand streiften, öffnete die Kleine den Mund und kreischte – ein einzelner schriller Ton, der Francis Bacon und sämtliche anderen Tiere aufschreckte. Gleichzeitig stürzte sich Nina auf die beiden, schlug Emilys Hand weg und riss Aurelia fort, als wolle sie sie in Sicherheit bringen.

Emily wich zurück, zu schockiert, um etwas zu sagen.

In der hinteren Ecke des Schweinegeheges machte Nina jede Menge Wirbel um ihre Tochter, hielt ihr Gesicht in den Händen und flüsterte eindringlich mit ihr. Emily konnte ihre Worte nicht verstehen, doch sie schienen bittend, beruhigend, beschwichtigend zu sein.

»Es … es tut mir so leid«, stammelte Emily schließlich. »Ich habe nur … ich dachte … geht es ihr gut?«

Nina küsste Aurelia auf die Wangen und strich ihr das Haar aus den Augen, bevor sie den Hut aus dem Schmutz aufhob. »Sie können nichts dafür«, sagte sie und warf Emily ein schnelles Lächeln zu. »Ich hätte Sie warnen sollen. Sie lässt sich nicht gern berühren.«

Aurelia stand ganz still und mit gesenktem Kopf da. Sie atmete schwer, die Hände an den Seiten zu Fäusten geballt.

»Es tut mir so leid«, wiederholte Emily und stand auf. Sie kam sich vor wie der schlimmste, gedankenloseste Mensch der Welt.

»Wirklich, ist schon gut. Das konnten Sie ja nicht wissen.« Nina setzte Aurelia den Hut wieder auf und lächelte erneut. »Hören Sie, wahrscheinlich sind Sie müde von Ihrer Reise. Warum kehren Sie nicht einfach ins Gästehaus zurück? Duschen Sie und richten Sie sich dort häuslich ein. Wir machen hier alles fertig, nicht wahr, Erdbeerchen?«

Doch Aurelia gab keine Antwort. Unter der Hutkrempe hatte das kleine Mädchen die Augen fest zugepresst.

Oben in ihrem atemberaubenden weißen Schlafzimmer stand Emily auf dem Bett und wedelte mit dem Handy durch die Luft. Als sie nach zehn Minuten immer noch keinen Empfang hatte, kletterte sie wieder herunter und stand nachdenklich vor ihrer noch unausgepackten Tasche. Offensichtlich würde das mit dem Job hier nicht funktionieren. Das Anwesen war wunderschön, aber Aurelia hasste sie, und Nina war einfach zu perfekt, zu sehr wie die »Frauen von Stepford«. Außerdem hatte Emily jetzt schon so viel Mist gebaut, dass sie eigentlich schon wieder so gut wie entlassen war. *Schon wieder.* Vielleicht war es das Beste, wenn sie ihrer Arbeitgeberin diesmal zuvor kam.

»Tut mir leid«, sagte sie zu ihrem Koffer. »Ich glaube nicht, dass das hier das Richtige für mich ist.« Sie schüttelte den Kopf und versuchte es erneut. »Es war wirklich toll, Sie kennenzulernen, Nina, aber ich glaube, das mit uns wird nicht funktionieren. Hätten Sie etwas dagegen, wenn ich ein Taxi rufe?«

Ein Klopfen an der Tür ließ sie erschrocken verstummen.

»Emily?«, sagte eine Stimme. »Sind Sie da drinnen?«

»Eine Minute.« Schnell öffnete Emily den Reißverschluss ihres Koffers und warf ein paar Kleidungsstücke aufs Bett, damit es so aussah, als sei sie intensiv mit Auspacken beschäftigt. Sie öffnete die Tür, vor der eine zaghaft lächelnde Nina im Flur stand.

»Hi«, sagte die. »Hmm. Ich wollte nur sagen ... ich wollte mich entschuldigen. Das war eigentlich nicht die Begrüßung, die ich für Sie vorgesehen hatte.« Nina verstummte, stemmte die Hände in die Hüften und verschränkte dann die Arme vor der Brust. Sie schien nicht zu wissen, was sie mit ihren Händen anstellen sollte. »Wir sind es nicht gewohnt, dass jemand da ist, und ich fürchte, wir sind ein wenig aus der Übung.«

»Oh, schon gut. Ich verstehe«, versicherte Emily, obwohl das ganz und gar nicht der Fall war.

Nina schwieg erneut. Ihre Augen wanderten unruhig umher, als stünden die Worte, nach denen sie suchte, an den Wänden oder hingen von der Decke. »Darf ich aufrichtig zu Ihnen sein?«, sagte sie schließlich.

»Klar.« Emily seufzte. *Jetzt kommt's.*

»Dass Sie hier sind, ist wirklich eine große Sache für Aurelia und mich. Wir haben uns beide so sehr darauf gefreut, Sie kennenzulernen, waren aber auch extrem nervös, und ich glaube, das hat uns einfach übermannt. *Mich* hat es auf jeden Fall übermannt. Ich … ich wünsche mir einfach nur, dass Sie uns mögen. Ich weiß, das klingt lahm, aber es stimmt.«

Trotz ihrer Zweifel spürte Emily, wie es um ihre Mundwinkel zuckte.

Nina schluckte und sah auf ihre Fingernägel hinab. »Vielleicht brauchen wir eine Weile, bis wir uns daran gewöhnt haben«, fuhr Nina fort. »Aber wenn Sie uns eine zweite Chance geben, dann tue ich alles, damit Sie sich hier wohlfühlen – versprochen! Und mit dem Mittagessen fangen wir an.« Sie blickte durch die Tür auf Emilys noch nicht ausgepackten Koffer. »Das heißt, wenn Sie uns überhaupt Gesellschaft leisten wollen.«

Unwillkürlich musste Emily lächeln. Vielleicht war Nina ja gar nicht so übel.

»Mittagessen klingt verlockend. Ich würde gern mit Ihnen essen.« Sie würde zumindest probehalber noch ein paar Tage bleiben.

15

Emily

Emily verbrachte den darauffolgenden Vormittag damit, Querencia zu erkunden. Anscheinend versuchte Nina, ihr ihre amüsante Seite zu zeigen, weshalb sie sich ein Spiel ausgedacht hatte: eine Schnitzeljagd mit Hinweisen und Preisen. Der erste Hinweis hatte Emily mindestens eine halbe Stunde gekostet.

Das Erste reimt sich auf Ziel,
das Zweite auf Maus.
Es gibt eine Küche zum Backen von Kuchen,
Drum komm nur zum Kaffee, komm mich besuchen.

Nachdem ihre Suche sie durch den Obstgarten und am Fitness-studio vorbeigeführt hatte (das in einem Anbau hinter dem Familienhaus untergebracht war und von dessen Doppeltüren aus man auf die Terrasse gelangte), fand Emily ein Spielhaus für Kinder – und gratulierte sich selbst; es hatte gestrichene Fens-terläden und war von einen kleinen Lattenzaun umgeben. Auf einem Tisch im Innern klemmte unter einer Miniaturkaffee-kanne und einem Plastikdreieck, das ein Kuchenstück darstel-len sollte, ein weiteres Rätsel, das sie zu einem alten Apfelbaum führte, dessen Zweige sich unter der Last der Früchte bogen. Von dort aus entdeckte sie das Atelier, ein riesiges Baumhaus und tatsächlich sogar einen geheimen Garten, der sich hinter einer efeuumrankten Tür verbarg, wie in der Geschichte von Frances Hodgson Burnett.

Ninas Schnitzeljagd dauerte einige Stunden und führte Emily über das gesamte Anwesen. Sie wanderte einmal ringsherum, folgte einer hohen Mauer, die das Grundstück zum Wald hin abgrenzte und immer niedriger wurde, je näher sie dem Abhang kam, der zum Meer hinabführte. Am niedrigsten und westlichsten Punkt der Mauer öffnete sich der Garten zu einem großzügigen, befestigten Loungebereich. Der *Sunset Point.* Sie spähte über den Rand, wo ein Grasstreifen in gefährlich steile Klippen überging; darunter erstreckte sich die grenzenlose Weite des Wassers.

Auf ihrer Erkundungstour machte Emily ein paar Aufnahmen mit dem Handy, aber auf Fotos wirkte das Anwesen eher gewöhnlich. Ganz anders, als wenn man es mit eigenen Augen sah. Das Licht, die Weite … Emily hatte das Gefühl, auf einer himmlischen Insel zu sein.

Der letzte Hinweis der Schnitzeljagd führte sie zum Gästehaus zurück, wo Nina ein fantastisches Mittagessen zubereitet hatte. Eine Auswahl heimischer Käsesorten, selbst gemachter Chutneys und weiches, warmes Brot standen auf einem Tisch, der eigentlich groß genug für zwölf Personen gewesen wäre. Ein frisch eingegossenes Glas Wein, der die Farbe des Sonnenuntergangs hatte, wartete neben einer Vase zarter weißer und purpurner Blumen auf Emily.

Nach dem Essen begann Emily mit der Arbeit. In der ersten Woche, so erklärte Nina ihr, würde sie sich auf das Gästehaus konzentrieren (zu Emilys großer Erleichterung wurde die Betreuung von Aurelia nicht mehr erwähnt). Yves, der noch genauso schweigsam war wie tags zuvor, tauchte mit einer riesigen

Lieferung Farbe auf – zweiundzwanzig Dosen; gemeinsam schleppten sie sie die Treppe hinauf und stapelten sie auf dem Treppenabsatz im ersten Stock. Es schien unzählige Zimmer zu geben, die auf Vordermann gebracht werden mussten; die meisten von ihnen standen voller Möbel, die mit Tüchern bedeckt waren. Hinzu kam ein offener Bereich, der Nina zufolge eventuell als zweiter Wohnbereich dienen konnte. Bevor sie allerdings mit dem Schleifen und Streichen beginnen konnten, mussten sie alles ausräumen und sauber machen.

Nach ihrer Ankunft war Emily so von der Schönheit des Anwesens gefesselt gewesen, dass sie gar nicht gemerkt hatte, in was für einem schlechten Zustand es war. Bei genauerem Hinsehen entdeckte man die verzogenen Fensterläden, die zerbrochenen Dachziegel, das verrottete Holz. Welke Blätter verstopften die Abflüsse und Regenrinnen, Unkraut überwucherte das Gemüse, die Steinplatten waren dunkel vom Moos, das Gästehaus war zwar schön und geschmackvoll eingerichtet, aber feucht und schmutzig. Die meisten Wände waren vor Feuchtigkeit aufgequollen, und sie machte es sich zur Gewohnheit, im Vorbeigehen jedes Mal die Finger über die kalkigen Ausbuchtungen gleiten zu lassen. Glücklicherweise hatte man die Ursache für die Feuchtigkeit gefunden und das Problem gelöst, sodass man jetzt nur noch den Schaden beseitigen musste. Am schlimmsten sah es in den nach Norden gelegenen Zimmern aus.

Emily fragte sich erneut, warum Nina nicht einfach ein Handwerkerteam anheuerte, um das Ganze instand zu setzen, aber während der darauffolgenden Tage fing sie an zu verstehen, warum Nina von dem Gedanken, alles auf ihre Weise zu machen, so begeistert war. Sie war selbst überrascht, wie viel Spaß es machte, einen Overall anzuziehen und sich die Hände schmutzig zu machen; die Räume wieder in ihren ursprünglichen Zustand zu versetzen, hatte etwas ungeheuer Befriedigendes.

Trotzdem war nicht alles ein Vergnügen. Sie merkte schnell, dass Gummihandschuhe eigentlich immer notwendig waren. Vergammelte Brote, Bettwäsche mit Stockflecken, Rattenkötel und vergessene Tassen, in denen grüner Pelz vor sich hin stank: Das alles tauchte in der ersten Woche auf, beinahe, als seien die Gegenstände bewusst hier deponiert worden, um sie zu überraschen. Das Haus strotzte nur so vor Dreck – und daher rührte wohl auch der seltsame, penetrante Geruch. Am dritten Tag kam Emily einem besonders üblen Gestank auf die Spur, der von einem antiken Schrank abgesondert wurde. Darin fand sie ein totes Tier – möglicherweise ein großes Nagetier oder ein kleines Kätzchen; sie nahm sich nicht die Zeit, um es genauer zu untersuchen. Mit einem schrillen Schrei floh sie aus dem Zimmer und schlug die Tür zu. Erst nachdem Yves mit robusten schwarzen Müllsäcken und einer Staubschutzmaske dort gewesen war, betrat sie es erneut.

Doch die meiste Zeit über fand sie ihre Arbeit entspannend. Es gefiel ihr, beschäftigt zu sein. Sie stellte die Musik laut, fegte, wischte und wusch im Takt zu Lady Gaga und Beyoncé. Juliet hätte gesagt, dass dies gut für die Seele ist. Und man erwartete auch nicht von ihr, dass sie alles allein schaffte: Yves leistete ihr ständig Gesellschaft, auch wenn er schweigsam war; er hielt sich immer irgendwo in der Nähe auf und werkelte an irgendetwas herum. Seltsamerweise mied er es konsequent, mit irgendjemandem zu reden. Gleichgültig, was um ihn herum geschah, blieb er eigentümlich still, aber wachsam. Er beobachtete stets aus den Augenwinkeln, als würde er gerade Zeuge eines Streites in der Öffentlichkeit. Manchmal, wenn Emily von ihrer Arbeit aufblickte, ertappte sie ihn dabei, wie er sie musterte, aber er lächelte nie und grüßte auch nicht. Ein- oder zweimal sah sie auch, wie er den Mund öffnete, als wolle er etwas sagen, doch seine Miene blieb unergründlich, und immer wandte er sich in letzter Minute wieder ab.

Anfangs dachte sie, sie spielten im selben Team, deshalb bemühte sie sich um ihn. Sie bot ihm Kaffee an, ein Sandwich oder auch ein Glas Wasser, doch Yves' Antwort war stets kaum mehr als ein Grunzen, also stellte sie ihre Versuche ein. Nina schien vor langer Zeit zum gleichen Schluss gekommen zu sein; nie lud sie ihn ein, mit ihnen zu essen, nie bat sie ihn, noch auf ein Glas Wein zu bleiben, nie fragte sie ihn nach seiner Frau oder seinen Kindern, und es wurde immer deutlicher, dass er und Emily eben doch nicht im selben Team spielten. Emily wurde wie ein nahes Familienmitglied behandelt. Yves hingegen eher wie der merkwürdige Cousin zweiten Grades, den keiner mochte. Er kam und ging wie es ihm passte, sprach fast nichts, aß nie, erledigte die gröberen, lauteren, schmutzigeren Arbeiten, und nach einer Weile vergaß sie, dass er überhaupt da war.

Unterdessen hatte Emily das Gefühl, dass sie und Nina so etwas wie eine Freundschaft entwickelten. Nina leistete ihr im Gästehaus häufig Gesellschaft, streifte ebenfalls Handschuhe über und tat, als müsse sie sich übergeben, wenn sie moderige Teppiche abzogen und in den übel riechenden Tiefen lang vergessener Schränke abtauchten. Sie unterhielten sich bei der Arbeit, erzählten einander von sich, wenn auch nur bruchstückhaft und scheu, und nach und nach entspannten sie sich in der Gesellschaft der jeweils anderen. Die Sonne schien, das Wasser glitzerte, und sie spielten laute Musik über die Lautsprecher am Pool. Emily gab ein paar Anekdoten zum Besten, die Nina zum

Lachen brachten, und Nina riss ein paar schlechte Witze. Schon bald war es, als würden sie einander schon seit Jahren kennen.

Aurelia war nie weit entfernt. Wenn sie sich nicht ausruhte oder drinnen ein Schläfchen hielt, saß sie ganz in der Nähe mit einem Ausmalbuch oder einer Kiste Lego. Oder sie schlenderte mit scheinbar desinteressierter Miene an einer offenen Tür vorbei, hielt dann an, um nachzusehen, was Emily, Nina oder Yves gerade machten, bevor sie wieder verschwand. Manchmal schien sie lange Zeit nicht da zu sein, aber bald wurde Emily klar, dass beide Häuser mit Verstecken und Geheimkammern nur so gespickt waren. Zuerst hatte sie befürchtet, dass die Geräusche in den Wänden von Ratten herrührten, doch dann war ihr wieder eingefallen, wie Aurelia sich aus ihrem Versteck hinter einem Paneel in der Wand des Esszimmers gezwängt hatte. Danach stöberte Emily unzählige andere verborgene Wandschränke auf, in denen sich allesamt Beweise fanden, dass jemand kürzlich hier gewesen war: ein paar Puppen etwa oder ein Teddybären-Picknick.

Obwohl sie Gesellschaft hatte, fühlte Emily sich häufig allein. Nicht wirklich *einsam*, aber dieses Anwesen war so riesig, dass sie manchmal das Gefühl hatte, der einzige Mensch hier zu sein. Gelegentlich war die Stille so durchdringend, dass sie sich leicht vorstellen konnte, dass in einem Umkreis von Hunderten Kilometern keine Menschenseele anzutreffen war; dass Nina, Aurelia und Yves mit dem Rest der Zivilisation ausgelöscht worden waren, und Emily das letzte menschliche Wesen auf diesem Planeten war. Und trotz ihrer aufkeimenden Freundschaft sorgte Nina dafür, dass die Grenzen, die sie gezogen hatte, nicht überschritten wurden.

An ihrem fünften Tag fühlte es sich beispielsweise so an, als wäre sie seit Stunden niemandem begegnet. Sie brauchte Hilfe beim Abbau und Abtransport eines Bettgestells, doch Yves schien ausnahmsweise nicht in der Nähe zu sein. Also machte sie sich draußen auf die Suche nach ihm. Nachdem sie erfolglos auf dem Gelände nach ihm Ausschau gehalten hatte, gab sie auf und ging zum Familienhaus.

Sie umrundete es zweimal, um den Mut zu sammeln, an die Eingangstür zu klopfen. Sie zögerte hineinzugehen (das Wort »tabu« hallte wie eine Sirene in ihrem Kopf wider), deshalb ging sie auf die hintere Terrasse und rief. Aber niemand antwortete.

Plötzlich wurde sie von dem unheimlichen Gefühl überwältigt, tatsächlich vollkommen allein zu sein (vielleicht hatten ihre neuen Arbeitgeber sie zurückgelassen, vielleicht als Teil eines bizarren Streichs oder Initiationsrituals). Also öffnete sie die Terrassentür und betrat die Küche, wo sie erneut rief. Alles blieb still, nirgends deutete auch nur ein Rascheln oder Murmeln darauf hin, dass jemand zu Hause war.

Sie sah sich im Zimmer um, betrachtete die alten Küchenschränke und das antike Geschirr, die Steinfliesen und das riesige Spülbecken im Landhausstil. Es sah aus wie auf einem Foto in einer Zeitschrift: absolut perfekt und unberührt. Doch da war er wieder: dieser seltsame Geruch, kaum wahrnehmbar unter dem Hauch der Duftkerzen, aber eindeutig vorhanden. Hier drin war er zudem etwas stärker, erdig und fleischig, wie verfaultes Holz mit einer unerklärlichen säuerlichen Note. Emily hielt sich die Nase zu.

Plötzlich spürte sie eine Hand auf der Schulter und hörte eine Stimme hinter sich. Emily fuhr so heftig zusammen, dass sie einen kleinen Satz machte.

»Alles in Ordnung?«, fragte Nina und legte Emily den Arm um die Schultern. Emily lachte und nickte, presste die Hand aufs Herz, um ihre Erleichterung zu zeigen, so sehr darauf erpicht, sich zu rechtfertigen, dass ihr Ninas seltsamer Gesichtsausdruck beinahe entgangen wäre, ebenso die Tatsache, dass Ninas Hand etwas zu fest zupackte. Erst später an diesem Abend, nachdem sie alle zu Bett gegangen waren, ging Emily auf, wie schnell sie wieder aus der Küche hinauskatapultiert worden war. Nina hatte sie nicht dort haben wollen. Sie hatte Emily praktisch zur Tür hinausgezerrt, sie mit der Effizienz eines Rausschmeißers im Nachtclub vom Haus weggeführt.

Botschaft angekommen, dachte Emily, während sie langsam einschlummerte. *»Tabu« heißt »tabu«.*

* * *

Das Baby wurde auf meine Brust gelegt, und wir wurden mit warmen Decken zugedeckt.

Mein Mann sieht uns mit Tränen in den Augen an. »Ein gesundes, kleines Mädchen«, sagt er.

Ich schnappe nach Luft, bin mir meiner eigenen Reaktion bewusst, als spielte ich eine Rolle in einem Film. »Ein Mädchen«, hauche ich. Das Baby gibt einen leisen, hilflosen Laut von sich und schmiegt sich an meine Haut. Sein Gesicht ist noch ganz geschwollen und runzelig wie ein Kohlkopf. Es ist purpurrot und mit rostrotem Schleim bedeckt, sein Kopf ist länglich wie der eines Aliens, aber in meinen Augen ist es das allerschönste auf der ganzen Welt.

Später taucht ein kleines Kinderbett aus durchsichtigem Plastik neben meinem Bett auf. Es ist auf einem Metallrahmen mit Rädern befestigt, sodass ich es im Zimmer herumschieben kann wie einen Kinderwagen. Am Fußende ist eine rechteckige Karte angebracht, die nach außen zeigt. Darauf sind ein pinkfarbener Teddybär und ein paar Buchstaben und Zahlen zu sehen.

Aurelia Eloise Denny
3,54 kg
Geboren am 16. Mai um 5.18 Uhr

In meinem Zimmer stapeln sich die Geschenke. Vasen mit frischen Blumen bedecken fast alle freien Oberflächen, und pinkfarbene Luftballons an glänzenden Bändern schweben unter der Decke.

Ich fahre die winzigen Augenbrauen meiner Tochter mit dem Finger nach und seufze vor Glück, als sie auseinanderdriften und dann wieder aufeinander zukriechen wie kleine Babyraupen.

Man hält mir eine Tasse Tee unter die Nase, und ich schüttele den Kopf. Nein, danke. Ich will nicht essen oder trinken oder irgendetwas anderes tun, bei dem ich die Hände benutzen muss; sie sind viel zu sehr damit beschäftigt, dieses warme, kleine Bündel fest an meine Brust zu pressen. Tatsächlich, so sage ich meinem Ehemann, werden sie damit für den Rest meines Lebens beschäftigt sein. Keine Tassen mit Tee oder Kaffee oder sonst irgendetwas, niemals wieder. Ich will sie nie wieder loslassen.

Er seufzt. Er ist wütend auf mich. Wir hatten einen Streit – unseren ersten seit der Geburt. Albern, wirklich. Jede Menge Stress wegen der Temperatur des Badewassers, der richtigen Art, sie zu waschen. Es war meine Schuld; ich bekomme nicht genug Schlaf. Ich versuchte, mich zu entschuldigen, aber es kam falsch heraus.

Wenn er nur wüsste, wie es ist, in meiner Haut zu stecken. Manchmal wünschte ich, wir könnten die Körper tauschen, damit er fühlen kann, was ich fühle.

Wir kuscheln uns unter der Decke zusammen, nur sie und ich, und ich erzähle bestimmt zum siebenhundertsten Mal unsere Geburtsgeschichte. Das ist momentan meine Lieblingsbeschäftigung. Jedes Mal fällt mir ein neues erstaunliches Detail ein. Aber es ist schwierig: als versuche man, sich an einen Traum zu erinnern. Egal wie sehr man sich bemüht, die Magie in Worte zu fassen, es klingt immer hohl und banal. »Hey, Welt«, möchte ich zum Fenster hinausschreien, über die Dächer, in den Himmel. »Stell dir mal vor! Ich habe ein menschliches Wesen in meinem Körper heranwachsen lassen, einen richtigen Menschen mit Armen und Beinen und Wimpern und Fingernägeln. INFORMIERT DIE PRESSE, Herrgott noch mal!« Berichtet über Wonderwoman.

Selbst die Erinnerung daran ist verschwommen, wie das Echo eines früheren Lebens. Ich erinnere mich, dass ich in einem riesigen aufblasbaren Pool lag, mich auf die Seite drehte, mich an die Kante klammerte, erschauerte, mich verkrampfte. Alles öffnete sich, brüllte, riss, zerrte, brannte, und so viel Flüssigkeit; und er, immer er, bei mir, neben mir, hinter mir. Er hielt mich, stützte mich und zog sich zurück, wenn ich seine Berührung nicht ertragen konnte, kam zurück, wenn ich ihn brauchte. Er grub seinen Daumen in meinen unteren Rücken, tagelang wie es schien, er hörte nicht auf, er drückte einfach und massierte den schwarzen Schmerz fort, der mir heute wie eine Lüge erscheint. Mein Gehirn hat das alles gelöscht. Wenn die Flecken auf dem Teppich im Wohnzimmer nicht wären, könnte man glauben, es sei niemals geschehen.

Ich küsse die Lippen meiner Tochter, die weich wie Blütenblätter sind, und nehme den Milchduft ihres Atems in mich auf; ich spüre eine Woge der Freude, so tief, so mächtig, dass sie die Wände meines unzulänglichen Herzens zu sprengen droht.

Mein Körper hat eine Nähe wie diese schon lange nicht mehr gespürt. Bestimmt hat mich meine Mutter früher auf diese Weise gehalten, doch ich erinnere mich nicht daran. Aber ich erinnere mich daran, wie ich sie hielt. Ich erinnere mich, wie ich ihren Kopf im Schoß hatte und ihr über das Haar strich – aber das zählt nicht, denn das war am Ende und fühlte sich überhaupt nicht gut an. Meine Hände sind immer wieder abgerutscht wegen des ganzen Blutes.

Nein, dies ist eine Liebe, wie ich sie nie kannte. Jetzt bin ich vollständig. Jetzt bin ich ganz.

16

Scott

Der Mann neben Scott hatte Redebedarf.

In Bars wie dieser hieß es hopp oder topp. Entweder hatte man Glück und konnte in aller Ruhe seinen Gedanken nachhängen, einen oder gleich fünf Bourbons hinunterkippen, oder man landete neben einer dieser armen Kreaturen, die unbedingt Gesellschaft brauchten. Meist waren diese Typen harmlos; sie wollten gar nicht, dass man irgendetwas sagte, sondern nur selbst reden, und wenn man abschalten und die Worte ausblenden konnte, waren alle zufrieden. Aber dieser spezielle Mann schien ihm unbedingt eine Unterhaltung aufzwingen zu wollen, koste es, was es wolle.

Scott hatte irgendwie Mitleid mit ihm: Dem frauenfeindlichen Geschwätz zufolge, das sich aus seinem Mund ergoss, hatte seine Frau ihn entweder gerade verlassen, oder er hatte sie dabei ertappt, wie sie mit seinem Bruder vögelte – etwas in der Art. Aber er war unrasiert, ungepflegt und hatte bestimmt schon acht Single Malts intus, und diese Kombination verhieß die Art von Ärger, die Scott gerade noch gefehlt hatte. Also beschloss er, wenig zu sagen, viel zu trinken und sich dann schnell zu verdrücken.

Die beiden ersten Ziele hatte er bereits erreicht und wollte gerade das dritte umsetzen, als der Mann auf den Fernseher über der Bar deutete. »Ist das nicht der deprimierendste Scheiß, den man je gehört hat?«, sagte er.

Das konnte Scott sich eigentlich nicht vorstellen, aber er hob dennoch den Kopf. Die Nachrichten brachten etwas über einen Leichnam, den man im Wald gefunden hatte. Die Bilder zeigten ein sumpfiges Flussufer, einen mit Absperrband abgeriegelten Tatort und einen weißen Lieferwagen.

»Hey, Barkeeper. Kannst du das lauter stellen?«, rief der Mann. Er sah Scott an. »Das ist doch echt das Allerschlimmste, hab ich recht?«

Der Ton wurde lauter. Worte sprudelten aus dem Mund des Reporters: *Tragödie. Gemeinde. Tot. Begraben. Wald.*

»Ich sagte, hab ich recht?«, wiederholte der Mann beharrlich.

»Sie haben recht«, antwortete Scott mit Blick auf den Bildschirm. »Was ist passiert?«

»Eine Rucksacktouristin. Schon seit Wochen vermisst. Sie haben sie gerade gefunden.«

Ein Foto zeigte eine junge Frau. Breites Grinsen, sandfarbenes Haar, braune Augen. Sie stand in einer gepflasterten Auffahrt und hielt einen Basketball in den Händen.

»Stellen Sie sich vor, Sie bekommen einen solchen Anruf.« Der Mann senkte den Kopf und fing zu Scotts Entsetzen an zu weinen. Seine breiten Schultern bebten, und schluchzende Geräusche drangen aus seinem Mund.

Scott wandte sich wieder dem Fernseher zu, von wo ihn die junge Frau noch immer anstarrte.

»Das relativiert auch das Beschissenste, was man je erlebt hat, wissen Sie?«, sagte der Mann unter Tränen.

Scott beobachtete ihn aus den Augenwinkeln. Dann legte er ein paar Geldscheine auf die Bar, ließ sich von seinem Hocker gleiten und trat ins Tageslicht hinaus.

Draußen zog er das Handy aus der Tasche.

Nina hob beim siebten Klingeln ab. »Passt gerade nicht, Scott.«

»Soll ich später noch mal anrufen?« Man hörte ein leises statisches Knistern, aber ansonsten war die Leitung stabil. Sie war anscheinend irgendwo im Haus.

»Nein, schon gut. Aber nicht lange. Abendbrotzeit.«

Im Hintergrund vernahm Scott die typischen Küchengeräusche: das Rauschen laufenden Wassers und das Scheppern von Töpfen. »Wie läuft es bei euch?«, fragte er.

»Gut.«

Es entstand eine lange Pause. Sie würde es ihm nicht leicht machen, aber wann hatte sie das je? »Gibt es ein Problem?«

»Nein.«

Er seufzte. »Hör mal, es tut mir leid. Ich weiß, mein letzter Besuch ist schon eine ganze Weile her.«

»Fünf Wochen.«

Scott wusste genau, wie lange es her war. Er hatte wirklich vorgehabt hinzureisen. Jedes Wochenende hatte er einen Flug gebucht, ihn aber jedes Mal wieder in letzter Minute storniert. Er hatte unzählige Male angerufen, aber das war nie genug gewesen. »Hör mal«, sagte er wieder, und es schnürte ihm dabei die Kehle zu. »Ich wollte nur sagen, dass … na ja, ich habe da etwas in den Nachrichten gesehen.«

Das Wasser wurde abgedreht. Scott stellte sich seine Frau am Spülbecken vor, wie ihr Seifenschaum von den Händen tropfte. Womöglich fiel ihr gerade eine Haarsträhne ins Gesicht, wie immer. Wenn er bei ihr gewesen wäre, hätte er sie ihr hinters Ohr gestrichen.

»Was hast du gesehen?«

Tot. Begraben. Wald. »Nicht so wichtig. Es hat mich nur nachdenklich gemacht. Ich könnte meinen Terminplan umstellen.

Etwas mehr Zeit mit dir verbringen. Vielleicht eine Woche pro Monat in Frankreich sein.«

Nina seufzte tief. »Ja. Okay.«

Wieder eine lange Pause. Scott legte den Kopf in den Nacken und sah in den grauen Himmel hinauf. »Und? Gab es irgendwelche Probleme diese Woche?«

»Nein, gar nicht. Alles läuft ziemlich gut.«

Scotts Stimmung besserte sich etwas. »Das ist toll. Und Aurelia?«

Noch eine Pause. »Nicht fantastisch, aber etwas besser. Sie ist diese Woche fast jeden Tag aus dem Bett gekommen und in den Garten gegangen.«

Scott zögerte. »Jeden Tag? Ist das eine gute Idee?«

Ninas Schweigen war Unheil verkündend.

»Okay, na gut. Tut mir leid.« Scott wusste, dass er im Hinblick auf Aurelia besser keinen Druck ausübte.

Das Wasser fing wieder an zu rauschen. »Ich muss los.« Ninas Stimme klang jetzt gedämpft. Er vermutete, dass sie das Handy zwischen Ohr und Schulter geklemmt hatte, um die Hände frei zu haben.

»Okay. Dann lasse ich dich mal.«

»Bis bald.«

Er sollte sie wirklich auflegen lassen. »Nina?«

Ein leises statisches Knistern. »Ja?«

»Ich komme nächstes Wochenende. Versprochen.«

»Klar. Wie du willst.«

Ich liebe dich, hätte er beinahe gesagt, aber die Leitung war bereits tot.

17

Emily

Emily öffnete die Augen. Um sie herum blitzten allerlei bewegliche Lichtflecken auf, und winzige Bläschen kitzelten ihre Haut, während sie an die Oberfläche aufstiegen. Sie streckte die Glieder aus wie ein Seestern und ließ ihren Körper sanft nach oben treiben, bis sie wieder sanft in der Luft dieses frühen Abends auftauchte.

Die Wolken hatten sich rosa verfärbt, als sie aus dem Pool kletterte und den Weg zur Außendusche zurücklegte, wo sich der Duft ihres Shampoos mit der nach Seetang riechenden Luft vermischte. Hinter dem Pool breitete der Ozean sein Blau aus und verschmolz mit dem Himmel.

»Emily«, rief eine Stimme. »Das Abendessen ist fertig!«

Sie wrang das Wasser aus ihren Haaren. »Komme!«

»Sebastien hat sich gut eingewöhnt, findest du nicht auch?«, fragte Nina.

»Ja«, pflichtete Emily ihr bei und nickte, während sie sich bückte, um ein paar verstreute Tassen und Teller von der Einfahrt aufzusammeln – die vergessenen Überbleibsel einer improvisierten Teegesellschaft. »Er scheint sehr glücklich zu sein.«

Sie kehrten von den Ställen zurück, nachdem sie zuerst Aurelia und dann die Tiere für die Nacht fertig gemacht hatten.

Die Hühner waren allesamt im Hühnerstall, die Kaninchen im Kaninchenstall, die Ziegen in ihrem Schuppen, die Tür fest verschlossen und mehrfach verriegelt. (So friedlich sie auch aussahen, waren die Ziegen doch insgeheim geniale Ausbrecher. Emily hatte keine Ahnung, wie sie es schafften, aber nach ein paar lächerlichen Verfolgungsjagden auf dem Gelände, die den Keystone Cops alle Ehre gemacht hätten, war sie zu dem Schluss gekommen, dass in Bezug auf diese Tiere keine Sicherheitsmaßnahme zu drastisch sein konnte.)

Sebastien, das Pony, der neueste Zuwachs auf dem ständig größer werdenden Bauernhof, war wenige Tage zuvor angekommen, er schien seinen neuen Stall sehr zu lieben – was kein Wunder war. Yves hatte sämtliche Verschläge für die Tiere selbst errichtet, und bei dem neuen Stall hatte er sich selbst übertroffen. Nun gehörte es auch zu Emilys Aufgaben, den Pferdestall auszumisten, was ihr nicht gerade lieb war, aber sie hatte es heute ganz gut geschafft. Und Sebastien war wirklich fantastisch. Sie war eigentlich nie besonders tierlieb gewesen, doch Nina bekehrte sie allmählich.

Unterwegs wedelte sich Emily mit der Hand vor dem Gesicht herum in dem Versuch, sich Luft zuzufächeln. Der Tag war schwül und stickig gewesen, und der Abend brachte nur wenig Erleichterung. Die Wurst, das Brot und der Salat, die sie zum Abendbrot gegessen hatten, lagen ihr schwer im Magen, als sei die Luft den Speisen gefolgt und drücke sie nun nieder.

Sie trennten sich vor dem Familienhaus. Nina verschwand im Innern, um eine eisgekühlte Flasche mit irgendeinem Getränk zu holen, während Emily seitlich zur hinteren Terrasse ging. Gemäß ihrer neuen Routine würden sie sich nun zwei Gläser einschenken, es sich in den Hängesesseln bequem machen und zusehen, wie die Nacht sich herabsenkte.

»Also«, sagte Nina, als sie mit einem Eiskübel in der Hand durch die Terrassentür nach draußen kam. »Wie geht es dir? Hast du von unserer Isolation mittlerweile die Nase voll?«

Emily verkniff sich ein Lächeln. Ninas australischer Akzent war zwar weich, doch der träge, gedehnte Tonfall, der so gar nicht zu ihrem zarten Äußeren passen wollte, überraschte sie immer noch. »Nein, im Gegenteil«, sagte sie. »Schon seltsam, erst glaubte ich, dass es mir schwerfallen würde, aber eigentlich hat es mir sogar gutgetan, von allem wegzukommen.«

»Vermisst du denn Facebook nicht?«

»Meine Güte, nein.«

»Ich auch nicht. Dieser Mangel an Privatsphäre ängstigt mich. Tatsächlich ist es mir auch lieber, wenn keine Fotos von diesem Anwesen auf den sozialen Medien auftauchen, wenn das nicht zu viel verlangt ist? Scott hat dir sicher erklärt, dass uns Diskretion besonders wichtig ist.«

»Oh, natürlich, ich würde sowieso nichts posten. Ich hatte noch nie viel für die sozialen Netzwerke übrig. Sie sind einfach zu viel des Guten.« Das war allerdings nicht die volle Wahrheit. Emily hätte sich Accounts auf mehreren Plattformen eingerichtet, wenn sie geglaubt hätte, dass ihr das etwas bringen würde, doch sie hatte nie etwas zu zeigen oder zu sagen, und die überbordenden Profile ihrer erfolgreichen Kommilitoninnen und Kommilitonen aus der Schauspielschule konnte sie kaum ertragen.

Trotzdem war der vollkommene Kontaktabbruch zur Außenwelt zuerst nicht leicht gewesen. Querencia war ein kommunikatives Niemandsland. Automatisch hatte sie in den ersten Tagen immer wieder auf ihr Handy geschaut, frustriert, dass es hier kein Netz gab. Sie war sogar mehrfach durch das Tor hinaus in den Wald gegangen in der Hoffnung, dort Empfang zu haben, aber immer erfolglos. Und dann hatte sie bei ihrer ersten

Fahrt zum nächsten Supermarkt festgestellt, dass sie, um überhaupt irgendeine mobile Anbindung zu bekommen, gute dreißig oder vierzig Minuten ins Landesinnere fahren musste. Doch selbst dann bekam sie nur einen einzigen Balken, vielleicht mal zwei. Offenbar gab es durchaus WLAN auf Querencia, und Nina hatte ihr den Code verraten, aber aus irgendeinem Grund fand ihr Handy das Netz nicht. Nina hatte versprochen, Yves darauf anzusetzen, hatte es aber dann nicht noch einmal erwähnt, und bei all der Arbeit, dem Essen und dem Wein vergaß Emily immer wieder, sie daran zu erinnern.

Nach einer Weile war das Bedürfnis, ihr Handy zu zücken, nicht mehr so dringend. Innerhalb nur weniger Tage hatte Emily sich anders gefühlt. Glücklicher. Weniger ängstlich. Und nach ein paar Wochen dachte sie schon gar nicht mehr an ihr Handy. Sie wusste, dass sie Nina wahrscheinlich bitten konnte, ihren Computer zu benutzen (es musste einen im Familienhaus geben, denn wie sonst hätte sie Aurelias Hausunterricht managen können?), aber die Grenze war eindeutig: *Dies ist dein Haus, jenes ist meins* – womit Emily kein Problem hatte. Sie beschloss, dass dieser Sommer ihr dringend notwendiger digitaler Detox war. Es gab eigentlich ohnehin niemanden, mit dem sie Kontakt aufnehmen wollte.

»Was ist mit deiner Familie?«, fragte Nina, als hätte sie Emilys Gedanken gelesen. »Deinen Freunden? Hast du kein Heimweh?«

Emily presste das kühle Weinglas an die Wange und zog die Nase kraus.

Nina lachte. »So schlimm? Echt?«

»Nein«, antwortete Emily und dachte an die engen Gassen in Hoxley, an die trostlose Hauptstraße und an den schlammigen Sportplatz. »Mein Zuhause ist einfach nur … klein. Langweilig. Das typische Dorf auf dem Land.«

»Kommt mir eher idyllisch vor.«

»Brr.« Emily schnaubte. »Dann versuch mal, dort zu leben.« In ihrer Jugend war die Schwerfälligkeit des Ortes geradezu lähmend gewesen. Die Welt da draußen lockte sie, kam ihr riesig und aufregend vor, aber ihre Eltern hatten niemals irgendwo hingehen oder irgendetwas Neues ausprobieren wollen.

»Nun ja«, sagte Nina. »Ich freue mich, dass du kein Heimweh hast. Aber das Leben hier kann ebenfalls sehr eng und langweilig sein.« Sie überblickte das Anwesen. »Ich hoffe, du sagst mir Bescheid, wenn es dir allzu schwerfällt.«

»Oh nein!« Emily lehnte sich zurück und lehnte den Kopf gegen das Kissen. »*Hier* könnte ich mich niemals langweilen. Es ist so wunderschön. Und es gibt immer irgendetwas zu tun.« Sie dachte an die unzähligen Kartons mit Büchern, die sie in einem Zimmer entdeckt hatte (»für die Bibliothek«, hatte Nina ihr erklärt), und an den Filmprojektor in einem anderen.

»Da hast du recht«, bestätigte Nina. »Und wo wir gerade beim Thema sind: Wir sollten morgen mit den Badezimmern anfangen.«

Sanft schaukelten sie in ihren Hängesesseln hin und her, nippten an ihrem Wein und unterhielten sich über Farbpinsel, Gardinenstangen und Bodenleisten, bevor sie in behagliches Schweigen verfielen. Über ihnen sammelten sich dicke, purpurne Wolken, die langsam die Sterne auslöschten. Fledermäuse flatterten zwischen den Bäumen hin und her, als das letzte Licht vom Himmel verschwand, und irgendwo in der Ferne zuckte ein gegabelter Blitz zur Erde herab.

Emily zählte vier Sekunden, bevor sie das leise Grollen des Donners hörte; wenn man dem, was sie in der Schule gelernt hatte, Glauben schenkte, war das Unwetter nur noch anderthalb Kilometer entfernt. Sie seufzte glücklich und sah zum

Horizont, wartete auf weitere Blitze. *So fühlt sich also Perfektion an*, dachte sie.

Und dann zerriss ein lang gezogenes, entsetztes Heulen die Nacht, so laut und so verstörend, dass Emily ein paar Sekunden brauchte, um zu reagieren.

»Verdammt, was war denn *das*?«, schrie sie und schnellte kerzengerade in die Höhe.

Neben ihr sprang Nina auf die Füße und verschüttete Wein auf ihr Kleid.

Der Schrei wurde lauter. Er war entsetzlich, durchdringend, gellend und voller Schmerz. Plötzlich brach er ab, hinterließ eine Leere und Stille, die in Emilys Ohren widerhallte.

»Was zum …?«

Dann war es wieder da, diesmal noch heftiger. Es kam aus dem Haus. Vor ihrem geistigen Auge liefen Horrorszenarien ab wie im Film. Jemand war eingebrochen und Aurelia wurde gerade abgeschlachtet, sie war die Treppe heruntergefallen und hatte sich das Rückgrat gebrochen, sie war von einer Schlange gebissen worden.

»Verflucht seien diese verdammten Gewitter«, sagte Nina und gab ein missbilligendes Geräusch von sich. Anscheinend teilte sie Emilys Sorgen nicht. Sie stellte ihr Weinglas ab und eilte zum Haus. Sie öffnete eine der Terrassentüren und verschwand im Innern. Beinahe sofort kam sie wieder heraus, ein Geschirrhandtuch auf ihr klatschnasses Kleid gedrückt. »Schon gut«, rief sie vom Eingang, wobei sie sich anstrengen musste, um den Lärm zu übertönen. »Nur Nachtangst. Die hat sie schon seit Jahren.«

»Nachtangst?«

»Einer der vielen Gründe, warum ich froh bin, keine Nachbarn zu haben. In der letzten Zeit ist es viel besser geworden, aber hin und wieder kriegen wir ein richtiges Prachtexemplar ab – häufig, wenn es gewittert. Sie hasst den Lärm.«

Das Kreischen schien irgendwie noch heftiger zu werden, und Nina zuckte zusammen. Sie ließ das Geschirrtuch auf den Boden fallen und warf Emily ein nervöses Lächeln zu. »Keine Sorge, es geht ihr gut. Es klingt viel schlimmer, als es ist. Entschuldige bitte, ich gehe jetzt besser zu ihr und …« Sie deutete in die allgemeine Richtung des Geschreis und hastete davon. Eine Sekunde später war sie schon wieder zurück und steckte den Kopf durch die Tür. »Kümmere dich nicht um die Gläser und das alles. Ich räume es später weg.« Dann war sie wieder fort.

Emily stand da, die Hand auf die Brust gepresst. Ein paar Minuten später erstarben die Schreie, und ein Schlaflied wehte leise durch ein offenes Fenster in die Nachtluft hinaus.

* * *

Emily kehrte zum Gästehaus zurück, als die ersten Regentropfen fielen. Noch immer pochte ihr Herz wie wild gegen ihre Rippen.

Dieser Schrei … Noch nie hatte sie etwas Vergleichbares gehört, und doch klang er seltsam vertraut. Sie konnte diesen Laut physisch in ihrer eigenen Kehle spüren, merkte, wie ihre Stimmbänder ganz wund wurden. Sie schob es auf ihr Mitgefühl. Sie war selbst ein etwas schwieriges Kind gewesen – die temperamentvolle Besitzerin, wie Juliet ihr immer wieder vorgehalten hatte, einer »kräftigen Lunge« – und obwohl der Begriff »Nachtangst« nie gefallen war, hatte sie definitiv jede Menge Albträume gehabt. Vage erinnerte sie sich daran, wie sie nachts schweißgebadet aufgewacht war und ihre Eltern sie im Arm gehalten hatten.

Beim Gedanken an ihre Eltern wurde sie von Gewissensbissen überwältigt. Die letzten paar Wochen auf Querencia waren wie ein Aufenthalt in einem Paralleluniversum gewesen; es existierte nichts sonst, nichts spielte eine Rolle außer dem Sonnenschein, dem guten Essen, dem hervorragenden Wein und der Frage, ob die chemischen Poolzusätze richtig dosiert waren. Und Nina hatte sich als so angenehme Gesellschaft entpuppt, dass Emily nicht ein einziges Mal zu Hause angerufen hatte.

Unterwegs vergrub sie die Zehen im Sand, genoss die Regentropfen auf ihrer Haut. Innerhalb von weniger als einem Monat hatte sich so viel verändert. Seltsam, dass sie an ihrem ersten Tag beinahe die Segel gestrichen hätte – aber das war schließlich ihre eigene Schuld gewesen. Heute wusste sie das. Ihr war nicht klar gewesen, in welchem Ausmaß die Proem-Klatschgeschichten ihre Urteilsfähigkeit beeinträchtigt hatten, genauso wenig, wie sie sich bewusst gemacht hatte, welch großen Einfluss ihr Zusammentreffen mit Scott auf ihre Gefühlswelt gehabt hatte.

Scott. Ein kleiner Schauer durchlief ihren Unterleib, wie ein eiskalter Löffel, mit dem jemand in einer heißen Tasse Tee rührt. Bei der Erinnerung, wie viel sie bei ihrem gemeinsamen Lunch damals getrunken hatte, zuckte sie zusammen. Wahrscheinlich hatte er sie für eine komplette Idiotin gehalten. Hypnotisiert von seinem Colgate-Lächeln und seinem hübschen Anzug, hatte sie ihn angestarrt und gekichert und viel zu häufig ihr Haar nach hinten geworfen. Und obwohl sie sich immer wieder sagte, dass sie die Situation nicht verkomplizieren sollte, war die Situation definitiv kompliziert gewesen.

Glücklicherweise war jedoch nichts Unangemessenes passiert. Nachdem sie das Restaurant verlassen hatten, hatte Scott sie zur U-Bahn begleitet, wo sie sich die Hände geschüttelt und mit ironisch-kokettem Blick voneinander verabschiedet hatten. Und eine Sekunde lang hatte Emily eine seltsame Unsicherheit gespürt, eine Veränderung in der Atmosphäre. Aber dann waren sie in entgegengesetzte Richtungen davongegangen. (Ihre Gedanken auf dem Nachhauseweg waren jedoch *äußerst* unangemessen gewesen – und hatten sich am darauffolgenden Tag zu einer regelrechten Obsession entwickelt, sodass sie sich, als sie an Bord seines Privatjets gestiegen war, gefragt hatte, ob ihr erster romantischer Ausflug sie auf die Malediven oder nach Bora Bora führen würde.)

Trotzdem war sie sich ziemlich gerissen vorgekommen, als sie auf Querencia angekommen war. Doch jetzt erkannte sie, wie dumm sie gewesen war; zwischen ihr und Scott war nichts vorgefallen, und sie wollte auch nicht, dass es dazu kam. Sie war nicht der Typ, der Ehen zerstörte. Anfangs hatte sie nach Ninas Fehlern Ausschau gehalten, auf der dringenden Suche nach einer Rechtfertigung für ihre Missgunst. Aber sie hatte nichts gefunden. Nina war absolut liebenswert. Nun ja, okay, manchmal war sie schwierig, aber sie hatte auch eine Menge am Hals. Sie musste hier allein mit einem kranken Kind klarkommen, ohne Freunde oder Familie, die sie unterstützten. Insgesamt war sie witzig, fürsorglich, gewinnend, aufrichtig und hatte diesen ganzen boshaften Büroklatsch wirklich nicht verdient. Tatsächlich hatte sich Emily gründlich geirrt, als sie angenommen hatte, dass Scott und seine Frau nicht zueinander passten. Sie waren einander ebenbürtig – und zwar auf höchster Ebene, in einer Liga, in der nur die attraktivsten und charismatischsten Menschen spielten.

Umso seltsamer schien es, dass Nina ihren Ehemann nicht allzu häufig erwähnte. Wenn sie mit Aurelia zusammen waren, kam die Sprache schon mal auf ihn, vielleicht auf ein bestimmtes

Essen, das er mochte, oder ein Spielzeug, das er gekauft hatte, aber ansonsten sprach sie nur selten von ihm. Emily nahm an, dass dies am räumlichen Abstand lag. Es musste schwer für eine Familie sein, so getrennt zu leben wie die Dennys, aber das ganze Geld musste schließlich irgendwo herkommen, und das konnte Scott wohl kaum verdienen, wenn er mitten im Nichts auf einer Sonnenliege herumlungerte.

Glücklicherweise hatte Aurelia eine wundervolle Mutter, die buchstäblich jede Minute ihres Tages den Bedürfnissen ihrer Tochter widmete. Ninas Aufmerksamkeit war so auf sie fixiert, dass man glauben konnte, sie nehme an einer Art Elternolympiade teil. Die Spielsachen, die Kleider, das Essen, die Lernmaterialien für den Hausunterricht (Emily wusste nicht, wie der Unterricht ablief, aber das Atelier, das anscheinend auch als Klassenzimmer fungierte, war randvoll mit Lehrbüchern und verrückt aussehender Technik), ganz zu schweigen davon, dass sie ständig Aurelias Gesundheit im Auge behielt. Zugegeben, man konnte auch sagen, dass sie sich ein wenig *zu sehr* auf sie konzentrierte. Ein- oder zweimal war Emily auch der Begriff *Helikoptermutter* in den Sinn gekommen, aber wahrscheinlich war es nicht leicht, sich um ein Kind zu kümmern, dessen gesundheitlicher Zustand es unmöglich machte, irgendwohin zu gehen oder irgendetwas zu unternehmen.

Nina hatte ihr einige haarsträubende Geschichten darüber erzählt, was passiert war, wenn sie sich mal nach draußen gewagt hatten. Alles lief wunderbar, und dann ließ die Wirkung des Lichtschutzfaktors nach, oder Aurelia bekam einen Wutanfall und riss sich ihr Schutz-Shirt gegen Hautausschlag vom Leib, oder sie krempelte die Ärmel hoch, um im Sand zu buddeln, und war fünf Minuten später von Blasen übersäht. »Und das war's dann«, berichtete Nina. Tagelang ans Bett gefesselt. Das war es nicht wert.

Und dann waren da noch diese Wutanfälle. Nina zufolge hatte Aurelia »Schwierigkeiten, ihre Gefühle zum Ausdruck zu bringen« (was Emilys Ansicht nach eine völlige Untertreibung war; das Kind sprach einfach nie). Deshalb baute sich wegen winziger Kleinigkeiten, wenn es zum Beispiel darum ging, sich einen Nachtisch auszusuchen oder die Regeln eines Spiels zu verstehen, sehr schnell Spannung auf. Größere Dinge wie auswärts zu essen, waren nicht mehr möglich, was schade war, aber Emily konnte Ninas Haltung durchaus nachvollziehen. In den letzten paar Tagen war Aurelia ohne erkennbaren Grund viermal ausgerastet.

Insgesamt verstand Emily, warum Nina manchmal ein wenig gestresst war. Sie dachte darüber nach, ihr ein paar ihrer eigenen Kindheitserfahrungen zu schildern (die Albträume, die Panikattacken), in der Hoffnung, dass Nina sich dann vielleicht besser fühlen würde. *Keine Sorge*, hätte sie vielleicht sagen können, *sie ist damit nicht allein; alle Kinder neigen zu so etwas.* Aber immer schienen ihr die richtigen Worte zu fehlen. Im Gegensatz zu Nina. Sie fand immer die richtigen Worte. Sie war sich ihrer selbst so bewusst, konnte ihre eigenen Gefühle hervorragend zum Ausdruck bringen, war so offen im Hinblick auf den ungeheuren Druck ihrer Rolle als Mutter, auf die ständige Angst, Fehler zu machen, und auf die Tage, an denen sie wünschte, das alles möge aufhören. Beinahe poetisch vermochte sie über ihre eigene Angst zu sprechen und wie sie damit umging – und zwar, indem sie sich der sich ständig verändernden wilden Achterbahnfahrt der Welt entzog; indem sie Nachrichten ausblendete, das Internet, Smartphones und die Fülle skurriler Apps mied, indem sie Achtsamkeit praktizierte und alles aus ihrem Leben verbannte, das sie nicht unbedingt benötigte (anscheinend galt dies allerdings nicht für materielle Besitztümer, denn davon gab es hier, wie Emily registrierte, jede Menge). Nina gab selbst offen zu, dass sie das nicht immer richtig hinbekam, aber zumindest gab sie sich Mühe.

So war man das Leben in Emilys Familie nie angegangen. Die Tradition der Proudmans verlangte es, Sorgen unter den Teppich zu kehren. Sie ignorierten jegliches Problem und taten dann überrascht, wenn es doch auf sie zurückfiel oder auf hässliche, peinliche Weise ans Licht kam. Juliet war eine Meisterin der Verdrängung. »Sicher wird sich alles fügen«, sagte sie dann, oder: »Versuch, dir keine Sorgen deshalb zu machen« oder »Konzentrier dich nicht dauernd auf das Negative. Denk daran, was positiv ist!« Dann hätte Emily ihr am liebsten allerlei Gegenstände an den Kopf geworfen. Was war verkehrt daran zuzugeben, wenn es beschissen lief? Juliet wollte ihrer Umwelt weismachen, dass sie immerzu glücklich war, aber das kaufte Emily ihr nicht ab. Dafür war ihr Lächeln einfach zu brüchig.

Der Donner grollte über den Himmel hinweg, und Emily zuckte zusammen. Sie merkte, dass sie eine ganze Weile tief in Gedanken versunken vor dem Gästehaus gestanden hatte und ihre Kleider vollkommen durchnässt waren.

Sie wandte ihr Gesicht gen Himmel und ließ den Regen über sich hinwegspülen. Und während das Wasser durch die Bäume tropf-tropf-tropfte, fragte sie sich bestimmt zum hundertsten Male, wann Scott wohl auftauchen mochte. Er hatte behauptet, so viel Zeit wie möglich in Frankreich zu verbringen, aber bislang hatten sie keine Spur von ihm gesehen. Obwohl sie sich Nina immer näher fühlte, wäre es Emily unangenehm gewesen, sich nach ihm zu erkundigen. Er würde sicher bald kommen. Und dann war er gewiss beeindruckt. Er würde sehen, dass sich Emily nahtlos in sein Familienleben eingefügt hatte, und wäre stolz auf sie. Mit einem glücklichen Seufzer stieß sie die Tür zum Gästehaus auf.

Über ihrem Kopf, auf einer Metallhalterung, die im Mauerwerk befestigt war, surrte leise eine Kamera, deren rotes Licht blinkte.

Später in jener Nacht erwachte Emily davon, dass ein Lichtstrahl auf ihr Kissen fiel. Sie setzte sich auf und sah, dass die Vorhänge vor den Doppelfenstern nicht ganz geschlossen waren. Etwas Helles schien durch die Lücke. Sie schlurfte zum Fenster und sah hinaus. Eine der Sicherheitsleuchten war angegangen, und zwar die, die genau an der Außenseite ihres Balkons angebracht war.

Und unten, am Rande des Rasens bewegte sich etwas.

Instinktiv trat Emily einen Schritt zurück und ließ den Vorhang sinken. Ein paar Sekunden später fragte sie sich, ob sie sich das nur eingebildet hatte. Wieder schob sie die Vorhänge auseinander, nur einen Zentimeter, und sah eine Gestalt, die auf dem Rasen langsam im Kreis ging.

Nina. Sie hielt den Kopf gesenkt und hatte die Arme fest um den Körper geschlungen; ihre Schultern bebten, als würde sie schluchzen.

Emily kam sich seltsam ungeschützt vor, als seien die Mauern des großen weißen Hauses so dünn wie die zarten Leinenvorhänge. Und dann wandte Nina sich um und sah zum Fenster hinauf, so direkt, dass Emily zurückzuckte.

Im gleichen Moment ging die Sicherheitsleuchte wieder aus, und der Rasen wurde in Dunkelheit getaucht. Emily wartete, bis ihre Augen sich daran gewöhnt hatten, um nachzusehen, ob Nina immer noch da war ...

Aber alles lag vollkommen still und verlassen da. Der Rasen war leer. Nina war fort.

* * *

Wir haben es geschafft. Der zwölfte Monat. Es war nicht leicht, aber wir haben das Ziel erreicht, wie in den Babybüchern vorhergesagt.

Es ist ein perfekter Tag für eine Party. Der Himmel ist strahlend blau, und eine sanfte Brise jagt ein paar Blätter durch den Garten. Fliederfarbene Wimpel flattern zwischen den Bäumen, und die Ballons stoßen mit einem fröhlichen, hohlen Klang aneinander.

Ich hole das letzte Tablett aus der Küche und schaffe es gerade noch zum Tisch, als ein gewaltiges Niesen aus meiner Nase explodiert. Mein Mann blickt vom Grill hinüber und gluckst. Er macht sich ständig über mein Niesen lustig; er findet, dass ich wie James Brown klinge. »I feel good«, singt er und wackelt mit den Hüften.

Ich putze mir die Nase. Ich habe es satt, krank zu sein. »Ob dieser Schnupfen sich jemals verzieht und uns in Ruhe lässt, Kleines?« Ich kitzele meine Süße unter dem Kinn. Sie liegt auf einer Picknickdecke, und ihre rot geränderten Augen spähen unter der flauschigen Decke hervor.

Ich weiß immer noch nicht so recht, ob das mit der Party eine gute Idee ist. Beinahe hätte ich das Ganze aufgegeben, aber es ist immerhin ihr erster Geburtstag. Den können wir schließlich nicht einfach so vorbeigehen lassen. Außerdem habe ich gestern den ganzen Tag gebacken und heute den ganzen Vormittag über dekoriert. Ich habe Stunden damit verbracht, die Marzipanrosen für ihre Geburtstagstorte zu formen. Ich packe die Kisten aus und stelle alles auf den Tisch. Gurkensandwiches, köstliche, kleine Cupcakes und eine Schüssel mit dicken, reifen Erdbeeren – die mag mein Baby am liebsten. Sauerkirscheis für Mummy und Daddy, um an unser erstes Date zu erinnern. Ich habe extra wegen des Rezepts im Restaurant angerufen und ihnen gesagt, dass es für einen ganz besonderen Anlass ist.

»Sie sieht blass aus«, sage ich zu meinem Mann und frage mich schon wieder, ob ich das Richtige tue. »Findest du nicht auch, dass sie blass aussieht? Vielleicht hätten wir das Ganze abblasen sollen.«

»Dafür ist es jetzt wohl ein bisschen zu spät«, sagt er und deutet auf das ganze Essen. »Aber wir können es ja jederzeit abkürzen. Das Lied singen, den Kuchen anschneiden, wieder ins Bett gehen!«

Ich nicke und streichle das Gesicht meines kleinen Babys. Seine Stirn und seine Wangen sind glühend heiß. »Oh, Liebes, du hast ja schon wieder Fieber.« Ich schiebe ihr eine Haarlocke aus dem Gesicht. »Hey, kannst du mir die Ibuprofen geben? Sie sollten in ihrer Wickeltasche sein.«

Schweigend schüttelt er den Kopf. »Ich habe ihr gerade etwas gegeben. Hat es noch nicht gewirkt?«

»Fühlt sich nicht so an. Schon gut, mein Schatz. Mummy gibt dir noch etwas ...« Ich verstumme. Ihre Hände sind eiskalt. Ihre Lider halb geschlossen. »Hey, Süße«, sage ich und schüttle sie leicht. »Hast du die Geschenke schon gesehen?« Ich deute auf einen großen Stapel schimmernder Geschenktüten und bunter Päckchen.

Sie rührt sich nicht.

Ich hole eine Erdbeere aus der Schüssel und wedele damit vor ihrem Gesicht hin und her. »Hier, mein Schatz. Dein Lieblingsessen.«

Sie fängt an zu weinen, ein seltsames, schrilles Heulen, das mich an eine Katze erinnert. Das Blut gefriert mir in den Adern, scheint rückwärts zu fließen. Ich lege meiner Tochter die Finger aufs Gesicht, ertaste ihren Nacken. Ich schlage die Decke zurück und greife unter ihr Kleid. »Bist du sicher, dass du ihr Ibuprofen gegeben hast?«

Kaum habe ich die Worte ausgesprochen, weiß ich, dass ich einen Fehler gemacht habe. Ich drehe mich um, um mich zu entschuldigen, aber dann – beinahe wie eine Reaktion auf meine Worte – fängt sie an zu zittern. Zuerst glaube ich, dass sie sich nur gegen meine Hände auf ihrem Körper wehrt, aber das Zittern hört nicht auf. Es wird schlimmer. Ihre kleinen Glieder sind steif und zucken. Sie bäumt sich auf und verdreht die Augen.

»Oh mein Gott!« Ich versuche, sie hochzuheben, kann sie aber nicht festhalten.

Er steht nur da. Er weiß nicht, was er tun soll. »Kann sie … atmet sie?«

Ich höre einen erstickten Laut. Er stammt von mir. »Tu doch was!« Ich höre mich schreien, erkenne meine eigene Stimme kaum. »Was hast du getan? Was hast du ihr gegeben?«

Völlig außer mir schlage ich seine Hände fort und schlinge die Arme um mein schlaffes, kleines Mädchen, wiege sie wie ein Neugeborenes, und obwohl ich spüre, wie die Krämpfe nachlassen, flammt eine entsetzliche Vorahnung in meinem Inneren auf. Ich kann nur noch an das Auto denken, ans Krankenhaus, an den schnellsten Ausweg, und dann renne ich, ich renne, renne, renne, renne, renne.

18

Emily

Knoblauchschale klebte an Emilys Händen wie Hautfetzen und blieb unter ihren Fingernägeln haften. Sie grunzte frustriert, während sie mit dem Knoblauch hantierte, Löcher in die Zehen bohrte und das Ganze zu einem Brei zerstampfte.

»Sieh mal, so geht das«, sagte Nina, die hinter sie getreten war. Sie demonstrierte, wie man jede Zehe oben und unten abschnitt und sie dann mit der Messerklinge zerdrückte, sodass man die papierne Haut wie eine Jacke abstreifen konnte. Dann griff sie nach einem anderen Messer und hackte in schier übermenschlicher Geschwindigkeit eine Zwiebel.

»Wow«, hauchte Emily.

Nina lachte. »Es ist doch nur eine Zwiebel, Em.«

Emily errötete und wandte den Blick ab. Ein Vogel landete auf dem anderen Ende der Arbeitsplatte, um einen Krümel zu stibitzen, er zwitscherte seinen Dank und flog wieder davon. Die voll ausgestattete Küche am Pool war bei Weitem eine der besten Errungenschaften auf Querencia, zumindest war Emily dieser Ansicht; die einfache Tatsache, dass sie draußen kochen und zu Mittag essen konnten, um anschließend direkt ins Wasser zu gleiten, erschien ihr der größtmögliche Luxus.

Sie ging zum Grill hinüber und beschirmte dabei ihre Augen mit der Hand, damit das Licht, das von der Wasseroberfläche des Pools widergespiegelt wurde, sie nicht blendete. Auf dem Rost brutzelte ein ganzer Fisch vor sich hin. Sie stieß ihn mit dem Pfannenheber an. »Soll ich ihn umdrehen?«

»Versuch es mal«, sagte Nina. »Aber nicht damit. Nimm lieber das hier.« Sie nahm eine Tranchiergabel aus dem Besteckregal und zeigte ihr, wie man die Zinken durch das Gitter schob, um den Fisch sanft hochzuheben. »Wenn er fertig ist, dann löst er sich von selbst. Wenn nicht, bleibt er kleben.«

»Woher weißt du das alles?« Emily staunte über jeden, der in der Lage war, auch nur eine Ofenkartoffel zu backen. Sie schien jedes Gericht zu ruinieren, an das sie sich heranwagte.

»Ich habe eine Zeit lang eine Ausbildung gemacht. In einer Kochschule. Vieles habe ich wieder vergessen, aber die Grundlagen haben sie uns für immer eingetrichtert.«

»Das ist so cool. Du könntest hier wirklich eine Kochschule aufmachen. Die Leute würden sich überschlagen, um bei dir zu lernen. Oder vielleicht ein Restaurant eröffnen? Als Teil des Gästehauses vielleicht.«

»Vielleicht«, antwortete Nina mit einem Lächeln, das jedoch ihre Augen nicht so ganz erreichte. Sie wirkte erschöpft, und Emily fragte sich bestimmt zum zehnten Mal an diesem Tag, ob sie erwähnen sollte, dass sie sie in der Nacht im Garten gesehen hatte, und sei es auch nur, um sie zu fragen, ob es ihr gut ging. Aber aus Gründen, die sie nicht so recht in Worte fassen konnte, hatte Emily bei dem, was sie gesehen hatte, ein seltsames Gefühl. Sie verdrängte diesen Gedanken. Was immer Nina letzte Nacht da unten in der Dunkelheit getan hatte, es hatte nichts mit ihr zu tun.

Nina wandte sich an ihre Tochter: »Hey, Erdbeerchen, das Essen ist beinahe fertig.«

Aurelia spielte am langen Esstisch Kaufladen, ihr schwarzes

Haar kringelte sich in dicken, feuchten Strähnen unter ihrem üblichen Strohhut hervor. Über den Blumentöpfen und Stühlen waren verschiedene Kleidungsstücke mit handgeschriebenen Preisschildern ausgebreitet. Um ein paar Pluspunkte bei ihr zu sammeln, hatte Emily ihr dafür ihre gesamte Garderobe zur Verfügung gestellt, eine Entscheidung, die sie jetzt bereute. Auf diese Art und Weise ausgestellt, wirkten ihre Kleider und Tops traurig und sackartig, besonders neben Ninas makellosen Beiträgen. Aurelia schien das jedoch nichts auszumachen. Eine ganze Stunde lang hatte sie gut gelaunt die einzelnen Stücke mit Preisschildern versehen.

»Ist dein Laden schon offen?«, rief Emily. »Denn ich habe ein Auge auf das heiße kleine Rote da drüben geworfen. Ich biete dir auch einen guten Preis.« Sie deutete auf ein verwaschenes Sommerkleid, das sie vor ein paar Jahren in einem Secondhandladen erworben hatte. »Aber das heißt nicht, dass du mich abzocken kannst. Ich bin eine harte Verhandlungspartnerin.«

Ein leises Kichern drang unter dem Hut hervor.

»Hier, Schatz.« Nina tauchte mit einem Glas Eistee und zwei kleinen Tabletten auf. Sie stellte beides auf dem Tisch neben Aurelia ab. »Zeit für deine Medikamente. Und dann müssen wir noch Sonnenschutz auftragen, fürchte ich. Du warst seit dem letzten Mal im Pool.«

Gehorsam griff Aurelia nach der gelben Flasche an ihrem Ellbogen und quetschte ein paar dicke Kleckse in ihre Handfläche. Ruhig trug sie die Creme auf Gesicht und Nacken auf. Als sie fertig war, drehte sie sich zu Nina um, damit sie sie einer kurzen Begutachtung unterzog.

»Gut gemacht«, lobte Nina und wischte ein paar Tropfen weg. »Beinahe ganz bedeckt. Du bist mittlerweile richtig gut darin.«

Emily spürte, wie sie von Mitleid überwältigt wurde. Diese ganzen Sonnenschutzmaßnahmen waren wirklich nervig. Im Winter war es wahrscheinlich nicht ganz so schlimm, aber wie es aussah, würde der Sommer richtig heiß werden. Sie hatten jetzt schon viele Tage am Stück strahlend blauen Himmel und hohe Temperaturen gehabt, und der schwüle Teil hatte noch nicht mal angefangen.

Nina stupste mit dem Finger die Tabletten an. »Braves Mädchen.«

Aurelia schluckte die Medizin mit einer Grimasse, dann schob sie den Eistee von sich, weil sie sich lieber wieder an die Arbeit machen wollte. Sie stieß ein leises, frustriertes Grunzen aus, als ihr die seidigen Ärmel ihres Prinzessinnenkleides beim Schreiben wieder im Weg waren.

Emily verkniff sich ein Lachen. Aurelias Lieblingsoutfits waren nicht besonders praktisch. Wie ihre Mutter verfügte sie über eine außergewöhnliche Garderobe. Jeden Tag suchte sie sich etwas aus einer Auswahl aufregender bunter Kleidungsstücke aus, von denen viele mit Disney-Figuren bedruckt waren. Manche waren auch mit Pailletten besetzt oder hatten Feenflügel. Einige Outfits wurden mit passenden Kronen und langen, schimmernden Handschuhen kombiniert. Sie besaß warme, gemütliche Klamotten für kalte Tage und leichte, dünne für sonnige, aber alles ohne Ausnahme war lang, lang, lang. Wie Nina bereits erklärt hatte, sorgte sie dafür, dass so viel Haut wie möglich bei ihrer Tochter bedeckt war, und ließ sich nur, wenn es extrem bewölkt war, auf kleine Kompromisse ein.

Aurelia schwamm sogar in langen Kleidungsstücken. Nicht ein einziges Mal hatte Emily sie in einem Bikini oder auch nur einem Badeanzug gesehen: immer nur in Schutz-Shirts und Leggins. Heute beispielsweise war sie in ihrem langärmeligen

Neoprenanzug geschwommen, und ihre große pinkfarbene Schwimmbrille hatte ihr wie eine Kette um den Hals gehangen. Beim Schwimmen setzte sie sich dann auch noch eine rosa Badekappe auf, und fertig war der Baby-Alien-Look. Wirklich entzückend. Aber das Ganze konnte sich unmöglich toll anfühlen, und oft hatte Emily Mitleid mit ihr, denn die französische Küste war in der Tat ein seltsamer Ort, um ein Kind mit einer Sonnenallergie großzuziehen. Das erschien ihr beinahe grausam.

Emily legte ihr Messer hin und wischte sich die Hände an einem Geschirrtuch ab. Sie schlenderte um die Küchenbank herum und tat, als begutachte sie ihre eigenen Kleider. »Hmm«, sagte sie und unterzog einen grünen geblümten Rock, den sie einmal auf dem Flohmarkt erstanden hatte, einer genaueren Inspektion. »Der gefällt mir. Sehr stylish. Aber mehr als zwei Euro ist er nicht wert.«

Aurelia schüttelte den Kopf und presste die Lippen aufeinander. Es war ein Schock gewesen, als Emily entdeckt hatte, dass Aurelia nicht nur schüchtern war, wie Nina es formuliert hatte, sondern vollkommen stumm, und Emily fragte sich schon eine ganze Weile, ob sie eigentlich nicht reden *konnte* oder nicht reden *wollte*.

»Okay, drei.«

Wieder ein Kopfschütteln.

»Na ja, mehr als fünf bezahle ich dafür aber nicht.« Emily zog einen Geldschein aus der Tasche und legte ihn auf den Tisch.

Aurelia stand auf und schob die Banknote weg. Wie immer mied sie jeglichen Blickkontakt, hielt aber beide Hände mit ausgestreckten Fingern in die Höhe.

»Zehn?« In gespielter Entrüstung warf Emily die Hände in die Höhe und drehte sich zu Nina um. »Ist das zu glauben? Das ist doch *Diebstahl!*«

Nina beobachtete die Szene vom Spülbecken aus. Emily lächelte ihr beruhigend zu. Sie hatte Aurelia noch immer nicht für sich eingenommen, aber sie machte Fortschritte. Der beste Weg dorthin schien über das Spiel zu führen, aber es musste eine Aktivität sein, in die Aurelia bereits vertieft war. Sie hatte gern die Kontrolle in jeder Situation, sodass Emily sie mit irgendetwas Neuem womöglich auf dem falschen Fuß erwischt hätte.

»Du bist eine ganz schön harte Verhandlungspartnerin, junge Dame.« Emily rieb sich das Kinn und zog dann einen weiteren Geldschein heraus. »Na gut. Aber nur wenn ich diese Flipflops dazu bekomme.« Sie warf das Geld auf den Tisch und trat einen Schritt zurück. Auch das hatte sie gelernt: Niemals Aurelias persönliche Distanzzone verletzen.

Auf Aurelias Gesicht, auf dem weiße Zink-Streifen zu sehen waren, breitete sich ein Strahlen aus, und sie lachte laut – ein liebreizendes Gackern, das aus dem Bauch herauskam wie in einem Werbespot für Babyprodukte. Einen Augenblick lang war Emily verblüfft – *ich habe sie zum Lachen gebracht!* – und sah sich Beifall heischend nach Nina um. In diesem Augenblick sprang Aurelia von ihrem Stuhl auf, warf sich mit gesenktem Kopf und ausgebreiteten Armen mit ganzem Gewicht auf Emily – mit dem Tempo und der Treffsicherheit eines Rugby-Spielers.

»Wow!« Durch den Aufprall taumelte Emily rücklings gegen den Tisch. Sie war so erschrocken – Aurelia begrapschte und beschnüffelte sie wie ein Hund –, dass sie einen Augenblick brauchte, um diesen Angriff als das zu identifizieren, was es war: *eine Umarmung*. »Ach du meine Güte.« Sie lachte. »Wofür war das denn?«

»Erdbeerchen, lass bitte los«, murmelte Nina von der Küche aus.

»Nein, schon gut!« Emily legte die Arme um Aurelia und drückte sie. »Und ich dachte schon, du magst mich nicht!«

»Natürlich mag sie dich.« Nina runzelte die Stirn, als Aurelia noch fester zupackte. »Denk dran, Liebling, immer vorsichtig.«

»Alles gut«, versicherte Emily.

Aber Nina eilte bereits zu ihnen herüber. »Komm schon, jetzt reicht es. Lass Emily weiterarbeiten.« Ninas Stimme klang jetzt schärfer, und Emily spürte, dass Lachen der Situation nicht unbedingt zuträglich war, aber sie konnte nicht anders. Nachdem sie wochenlang jeglichen Körperkontakt gemieden hatte, fehlte nicht viel, und Aurelia hätte sie abgeleckt.

Jetzt wurde Nina hinter Aurelias Rücken nervös: »Ich meine es ernst, Aurelia. Lass los.« Sie sprach entschlossen, als hätte ihre Tochter eine geladene Waffe in der Hand. *Sie sind umzingelt. Treten. Sie. Zurück. Von. Der Haushaltshilfe.*

Doch Aurelia klammerte sich weiter fest. Ihre mageren Unterarme wirkten wie ein Schraubstock. Emily zuckte zusammen, als Nina Aurelias Hände packte und versuchte, sie zu lösen. »Ich sagte, das reicht!«, schrie sie und zerrte heftig. Und plötzlich war das alles nicht mehr witzig. Nina war fuchsteufelswild, und das Gerangel wurde allmählich unangenehm. Ihre Versuche, Aurelia mit Gewalt zu entfernen, ließen die drei herumtrampeln wie ein dreiköpfiger, tanzender Elefant.

Aurelias Griff wurde jetzt langsam ungemütlich. »Uff«, sagte Emily, als Aurelia sie so fest drückte, dass sie keine Luft mehr bekam. Ihr wurde schummrig. Sie taumelten erneut und prallten gegen den Tisch.

»Aurelia! *Lass los!*« Nina zerrte nochmals mit aller Macht, und die Wucht, mit der sie sich voneinander lösten, war so heftig, dass Aurelia nach hinten fiel und auf ihrem Hintern landete.

»Na«, keuchte Emily. »Das war …«

Aber sie konnte den Satz nicht beenden, denn in diesem Augenblick hob Aurelia die Fäuste an die Schläfen und stieß einen dermaßen lauten, wilden Schrei aus, dass die Luft zwischen ihnen zu vibrieren schien. Ihr Gesicht wurde rot, ihre Knöchel weiß. Dann rappelte sie sich auf und rannte davon.

Nina eilte hinter ihr her.

Emily starrte den Grill an. Sie hatte keine Ahnung, was sie jetzt tun sollte. Sie wusste nicht, ob eine der beiden wieder an den Tisch zurückkommen würde, aber zum Wegwerfen schien ihr das Essen auch wieder zu schade, also hob sie sanft den Fisch vom Grill – das Ganze löste sich ordentlich und in einem Stück. Sie legte den Fisch auf einen Teller und deckte ihn ab, um ihn warm zu halten, dann würzte sie die Mango-Salsa und den Reis und deckte auch das beides ab. Anschließend wischte sie alles sauber und packte Aurelias »Laden« ein, faltete sämtliche Kleidungsstücke zusammen und bündelte die selbst gebastelten Preisschilder zu ordentlichen Stapeln.

Sie fühlte sich schrecklich, weil sie schon wieder ein Drama verursacht hatte, weshalb sie emsig aufräumte und wienerte, bis alles blitzblank war. Auch wenn Nina ihr mehrfach zugeredet hatte, im Hinblick auf Aurelia nichts persönlich zu nehmen, hatte Emily das Gefühl, mehr Probleme zu verursachen als von Nutzen zu sein. Dieses Geschrei, das das Kind von sich gab, war entsetzlich, wie Fingernägel auf einer Kreidetafel – aber es war eine Erleichterung zu wissen, dass sie überhaupt eine Stimme hatte. Was immer ihr Schweigen verursachte, es hatte nichts mit ihrem Stimmapparat zu tun.

Nach etwa einer halben Stunde kam Nina wieder die Treppe heruntergerannt. Ihr Gesicht war gerötet. »Mein Gott, das tut mir so leid«, sagte sie und presste eine Hand an ihre Stirn.

»Keine Ahnung, wie das kommen konnte. Die Medikamente sollen sie beruhigen, nicht aufregen.«

»Nein, ist schon gut«, sagte Emily und fasste sich geistesabwesend an die gequetschte Taille. »Wer hat schon was gegen eine Umarmung.«

Nina runzelte die Stirn und stemmte die Hände in die Hüften. Dann schüttelte sie den Kopf. »Also, wahrscheinlich sah es so aus, als hätte ich überreagiert, aber Aurelia kann ihre eigene Kraft nicht einschätzen. Und ehrlich gesagt habe ich einen Schreck bekommen. Ich habe sie so etwas noch nie tun sehen. Nicht bei jemandem, der nicht zur Familie gehört.«

»Ach was, als Kind habe ich mir so etwas ständig geleistet«, meinte Emily. »Ich war sogar noch schlimmer. Ich habe Fremde angesprochen und sie gefragt, ob ich mit ihnen nach Hause gehen kann. Juliet fand das absolut peinlich.«

Nina lachte, und die Spannung wich aus ihrem Gesicht. »Na toll. Wahrscheinlich glauben deine Eltern, dass du so auch hier bei uns gelandet bist. Du bist einfach zu deinem Boss gegangen und hast ihn gefragt, ob du bei ihm einziehen kannst.«

»Ja, klar, so war es wohl.«

Nina sah aus, als wolle sie noch etwas hinzufügen, ließ es dann aber sein, als sie bemerkte, wie die Küche aussah. Sie zog beim Anblick der blinkenden Spüle, der makellosen Arbeitsfläche und dem wunderschön gedeckten Tisch beifällig die Augenbrauen hoch.

»Oh ja. Das Mittagessen ist serviert.« Emily lächelte bescheiden. Das war eine ganz neue Erfahrung, dieses Gefühl, dass etwas, das sie getan hatte, auch wenn sie lediglich das Essen auf den Tisch gestellt hatte, bei jemand anderem Bewunderung hervorrief.

»Hübsch gemacht«, sagte Nina. »Ich kann es kaum erwarten,

diese Salsa zu probieren. Aber hast du was dagegen, wenn wir auf Aurelia warten? Sie ist auf ihrem Zimmer und macht eine Verschnaufpause. Ich lasse sie jetzt mal in Ruhe und hole sie in ein paar Minuten.« Sie schlenderte zur Poolkante hinüber und steckte einen Zeh ins Wasser.

»Weißt du«, sagte sie nach einer schweigsamen Pause. »Trotz dem, was gerade passiert ist, ist Aurelia erheblich ruhiger, seit du hier bist. Alles ist ein bisschen leichter geworden. Ich hatte mehr Zeit für ihre Unterrichtsstunden, Übungen, Aktivitäten und Spiele. Sie hat es genossen.«

Emily trat neben sie. »Das ist gut.«

»Ich selbst bin ebenfalls viel entspannter. Wahrscheinlich hängt das im Grunde eng zusammen. Wir haben so viel Zeit miteinander verbracht, dass wir wie E.T. und Elliot geworden sind: Der eine fühlt immer ganz genau, was der andere fühlt.«

Sie standen da und blickten nachdenklich zum Horizont. Vom Meer wehte eine zarte Brise zu ihnen herüber, kühl und salzig.

Emily streckte sich und unterdrückte ein Gähnen. »Und was machen wir nach dem Mittagessen?«, fragte sie. »Soll ich ins Gästehaus zurückkehren und mit dem Anstreichen weitermachen?«

»Alles gut, bloß keine Hektik«, antwortete Nina und nahm graziös auf der Sonnenliege Platz. »Warum ruhst du dich nicht eine Weile aus?«

Das ließ sich Emily nicht zweimal sagen. Es war ein wunderschöner Tag; das Letzte, wozu sie jetzt Lust hatte, waren Malerarbeiten. Sie legte sich auf die Sonnenliege daneben, legte die Arme über den Kopf und schloss die Augen.

Die Sonne schien orangefarben durch ihre Augenlider. Ihre Atemgeräusche stimmten in das Rauschen des Ozeans, das

Wispern der Bäume und das leise Schlürfen und Schmatzen des Poolfilters mit ein.

Nach einer Weile hörte Emily Ninas Liege knarren und ihre leise tapsenden Schritte auf den Fliesen. In der Küche quietschte die Kühlschranktür, und dann war sie wieder da, in der Hand eine Flasche Rosé und zwei Gläser. Ein Klirren und ein Gluckern, und dann wurde Emily ein kaltes Glas in die Hand gedrückt. »Cheers«, sagte Nina.

Sie stießen miteinander an, und Emily trank einen Schluck. *Bester. Job. Aller. Zeiten.*

»Stehst du deiner Mom nahe?« Ninas Stimme klang schläfrig.

Emily spürte, wie sie die Zähne zusammenbiss. Immer wenn die Sprache auf ihre Mutter kam, verspannte sie sich am ganzen Körper. Das war wie ein Tick. Sie zuckte mit den Achseln. »Nein, nicht besonders.«

»Und warum nicht?«

»Keine Ahnung … wir sind nur sehr verschieden. Sie redet nicht gern über Dinge, und ich platze immer gleich mit allem heraus. Das bereitet ihr Unbehagen.«

»Aber wie kommt das?«, sagte Nina. »Immerhin hat sie dich zur Welt gebracht.«

»Eigentlich nicht. Ich wurde adoptiert.«

»Tatsächlich?«

Emily nippte nochmals an ihrem Wein. Sie spürte Ninas Blick auf sich.

»Darf ich fragen, wie alt du da warst?«

»Sie waren meine Pflegefamilie seit meinem zweiten Lebensjahr und machten es amtlich, als ich acht war.«

»Denkst du je an sie?«, fragte Nina. »An deine leiblichen Eltern, meine ich?«

»Manchmal.« Normalerweise wich Emily Fragen wie dieser

aus. Vielleicht lag es am Wein oder an der Hitze oder auch einfach nur an Ninas Gesellschaft, aber sie war viel zu entspannt, um auf der Hut zu sein. »Sie sind allerdings tot, ich kann also nicht losziehen und mich auf die Suche nach ihnen machen. Würde ich aber sowieso nicht. Sie waren anscheinend nicht besonders nett. Alkoholiker. Haben mich geschlagen und so.«

Nina schwieg.

»Schon gut. Ich erinnere mich nicht mehr daran«, fuhr Emily fort. »Zumindest glaube ich das. Juliet hat mich zu einer Kinderpsychologin gebracht, weil sie eine Zeit lang wohl der Ansicht war, dass ich es doch tat.«

Nina verlagerte sich auf ihrer Liege, auf der sie wieder Platz genommen hatte. »Was tat? Dich an deine leibliche Familie erinnern?«

»Ja. Oder daran, was sie mir angetan haben.«

»Und was *haben* sie dir angetan?«

Emily schluckte. »Weiß ich nicht so ganz genau. Niemand hat es mir je erzählt. Ich glaube, sie haben alle darauf gewartet, dass *ich* es *ihnen* erzähle.«

»Aber wie sollst du dich überhaupt daran erinnern können?«, fragte Nina. »Du warst doch noch so klein.«

Es entstand eine Pause. Emily trank noch mehr Wein. Sie sah die Praxis der Psychologin genau vor sich. Holzverkleidete Wände, an denen jede Menge von Kindern gemalte Bilder hingen. Ein Tablett mit Sand. Ein Tisch mit Knete. Eine ernst aussehende Frau mit kurz geschnittenem grauen Haar und rot umrandeter Brille. Dr. Forte. Nach jedem Besuch dort sah Juliet Emily aufmerksam in die Augen, auf der Suche nach einem Hinweis, dass sie nun anders war, dass die Ärztin sie geheilt hatte.

»Sie meinten, mein Körper würde sich vielleicht in gewissem Maße an die Misshandlungen erinnern«, erklärte Emily. »Also,

nicht die Art von Erinnerungen, die wir als Erwachsene oder ältere Kinder haben. Etwas anderes. Es gibt ein Wort dafür …«
Sie versuchte nachzudenken, aber ihr Hirn versank im Nebel. Die Sonne machte sie schläfrig.

Sie verfielen wieder in Schweigen. Emily hatte das Gefühl, noch etwas sagen zu müssen. »Klingt vielleicht komisch, aber manchmal wünschte ich, ich könnte mich erinnern. Es ist, als hätte ich ein schwarzes Loch in mir.«

»Hast du Fragen gestellt?«

»Ja, schon. Juliet hat mir einiges erzählt, als ich noch jünger war, aber sie spricht nicht gern darüber. Ich übrigens auch nicht, um ehrlich zu sein. Es ist ziemlich deprimierend.«

»Das verstehe ich.«

Sie nippten an ihrem Wein. Eiskalt rann er Emilys Kehle hinab.

»Warum nennst du sie Juliet?«, fragte Nina. »Warum nicht ›Mum‹?«

Emily zögerte, erinnerte sich an den Augenblick, an dem sie beschlossen hatte, dieses Wort nie wieder zu benutzen. Sie war zehn Jahre alt gewesen, ein kleines Knäuel aus Wut. »Es kam mir einfach nicht richtig vor.«

»Macht es ihr etwas aus?«

»Nein.« Emily legte sich einen Arm über den Bauch. Etwas vollführte dort unangenehme Kapriolen wie ein sterbender Fisch. »Vielleicht. Keine Ahnung.«

»Nur so ein Gedanke«, sagte Nina leise. »Aber vielleicht solltest du etwas nachsichtiger mit ihr sein. Niemand ist perfekt. Und es hört sich so an, als wärst du mit ihr erheblich besser dran gewesen als mit jemand anderem.«

»Ich weiß. Ich will auch nicht undankbar sein. Ich weiß, ich habe Glück gehabt, es ist nur … es kommt mir so vor, als sei ich ihr nie genug gewesen. Sie wollte immer mehr.«

»Was meinst du damit?«

Emily dachte an die wenigen Male, als sie Juliet hatte weinen sehen. Immer nach Krankenhausterminen oder am Telefon mit Ärzten, manchmal an seltsamen Orten wie Cafés oder im Supermarkt, häufig hinter angelehnten Türen zu Hause (Emily erinnerte sich daran, wie sie das Gesicht an den Spalt gepresst und versucht hatte, etwas dahinter zu erkennen). Nie war es ein Ausbruch gewesen, eher eine tränenreiche Stille, gefolgt von einem wütenden Tornado vorgetäuschter Fröhlichkeit: ein spontaner Ausflug ins Eiscafé oder eine verrückte Jagd über den Abenteuerspielplatz, bei der Juliet Emily die Leitern hinauf oder über eine Hängebrücke folgte, immer mit zittrigem Lächeln und traurigen Augen.

Ein Teil von Emilys Gehirn durchdrang ihre alkoholbedingte Benommenheit. Vielleicht war ein bisschen Selbstzensur jetzt doch nicht so verkehrt.

»Ach nichts. Vergiss es. Ich bin nur in seltsamer Stimmung.« Sie gähnte und wandte sich Nina zu. Direkt neben Ninas Auge verlief eine dünne weiße Narbe, die Emily bislang noch gar nicht aufgefallen war, eine silbrige Linie von ihrer Schläfe bis hinab zu ihrem Kinn. »Was ist mit dir? Wie ist deine Familie so?«

Nina lachte leise. »Da gibt es nicht viel zu erzählen«, sagte sie. »Ich bin an den Northern Beaches aufgewachsen. Kennst du Sydney überhaupt?«

»Nein. Nicht das kleinste bisschen.«

»Na ja, sagen wir, es ist extrem spießig. Lattenzäune und Kuchenbasare. Mum, Dad, ich, mein Bruder. Ein paar Hunde. Ziemlich langweilig eigentlich.«

Emily schloss erneut die Augen, hatte das Gefühl, gleich einzuschlafen. Die Northern Beaches … sie stellte sich große

Häuser vor, von denen aus man das Meer sehen konnte. Dads, die vor dem Haus ihr Auto wuschen, Familien, die gemeinsam surften und am Strand grillten. Große blonde Mums wie Nina und wunderschöne, braun gebrannte Kinder, die in den Wellen tollten (kein Wunder, dass die Dennys dort nicht lebten. Wenn die arme Aurelia in Europa schon zu kämpfen hatte, dann hätte sie es in Australien sicher nicht lange ausgehalten). Sie sah alles ganz deutlich vor sich, konnte sogar die Würstchen und den Rauch vom Grill riechen ...

Sie riss die Augen auf, denn sie nahm tatsächlich Rauchgeruch wahr.

»Hey ...«, rief sie und setzte sich auf. Sie verrenkte sich den Hals, um in die Küche zu sehen. »Brennt da gerade etwas an?«

»Hmm?«

Eine Brise wehte über sie hinweg und brachte den trockenen, beißenden Gestank von Kohle mit sich.

»Nina, ich glaube, da brennt etwas.«

Doch Nina hatte den Geruch schon bemerkt. Sie sprang auf, stieß das Glas um, verschüttete den Inhalt. »Verdammt noch mal!«, rief sie und rannte los. »Nicht schon wieder.«

19

Emily

Als sie das Spielhaus erreichten, war es bereits von den Flammen eingeschlossen.

Nur wenige Meter entfernt saß Aurelia im Schneidersitz und mit offenem Mund auf dem Boden und malte mit dem Finger Kreise in den Sand, während der Rauch in den Himmel quoll.

Nina sprintete direkt auf sie zu. Sie schob die Hände unter die Arme ihrer Tochter, zerrte sie nach hinten und fort von der Feuersbrunst. In sicherer Entfernung hob sie sie mit einer schwungvollen Bewegung hoch und warf sie sich über die Schulter. Mit einer Entschlossenheit, die Emily bislang nur auf den Gesichtern von Elitesportlern gesehen hatte, stapfte Nina über die sandige Auffahrt zum Familienhaus hinüber und setzte Aurelia auf den Stufen ab. »Bleib hier!«, schrie sie und hastete hinein.

Emily wusste, dass dieser Befehl nicht für sie gedacht war, aber sie gehorchte trotzdem. Sie blieb wie angewurzelt stehen, ihr wollte einfach nichts einfallen, was sie tun konnte. *Es wird sich ausbreiten*, dachte sie vage, während die knisternden Flammen immer höher in den Himmel schlugen und dem trockenen Blattwerk in der Umgebung Funken entgegenspien.

Ein paar Sekunden später tauchte Nina wieder aus dem Haus auf und schwang einen kleinen Feuerlöscher. »Ich habe Yves angerufen«, schrie sie, während sie über den Sand zurücklief. »Er ist schon auf dem Weg.«

Yves? dachte Emily überrascht. Sicherlich würden sie mehr Hilfe benötigen als nur Yves? »Was ist mit der Feuerwehr?«, schrie sie, aber ihre Worte wurden von dem gutturalen Brausen des Feuerlöschers übertönt.

Nina richtete ihn auf das Spielhaus und schleuderte eine Fontäne weißen Schaums in seine Richtung, bis der Zylinder leer war. Schaumige Pfützen bildeten sich auf der Erde, aber die Flammen schienen sogar noch höher zu klettern, rissen an den geblümten Gardinen und verwüsteten die kleinen Blumenkästen. Der winzige Türklopfer fiel mit einem Klirren zu Boden, dann stürzte die Tür ein. Die Luft flirrte vor Hitze.

»Hol noch einen!«, schrie Nina.

Noch einen? Noch einen was? Emily konnte keinen klaren Gedanken fassen.

»Emily, was zum Teufel ist los mit dir? Gästehaus. Oben an der Kellertreppe. Mach schon!«

Schließlich setzte Emilys Adrenalin ein, und sie eilte hinein, um den zweiten Feuerlöscher zu holen, während Nina losrannte, um den Schlauch zu holen.

Es gelang ihnen, einen Großteil des Feuers zu löschen, bevor Yves in seinem weißen Lieferwagen durch das Tor brauste. Er nahm die Überreste des Feuers mit solchem Elan in Angriff, dass es schon fast komisch wirkte; er schien aus dem Auto zu springen, noch bevor es anhielt, stürzte auf sie zu, in den Händen eine riesige graue Decke und ebenfalls einen Feuerlöscher. *»Bouge! Bouge toi!«,* schrie er und warf die Decke über das brennende Chaos. Dann stapfte er mit dem Feuerlöscher herum und verteilte knurrend noch mehr Schaum.

Anschließend standen sie um den verkohlten, seifigen Schlamassel herum, ihre Haut glänzend von Schweiß, die Feuerlöscher an ihrer Seite wie Gewehre.

»Wer braucht schon die Feuerwehr?« sagte Emily stolz grinsend. »*Wir* sind die Feuerwehr.« Sie wandte sich zu Nina um, und das Grinsen verging ihr. Nina war kreidebleich, ihre Lippen dünn und farblos.

Beschämt wandte Emily den Blick ab, aber nicht ohne zu bemerken, wie sich zwischen Nina und Yves etwas abspielte – ein Blick, ein Impuls. Etwas Undeutliches, Flüchtiges, wie ein Lichtreflex von einer unbekannten Quelle.

Nina wirbelte zu Aurelia herum, die immer noch still auf der Treppe vor dem Haus saß, und marschierte steif vor Wut zu ihr hinüber. »Was hast du getan?«, zischte sie und packte ihre Tochter an den Schultern. »Sag schon! Sieh mich an! Warum hast du das getan? Warum?« Wütend hob sie die Hand, und Emily hielt den Atem an.

Doch in letzter Minute schien Nina sich eines Besseren zu besinnen. Sie ließ die Hand wieder sinken und brach in Tränen aus. »Oh Erdbeerchen, es tut mir so leid. Geht es dir gut?« Sie zog Aurelia fest in die Arme. »Bist du verletzt? Was ist passiert? Wie hast du überhaupt …?« Nina ließ Aurelia los und sah ihr wieder eindringlich in die Augen. Ihre Finger flatterten über den Körper ihrer Tochter hinweg wie Schmetterlinge, die nicht so recht wussten, wo sie landen sollten. »Wie oft muss ich es dir noch sagen, Liebes? Du darfst nicht mit Feuer spielen! Bitte jag mir *nie* wieder einen solchen Schrecken ein!«

Emily sah, wie sich Aurelia schluchzend an ihre Mutter schmiegte. Tränen strömten über ihre Wangen, und Nina wischte sie ihr mit den Fingern ab. Die Köpfe dicht zusammengesteckt, waren sie ganz und gar in ihrer eigenen Welt versunken, und Emily spürte eine Woge des Mitgefühls, die so heftig war, dass sie beinahe selbst in Tränen ausgebrochen wäre. Aurelias Zustand war natürlich für sie selbst eine ziemliche Belastung, womöglich noch mehr jedoch für ihre Mutter. Die ständige harte Arbeit, das Planen und das ewige Vorausdenken; all die emotionalen Kämpfe; es war ein Wunder, dass Nina nicht häufiger zusammenbrach. Aber sie machte weiter, denn nichts auf der Welt bedeutete ihr mehr als ihre Tochter.

Plötzlich hatte Emily ein furchtbar schlechtes Gewissen, weil sie sich noch immer nicht bei ihren Eltern gemeldet hatte. Juliet war wahrscheinlich krank vor Sorge.

Kaum waren sämtliche Tränen getrocknet, rannte Emily zu den beiden hinüber. »Hey, Nina?«, sagte sie. »Kann ich vielleicht mal dein Telefon benutzen?«

Nina brachte Aurelia hinein, damit sie sich einen Film ansehen konnte, und kehrte ein paar Minuten später mit einem schmalen, kabellosen Festnetztelefon in der Hand zurück.

»Was für ein Drama, hmm?«, sagte sie mit angespanntem Lächeln. »Alles klar mit dir?«

»Ja, alles bestens.« Emily presste die Finger gegen die Stirn und spürte einen körnigen Film aus Schmutz und Asche. Sie brauchte unbedingt eine Dusche – und zwar eine kalte. Vielleicht lag es daran, dass sie so lange in der Nähe eines lodernden Feuers gestanden hatte, aber es kam ihr so vor, als hätte sich die Hitze der Sonne seit dem Mittagessen intensiviert. Vielleicht war dies der Beginn der gefürchteten Schwüle. »Wie geht es Aurelia?«

»Gut. Ihr ist nichts passiert, Gott sei Dank.«

Sie standen einander einen Augenblick lang gegenüber. Nachdenklich tippte sich Nina mit dem Telefon ans Kinn. Hinter ihnen stocherte Yves mit einer Schaufel in der versengten Erde herum, kratzte zusammen, was vom Spielhaus übrig geblieben war.

»Hör mal«, sagte Nina mit leiser Stimme. »Was da gerade passiert ist. Ich hätte dich schon bei deiner Ankunft vorwarnen sollen, aber – keine Ahnung – wahrscheinlich hatte ich einfach gehofft, dass es nicht nötig wäre. Die Sache ist die: Aurelia kann sehr …« Sie hielt inne, holte Luft. Dann setzte sie erneut an. »Weißt du noch, dass ich dir erzählt habe, wie krank sie als Baby gewesen ist?«

Emily nickte.

»Na ja, es gab ein paar … Nachwirkungen. Zusätzlich zu ihrem gesundheitlichen Zustand, meine ich.« Nina schloss einen Augenblick lang die Augen, und als sie sie wieder öffnete, glänzten Tränen darin. »Manchmal macht sie Dinge, die einfach keinen Sinn ergeben. Dinge, die scheinbar …« Sie verstummte.

Emily wartete ab, weil sie nicht so recht wusste, was sie sagen sollte.

Nina wischte sich mit dem Finger unter dem Auge entlang und lächelte. »Sie macht mich so wütend, aber dann sieht sie mit ihren dunklen Augen zu mir auf. Sie hat die Augen ihres Vaters. Sie sieht ihm total ähnlich, findest du nicht?«

»Wie aus dem Gesicht geschnitten«, antwortete Emily.

»Ja.« Ninas Miene war jetzt unergründlich. »Jedenfalls ist sie ein gutes Kind. Ein *wundervolles* Kind. Das erkennst du doch auch, oder?«

Emily nickte. Ninas tief empfundene Gefühle rührten sie. Trotz ihres plötzlichen Heimwehs keimte Verbitterung in ihr auf: Könnte die Liebe ihrer Eltern zu ihr doch auch so stark sein. Ob das auf biologische Ursachen zurückzuführen war? Ob Emilys leibliche Mutter auch so stolz auf sie gewesen wäre, sie so bedingungslos geliebt hätte? Nein, natürlich nicht. Ihre leibliche Mutter war eine gewalttätige Trinkerin gewesen, die sie hatte loswerden wollen wie eine Krankheit.

Nina holte tief Luft und wechselte den Tonfall. »Hör mal, ich hoffe, das klingt jetzt nicht unhöflich«, sagte sie. »Aber darf ich fragen, wen du anrufen willst?«

Emily zuckte mit den Schultern. »Nur meine Mum.«

»Deine Mum.« Nina lächelte und schüttelte ganz sacht den Kopf, als wolle sie einen törichten Gedanken vertreiben. Sie streckte Emily das Telefon entgegen. »Natürlich. Darf ich dich trotzdem um einen Gefallen bitten? Ich wäre dir dankbar, wenn du das Feuer nicht erwähnen würdest. Ich will nicht, dass sie denkt, du lebst bei einer Horde Derros.«

»Derros?«

»Das ist ein australischer Ausdruck für widerwärtige Typen, weißt du?«

»Oh. Na klar, ich sage nichts.« Emily nahm das Telefon an sich.

»Danke.« Nina wollte schon hineingehen, doch dann fügte sie hinzu: »Ach, und das Telefon funktioniert übrigens nur in einem geringen Abstand von der Basisstation. Wenn du dich also zu weit vom Haus entfernst, wirst du feststellen, dass die Leitung gestört ist.«

»Okay. *No worries*«, sagte Emily in ihrem besten australischen Akzent.

Nina kicherte. »Ah, wir machen dich noch zu einem richtigen Aussie, junge Dame.«

Emily grinste, wandte sich ab und wählte die Nummer ihrer Eltern, während sie sich entfernte. Ob sie überhaupt zu Hause waren? Welcher Tag war heute eigentlich? Auf Querencia vergaß man so leicht die Zeit; jeder Tag fühlte sich an wie ein Sonntag. Sie hielt sich das Telefon ans Ohr und wartete auf den

Klingelton, aber es blieb stumm. Sie drückte auf den grünen Anrufknopf und lauschte erneut. Nichts. Sie kehrte zum Haus zurück und versuchte noch einmal, die Nummer ihrer Eltern zu wählen, doch die Leitung blieb tot.

Nina stand in der Nähe der Eingangstür und beugte sich über einen Blumentopf mit Rosen.

»Äh, Nina?«

»Nicht zu Hause, was?«, fragte Nina und betastete ein Blatt, das mit dunklen schimmligen Flecken übersät war.

»Nein – na ja. Keine Ahnung. Das Telefon funktioniert nicht.«

Nina erhob sich und pflückte das schadhafte Blatt dabei ab. »Ach wirklich? Komisch. Darf ich mal?« Emily reichte ihr das Telefon, und Nina nahm es und hielt es sich ans Ohr. Sie drückte ein paar Knöpfe und lauschte erneut. »Verdammt.« Sie seufzte. »Anscheinend ist die Leitung mal wieder tot. Wir hatten früher schon mal Probleme, aber ich dachte, sie seien alle behoben. Tut mir leid, Liebes, ich werde Yves mal wieder darauf ansetzen.«

Emily zuckte mit den Schultern und versuchte, ihre Enttäuschung zu verbergen. »Schon gut.«

»Ich sage ihm Bescheid. Vielleicht kann er sich das ja mal ansehen, bevor er geht.« Nina streckte ihr ein Rosenblatt entgegen. »Und würde es dir unterdessen etwas ausmachen, diesen Busch mit einem Fungizid zu besprühen? Und die abgestorbenen Blätter abzupflücken? Das Letzte, was wir brauchen können, ist, dass sich hier Sternrußtau ausbreitet.«

Emily nickte, aber während sie zum Gartenschuppen hinter dem Haus ging, fragte sie sich unwillkürlich: Wenn das Telefon kaputt war, wie hatte Nina dann Yves anrufen können, um ihn über das Feuer zu informieren?

* * *

Krampf. Infektion. Koma.

Das sind nur Worte. Sie können mir körperlich nichts anhaben; sie existieren nicht, außer in der flüchtigen Form von Schallwellen. Warum also können sie mein Herz so wirkungsvoll, so brutal durchbohren?

»Die Ursache ist unklar«, sagt eine Ärztin – jung und blond und unangemessen hübsch. »Wir machen einige Tests.«

Neben mir nickt mein Mann, die Fingerspitzen ans Kinn gelegt.

»Die Krämpfe ähneln epileptischen Anfällen. Wir haben Antibiotika und Betäubungsmittel verabreicht, damit sie aufhören, aber unterdessen müssen wir sämtliche Möglichkeiten in Betracht ziehen. Einen Herzfehler, neurologische Erkrankungen, abnormale Gehirnentwicklung. Allerdings ist die wahrscheinlichste Erklärung eine Meningitis-Infektion.«

Meine Brust wird ganz eng. Ich will sie schlagen, weil sie lügt, weil sie dumm ist und offensichtlich einen Riesenfehler macht. »Meningitis?«, sage ich. »Das kann nicht sein. Sie hat sämtliche Impfungen erhalten.«

»Davon bin ich überzeugt. Und neun von zehn Impfungen sind auch wirksam.«

Neun von zehn. Ich verstehe nicht. »Aber ich achte so gewissenhaft auf Hygiene. Ich habe sie immer genau im Blick.«

»Natürlich«, versichert die Ärztin. »Aber diese Bakterien kommen sehr häufig vor. Viele Menschen tragen sie mit sich – im Hals, in der Nase –, ohne jemals wirklich krank zu werden. Aber das Immunsystem von Babys und Kleinkindern ist extrem anfällig. War Aurelia vor Kurzem erkältet? Irgendwelche grippeartigen Symptome?«

Die Erkältung. Das Niesen und Schniefen, die Kopfschmerzen und der Schüttelfrost. Der Kopf meines Babys in meinem Schoß. Immer wieder *Peppa Pig* und *In The Night Garden*. Ein Kribbeln überläuft meine Arme.

»Haben wir sie angesteckt?«, fragt mein Mann und sieht mich an. »Kann einer von uns der Überträger gewesen sein?«

»Oh, nun ja, ich halte es nicht für hilfreich, wenn Sie ...«

»Sagen Sie es mir! Theoretisch?«

»Hören Sie, ohne einen Test lässt sich natürlich noch nichts sagen, aber ja, es ist möglich«, sagt die Ärztin. »Die Bakterien verbreiten sich durch längeren, intensiven Kontakt mit Nasen- und Halssekreten; also Niesen und Husten. Küssen.«

Mein Mann sieht mich an. Meine Kehle schnürt sich zu.

»Aber denken wir jetzt daran, dass dies noch keine Diagnose ist. Wir haben einige Anomalien vorliegen. Ich habe Ihnen nur die wahrscheinlichste Ursache geschildert, die aus meiner Sicht vorliegt.«

Beide sehen mich an. Eindringlich, prüfend.

»Vielleicht möchte Ihre Frau sich hinsetzen?«

Nein, ich werde mich nicht hinsetzen. Ich werde mich nicht rühren. Ich traue mir selbst nicht über den Weg, wenn ich mich jetzt bewege. Denn dann bestehe ich den Test nicht. Ich würde treten und fauchen und Dinge zerstören. Ich würde mich auf die Ärztin stürzen und ihr ihre scheußlichen blonden Haare samt den Wurzeln ausreißen.

Ich weiß noch, wie ich zum Auto rannte, während mein Mann nichts tat. *Was hast du getan, schrie ich, was hast du ihr gegeben*? Aber was, wenn ich es war? Was, wenn ich sie mit dieser Krankheit infiziert habe? Was wenn, was wenn, was wenn ...

»Ich fürchte, ich muss Sie bitten, sich hinzusetzen.«

Nicht rühren. Einfach ... überhaupt nicht ... rühren.

20

Scott

Scott öffnete die Glastüren, und wie immer schlug ihm der Geruch nach Kartoffelpüree beinahe physisch ins Gesicht. Warum eigentlich Kartoffelpüree?, fragte sich Scott bei jedem Besuch. Regelmäßig versicherte man ihm, dass die Bewohner des Lakeview Care Home sehr abwechslungsreiche Nahrung erhielten. An manchen Tagen gab es sogar ein Motto – amerikanisches Essen, italienisches, marokkanisches. Aber Scott nahm stets nur den Geruch von Kartoffelpüree und einem Hauch von Bleichmittel wahr.

Er betrat die Lobby und machte die Tür hinter sich zu, schloss das entfernte Rattern der Züge auf ihrem Weg in die Stadt aus. Die Stille rieb sich an ihm wie eine Katze.

»Guten Morgen, Scott.« Eine Frau mit ausladenden Hüften kam aus dem Büro geschlendert. Ihr feines, mit Spray fixiertes Haar umgab ihr Gesicht wie eine Wolke. »Sie sind heute aber früh dran.«

Er unterschrieb im Besucherverzeichnis und nickte ihr zu. »Nun, ich will schließlich nicht zu spät kommen, nicht wahr?«

Die Frau gluckste. »Nein, Kathryn würde das sicher nicht unkommentiert lassen. Kommen Sie, ich führe Sie hinein.«

Sie passierten ein paar Doppeltüren, und die Schließanlage gab einen Knackton von sich, als die Pflegerin ihre Karte hindurchzog. Dann ging es einen langen Flur entlang, der von gerahmten Aquarellen und Mahagonitischchen gesäumt war.

»Es wird Sie sicher freuen zu hören, dass es ihr wirklich gut geht. Sie hat sogar ein wenig Klavier gespielt.«

»Tatsächlich?« Scott zog die Augenbrauen hoch und stellte sich vor, wie misstönendes Geklimper durch die Korridore hallte.

Er kam an einer stinkenden Schüssel mit Potpourri vorbei. Sein Magen rebellierte, doch es war nichts mehr darin enthalten, was er hätte von sich geben können. Seit dem frühen Morgen hatte er nicht einmal mehr Wasser bei sich behalten können – ein enttäuschendes Ende für einen insgesamt recht angenehmen Abend. Scott hatte normalerweise nicht viel für Preisverleihungen übrig, aber gestern Abend war er stolz auf sich gewesen, weil er sich durch Dutzende von Unterhaltungen gekämpft hatte, ohne auch nur ein einziges Mal den Impuls zu verspüren, sich eine Gabel in den Schenkel zu rammen. Als der letzte Preis des Abends verliehen wurde, war er bester Stimmung, beflügelt von Ellbogenknüffen, Augenzwinkern und gedrückten Daumen, die in die Luft gereckt wurden. Doch dann hatte er den Fehler gemacht, auf sein Handy zu blicken.

Kurz bevor das Supermodel, das die Veranstaltung moderierte, die Karte aus dem goldenen Umschlag zog, klopfte Scott auf seine Tasche, um sich zu vergewissern, dass er seine Rede dabeihatte. Er ertastete die Umrisse seines Handys und holte es heraus, um es stumm zu stellen – das Letzte, was er jetzt brauchen konnte, war, dass das Ding klingelte, wenn er auf der Bühne stand. Als das Model die Karte in die Höhe hielt, sah Scott auf das Display und entdeckte eine Benachrichtigung: eine E-Mail. Er konnte nicht widerstehen, tippte sie leicht an und überflog die Botschaft. Als sein Name aufgerufen wurde –

Und der Preis geht an ... Scott Denny und Proem Partners! – hob er den Kopf und blickte in die begeisterten Gesichter seines Teams, hatte aber nur Flammen und verkohltes Holz vor Augen.

Aurelia hatte schon wieder versucht, etwas abzufackeln.

Zumindest schaffte er es noch, seine Dankesrede zu halten, bevor er zur Bar hastete und sie leer trank.

Am Ende des Flurs blieben sie stehen, kurz vor einem breiten Durchgang, durch den Scott das melancholische Klirren von Teelöffeln auf Untertassen hören konnte. Die Pflegerin wandte sich zu ihm um. »Sie kann in letzter Zeit wieder besser sprechen, muss ich sagen«, meinte sie und strahlte ihn an. »Und ihre Stimmungsschwankungen sind auch nicht mehr so unberechenbar. Allerdings fragt sie immer noch dauernd nach Terrence, was sie in ziemliche Aufregung versetzen kann.«

Scott nickte und schluckte die aufsteigende Galle.

»Ich lasse Sie jetzt jedenfalls mit ihr allein. Falls Sie noch Fragen haben, können Sie nach Ihrem Besuch gerne vorbeischauen.« Sie tätschelte Scott den Arm und watschelte durch den Flur zurück.

Scott durchquerte den Torbogen zum Cafeteriabereich, der wie eine traditionelle englische Teestube eingerichtet war, mit roten Tischtüchern, Wimpeln und einer auf eine Kreidetafel geschriebenen Speisekarte. Auf der Theke reihten sich Kuchenglocken auf. Einige Stücke standen unangetastet vor einer Handvoll grauhaariger »Gäste«. Er näherte sich einem Tisch am Fenster.

»Hallo, Mum.«

Kathryn Denny wandte sich zu ihm um. Sie sah *tatsächlich* besser aus als in der vorherigen Woche. Ihre Wangen hatten wieder etwas Farbe, und ihre trüben blauen Augen waren etwas fokussierter.

»Du kommst zu spät«, sagte sie mit zitternder Stimme.

»Nein, Mum. Es ist zehn Uhr. Ich bin zu früh.«

»Spiel keine Spielchen mit mir.« Kathryn drohte ihm mit dem gekrümmten Zeigefinger. »Ich warte hier schon seit über einer Stunde.«

Scott zog einen Stuhl heran und setzte sich erschöpft hin. »Gut. Ich bin zu spät. Tut mir leid.«

Er bestellte einen Kaffee und nippte vorsichtig daran, während Kathryn sich einen trockenen Scone an die Lippen presste. Ihre Finger zitterten, als die Krumen ihr aus dem Mund und in den Schoß fielen.

Um Zeit totzuschlagen, machte er Small Talk. Kathryn murmelte Antworten, wobei ihr Kopf sanft auf ihrem runzeligen Schildkrötenhals auf und ab wackelte. In Scott keimte die Hoffnung auf, dass sie heute eine Szene vermeiden konnten. Doch nach ein paar Minuten hörte sie mitten im Satz auf zu reden und sah mit zusammengekniffenen Augen zu ihm auf.

»Wer sind Sie?«, fragte sie glockenklar.

Scott seufzte und stellte seine Kaffeetasse ab. »Ich bin Scott. Ich bin dein Sohn.«

»Sohn? Ich habe keinen Sohn.«

»Doch, Mum, hast du.«

»Nein. Terrence und ich haben keine Kinder.«

»Doch.«

»Wollen Sie etwa behaupten, dass ich lüge?« Kathryns graue Locken wippten an ihren Schläfen.

Scott verdrehte die Augen. Er hasste es, wenn sie das tat.

»Wo ist Terrence überhaupt?«, fragte sie an das Zimmer gerichtet. Ein älterer Mann in der gegenüberliegenden Ecke zuckte zusammen und murmelte etwas vor sich hin. »Ich warte schon über eine Stunde auf ihn.«

»Terrence kommt nicht«, antwortete Scott scharf. Normalerweise spielte er mit, aber heute war er einfach nicht in der Stimmung. »Terrence ist fort.«

»Fort? Wohin?«

»Er hat uns verlassen. Weißt du nicht mehr, Mum? Er ist mit einer anderen Frau nach Hongkong gezogen.«

»Was um alles in der Welt sagen Sie da?« Kathryn zitterte, ihre pergamentenen Hände lagen bebend auf dem Tischtuch.

Scott senkte die Stimme, sodass sie nur noch ein Zischen war, dann beugte er sich vor, griff über den Tisch und packte das dürre Handgelenk seiner Mutter. »Terrence. Ist. Fort. Verstanden?« Er spürte, wie er verächtlich den Mund verzog, aber er war schon nicht mehr in der Lage, sich zu zügeln. »Terrence hat uns angelogen. Er hat unser ganzes Geld verzockt und unser Haus verloren, unser Auto, unsere Möbel. Er hat dafür gesorgt, dass wir in einer dreckigen Bude am Stadtrand wohnen mussten. Du hast all deine Freundinnen verloren; wir mussten die Schule verlassen. Und dann wurde die Schande wohl doch zu heftig für ihn, und er schnappte sich Eddie und verpisste sich nach Asien.«

»Eddie?« Kathryns Augen schienen zu vibrieren. Sie zuckten von einer Seite zur anderen, zeugten von ihrer Verwirrung.

Scott löste die Hand von ihrem Gelenk und berührte sie am Kinn. »Terrence …« Er verstummte, hielt sie fest, damit sie ihm ins Gesicht sah. »… ist ein Hurensohn.«

Eine Träne rann seitlich an Kathryns Nase herab, und ihr unsteter Blick richtete sich auf den Tisch. Scott ließ sie los und lehnte sich zurück, sah aus dem Fenster. Er wartete.

Nach einiger Zeit spürte er ihren Blick wieder auf sich.

»Scotty, Schatz«, sagte sie fröhlich. »Hast du dir schon ein Stück Kuchen ausgesucht?«

Langsam schüttelte Scott den Kopf. »Noch nicht.«

»Mal sehen.« Sie sah zur Theke hinüber. »Sie haben einen Victoria Sponge Cake, einen Zitronenkuchen und einen Apfelkuchen. Wenn du ein braver Junge bist, darfst du dir sogar noch einen Milchshake bestellen.«

»Hmm, ich kann mich gar nicht entscheiden.«

»Ich empfehle dir den Apfelkuchen. Er schmeckt wirklich lecker, obwohl er nichts ist im Vergleich zu dem von Angelica. Weißt du eigentlich, dass meine Freundinnen immer witzeln, dass sie mich gar nicht besuchen würden, wenn es den Apfelkuchen meiner Haushälterin nicht gäbe.« Sie zwinkerte ihm zu. »Zumindest hoffe ich, dass es nur ein Witz sein soll.«

Angelica. In Scotts Brust breitete sich ein Gefühl der Wärme aus. »Mir hat ihr saftiger Schokoladenkuchen immer am besten geschmeckt«, antwortete er und erinnerte sich daran, wie er freitagabends aus dem Internat nach Hause gekommen war und der Duft nach frischem Gebäck und Brathühnchen durchs Haus wehte. Die Waschmaschine hatte träge vor sich hingebrummt, ein sanfter Herzschlag, der die übrigen Geräusche des Hauses untermalt hatte, und im Arbeitszimmer hatte Billie Holiday seinen Blues gesungen. Er hatte dann die Tasche an der Tür fallen lassen und war geradewegs in die Küche gelaufen, wo Angelicas Rührschüssel schon darauf wartete, ausgeleckt zu werden.

»Der Schokokuchen? Was weißt du denn schon?«, schalt Kathryn ihn scherzhaft. »Du bist doch sowieso immer viel zu beschäftigt mit deinen Projekten, um überhaupt etwas zu essen. Was ist es denn diese Woche? Ein Fernglas? Ein unterirdischer Tunnel? Oh, bitte sag mir, dass es nicht wieder ein Vogelkrankenhaus ist. Die Schweinerei war ja nicht auszuhalten. All diese Federn im Haus … es hat Wochen gedauert, bis ich die ganzen kleinen Kadaver in meinen Schuhkartons gefunden hatte.« Sie schüttelte liebevoll den Kopf. »Ehrlich, Scotty, hast du wirklich gedacht, du könntest sie alle wieder gesund pflegen?«

Scott lächelte. Das war der einzige Vorteil der Demenz, diese Zeitreisen. Er erinnerte sich an den provisorischen Operationssaal. Die Katze von nebenan hatte gern halb tote Spatzen und Blaumeisen auf der Türschwelle hinterlassen, also hatte Scott sich hinübergeschlichen und sie eingesammelt, bevor es jemand sah. Er hatte ihre zarten kleinen Körper in Papiertaschentücher gewickelt und in Schachteln gelegt; dann hatte er mit sämtlichen Küchenutensilien, die er in die Finger bekommen hatte, chirurgische Eingriffe an ihnen vorgenommen. Wenig überraschend hatte keiner der Vögel überlebt.

Kathryn erschauerte und wandte den Blick ab.

»Ist dir kalt, Mum?«, fragte Scott.

Als sie ihn wieder ansah, hatte sie sich erneut verändert. Ihre Augen blickten nun kalt und misstrauisch drein. »Scott?«, fragte sie.

»Ja. Hi, Mum.«

»Was machst du denn hier?«

»Na ja, ich wollte dich …«

»Wo bist du gewesen?« Ihre Stimme zitterte. »Wohin bist du gegangen?«

Scott streckte die Hand aus. »Schon gut, Mum.«

Kathryn blickte sich im Zimmer um. Wieder begannen ihre Hände zu beben. »Wo sind sie? Hast du sie mitgebracht?«

»Mum …«

»Hast du sie mitgebracht?«, wiederholte sie.

Scott sah kurz zur Tür, hielt nach einem Pfleger Ausschau. Eine solche Situation konnte schnell eskalieren, was auch meistens passierte.

Kathryn sog scharf die Luft ein und stieß sie wie ein Tier mit gebleckten Zähnen wieder aus. »Antworte!« Sie knallte die Faust auf den Tisch, sodass das Besteck einen Satz machte. »Hast du sie heute mitgebracht?«

»Nein.«

»Warum nicht?«

»Sie ...«

»Ich sagte, warum nicht?«

»Okay, ganz ruhig.«

»Wo sind sie?« Kathryn schrie jetzt. Ein paar Bewohner hatten sich – vom Lärm angelockt – im Türrahmen versammelt. »Was hast du mit ihnen gemacht? Wo ist deine Frau? Wo ist meine Enkelin?«

Scott stand auf, Schweiß prickelte auf seiner Stirn. Plötzlich war ihm ungeheuer heiß. Die Wände schienen auf ihn zuzukommen. Er bekam kaum noch Luft. Er wich zurück, den Blick auf den Notausgang in der hinteren Ecke des Raumes gerichtet. Plötzlich hörte er eilige Schritte hinter sich und ein anderer Pfleger, diesmal ein Mann, trat neben ihn.

»Was hast du ihr angetan?«, schrie Kathryn und deutete auf Scott. »Warum darf ich sie nicht sehen?«

»Okay, Kathryn, okay, immer mit der Ruhe.« Der Pfleger gab zwei Mitarbeiterinnen, die im Hintergrund warteten, ein Zeichen, und sie traten näher.

Kathryn streckte die Hände nach ihnen aus. »Ich will meine Enkelin sehen. Ich will Aurelia sehen«, flehte sie. Die Schwestern packten Kathryns Unterarme, zogen sie auf die Füße und führten sie sanft, aber entschlossen davon, vorbei an der Kuchentheke und zur Tür hinaus.

Scott starrte ihnen hinterher und zuckte zusammen, als der Pfleger ihm die Hand auf die Schulter legte. »Alles in Ordnung?«

»Bestens.« Er stützte sich auf einem Stuhl in der Nähe ab.

»Es ist schwer für sie, wenn sie jemanden verlieren«, sagte der Mann mitfühlend, als sie zurück zur Rezeption gingen. »Das verstehen sie nicht.«

Scott nickte. Die gequälten Schreie seiner Mutter hallten in seinen Ohren wider. Wie immer verfolgte ihn dieser Laut wie ein streunender Hund den ganzen Flur entlang, durch die Lobby, zum Haupteingang hinaus und den ganzen Weg in die Stadt.

21

Emily

Ein paar Tage nach dem Feuer fuhr Emily zum Markt.

Um die nächste Stadt zu erreichen, musste man von Querencia aus fünfundvierzig Minuten Richtung Süden fahren. Samstagmorgens erwachte ein kleiner Platz in der Mitte des Ortes zum Leben, da sämtliche Bauern der Gegend mit ihren Produkten anrollten. Die Fahrt dorthin gehörte mit Abstand zu Emilys Lieblingsaufgaben. Sie liebte es, an den Ständen vorüberzuschlendern, Schulter an Schulter mit den Bewohnern der Stadt, die dort einkauften und Klatschgeschichten austauschten.

Einen Parkplatz zu finden, war jedoch ein Albtraum. Emily hätte sich auch in ihren besten Zeiten nicht als selbstbewusste Fahrerin bezeichnet, aber in dem riesigen SUV war sie geradezu eine Gefahr für ihre Umwelt. Das Lenkrad umklammernd steuerte sie den Land Cruiser über die holprige Parkplatzfläche und schaffte es nur mit Mühe und Not durch die Lücken zwischen den anderen Fahrzeugen. Sie fand einen Platz und parkte rückwärts ein, wobei sie sich so sehr darauf konzentrierte, den Seitenspiegel eines roten Kombis nicht abzutrennen, dass sie die alte Frau vom Käsestand erst bemerkte, als diese das Gesicht durch ihr offenes Fenster steckte. *»Le char est arrivé!«*, sagte die Käse-Lady kichernd. *Der Panzer ist da.*

Emily fuhr zusammen. »Ja«, sagte sie. »Ich meine, *oui. Bonjour, Madame.*«

Mit den getönten Scheiben und dem lauten Auspuff ähnelte der Land Cruiser tatsächlich einem Panzer, vor allem zwischen all den rostigen, kleinen Lieferwagen. Als Emily zum ersten Mal auf dem Markt gewesen war, war sie aufgefallen wie ein Käfer auf einer Geburtstagstorte, und das noch bevor sie überhaupt versucht hatte, irgendetwas zu bestellen. Ihr stockendes Französisch und die Bündel von Geldscheinen, mit denen sie bezahlte, hatten sie schon bald zur Attraktion gemacht. Die einheimischen Bauern und Marktverkäufer hatten in ihren jeweiligen Tätigkeiten innegehalten. Zunächst hatten sie über die süße, englische Touristin gelacht, die versuchte, sich an die Wörter für Eier und Knoblauch zu erinnern, dann staunten sie über die ungeheueren Geldbeträge, die sie ausgab.

Nach fünf Marktbesuchen kam sie sich mittlerweile vor wie eine Lokalheldin. Die Verkäuferinnen und Verkäufer begrüßten sie allesamt mit Namen. Sie winkten und lächelten und scharten sich oft schon um sie, bevor sie überhaupt aus dem Wagen gestiegen war. *Seht mal,* schienen sie einander zuzuflüstern, *das reiche Mädchen ist wieder da, um uns mit Geld zu überhäufen!* Sie zankten sich um sie, riefen sie hierhin und dorthin, lachten gemeinsam über irgendeinen Witz, den Emily nur zur Hälfte verstand. Immer kam sie sich vor wie die Queen bei einem Staatsbesuch.

Gelegentlich erkundigte sich jemand höflich, wo sie denn wohnte und für wen sie arbeitete, aber Emily lächelte nur und gab vor, nichts zu verstehen. Obwohl ihr der Sinn von Scotts Vertraulichkeitsvereinbarung immer noch nicht ganz klar war, hatte sie sie stets im Hinterkopf. Glücklicherweise verbesserte sich Emilys eingerostetes Französisch zusehends (sie hatte es sich auf Campingurlauben in Frankreich angeeignet, in der Schule gelernt und in London vernachlässigt). Sie konnte also schwierige Themen meiden und stattdessen übers Wetter oder über neue Produkte reden.

Die Sonne schien auf ihre nackten Schultern, während sie mit einer Liste in der Hand an den Ständen entlangschlenderte und die berauschenden Düfte einatmete: frisches Brot, *saucisson*, Käse, Meeresfrüchte, Karamell. Auf Silbertabletts türmten sich vielfarbige Berge aus *gingembre, lamelle, loukoum rose* und *ail confit.* Auf diese Weise gab sie einen Geldschein nach dem anderen aus. Beim Fischhändler erstand sie Muscheln und Garnelen und sah zu, wie ein bulliger Mann mit Schnurrbart Stücke von einem gigantischen Schwertfisch abschnitt und sie geschickt in Filets verwandelte. Beim Gemüsehändler kaufte sie Zitronen, Chilischoten, Koriander, Ingwer, Zwiebeln, Mangos und Pfirsiche. Die Frau hinter dem Käsestand hieß Emily mit einem Kuss auf jede Wange willkommen und reichte ihr ordentlich verpackten Brie, Roquefort und Feta.

Als Emily die Hand ausstreckte, um eine Gratiskostprobe gesalzene Butter entgegenzunehmen, entdeckte sie in der Menge ein bekanntes Gesicht. Vor der *boucherie* stand Yves und studierte das Rindfleisch, als hätte er noch nie zuvor ein Stück Fleisch gesehen, an seinem Arm hing beinahe anmutig eine Einkaufstasche. Emily tat er ein wenig leid. Der arme Kerl; er war so linkisch und schwerfällig. Wie ein Riese auf einem Spielplatz.

Er sah auf und wandte dann schnell wieder den Blick ab. Emily merkte, dass er sie entdeckt hatte, aber so tat, als hätte er sie nicht gesehen. Sie grinste – *oh nein, so leicht kommst du mir nicht davon* – und winkte. »Yves!«, rief sie. »Hi!«

Yves wäre vor Schreck beinahe aus der Haut gefahren. Schuldbewusst riss er die Augen auf, als verstoße es gegen die Regeln, wenn er sich außerhalb des Arbeitsplatzes mit ihr traf.

Sie winkte, entschlossen, ihm wenigstens eine winzige, nette Reaktion abzuluchsen – immerhin waren sie Kollegen – aber sein Gesicht blieb wie versteinert, und schließlich wandte er sich ab, drängte sich durch die Menge und war verschwunden.

Sie zuckte mit den Achseln und legte die Butter in ihren Korb. *Was für ein komischer Kauz.* Aber sie wollte sich die Laune unter gar keinen Umständen verderben lassen und seufzte glücklich. Wer hätte jemals gedacht, dass sie sich eines Tages in Frankreich zu Hause fühlen würde? Niemand; und doch war sie jetzt hier, schlenderte über die Märkte und winkte den Einheimischen zu, als wäre sie eine von ihnen.

Emily kletterte wieder in *le char;* sie fühlte sich leicht wie eine Wolke und war ein wenig benommen vom Sonnenschein. Und sie hatte überhaupt kein schlechtes Gewissen, dass all dieses wunderbare Essen viel zu viel für drei Personen war und wahrscheinlich größtenteils im Abfalleimer landen würde.

Auf dem Rückweg nach Querencia, kurz vor der Stelle, ab der sie wieder keinen Empfang haben würde, fuhr Emily an den Straßenrand und holte ihr Handy aus der Tasche. Der Lärm des Markts hatte ihr Heimweh beinahe verscheucht, aber ein klein wenig war noch da, machte ihr zu schaffen wie ein Fingerabdruck auf einer Fensterscheibe.

Als Juliet abhob, trieb ihre vertraute Stimme Emily unerwartet die Tränen in die Augen. »Emily? Bist du das?«

»Ja, ich bin's. Hallo.«

»Großer Gott, wo bist du?« Ihre Stimme klang schrill und nervös.

»Ich bin in Frankreich. Mein neuer Job, weißt du noch?«

»Was für ein neuer Job? Und warte – *Frankreich?*«

Emily verdrehte die Augen. *Typisch.* Nie hörten sie ihr zu.

»Ich habe tausendmal angerufen«, sagte Juliet. »Aber dein Handy ist ständig ausgeschaltet. Dein Vater und ich sind krank vor Sorge; wir dachten, dir sei etwas zugestoßen.«

»Was redest du da?« Emilys Lächeln wurde unsicher. »Ich ... ich habe dir doch gesagt, dass ich eine Weile abtauche.«

»Ach ja? Daran kann ich mich gar nicht erinnern! Wann hast du angerufen? Hast du mit Peter gesprochen? Ich kann es nicht gewesen sein; ich würde mich daran erinnern, wenn du mir gesagt hättest, dass du nach *Frankreich* ziehst.«

»Ich bin nicht hergezogen, nicht richtig jedenfalls. Ich bin nur ...«

»Emily, es ist beinahe *sechs Wochen* her, seit wir das letzte Mal von dir gehört haben. Wir hatten keine Ahnung, wo du bist; dir hätte alles Mögliche zugestoßen sein können. Wir hätten beinahe die Polizei informiert. Liest du denn deine E-Mails nicht?«

»Nein, ich – hör zu, es gibt keinen Grund zur Sorge. Mir geht es gut. Hier ist es fantastisch, es ...«

»Kein Grund zur Sorge? Schatz, wir hätten beinahe den Verstand verloren! Und was meinst du überhaupt mit ›hier‹?«

»Das habe ich dir doch schon gesagt, Frankreich!«

»Das hast du uns nicht gesagt.«

»Doch! Ich arbeite für eine Familie. In ihrem Haus. Ich habe dir alles darüber erzählt.«

»Hast du nicht.«

Emily zögerte. Sie *hatte* es ihnen erzählt. Sie hatte sie an dem Morgen angerufen, als sie sich zum ersten Mal mit Scott getroffen hatte – das wusste sie noch.

Oh nein, Moment mal ... Sie hatte angerufen, aber nur die Mailbox erreicht. Deshalb hatte sie beschlossen, es später noch einmal zu versuchen und keine Nachricht zu hinterlassen. Und das hatte sie doch definitiv getan ... oder?

Ach, Mist. War es möglich, dass sie nach Frankreich geflogen war, ohne es ihren Eltern zu erzählen?

»Was ist das überhaupt für eine Familie?«, fragte Juliet.

Emily beschloss, alles abzustreiten. Sie hatte ihren Eltern genau erzählt, wohin sie gehen und was sie da tun würde; sie hatten ihr wie üblich einfach nur nicht zugehört. Mit gespielter Geduld, als erkläre sie es einem kleinen Kind, sagte sie: »Es ist eine absolut nette englische Familie mit einem Haus in Frankreich. Für den Mann habe ich davor in London gearbeitet. Er ist cool.«

»*Cool?* Wer ist dieser Mann, Emily? Ich habe wirklich kein gutes Gefühl dabei.«

»Himmelherrgott noch mal. Mir geht es gut. Alles ist toll. Entspann dich.«

»Oh, ich soll mich also *entspannen*, ja? Meine Tochter ist wie vom Erdboden verschluckt, nachdem sie mir erzählt hat, dass sie in Schwierigkeiten steckt, und ich soll mich *entspannen*?«

Im Hintergrund hörte Emily ihren Vater rumoren, dazwischenreden und Fragen stellen. »Ja, ja, es ist Emily«, sagte Juliet gerade. »*Psst*, Peter, so kann ich sie doch nicht verstehen, verdammt. Emily, dein Vater will wissen, was genau du in diesem Haus machst? Was ist das für ein Job?«

Emily holte tief Luft. »Na ja, ich mache vieles«, sagte sie mit gleichmütiger Stimme. »Scott, das ist der Typ aus London, er hat mich eingestellt, um seiner Frau dabei zu helfen, das Anwesen in Ordnung zu halten ...«

»Du bist eine Putzfrau? Peter, sie ist eine *Putzfrau*.«

»Ich bin keine Putzfrau.«

»Und was bist du dann?«

»Ich bin eher so etwas wie ...« Emily suchte nach einem Wort, das beschrieb, was genau sie für die Dennys war. *Eine persönliche Einkäuferin? Eine Malerin/Innenraumgestalterin? Eine Gesellschafterin?* »… eine persönliche Assistentin mit Familienanbindung.«

»Eine was? Was soll das denn heißen? Und willst du damit sagen, dass du bei diesen Leuten *wohnst*? Hör zu, Emily, ich glaube, du solltest nach Hause kommen. Auf der Stelle. Ich meine es ernst; dein Vater und ich, wir machen uns große Sorgen um dich. Wir glauben, dass du vielleicht – wie war die Formulierung, die Jenny Sanderson benutzt hat? Peter, was hat sie noch mal gesagt? *Dass du im freien Fall bist.*«

»Beruhige dich«, sagte Emily. »Ich befinde mich nicht im freien Fall. Eigentlich bin ich momentan sogar ziemlich glücklich. Mir gefällt dieser Job, und ich bin gut darin.«

»Worin *genau* bist du gut?«

Juliets Ton klang so verächtlich, dass Emily zusammenzuckte. Offensichtlich glaubte ihre Mutter, sie sei davongelaufen, um einem Polygamie-Kult beizutreten oder so etwas.

»Was immer du bei diesen Menschen tust, Schatz, ich versichere dir, es bringt dich beruflich nicht weiter. Ich kann mir vorstellen, dass du vielleicht einen kleinen Urlaub brauchst, aber komm schon.«

»Das ist kein Urlaub, ich …«

Ein gedämpfter Einwurf im Hintergrund unterbrach sie, und Juliet gab ein ungehaltenes Geräusch von sich. »Bitte, Peter, sei ruhig, ich unterhalte mich gerade. Bleib dran, Emily, lass mich eben mit deinem Vater sprechen.«

Man hörte ein Rauschen, während er ihr den Hörer zu entwinden versuchte. Dann ein Knacken, und schon hatte sie Peter im Ohr. Sein tiefer Yorkshire-Akzent hallte durch ihren Schädel. »Hör mal, Emily. Komm nach Hause. Deine Mutter ist ganz krank vor Sorge.«

»Nun, das ist ihre eigene Schuld.«

»Sieh mal, Liebes. Ich sage dir ganz offen, dass wir alle gehofft hatten, du würdest diesen Spleen mit der Schauspielerei aufgeben.« Emily bedeckte das Gesicht mit der freien Hand. Er lief sich gerade warm für eine seiner Standpauken. »Das hätte ohnehin zu nichts geführt; und das wussten wir alle. Aber irgendwie haben wir gehofft, dass du dich irgendwann weiterentwickelst, einen vernünftigen Weg wählst und es besser machst.«

»Aber ...«

»Hör zu, du bist ein kluges Mädchen. Du könntest dir einen guten Job suchen, Geld verdienen und dir eine Existenz aufbauen. Aber du vertrödelst weiterhin deine Zeit. Du bist keine achtzehn mehr, Kind. So langsam wird es Zeit, dass du erwachsen wirst.«

»Das hier *ist* ein guter Job! Das versuche ich dir die ganze Zeit zu sagen, aber du hörst ja nicht zu.«

»Nein, Emily. *Du* hörst nicht zu. *Du* hast jahrelang nicht zugehört, und jetzt sieh dir an, wohin das geführt hat.«

»Ja!«, schrie Emily. »Sieh dir mal an, wohin es geführt hat. Ich bin glücklich und entspannt und ganz weit weg von euch!«

Sie legte auf und schlug mit der flachen Hand aufs Steuer. *Jedes einzelne Mal.* Immer wenn sie es geschafft hatte, wieder auf die Füße zu kommen, fanden sie einen neuen Weg, ihr den Boden darunter wegzuziehen. Sie warf das Handy auf den Beifahrersitz.

Drei Minuten später nahm sie es wieder zur Hand. Es gab nur einen Menschen, mit dem sie jetzt reden wollte, nur einen Menschen, der sie verstehen würde. Sie öffnete ihre Nachrichten und schrieb an Scott.

Wieder auf Querencia wuchtete Emily die Einkäufe aus dem Auto und schaffte sie in die Küche des Gästehauses. Sie legte die Dinge beiseite, die Nina speziell für sich und Aurelia bestellt hatte, und verstaute alles in einen großen Picknickkorb. Den trug sie hinüber zum Familienhaus, wobei sie seitlich daran vorbeiging, um ihn wie immer auf den Terrassentisch zu stellen. Sie wollte schon wieder gehen, als sie hörte, wie sich die Falttür öffnete.

»Em? Geht es dir gut?«

Sie wandte sich um und entdeckte Nina, die in Shorts und bauchfreiem Sporttop aus dem Fitnessstudio kam, ein Handtuch in der einen und eine Wasserflasche in der anderen Hand, und dieser Anblick legte bei Emily einen Schalter um. Es fühlte sich an, als würde in ihrem Innern etwas brechen und wie Schelfeis ins Meer gleiten. Beschämt ließ sie den Kopf sinken und verbarg das Gesicht in den Händen.

»Oh, Liebes, was ist denn passiert?« Ninas Hand auf ihrer Schulter machte es irgendwie noch schlimmer, und ein leises Schluchzen drang aus Emilys Kehle.

Verlegen schüttelte sie den Kopf und wischte sich mit dem Handrücken die Nase ab. »Nichts, tut mir leid. Ich habe nur gerade mit meinen Eltern telefoniert.« Sie schniefte. »Aber es ist alles in Ordnung. Mir geht es gut.«

Nina öffnete den Mund und wollte etwas sagen, aber dann schien sie es sich anders zu überlegen.

Hinter ihnen öffnete sich die Küchentür, und Aurelias blasses Gesicht erschien. »Alles gut, Erdbeerchen«, sagte Nina. »Du kannst zu deinem Buch zurückkehren. Ich bin in ein paar Minuten bei dir, okay?«

Aurelia zog einen Schmollmund, protestierte aber nicht. Sie verschwand, und die Tür fiel mit einem Klicken hinter ihr ins Schloss.

Nina wischte sich das Gesicht mit einem Handtuch ab, dann führte sie Emily sanft über den Rasen zu einem sonnigen Fleck neben dem Gemüsegarten. »Setz dich«, sagte sie, während sie sich im Schneidersitz auf das Gras sinken ließ. Sie tätschelte den Boden neben sich.

Emily gehorchte und ertappte sich dabei, wie sie anfing zu reden, nicht nur über das Telefonat, sondern auch über andere Dinge. Darüber, wie sehr Juliet mauerte. Über die verwirrte, beinahe angstvolle Miene, die sie aufsetzte, wann immer Emily den Mund aufmachte. Darüber, dass Peter ihr nie wirklich in die Augen sah, und über die Enttäuschung, die er ausstrahlte wie Hitze, die von der Motorhaube eines Autos verströmt wurde. Sie sprach über ihre langjährige Überzeugung, dass irgendetwas mit ihr nicht stimmte, dass ihr Leben weder Ziel noch Zweck hatte. Sie bekannte, dass sie häufig ohne einen bestimmten Grund wütend war, ein Gefühl, über das sie keine Kontrolle hatte.

Nina sagte nichts, hörte nur zu.

Als Emily fertig war, wurde sie von Scham überwältigt. Sie verstummte und bereute, dass sie nicht den Mund gehalten hatte; sie wünschte, die Erde würde sich auftun und sie verschlingen.

»Okay, ich sage dir jetzt, wie ich darüber denke«, sagte Nina schließlich und streckte ihre langen Beine aus. »Du, Emily Proudman, bist ein schöner, wunderbarer, kreativer, neugieriger Mensch. Du bist warmherzig und großzügig und eine wunderbare Gesellschaft. Außerdem bist du sehr intelligent. Aber du betrachtest dich selbst als Opfer.«

Emily streckte die Hand aus und pflückte ein Gänseblümchen vom Rasen.

»Du hältst nach jemandem Ausschau, dem du die Schuld für dein Unglück geben kannst – deinen Eltern, all diesen Casting

Directors, wem auch immer. Die Sache ist aber die: An diesem Punkt deines Lebens ist alles, womit du dich umgibst, nur da, weil *du* es so willst.«

Emily zupfte die Blütenblätter des Gänseblümchens ab, eins nach dem anderen. *Sie liebt mich, sie liebt mich nicht.*

»Du bist in einem privilegierten Land aufgewachsen«, fuhr Nina fort und stützte die Ellbogen auf den Knien ab, sodass ihr blondes Haar ihr in die Augen fiel. »Du bist gebildet und hast wirtschaftliche Möglichkeiten. Du hast die Macht und die Freiheit, selbst zu wählen, wie du lebst und – was noch wichtiger ist – wie du dich in deinem Leben *fühlst*. Du bist *kein* Opfer. Es liegt alles in deiner Hand. Du weißt es nur noch nicht.«

Emily wischte sich mit dem Handrücken über die Nase. »Doch«, log sie. »Ich weiß, dass ich alles tun kann, was ich will. Es ist nur … ich wünschte, meine Eltern könnten wenigstens ein bisschen stolz auf mich sein.«

Nina seufzte. »Nun, das wäre sicher schön, aber weißt du, was ich gelernt habe? Wenn du darauf wartest, dass andere Menschen deine Entscheidungen gutheißen, kannst du lange warten. Heiße sie selbst gut. Sei selbst stolz auf dich.«

Emily streckte die Hand aus und pflückte ein weiteres Gänseblümchen. Jedes Blütenblatt löste sich mit einem leisen Geräusch und fiel zu Boden.

Nina stieß sie mit der Schulter an. »*Ich* bin stolz auf dich.«

Emily schnaubte. »Ja, klar. Weil wegzulaufen ja ach so mutig ist.«

»Du bist nicht weggelaufen. Wenn überhaupt, dann bist du den ersten Schritt gegangen, um zu verstehen, was in deiner Macht liegt.«

»Aber als alles zusammenbrach, bin ich einfach abgehauen. Ich habe nicht mal meinen Eltern gesagt, dass ich weggehe.«

Nina stutzte. »Echt nicht?«

»Nee.«

Nina schnitt eine Grimasse, als würde sie *Ups* sagen.

»Siehst du? Abgehauen. Und jetzt habe ich das Gefühl, nie wieder zurückkehren zu können.«

»Na ja, okay, vielleicht war das nicht gerade der klügste Schachzug«, sagte Nina kichernd. »Aber stell dir doch mal folgende Frage: Würdest du denn überhaupt zurückkehren *wollen?* Warst du glücklich?«

Emily schüttelte langsam den Kopf und dachte, wie viel leichter und schöner ihr Leben gewesen wäre, wenn jemand wie Nina sie adoptiert hätte, anstelle von Juliet. Wenn sie Ninas Tochter wäre, hätte man sie ermutigt und unterstützt, geliebt und akzeptiert. Auseinandersetzungen wären schnell durch ruhige und respektvolle Kommunikation gelöst worden, statt durch Türenschlagen und brodelnde Wut. *Einigen wir uns darauf, dass wir uns nicht einig sind*, hatte Juliet immer gesagt und ihr den Rücken zugedreht.

»Alles wird gut werden«, versicherte Nina und legte Emily den Arm um die Schultern. »Dein Traum erfüllt sich nicht so, wie du es dir vorgestellt hast – na und? Such dir einfach einen neuen.«

Emily schniefte. »Einen neuen Traum?«

»Klar.«

»Aber was, wenn er genauso in die Hose geht wie der letzte?«

Nina zuckte mit den Schultern. »Sieh dich doch um.«

Emily folgte der Aufforderung. Querencia schien sich endlos weit zu erstrecken. Vor ihr breiteten sich die Büsche und Blumenbeete aus wie ein Wasserfall, der hinunter ins Meer stürzt. Hinter ihnen erstreckten sich die Bäume so weit das Auge reichte. Bienen und Libellen schwirrten durch die Luft, und goldene Sonnenstrahlen beschienen die Mauern beider Häuser, sodass sie wie Laternen von innen zu leuchten schienen. Emily atmete ein und spürte, wie eben dieses Licht auch ihren Brustkorb erfüllte.

»Findest du, dass alles in die Hose gegangen ist?«

Emily grinste und schüttelte den Kopf. »Nein.«

»Ich auch nicht.«

Später, nach dem Abendessen, trugen sie den Filmprojektor auf den Rasen und spannten ein Laken zwischen den Bäumen auf. Sie kuschelten sich auf Kissen zusammen – Emily auf der einen Seite, Nina auf der anderen, Aurelia in der Mitte – und sahen sich eine alte Komödie an, *Geschenkt ist noch zu teuer*, über ein Paar, das eine riesige verfallene Villa kauft, die allmählich zusammenbricht. Sie aßen Popcorn und lachten, bis ihnen der Bauch wehtat, während Tom Hanks und Shelley Long ein Missgeschick nach dem anderen passierte. Türen fielen aus den Angeln, Tom blieb in einem Loch im Fußboden stecken, Shelley wurde von einem Waschbär angegriffen, und die Badewanne brach durch die Zimmerdecke.

Hinterher, als Emily die Treppe erklomm, um ins Bett zu gehen, dachte sie, wie recht Nina hatte. Sie war genau da, wo sie sein musste. Sie hatte eine gute Wahl getroffen – eine *großartige* Wahl – und sie würde dazu stehen, genau wie sie von jetzt an zu jeder anderen Entscheidung stehen würde, die sie traf.

Sie wusch sich das Gesicht und putzte sich die Zähne, dann schlüpfte sie ins Bett und schloss ihr Handy ans Ladekabel an. Scott hatte auf ihre Textnachricht nicht geantwortet – zumindest nicht, solange sie noch Netz gehabt hatte. Aber so schlimm war das wahrscheinlich gar nicht. Gleich nach ihrer Unterhaltung mit Nina hatte sie ein seltsames Gefühl beschlichen: Die

Textnachricht, so unverfänglich sie sich angefühlt hatte, als sie sie abgeschickt hatte, kam ihr jetzt wie Verrat vor. Vielleicht war es keine gute Idee gewesen, hinter Ninas Rücken Kontakt mit Scott aufzunehmen.

Vielleicht war es keine gute Idee, ihr Handy überhaupt zu benutzen. Wozu auch? Man sehe sich nur an, wie ihre Unterhaltung mit ihren Eltern verlaufen war. Außerdem hatte sie ihnen viel zu viel über ihre Arbeit auf Querencia erzählt. Sie wusste nicht so genau, was sie sagen konnte und was nicht. Immerhin hatte sie Scotts Vertraulichkeitsvereinbarung unterzeichnet, ohne sie sich genau durchgelesen zu haben, aber im Grunde ging es darum, dass Scott und Nina nicht wollten, dass sie Menschen gegenüber, die sie nicht kannten, Einzelheiten über ihr Leben und ihr Zuhause preisgab.

Sie traf eine Entscheidung, stieg wieder aus dem Bett und zog das Ladekabel des Handys aus der Steckdose. Dann warf sie beides ins oberste Fach ihres Schranks und bedeckte es mit einem Stapel Klamotten.

22

Scott

Scott saß auf dem Rücksitz und starrte durch die Windschutzscheibe auf das schmuddelige Heck eines Busses. Die Rückfahrt vom Pflegeheim war bis jetzt einigermaßen reibungslos verlaufen, denn sein Fahrer fuhr geschickt durch die Seitenstraßen, um die verstopften Bundesstraßen zu umgehen, aber als sie Hammersmith erreichten, konnte ihnen nicht einmal mehr das GPS helfen.

»Woher kommt denn dieser Stau plötzlich?«, fragte Scott. Zu beiden Seiten waren die Fahrspuren von schmutzigen, rumpelnden Lastwagen versperrt.

Sein Fahrer tippte auf ein Display am Armaturenbrett. »Sieht aus, als hätten sie ein Problem mit der U-Bahn. Ausfälle auf der Piccadilly, District und Circle Line.«

Scott sah auf die Uhr. Er war früh dran, also würde die Verzögerung auch für seinen nächsten Termin kein Problem darstellen, aber sein Kater wurde mit jeder Minute schlimmer, und seit seinem Besuch bei seiner Mutter verspürte er eine bedrückende Enge. Er hatte den Namen seines Bruders schon seit vielen, vielen Jahren nicht mehr ausgesprochen, und jetzt hatte er einen bitteren Geschmack auf der Zunge hinterlassen.

Er schluckte schwer und rutschte unruhig auf seinem Sitz hin und her. Er hätte gut darauf verzichten können, bei dieser

Affenhitze in einem Megastau festzusitzen, in dem es nur stoß-weise vorwärtsging.

In diesem Augenblick machte sein Handy *pling*. Eine Nach-richt. Der Name der Absenderin sandte einen seltsamen Schauer durch seinen Körper, eine Mischung aus Freude und Angst.

> Hey, ich bin es. Bin gerade auf dem Rückweg vom Markt und dachte, ich sage mal Hi! Sorry, dass ich mich bis jetzt nicht gemeldet habe, um Ihnen zu sagen, wie es läuft, aber Sie wissen ja, wie es ist – kein Netz, nicht ein einziger Balken! Außerdem hält Nina Sie bestimmt auf dem Laufenden. Jedenfalls ist es toll hier. Das Wetter war bis jetzt fantastisch. *Il fait du soleil!* Wir hatten ein paar Dramen (ich nehme an, Sie wissen von dem Feuer?), aber im Großen und Ganzen klappt es gut. Um ehrlich zu sein, ich bin heute ein bisschen deprimiert (Probleme mit meinen Eltern – sie machen so viel Wind, dass man denken könnte, ich sei weggelaufen, um mich dem IS anzuschließen), aber vielleicht ist es auch nur die Isolation, die mir mittlerweile zusetzt. Bestimmt wird es bald wieder besser! Jedenfalls weiß ich eigentlich gar nicht genau, warum ich das hier schreibe, oder was ich damit sagen will, aber ich wollte mich einfach mal melden. Sie haben ein wunderschönes Haus, und ich fühle mich sehr geehrt, dass ich Zeit mit Ihrer Familie verbringen darf. Ich kann es kaum erwarten, bis Sie uns besuchen und sich anschauen, wie weit wir mit dem Gästehaus gekommen sind. Juhu!

Der Bus vor ihnen bewegte sich ein paar Zentimeter weiter und hielt wieder an. Scotts Fahrer schaltete die Klimaanlage ein und wischte sich mit dem Ärmel über die Stirn.

Hinten las Scott Emilys Worte noch einmal. Dann lehnte er sich nachdenklich zurück. Schnell checkte er ihre Seiten in den sozialen Netzwerken, aber es gab dort keinerlei Aktivitäten in der letzten Zeit.

Er trommelte mit den Fingern auf die Mittelkonsole.

Emily war also deprimiert. Sie hatte zu kämpfen. Es war ein gutes Zeichen, dass sie beschlossen hatte, Kontakt zu ihm aufzunehmen – aber handelte es sich wirklich nur um einen einzigen schlechten Tag? Nina hatte ihm berichtet, dass alles gut lief, dass sie und Emily sich hervorragend miteinander verstanden. Aber was, wenn Nina log?

Er rief Emilys Nummer auf und starrte sie ein paar Sekunden lang an, bevor er das Handy wieder in die Tasche steckte. Dann zog er es wieder heraus. Als der Verkehr sich endlich wieder bewegte, versandte er zwei E-Mails, eine an Verity und die andere an Nina, leitete sogleich alles ein, bevor er es sich noch anders überlegen konnte.

Er würde am kommenden Wochenende hinfliegen. Er war schon viel zu lange weggeblieben.

23

Emily

»Er kommt«, hatte Nina eines Morgens gesagt, und ihr Gesicht schien nur noch aus Augen und Zähnen zu bestehen. »Nächstes Wochenende.« Und mir nichts, dir nichts beschleunigte sich das Leben auf Querencia von null auf hundert.

Beinahe sofort begann Nina, hektisch im Haus herumzurennen, machte Listen von Aufgaben, die erledigt werden mussten, von Möbeln, die zu kaufen waren, von Ecken, die noch gesäubert werden mussten. Scheinbar überwältigt vom Chaos bellte sie Befehle wie eine gestresste Lehrerin. »Das hätte längst erledigt werden sollen«, sagte sie, während sie durch die Zimmer stürmte, die Adern an ihrer Schläfe traten deutlich hervor. »Dieses Haus ist so schmutzig. Ich halte das nicht mehr aus.« Wenn sie nicht herumhastete, stand sie da, starrte ins Leere und knetete mit dem einen Daumen die Wurzel des andern.

Emily beobachtete, wie Gartenstühle unter missbilligenden Geräuschen zusammengefaltet und auf den Rasen geworfen wurden. Tische, Bänke und Spiegel kamen hinzu. Handtücher, Kissen, Bettwäsche. Yves kam mit dem Lieferwagen und schaffte alles fort, um tags darauf mit brandneuem Ersatz aufzutauchen. Sämtliche neuen Anschaffungen wurden ausgepackt und verteilt, und Emily fragte sich, warum Nina einen solchen Wirbel veranstaltete. Scott kam ihr nicht vor wie ein Mann, den es kümmerte, ob die Kissen auf den Betten neu oder fast neu waren. Aber Nina wirkte dermaßen gestresst, dass Emily lieber den Mund hielt und einfach nur ihren Anweisungen folgte. Außerdem machte ihr ihre eigene Nervosität zu schaffen. *Er kommt*, dachte sie immer wieder, und ihr Magen schlug Purzelbäume.

An dem Morgen, an dem Scott ankommen sollte, ertappte sie sich dabei, dass sie sich ebenso hektisch wie Nina bewegte und genauso aufgeregt war. Sie rannte umher, das Herz schlug ihr so hoch in der Brust, dass sie fast damit rechnete, es könnte jeden Augenblick aus ihrem Mund springen; sie saugte und wischte, machte Betten und schüttelte Kissen auf, und als schließlich nichts mehr zu tun war, dachte sie sich neue Aufgaben aus, nur um beschäftigt zu bleiben. Sie pflückte Blumen und arrangierte sie in Vasen. Sie ordnete sämtliche Gläser und Dosen in den Schränken neu. Sie strich die Handtücher glatt und hängte sie mit peinlich genauer Präzision auf ihre Halter. Sie schalt sich dafür, dass sie sich die ganze Zeit vorstellte, wie er durch das Tor fuhr, doch sie konnte nicht anders. Ihre Haut prickelte buchstäblich vor Vorfreude.

Schließlich hatte sie auch die sinnlosesten Aufgaben auf ihrer Liste abgearbeitet und wanderte ziellos umher, auf der Suche nach etwas, das sie noch erledigen konnte. Sie fand Nina und Aurelia in der Außenküche. Sie malten ein Willkommensschild und steckten dabei so einträchtig die Köpfe zusammen, dass es ihr nicht richtig vorkam, sie zu stören. Sie umrundete sie also und lief stattdessen zum Rasen.

Sie räumte ein paar Boulekugeln weg, die liegen geblieben waren, trug das Spiel ins Spielzimmer zurück, dann hob sie eine Picknickdecke und zwei Badetücher auf, die jemand im Gras liegen gelassen hatte in der Absicht, sie in die Wäsche zu packen. Schließlich entdeckte sie weitere nasse Handtücher auf der Vordertreppe des Familienhauses. Sie schnalzte mit der Zunge – *ehrlich, Aurelia, kannst du denn gar nichts selbst wegräumen?* – und ging hinüber, zögerte aber, als sie die Tür erreichte, plötzlich von Neugier überwältigt.

Wie es wohl drinnen aussah, fragte sie sich? Oben, die Schlafzimmer – wie es dort wohl roch? Was für Bettwäsche benutzten sie wohl? Sie hatte so wenig von Scotts Privaträumen gesehen, so wenig Beweise für ein gemeinsames Leben mit Nina. Sie konnte es sich nicht einmal vorstellen.

Sie wagte einen heimlichen Blick über die Schulter zum Pool. Nina und Aurelia waren nach wie vor in der Küche beschäftigt.

Sie wusste, sie durfte das Haus eigentlich nicht betreten, aber sie war jetzt schon sechs Wochen auf Querencia. Hatte sich die Situation nicht mittlerweile verändert? Sie und Nina waren gute Freundinnen geworden. Sie hatte sich ein gewisses Vertrauen verdient, oder nicht? Sie warf einen weiteren Blick zur Poolküche hin, dann öffnete sie die Eingangstür und steckte den Kopf hinein.

Das Wohnzimmer sah noch genauso aus wie an dem Tag, an dem sie hier angekommen war. Makellose Vintagemöbel, teures Designerdekor und eine dünne Staubschicht. Wofür benutzten sie diesen Raum überhaupt? *Saßen* sie hier tatsächlich ab und zu? Schleuderte Scott hier seine Schuhe von sich, legte die Füße auf die Ottomane und las ein Buch? Setzte sich Nina dann neben ihn und legte ihm die Hand auf den Oberschenkel?

Sie trat einen weiteren Schritt hinein, wünschte sich plötzlich inständig, noch mehr zu sehen. Sie verlagerte das Gewicht der Handtücher in ihrem Arm und blickte die Treppenstufen empor. Warum nicht ins Bad gehen und nach Schmutzwäsche suchen? Das wäre doch nett, oder nicht? Nina hatte so viel zu tun, da kam ihr die Hilfe sicher gelegen.

Auf Zehenspitzen schlich Emily durch das Wohnzimmer und blieb am Fuße der Treppe stehen. Die Stille im Haus war so laut, dass sie in ihren Ohren widerhallte. Sie erklomm die Stufen, blieb auf halbem Wege stehen, hielt den Atem an. Sie kam sich wie eine Einbrecherin vor.

Oben angelangt, sah sie sich um, nahm jedes einzelne Detail in sich auf. Langsam stieß sie den Atem aus, als ihr klar wurde, dass sie eigentlich ein großes Geheimnis zu finden erwartet hatte, irgendeinen Grund dafür, warum man ihr verboten hatte, das Haus zu betreten, aber es war nur ein Haus und sonst nichts. Ein atemberaubend schönes und sorgfältig eingerichtetes Haus. Aber nur ein Haus.

Der Flur war lang und weiß gestrichen. Licht strömte durch ein großes, nach Westen ausgerichtetes Panoramafenster herein. Emily sah hinaus und konnte den Rosengarten erkennen, den Steingarten, das Meer und den Pool; wenn sie sich hinausgelehnt hätte, hätte sie auch Nina und Aurelia sehen können, die in der Außenküche immer noch mit ihrer Bastelarbeit beschäftigt waren.

Holzböden erstreckten sich zu ihrer Linken und führten zu vier verschlossenen Türen, allesamt weiß mit kunstvoll verschnörkelten silbernen Klinken. Zu ihrer Rechten befanden sich zwei weitere Türen. Sorgfältig legte sie die nassen Handtücher auf den Boden und öffnete aufs Geratewohl eine von ihnen.

Dahinter verbarg sich ein fantastisches Schlafzimmer: elfenbeinfarben gestrichene Holzdielen, ein freistehender Ganzkörperspiegel und eine große Kommode. Üppige Kissen stapelten sich auf einem traumhaften Bett. In der Ecke stand eine riesige Pflanze. Ein Gästezimmer, wie Emily annahm.

Sie trat wieder auf den Flur hinaus und schloss die Tür hinter sich. Dann drückte sie die Klinke einer anderen Tür herunter und fand sich in einem weiteren Schlafzimmer wieder, das erheblich größer war als das vorherige. Hier gab es ein größeres Bett, einen gigantischen, verspiegelten Kleiderschrank, einen Kronleuchter, einen großen Balkon sowie eine weitere Tür, die offenbar in einen begehbaren Kleiderschrank führte. Emily nahm an, dass es sich auch hier um ein Gästezimmer handelte und wandte sich bereits zum Gehen, als ihr etwas ins Auge fiel: ein pinkfarbenes trägerloses Sommerkleid, das kunstvoll über die Lehne eines Sessels drapiert war. Eines von Ninas Lieblingskleidern.

Sie sah genauer hin. Ein zerfledderter Liebesroman lag auf dem Nachttisch neben einem Tiegel Feuchtigkeitscreme und einer Kette, die vom bronzenen Arm einer Wandleuchte herabhing.

Sie durchquerte das Zimmer, nahm das Sommerkleid in die Hand – vorsichtig, andächtig – und hielt es sich vor die Brust. Sie betrachtete ihr Spiegelbild. Vielleicht wenn sie sich das Haar kurz schneiden ließ und ein paar Kilo abnahm …

Sie hielt sich das Haar vom Gesicht weg und reckte das Kinn. Verlagerte ihre Hüften. Richtete sich kerzengerade auf. Und dann, ohne so recht zu wissen, warum, hielt sie sich das Kleid unter die Nase und atmete tief ein. Es roch nach Nina – oder nach einer verstaubten, nach Mottenkugeln riechenden Version von ihr.

Sie legte das Kleid wieder auf den Stuhl und sah sich um. Die Stille um sie herum war förmlich greifbar. Wenn das hier Ninas Schlafzimmer war, dann war es auch Scotts, aber es sah gar nicht aus, als wohne ein Paar darin. Tatsächlich wirkte es überhaupt nicht bewohnt. Die Oberflächen waren staubig, die Bettwäsche zu frisch. Sie fuhr mit den Fingern über die Decke und fragte sich, wie es sich wohl anfühlen würde, sie zurückzuschlagen und ins Bett zu steigen. Welche Seite Scott wohl bevorzugte, die linke oder die rechte? Schlief er eher auf dem Bauch oder auf der Seite?

Sie wandte sich vom Bett ab und betrachtete nachdenklich das Mobiliar. Alles war weiß oder beige und makellos aufeinander abgestimmt. Eine Einrichtung wie aus dem Bilderbuch ... und doch hatte der Raum etwas Seltsames an sich, etwas, worauf sie nicht so genau den Finger legen konnte. Wenn sie genauer darüber nachdachte, hatte sogar *das ganze Haus* etwas Seltsames an sich.

Emily erschauerte, wandte sich um und schlich sich wieder hinaus in den Flur. Sie sah aus dem Fenster. Nina und Aurelia waren immer noch unten am Pool, trotzdem beeilte sie sich besser, wieder hinauszukommen.

Nur noch ein einziges Zimmer. Sie versuchte es an einer weiteren Tür. Dahinter verbarg sich ein hübsches, aber schmutziges Badezimmer. Die Fliesen waren fantastisch – weiß und tiefblau, jede mit einem anderen Muster – aber die Fugen waren grau vor Schimmel, und der riesige Spiegel hatte einen Sprung und jede Menge blinder Flecken. Eine gigantische Badewanne mit Füßen stand in der Ecke, und Emily trat näher, um zu schauen, wie tief sie war.

Huch.

Der halbe Boden der Wanne war grau-braun verfärbt. Direkt unter der Kante, dort wo normalerweise das Wasser aufhörte, verlief ein dunkler Rand. Sie streckte die Hand aus und berührte ihn mit den Fingerspitzen, aber er war trocken. Das Porzellan sah aus, als habe man es geschrubbt, aber die Verfärbung war beharrlich geblieben, als fülle jemand die Wanne regelmäßig mit Schlamm oder Tinte.

Etwas Pelziges streifte ihre nackten Zehen, und sie fuhr zusammen.

Bitte keine Maus, bitte keine Maus.

Sie blickte nach unten und entdeckte den Zipfel eines Handtuchs, das unter der Wanne hervorsah. Hellblau mit kleinen gelben Blümchen. Eigentlich hatte sie vorgehabt, den Wäschekorb zu checken und dann wieder zu verschwinden, doch als sie nach dem Handtuch griff, entfaltete es sich. Es hatte Schlieren einer rötlich-schwarzen Substanz.

Sie ließ es fallen, als hätte es sie gebissen. *Igitt, was ist das?* Dann bückte sie sich, um es nochmals aus der Nähe zu betrachten, und schnüffelte vorsichtig daran. Kein Geruch. Keine Maserung. Konnte das Blut sein? Sie glaubte nicht. Dazu war es zu dunkel.

Sie zerknüllte das Handtuch und rief sich ins Gedächtnis, dass sie eigentlich nach Schmutzwäsche Ausschau halten wollte. Sie zog zwei Badetücher aus dem Weidenkorb für die Wäsche, klemmte sie sich unter den Arm und wandte sich zum Gehen; dabei richtete sie sich jedoch zu schnell auf und verlor das Gleichgewicht. Sie stolperte über die Badezimmerwaage, prallte gegen die Wand und stieß sich heftig den Kopf an der Ecke eines riesigen Hängeschrankes. Ein Schrei entfuhr ihr, und sie duckte sich, als die hölzerne Tür aufschwang – dann erstarrte sie.

Der Schrank war vollgestopft mit Unmengen kleiner Flaschen und Schachteln. Tausende verschreibungspflichtiger Medikamente. Cremes und Lotionen. Wattebäusche und in Plastikfolie verpackte Spritzen. Verbände und Scheren und Ampullen mit einer sirupartigen Flüssigkeit. Das war der größte Erste-Hilfe-Kasten der Welt. Eine voll ausgestattete Privatapotheke.

Sie streckte die Hand aus, um einen Stapel aus identischen

weißen Schachteln zu berühren. Der Stapel wackelte, und die Schachteln klapperten leise, wie eine Warnung.

Emily fühlte sich immer unbehaglicher und ließ die Handtücher wieder in den Wäschekorb fallen. Was hatte sie sich dabei gedacht, in Ninas Badezimmer herumzuschnüffeln und ihre Sachen zu durchstöbern? Sie war nicht dazu aufgefordert worden. Dazu hatte sie kein Recht.

Raus hier, sagte sie sich, als sie endlich wieder zur Vernunft kam. *Du darfst eigentlich gar nicht hier sein.*

Sie rechnete fest damit, dass man sie entdeckt hatte, als sie zur Poolküche zurückkehrte, und hatte jede Menge Entschuldigungen und Ausreden parat. Doch Nina war viel zu sehr von Aurelias schlechter Laune in Anspruch genommen und hatte ihre Abwesenheit überhaupt nicht bemerkt. Anscheinend war ihr Vormittag nicht ohne Spannungen verlaufen; Aurelia war aufsässig und gereizt aufgewacht, hatte ihr Frühstück gegen die Küchenwand geworfen und mit den Türen geknallt, und das alles, noch bevor die Sonne überhaupt ganz aufgegangen war. Also hatte Nina sich ein Kreativprojekt ausgedacht, um sie zu beruhigen. Der lange Esstisch war mit Stiften, Papier und allerlei Bastelmaterial bedeckt, und ein Banner hing vom Dach der Pergola herab: fünf bunte Zeichnungen, die in einer Reihe an einer Leine hingen, dazwischen große, leuchtende Buchstaben: WILLKOMMEN ZU HAUSE, DADDY.

»Ich kann dich jetzt mal ablösen, wenn du willst«, bot Emily an. Obwohl sie nicht erwischt worden war, hatte sie das Gefühl, ihre Indiskretion wiedergutmachen zu müssen.

Erschöpft und dankbar für die Pause nickte Nina und verschwand im Haus, um eine Auswahl an Weinen für das Abendessen zu holen.

Emily zog einen Stuhl neben Aurelia und deutete auf das Bild. »Wer ist das, Aurelia?« Emily deutete auf ein Blatt Papier, das ein Strichmännchen in leuchtend pinkfarbenem Kleid zeigte. »Ist das deine Mummy?«

Aurelias Kopf wippte auf und nieder.

»Schön. Und wer ist das?« Neben der Strichfrau war ein Strichmann mit schwarzem Haar und etwas, das wie ein Koffer aussah. »Das muss Daddy sein. Oh, *gut* gemacht. Das sieht ihm wirklich ähnlich.« Emily klatschte begeistert in die Hände.

Aurelia warf ihr einen Blick zu, der besagte: *Entspann dich, das sind doch nur Strichmännchen.*

Emily fuhr fort, deutete auf ein Schwein und ein Pferd, die in der Nähe der oberen linken Ecke des Bildes schwebten. »Und hier haben wir Sebastien und Francis Bacon. Hübsch. Und das da?« Es gab ein drittes Strichmännchen mit gelbem Schopf und breit lächelndem rotem Mund.

Aurelia streckte ihren mageren Finger aus und deutete auf Emilys Brust.

»Bin ich das? Meine Güte, ich hätte nicht gedacht, dass ich so hübsch aussehen kann.« Emily tätschelte sanft Aurelias Schulter und freute sich, dass sie nicht zurückzuckte. Solange Emily sie nur leicht berührte und es nicht übertrieb, schien Körperkontakt mittlerweile okay zu sein. »Ein wunderbares Bild, Süße, aber ich glaube, du hast jemanden vergessen. Wo bist *du selbst*?«

Eine steile Falte erschien zwischen Aurelias Augenbrauen. Sie deutete auf einen grauen Klecks in der rechten unteren Ecke.

Emily betrachtete den Fleck. Unter jeder Menge silbergrauer Kritzeleien entdeckte sie die Umrisse eines weiteren Strichmännchens. »Oh, Liebes, du hast dich durchgestrichen. Hast du einen Fehler gemacht? Ist doch egal, versuchen wir es noch einmal. Ich helfe dir dabei.«

Aurelia schnaubte und ließ sich in den Stuhl zurückplumpsen.

Emily griff nach einem neuen Blatt Papier, dann hielt sie inne. Erneut betrachtete sie den grauen Klecks. Oben waren die farbigen Striche dicker und dunkler, und genau über der schwach erkennbaren Figur war gerade noch so ein roter Halbkreis erkennbar. Unter der Gestalt befand sich ein vollständiger Kreis in Blau. Der Buntstift war so fest aufs Papier gedrückt worden, dass es beinahe zerrissen war. Über dem Fleck, genau über den dickeren grauen Linien, waren zwei leuchtend gelbe Zickzacklinien zu sehen.

Aurelia hatte sich gar nicht durchgestrichen, wie Emily jetzt erkannte. Das war kein Klecks, sondern eine Wolke. Die Kritzellinien waren der Regen. Der blaue Kreis unten war eine Pfütze, und der Halbkreis war ein Schirm. Die Zickzacklinien waren Blitze. Aurelia hatte ein Gewitter gemalt.

Das erinnerte Emily an etwas, aber sie wusste nicht so recht, woran ... und dann überkam sie eine Erinnerung, so heftig, dass es fast körperlich wehtat. Sie war in Dr. Fortes Praxis, mollig und mit X-Beinen saß sie an einem runden Tisch, der mit einem Wachstuch bedeckt war. Bleistifte, Filzstifte und kleine Farbtöpfe standen vor ihr. Ihre Hände waren voll schwarzer Tinte.

Gut gemacht, Emily. Kannst du mir ein bisschen über dein Bild erzählen?

Auf dem Papier war ein Wirbel aus schwarzen Linien zu sehen.

Was hast du gemalt?

Die Wände waren weiß. Die Fenster und Türen waren geöffnet, um frische Luft hereinzulassen.

Wie fühlst du dich, wenn du dir dein Bild ansiehst?

Dr. Forte lächelte und hob die Hand zum Abklatschen. *Klatsch, bumm.* Emilys Handfläche war jetzt rot und brannte.

Ein Klaps auf den Arm brachte Emily an den Pool zurück, in die Küche, an den Esstisch. Sie schaute nach unten. Aurelia starrte mit grimmiger Miene zu ihr auf.

»Sorry, Süße.« Emily hielt inne. Ihr war schwindelig, sie fühlte sich desorientiert. »Tut mir leid. Ich war meilenweit entfernt. Hier, äh, malen wir doch zusammen irgendetwas.« Sie ersetzte das Gewitterbild durch ein leeres Blatt Papier und zog die Schachtel mit den Buntstiften zu sich heran.

Ohne den Blick von Emilys Gesicht abzuwenden, schnappte Aurelia sich einen orangefarbenen Stift und drückte ihn auf das Papier.

Emily holte tief Luft, um die Kälte zu vertreiben, die ihr unter die Haut gekrochen war. Noch eine Erinnerung: Wieder Dr. Forte, aber diesmal war auch Juliet anwesend. Eine leise Unterhaltung, die über ihren Kopf hinweg geführt wurde. *Ihr Schmerz ist in ihrem Unterbewusstsein vergraben,* sagte Dr. Forte gerade. *Er ist jetzt ein Teil von ihr.* Emily erinnerte sich daran, wie sie in jener Nacht geweint hatte, wie sie Juliet schluchzend erklärt hatte, dass irgendetwas mit ihr nicht stimmte, dass irgendetwas Scheußliches, Fehlerhaftes in ihrem Inneren sie schlimme Dinge tun ließe. Doch Juliet hatte sie fest im Arm gehalten und ihr das mit den verborgenen Erinnerungen erklärt. *Es ist nicht deine Schuld,* hatte Juliet gesagt und Emily so lange übers Haar gestreichelt, bis sie eingeschlafen war.

Ein weiterer Klaps holte sie wieder in die Küche zurück. Erneut funkelte Aurelia sie wütend an. Sie zeigte mit dem Finger auf ihr neues Bild. Emily sah hinab und entdeckte ein großes viereckiges Haus mit blauen Fensterläden und rotem Dach.

Darüber schwebte ein riesiger Schmetterling zwischen silbernen Wolken dahin. Aus irgendeinem Grund füllten sich Emilys Augen mit Tränen.

»Das gefällt mir sehr gut«, sagte sie und zeichnete die Umrisse des Hauses mit den Fingern nach. »Die Fensterläden sind genau wie die an deinem Haus. Sehr französisch. *Très bien.*«

Aurelia hob ruckartig den Kopf und sah sie scharf an. Ihre Miene spiegelte eine Mischung aus Wiedererkennen und misstrauischer Begeisterung wider. Sie wirkte wie eine Schülerin, die zu schüchtern ist, um sich vor der ganzen Klasse zu melden.

Emilys Herz schmolz. Anscheinend hatte Nina ihr auch etwas Französisch beigebracht. »Du weißt, was das heißt, nicht wahr? Kluges Mädchen. Wie wäre es noch damit: *Tu es très douée.* Weißt du, was *douée* bedeutet?«

Aurelia schwieg auch weiterhin, aber ihre Wut war verflogen. Ihr sonst übliches grimmiges Gesicht verzog sich zu einem süßen kleinen Lächeln. Es war wunderschön.

»Es bedeutet«, sagte Emily und tippte Aurelia auf die Nase, »du bist sehr talentiert.«

»Das stimmt, das ist sie«, sagte Nina, die die Treppenstufen herabgeeilt und in die Poolküche gestürmt kam, in den Armen ein paar Weinflaschen. »Du bist meine Musterschülerin, nicht wahr, Erdbeerchen? In ein paar Jahren werden sich die Eliteunis um dich reißen.«

Universitäten? Emily wandte den Blick ab. Aurelia war stumm, hatte eine heftige Sozialstörung und ernsthafte gesundheitliche Probleme. Man konnte sich kaum vorstellen, wie sie einen Tag in der Grundschule überleben sollte, ganz zu schweigen von irgendetwas, was darüber hinausging.

»Hältst du das nicht für möglich?«, fragte Nina, der Emilys

Miene nicht entgangen war. Sie schob die letzte der Flaschen in den Kühlschrank und schloss schwungvoll die Tür. »Lass dir eins gesagt sein: Wenn die Zeit gekommen ist, wird diese Kleine hier uns alle überflügeln. Nicht wahr, Püppchen? Du musst nur immer brav deine Medikamente nehmen.«

Am Spülbecken füllte Nina ein Glas Wasser aus dem Wasserhahn. Sie holte zwei kleine weiße Tabletten aus der Tasche und ging zum Tisch hinüber, wo sie Glas und Pillen vor Aurelia platzierte. Emily sah zu, wie Aurelia die Tabletten auf ihre Zunge legte und sie mit ein paar Schlucken Wasser herunterspülte.

»Gutes Mädchen. Und vergiss deine Sonnenschutzcreme nicht.« Nina drehte sich wieder zur Küche um und wischte sich mit dem schmalen Handgelenk über die Stirn. Ihre Wangen waren gerötet und glänzten vor Schweiß. »Also, Erdbeerchen, hopp-hopp! Malen wir noch ein paar Bilder, damit wir sie aufhängen können. Emily, was um Himmels willen ist denn los?«

»Was?« Emily sah auf und merkte, dass sie die Stirn gerunzelt hatte. »Ach, gar nichts. Ich habe gerade nur überlegt, was sonst noch getan werden muss, aber ehrlich gesagt sieht hier alles toll aus.«

»Toll reicht nicht«, sagte Nina und wandte ihr den Rücken zu. »Es muss perfekt sein.«

Nachdem Nina das Banner für fertig erklärt hatte, scheuchte sie Emily und Aurelia ins Gästehaus. Am Morgen dieses Tages hatte Yves noch etwa ein Dutzend weiterer Pakete gebracht – einige groß, andere klein – sowie flache, weiche Schachteln, die sich nun auf den Stufen zum Gästehaus stapelten. Kaum hatte Nina sie hineingeschafft, da begann sie schon, das Klebeband an allen Paketen aufzuschneiden, den Karton aufzureißen und kleine Styroporteilchen wie Konfetti in die Luft zu werfen. Sie holte neue Kunstwerke heraus, Zierrat, Bettwäsche, Spielzeug und Unmengen von neuen Kleidungsstücken.

»Wow«, rief Emily. »Als hätte sich der Oxford Circus über den gesamten Flur ergossen.«

»Komm schon«, antwortete Nina lachend. »Probieren wir die Sachen alle mal an.«

Sie trugen die Klamotten nach oben in Emilys Schlafzimmer und zogen die Vorhänge zu. Nachdem sie das Sonnenlicht ausgeschlossen hatten, half Nina Aurelia dabei, ihr langes gesmoktes Kleid auszuziehen, und Emily bemühte sich, Aurelia nicht anzustarren, als ihr dürrer Körper unter dem Stoff erschien. Ihre Haut war so weiß, dass sie zu glühen schien, ihre Glieder ungelenk und wehrlos ohne den Schutz ihrer Kleidung.

Als Nina sich auszog, war es, als sähe man die andere Seite der gleichen Münze. Nina war groß und schlank, extrem selbstbewusst und fühlte sich wohl in ihrer bronzefarbenen Haut. Sie zerrte ihr Tanktop (sie nannte es »Trikot«) über den Kopf und warf es mit einem kurzen Schwung ihres Handgelenks auf den Boden. Dann wand sie sich aus ihren Jeansshorts hinaus. Ohne Scham oder Rechtfertigung richtete sie sich auf – die Schultern gerade, die Hüften nach vorn, den Rücken durchgedrückt – und wieder konnte Emily nicht anders, als sie anzustarren. Ninas Unterwäsche bestand aus Satin und Spitze und umschmiegte ihre Kurven und Kanten genau richtig: keine Delle, kein Rettungsring, nichts. Es war lächerlich. Sogar ihre Dehnungsstreifen waren elegant, eine schwache silbrige Leiter, die an ihren Hüften hinaufkletterte und nach ihrem unwahrscheinlich flachen Bauch griff. Beinahe hätte Emily die Hand ausgestreckt, um sie zu streicheln.

»Was hältst du davon?«, fragte Nina und drapierte ein fließendes blaues Kleid über ihre Schultern.

Emily hielt sich die Hand vor den Mund, damit ihr nicht der

Kinnladen herunterfiel. »Ja, sieht toll aus. Gefällt mir«, antwortete sie zögernd.

»Ich weiß nicht so recht«, meinte Nina, stellte sich vor den Ganzkörperspiegel und biss sich auf die Lippe. »Ist es nicht vielleicht etwas übertrieben?«

Wofür? Für die Oscarverleihung? »Nein, ich finde es fantastisch.«

»Aber meinst du, Scott gefällt es? Ich meine, ich kann schließlich nicht damit ausgehen.«

»Scott wird es lieben. Er wäre verrückt, wenn nicht.«

Nina lächelte. *»Verrückt ...«,* sagte sie mit übertriebenem Yorkshire-Akzent. Sie drehte sich um, um ihr Spiegelbild zu betrachten, schürzte die Lippen und atmete nervös aus. »Ja«, murmelte sie. »Es wird ihm gefallen.«

Emily sah von Ninas Spiegelbild zu ihrem eigenen, und ihr wurde ein wenig elend. Es war, als starre man in ein dunkles Loch, nachdem man in die Sonne geschaut hatte.

In der Mitte des Zimmers drehte sich Aurelia in einem langen Sommerkleid mit bunten Streifen um die eigene Achse, ein schwaches Lächeln auf den Lippen und die Arme nach oben gereckt. Ihre mageren Handgelenke tauchten aus dem Stoff empor wie Staubblätter aus einer Blüte. Sie war jetzt nicht mehr missmutig und aufgewühlt, sondern sah aus wie ein bekiffter Hippie auf einem Musikfestival, der alles um sich herum vergessen hatte. Die Tabletten hatten eindeutig gewirkt.

»Emily.«

»Hmm?« Emily blickte auf und bemerkte, dass Nina sie fragend ansah.

»Was ist heute mit dir los? Du bist so ernst.«

»Wirklich?« Emily schüttelte den Kopf. »Tut mir leid, ich ...«

»Hier, probier mal die hier an«, sagte Nina und warf ihr ein paar Kleider zu. »Die müssten dir passen.«

Das taten sie natürlich nicht, und Emily kam sich albern und altbacken vor, wie sie dastand in ihren Unterhosen von Marks & Spencer, während Nina zerrte und zog und riss, um das seidige schwarze Kleid an ihre vollkommen andere Körperform anzupassen.

»Hmm«, gab sich Nina schließlich geschlagen. Dann schnippte sie mit den Fingern. »Warte hier; ich habe genau das Richtige für dich.« Sie schlüpfte aus dem Zimmer und ließ Emily und Aurelia zwischen den ganzen Schachteln allein.

Ein unbehagliches Schweigen senkte sich auf sie herab.

»Na ja.« Emily blickte sich in ihrem Schlafzimmer um und zermarterte sich das Hirn, was sie sagen sollte. »Was für ein Chaos!«

Als Antwort bückte sich Aurelia und hob eine Handvoll Seidenpapier auf. Sie warf es in die Luft und drehte sich langsam um die eigene Achse, während das Papier wie Schneeflocken um sie herum herabsank. Emily zog noch mehr Papier aus den Schachteln und schleuderte es in die Luft, trat danach, wenn es herunterfiel, und stapfte dann hindurch, als handele es sich um einen Haufen Herbstlaub. Aurelia lachte, also nahm Emily ein paar Styroporkugeln und streute sie sich über den Kopf. Aurelia sah mit glasigem Blick, wie sie herabregneten. Dann begann sie zu schwanken.

Emily runzelte die Stirn. »Hey.«

Aurelia sah an ihr vorbei.

»Hey …« Emily machte einen Schritt auf sie zu. »Geht es dir gut?«

Langsam wiegte sich Aurelia vor und zurück.

»Meine Güte«, sagte eine Stimme aus der Ecke.

Emily wirbelte herum. Nina stand im Türrahmen, eine Hand auf der Hüfte, und warf einen verärgerten Blick auf das Chaos.

Emily war seltsam betreten, aber dann grinste Nina. »Nun sieh sich einer euch beide an«, sagte sie kopfschüttelnd. »Meine Mädchen. Wie Kinder in einem Süßwarenladen.« Sie durchquerte das Zimmer und hielt Emily ein Stoffbündel hin.

»Wow«, hauchte Emily. Das Kleid war wunderschön, es hatte ein tiefes Olivgrün, einen fließenden Rock und dünne Spaghettiträger. Sie hob die Arme, und Nina zog es ihr feierlich über den Kopf, goss das Kleid über ihren Körper wie warme Milch aus einem Krug. Und überraschenderweise passte es.

Aurelia hörte kurz auf, sich hin und her zu wiegen. Ihre Augen fixierten das grüne Kleid. Langsam kam sie herüber und wirbelte den Rock mit den Händen ein paar Mal auf, bevor sie ihren kreiselnden Drogen-Hippie-Tanz wieder aufnahm.

Nina trat einen Schritt zurück. Ihre Miene war unergründlich. »Es gehört dir«, sagte sie.

»Was? Nein.« Emily hatte einen Blick auf das Markenetikett geworfen. Es hatte sicher ein Vermögen gekostet.

Nina zuckte mit den Schultern. »Ich habe es nie getragen.«

»Aber du kannst so etwas doch nicht einfach verschenken. Und an dir sähe es sowieso viel besser aus.«

Nina schüttelte den Kopf und berührte die Träger leicht mit den Fingerspitzen. »Nein«, antwortete sie schließlich. »Dafür habe ich mich zu sehr verändert.«

Emily blickte an Nina vorbei und betrachtete ihr Spiegelbild. Sie sah einen vollkommen anderen Menschen. Die grüne Seide hatte sie verwandelt. Sie reckte die Brust nach vorne und wölbte den Rücken. Sie lächelte, und der neue Mensch erwiderte das Lächeln.

Und neben ihr, tanzend und schwebend wie eine Papiertüte, die von einer leichten Brise erfasst worden war, lächelte auch Aurelia.

* * *

Wir sitzen auf Plastikstühlen, umrahmen mit unseren Körpern das Kinderbettchen. Sie ist eine Prinzessin, gefangen in einem Dornenwald. Überall hängen Kabel und Schläuche wie Weinreben herunter, und bedrohlich aussehende Maschinen ragen über ihrem kleinen Körper auf. Ich hasse sie. Ich würde sie am liebsten herausreißen, zerhacken und den bösen Zauber brechen, damit ich mein Baby in Sicherheit bringen kann.

Stattdessen massiere ich mir mit der freien Hand den Nacken. Ich sitze nun schon seit Stunden in derselben unbequemen Position da. Ich hätte mich bewegen können, doch da es keine Möglichkeit gibt, mich nützlich zu machen, hat das Herumsitzen eine symbolische Bedeutung erhalten. Es ist meine Sühne, die einzige Möglichkeit, meine Schuld zu begleichen – oder zumindest einen Bruchteil davon. Nicht bewegen, nicht essen, sich nicht waschen, nichts. Nur diese nicht enden wollende Wache.

Schließlich kann ich den Schmerz nicht länger ertragen. Ich verlagere mich auf meinem Stuhl, und eine Welle der Übelkeit überwältigt mich.

Auf der anderen Seite des Bettchens rührt sich mein Mann. Er greift in seine Tasche. Schaut auf sein Handy.

»Was ist?«, frage ich.

»Nichts. Nur die Arbeit. Sie sind auf dem Weg zur Preisverleihung.«

Die Preisverleihung. Noch vor wenigen Tagen eine Riesensache, doch jetzt kann ich mich an die Details kaum noch erinnern.

Irgendeine riesige Auszeichnung der Branche. Seine Firma ist zum ersten Mal nominiert worden. Er hat sich seit Monaten auf die Zeremonie gefreut. Ich sollte ihn begleiten. Er hat mir ein Kleid gekauft. Olivgrüne Seide mit Gürtel und langem, fließendem Rock. Ich stelle mir vor, wie es schlaff zu Hause im Schrank hängt.

Sein Handy brummt erneut. Er steht auf und durchquert das Zimmer, legt es auf einen Tisch in der Ecke. Kommt zurück. Setzt sich wieder hin.

Schau doch nicht so verdammt traurig drein, will ich sagen. *Es wird noch weitere Auszeichnungen geben.* Wenn das alles vorbei ist und es unserem Baby wieder besser geht, gibt es auch noch Partys, weitere Events, mehr Seidenkleider. Wir können sie sogar mitnehmen, wenn sie etwas älter ist. Das würde ihr sicher gefallen. Sie könnte auf meinem Schoß sitzen und dir zujubeln.

Partys und Kleider ... was ist bloß los mit mir? Ich könnte mich ohrfeigen. Ich fühle mich so schuldig, ekle mich vor mir selbst.

Ich streichle die schmerzhaft weiche Wange meiner Tochter, ihre kleine Nase, ihre heiße Stirn. Ich folge mit dem Finger der Wölbung ihrer Ohrmuschel und der samtenen Linie ihres Haaransatzes. Ich presse die Lippen an ihre Schläfe und sehe ihr in die Augen, betrachte das außergewöhnliche Muster ihrer Iris. Alle Kinder sind einzigartig und so weiter, aber ich weiß, dass mein Baby absolut unvergleichlich ist. Der Beweis ist überall zu sehen: darin, wie sich sein welliges Haar auf seinem Kopf bauscht, an seiner Haut, die so süß wie Honig ist, an der unaussprechlichen Schönheit seiner Augen. Beide sind von einem tiefen Schokoladenbraun mit honigfarbenen Wirbeln und goldenen Pünktchen, und das rechte Auge hält eine kleine Überraschung parat. Oben links über der Pupille findet sich ein kleiner Punkt aus reinem Blau wie ein winziger Gezeitentümpel, den die Flut zurückgelassen hat. Ich bemerkte ihn zum ersten Mal, als sie sechs Monate alt war, als sich das standardmäßige Baby-Graublau zu verändern begann. Er war wie ein Stempel, ein Siegel – die Bestätigung dafür, dass sie anders war.

Eisiges Entsetzen greift nach meinen Eingeweiden. Ich darf sie nicht verlieren. Mein kostbares Wunder. Sie sagten, es würde nie geschehen. Niemals werde ich diese klammen Hände auf meinem Körper vergessen, wie sie stoßen und pressen – in einem ganz anderen Krankenhauszimmer, weit, weit weg von hier. Sie sagten, ich sei nicht mehr zu retten. Doch sie irrten sich.

Ich sehe das Auto wieder. Den Baum. Das verbeulte Metall. Meine Erinnerungen sind messerscharf wie Diamanten. Sie schneiden mich, und ich fange an zu bluten. Doch ich bin auch dankbar für sie. Ich halte sie in Ehren. Ich bin dankbar für alles, was geschehen ist, denn es hat mich hergeführt. Es hat mich zu ihr geführt.

Ich lasse den Kopf an den Metallrahmen des Bettchens sinken und wiederhole im Stillen meinen Schwur. Das Versprechen, das ich ihr an jedem einzelnen Tag seit ihrer Geburt gegeben habe.

Ich schwöre dir, dich immer zu lieben.

Ich werde dich immer beschützen.

Ich will alles tun, damit du in Sicherheit bist.

Und ich werde dich niemals, niemals loslassen.

24

Scott

Während des gesamten Fluges fürchtete Scott seine Ankunft auf Querencia. Er sorgte sich, wie Nina ihn wohl begrüßen, wie sie mit ihm reden würde. Er machte sich Gedanken darüber, wie sehr Aurelia sich verändert haben mochte und welche neuen Herausforderungen wohl auf ihn warteten. Vor allem aber machte er sich Sorgen bezüglich Emily. Er war sich sicher, dass Nina es ihm erzählt hätte, wenn etwas schief gegangen wäre; andererseits war Nina unberechenbar.

Zur Beruhigung sagte er sich immer wieder, dass er es merken würde, sobald er sie sah, dass er in ihr lesen würde wie in einem Buch. Und so war es dann auch, wenngleich nicht sofort. Ihre förmliche Begrüßung brachte ihn durcheinander.

Nachdem der Wagen durch das Tor gerollt war, hatte Scott sich vorgebeugt und mit offenem Mund auf die drei lächelnden Gestalten in festlichen Kleidern gestarrt, die auf den Stufen des Familienhauses auf ihn warteten. Beinahe hätte er laut aufgelacht – war das ein abgekartetes Spiel, eine Art Inszenierung? – aber das Lachen blieb ihm im Halse stecken. Er blinzelte, weil er nicht so recht wusste, was er da vor sich hatte. Da war Nina, seine Frau, markant und mit eisblondem Haar, wie eine Hollywood-Diva in einem trägerlosen blauen Kleid. Doch neben ihr stand wie ein Geist die alte Nina, das Mädchen, in das er sich verliebt hatte. Sie war weich, fröhlich und voller Leben; sie trug das olivgrüne Kleid, das er ihr vor vielen Jahren gekauft hatte, das Kleid, in dem er sie nie gesehen hatte. Die Erinnerung schnürte ihm die Kehle zu.

Doch dann verschwand die alte Nina, und an ihre Stelle trat Emily, das süße Mädchen von nebenan, seine Mitarbeiterin, seine einzig gute Entscheidung. Aber sie hatte sich irgendwie verändert: die Haltung ihrer Schultern, wie aufrecht sie dastand. Scott kniff die Augen zusammen, als das Auto vor dem Haus hielt. Er reckte den Hals; er musste ihr Gesicht sehen, ihre Miene deuten. Als sich ihre Blicke schließlich durch die Windschutzscheibe hindurch trafen, leuchtete ihr Gesicht auf. Ihr Lächeln war aufrichtig, und Scott spürte, wie sich sein verkrampfter Körper vor Erleichterung bis in die Gelenke hinein entspannte.

Erst dann richtete er den Blick auf die Kleinste der Gruppe. Wie immer blickten Aurelias dunkle Augen ernst unter ihrem Strohhut hervor. Ihr Mund war wie ein dünner Kratzer unten an ihrem Gesicht. Aber auch sie hatte sich ein wenig verändert. Ihre Haut wirkte frischer, gesünder, und Scott wurde klar, dass sie viel häufiger draußen gewesen sein musste, als Nina hatte durchblicken lassen.

Er stieg aus dem Wagen, und das Trio schien sich wie eine Einheit zu bewegen, als es die Stufen förmlich hinabschwebte, um ihn zu begrüßen. Entgegen seinen Erwartungen zog Nina eine sehr überzeugende Show ab. Sie lächelte und führte ihn geradewegs an den Pool, wo das Abendessen auf ihn wartete und ein improvisiertes Willkommensbanner in der Brise schaukelte. Der Tisch war mit Kerzen in hohen Gläsern geschmückt. Goldenes Licht tanzte in den Büschen und dem Pampasgras, als sich die Sonne dem Horizont näherte, und der Pool glitzerte silbrig. Und als ob das alles nicht schon bezaubernd genug gewesen wäre, ließ sie ihre Hand in die seine gleiten und ihre Finger verflochten sich miteinander. Instinktiv drückte er sie, riss sich dann aber sofort wieder zusammen. Er durfte sich keinen Fantasien hingeben. Es war wichtig, dass er wachsam blieb.

Sowohl Nina als auch Emily machten viel Aufhebens um ihn, gossen ihm Drinks ein und stellten ihm die üblichen oberflächlichen Fragen. Wie sein Flug gewesen war? Wie seine Woche gewesen war? Ob es ihm schmeckte? Ob er noch etwas Wein wollte? Sie gingen entspannt miteinander um, wie langjährige Freundinnen, und Scott ließ sich von ihrem Geplapper einhüllen, während er die Gesichter der Frauen studierte. Er hatte keine Ahnung, was in Ninas Kopf vorging, aber Emily war ein offenes Buch: Sie flatterte wieder einmal herum wie ein nervöses Vögelchen, redete unaufhörlich und sprang von einem Thema zum nächsten. Doch als sich die Dämmerung herabsenkte und der Wein floss, schien sie sich langsam zu entspannen.

Er beobachtete, wie sie sich zurücklehnte, die gebräunten Beine übereinanderschlug und den Kopf in den Nacken legte, das Weinglas lässig in der Hand. Sie war von einer Unerschrockenheit, die er noch nie an ihr bemerkt hatte. Er war wie hypnotisiert von ihrem Mund, von der Art, wie ihre Lippen sich öffneten und schlossen und sich dann weit in die Breite zogen, wenn sie lachte. Sie und Nina schienen häufig zu lachen. Scott konnte sich kaum mehr daran erinnern, wann er Nina zum letzten Mal so zum Lachen gebracht hatte.

Er rutschte unbehaglich auf seinem Stuhl hin und her, dann griff er über den Tisch und nahm einen Zahnstocher von einem kleinen Teller, den er in seiner Hand barg.

Aurelia, die ihm gegenüber am Tisch saß, starrte ihn hinter einer Vase mit Lavendel hervor an. Er ignorierte sie, sah Nina an und legte den Kopf schief. Er hoffte, ihren Blick einzufangen, damit sie ihn in den Scherz einweihte. Kerzenlicht flackerte über die zarten Züge seiner Frau, ließen ihre Wangenknochen noch stärker hervortreten. Sie lächelte, aber er durchschaute es. Scott wusste, wie sie aussah, wenn sie glücklich war. Auf jeden Fall nicht so.

Ohne auch nur ein einziges Mal den Blick vom Gesicht seiner Frau abzuwenden, nahm er den Zahnstocher zwischen Daumen und Zeigefinger seiner rechten Hand und schob ihn heimlich, still und leise unter den Nagel des Mittelfingers seiner linken Hand.

25

Emily

Nach dem Abendessen gingen Scott und Nina mit Aurelia ins Haus, um ihr eine Gutenachtgeschichte vorzulesen, und ließen Emily allein am Tisch sitzen. Sie nippte an ihrem Prosecco, während sie auf ihre Rückkehr wartete, schlug die Beine übereinander, löste sie wieder, schlug sie anders herum übereinander und genoss das Gefühl der grünen Seide, die über ihre frisch rasierten Schenkel glitt. Sie fühlte sich fantastisch: benommen, verzückt und etwas benebelt. So, so glücklich.

»Nun, ich muss zugeben, ich habe dieses Anwesen noch nie in so gutem Zustand gesehen«, sagte Scott, der nun die Treppe herunterkam und zu seinem Stuhl zurückkehrte. Nina schwebte mit seltsam ausdruckslosem Gesicht hinter ihm her. »Ihr Mädels habt ganz schön hart gearbeitet.« Er griff nach der offenen Flasche im Eiskühler und goss sich ein Glas ein.

Emily errötete, der Prosecco prickelte ihr auf der Zunge. »Es gibt immer noch so viel zu tun«, antwortete sie und grinste Nina an. »Und an manchen Tagen geht es ziemlich langsam voran, nicht wahr?«

»Lass dich nicht von diesem *Wir*-Gerede zum Narren halten. Ich habe gar nicht viel gemacht«, sagte Nina und setzte sich, die Beine ordentlich unter sich angewinkelt. »Emily arbeitet wie ein Roboter.«

Emily strahlte. Sie hatte *wirklich* hart gearbeitet. Die Hecken waren ordentlicher, die Blumen leuchtender und das Gras grüner. Die Auffahrt war makellos (sie hatte am Nachmittag noch mühevoll den Sand geharkt und jedes einzelne Blättchen entfernt), und beide Häuser waren blitzblank. Seit ihrer Ankunft war sie nicht nur mit dem Inneren des Gästehauses befasst, sondern hatte auch den Schimmel vom Mauerwerk gewaschen, die Fensterläden neu angestrichen und neue Blumenkästen angebracht. Die Fensterscheiben funkelten, die Stufen waren gefegt und sämtliche Neuanschaffungen kunstvoll an den dafür vorgesehenen Plätzen angebracht: eine frische Fußmatte hier, eine Bronzelaterne da. Auf dem Rasen standen jetzt ein Krocketspiel und nagelneue Gartenmöbel – weiß mit mintgrünen Kissen – unter diversen Lichterketten. Das gesamte Anwesen sah aus wie aus dem Katalog.

Scott hob sein Glas. »Na denn – auf Sie, Emily.«

»Oh, also«, stammelte Emily mit heißen Wangen. »Natürlich habe ich nicht *alles* gemacht. Yves hat ebenfalls ziemlich hart gearbeitet. Das Beleuchtungssystem hätte ich zum Beispiel nie allein anbringen können. Und auch den Graben für die Leitungen hätte ich nicht allein ausheben können.«

Scott stutzte. »Beleuchtungssystem?«, fragte er und sah Nina an. »Yves hat auf dem Weg hierher nichts dergleichen erwähnt.«

Nina zuckte mit den Schultern. »Nur ein paar Strahler. Das Gelände ist nachts so dunkel.«

»Wie viele?« Scotts Miene wirkte höflich interessiert, aber Emily bemerkte die Veränderung in seiner Stimme.

»Oh, weiß ich gar nicht mehr so genau.« Nina sah in ihren Schoß.

»Nein, ernsthaft. Wie viele?«

Nina antwortete nicht.

Emily sah erst sie an, dann wieder Scott. »Waren es nicht vierzehn?«, soufflierte sie stolz auf das, was sie geleistet hatten. »Keine Sorge, wir waren sehr gewissenhaft.«

Scott zog eine Augenbraue hoch.

»Es sieht so gut aus«, fügte Emily hinzu. »Sie werden sehen.«

Seine schwarzen Augen sandten einen lustvollen Schauer ihre Wirbelsäule hinauf. Sie ließ die Finger über die Falten ihres Kleides wandern, über den Sitz ihres Stuhls, über die hölzerne Tischplatte. Sie nahm einen Löffel und ließ das gebogene Metall über ihre Unterarme, ihr Kinn, ihre Lippen gleiten. Alles fühlte sich unglaublich an.

Sie achtete genau auf Nina, bemerkte, wie sie sich mit der Hand durch das Haar strich, wie sie sich auf die Lippe biss, wenn sie jemandem zuhörte. Sie imitierte sie, probierte mit ihrem Körper die gleichen Bewegungen aus. Sie warf Scott verstohlene Blicke zu, ermahnte sich, ihn nicht anzugaffen, aber mittlerweile hatte sie viel zu viel getrunken und bewunderte sowohl Nina als auch Scott ganz unverhohlen. Sie schienen nichts dagegen zu haben; wahrscheinlich waren sie es gewöhnt, dass Menschen sie anstarrten. Sie waren wie Filmstars; atemberaubend, wenn auch auf seltsam verschwommene Weise, wie eine optische Täuschung. Sie benahmen sich auch wie Filmstars. Als ob sie eine schnelle Abfolge verschiedener Szenen durchspielten: mal dunkel und grüblerisch, gleich darauf fröhlich. Emily dachte an das, was sie damals bei Proem gehört hatte: *Er hasst sie, das merkt man doch*. Nun ja, diesen Eindruck hatte Emily ganz gewiss nicht. Sie konnten ihre Blicke gar nicht voneinander losreißen.

Trotzdem war irgendetwas komisch, besonders was Ninas Körpersprache anging. So beugte sie sich etwa unvermittelt zu Scott vor, die Arme um ihren Körper geschlungen; oder sie strahlte ihn an und schob sich gleichzeitig von ihm weg, kapselte sich ab. Emily hatte beim Schauspielunterricht gelernt, Körpersignale zu deuten, und hier hatte sie es mit einigen sehr ambivalenten Botschaften zu tun.

Sie merkte, dass sie ihr zusahen, wie sie sie beobachtete, und fragte sich, ob das Gefühl in ihrem Bauch Bewunderung oder Eifersucht war. Wahrscheinlich eine Mischung aus beidem, schlussfolgerte sie. Sie legte den Kopf an ihre Stuhllehne, streckte die Beine unter dem Tisch aus und starrte in die Flammen der Feuerschale. Funken stiegen wie Papierlaternen daraus empor, und aus irgendeinem Grund fühlte sie sich an etwas erinnert, das sie einmal in einem Museum gesehen hatte: einen Kurzfilm, dessen Sprecher mit aalglatter, dröhnender Stimme über die unerforschten Weiten des Universums und der relativen Bedeutungslosigkeit der Erde referiert hatte. Er sagte, dass die Sonne eines Tages erlöschen würde, ebenso wie alles menschliche Leben, und Emily war krank vor Angst gewesen, weil alles so winzig und zugleich so riesig und so sinnlos war. Als sie so am Esstisch saß, wurde sie erneut von diesem Gefühl der Riesenhaftigkeit befallen, nur dass anstelle ihrer Angst nun Hoffnung und Freude aufkeimten – und die Überzeugung, dass das genaue Gegenteil der Fall war: dass alles von Bedeutung war.

Sie schloss die Augen, atmete den Zauber ein.

Irgendwo ganz in der Nähe flüsterte eine Stimme im Dunkeln. Sie hörte das Kratzen eines Stuhls auf den Steinplatten, das leise Scharren nackter Zehen auf dem Boden. Etwas berührte ganz leicht ihre Schultern – *Fingerspitzen* – und unter dem Tisch stieß ein Fuß gegen den ihren.

26

Scott

Morgens wachte Scott allein auf. Er erinnerte sich gar nicht daran, ins Bett gegangen zu sein, aber dort lag er, nackt in die Decken eingewickelt. Nina war nirgends zu sehen, und nichts deutete daraufhin, dass sie überhaupt hier geschlafen hatte.

Er erschauerte und wälzte sich weg von dem schweißnassen Abdruck, den er auf der Matratze hinterlassen hatte. Dabei schälte er sich die feuchte Decke von der Haut und schwang die Beine über die Bettkante. Von draußen drangen Geräusche zu ihm herein: Gelächter, das Klirren von Tellern. Er sah auf die Uhr und war überrascht, dass es schon nach zehn war.

Er duschte, zog sich an und ging nach unten. In der Küche wurde er vom Duft nach Kaffee und einem reichlich gedeckten Tisch begrüßt. Es gab frisch gebackenes Baguette, Butter, selbst gemachte Marmelade, duftiges Gebäck, Knuspermüsli und frisches Obst in allen Farben des Regenbogens. Unter einem umgedrehten Teller fand er ein paar Scheiben Bacon und zwei pochierte Eier, die noch warm waren. Er aß im Stehen und horchte auf die Stimmen von vorhin, aber von den Mädchen war keine Spur zu sehen.

Als sie nach einer halben Stunde immer noch nicht aufgetaucht waren, machte er sich auf die Suche nach ihnen, schlenderte um beide Häuser herum und durch den Garten, öffnete und schloss Türen, spähte um Ecken herum und über die Hecken. Er konnte sie hören. Sie waren ganz in der Nähe, aber scheinbar unsichtbar. So langsam ärgerte ihn das, denn er war überzeugt, dass sie ihn aus irgendeinem Versteck beobachteten und sich über seine Verwirrung amüsierten. Aber schließlich hörte er ein Kreischen aus dem hintersten Teil des Anwesens und wusste endlich, wo er suchen musste.

Gleich hinter der niedrigen Mauer, die Querencia von den Klippen trennte, gab es eine Stelle, an der die Felsen abfielen und flacher wurden, die Steinschichten griffen hier wie Finger nach der herannahenden Flut. Ein schmaler Pfad führte hinab zu einem gefährlichen Holzsteg auf Stelzen, an dessen Ende sich eine alte Fischerhütte befand. Sie war von der Sonne gebleicht und ziemlich windschief, das Holz durch die Witterung schon vor langer Zeit verzogen, aber das *carrelet* gehörte zu Scotts Lieblingsplätzen, um ein, zwei Stunden die Zeit zu vertrödeln. Nina jedoch hasste die Hütte – die Art, wie sie über dem Wasser schwankte, machte sie seekrank –, deshalb war er ebenso erstaunt wie erfreut, als er, nachdem er über die Mauer geklettert und den Weg hinuntergegangen war, seine Frau sah, die sich über das Geländer beugte und mit breitem Lächeln aufs Meer hinaus deutete.

Neben ihr hüpften Emily und Aurelia jubelnd auf und ab, während sie auf den Knopf drückten, um das durch einen Flaschenzug betriebene Netz abzusenken. Der rostige Mechanismus quietschte, als er sich in Gang setzte, und übertönte Scotts Schritte, sodass er sich hinter Nina schleichen, ihr die Arme um die Taille legen und sie hochheben konnte. Ihr Gelächter hallte von den Felsen wider und schwang sich in den strahlend blauen Himmel hinauf, schloss sich den Seemöwen an, die über ihnen kreisten.

Die vier blieben stundenlang dort und senkten abwechselnd das Netz ins Wasser. Sie fingen Shrimps, Flussheringe, Barsche und sogar ein Flussneunauge, warfen aber alles auf Aurelias stummes Beharren hin wieder ins Wasser. Dann holte Emily das Mittagessen aus einem Picknickkorb: kaltes Fleisch, verschiedene Käsesorten, ein Baguette sowie eine eisgekühlte Flasche Sancerre.

Danach spielten sie Krocket, laut und ausgelassen, auf dem Rasen zwischen den Häusern. Emily war hinreißend: Trotz vollem Einsatz von Knien und Ellbogen war sie vollkommen unfähig, den Ball in die richtige Richtung zu schlagen.

Anschließend sprangen sie in den Pool, und Emily übernahm die Führung bei ein paar Spielen und Wettkämpfen. Marco Polo, Staffelschwimmen mit aufblasbaren Staffeln, Poolnudel-Wettrennen, Wer hat Angst vorm Weißen Hai. Scott war zum einen verblüfft, wie gut Aurelia schwimmen konnte (als er das letzte Mal mit ihr im Pool gewesen war, war sie kaum in der Lage gewesen, sich über Wasser zu halten), zum anderen darüber, wie sehr er sich amüsierte. Es war schön, ausgelassen zu sein und herumzubalgen, zu planschen, zu schreien und zu jubeln wie ein Idiot, sich das Wasser aus dem Haar zu schütteln und zu spüren, wie ihm vor lauter Lachen die Luft wegblieb.

Er fühlte sich wieder jung. Die Atmosphäre war geladen mit jener machtvollen Energie, die an Klassenfahrten oder Teenagerpartys erinnerte. Er ertappte sich dabei, dass er Nina häufig berührte, ihr den Arm um die Schultern legte oder die Hand in den Nacken, und dabei stets Emily einen Blick zuwarf, um sich davon zu überzeugen, dass sie ihn beobachtete. Das tat sie immer.

Um halb sieben am späten Nachmittag hatte Scott seine Ansicht über Nina geändert. Vielleicht war sie ja *wirklich* glücklich.

Vielleicht ging sein Plan ja auf und das Pflaster hielt. Aber vielleicht lag es auch nur am Gin. Auf jeden Fall war alles besser geworden.

Er lag auf einem Liegestuhl, ließ seinen Drink – seinen dritten oder vierten – im Glas kreisen, lauschte dem fröhlichen Klirren der Eiswürfel und döste allmählich ein. Vage war er sich des schläfrigen Lächelns auf seinem Gesicht, seiner geschlossenen Augenlider und seines schlaffen Kopfes bewusst, aber er konnte einfach nicht genug Selbstbeherrschung aufbringen, um sich wieder aufzuraffen. Es war ihm nicht wichtig genug. Alles war gut. Gut, gut, gut.

Zu seiner Linken hörte er ein Lachen.

»Am Nachthimmel findet man alle möglichen Muster und Bilder, Aurelia. Fallen dir welche ein?«

»Der Große Wagen!«

»Ein Pluspunkt, Em, aber wie wär's, wenn wir Aurelia die nächste Frage beantworten lassen?«

»Sorry, ich bin total überdreht!«

»Erinnerst du dich an den Großen Wagen, Erdbeerchen? Der wie ein Kochtopf aussieht? Den schauen wir uns zuerst an.«

Die drei hatten sich um den Terrassentisch versammelt, auf dem ein riesiges Teleskop stand. Es war vorhin irgendwoher aufgetaucht, eine riesige, schwarze Kiste, die auf der Treppe vor der Tür gestanden hatte wie das Raumschiff von Außerirdischen. Wahrscheinlich hatte Yves es dort abgestellt, während sie alle im Pool gewesen waren. Normalerweise wäre Scott angesichts einer weiteren, unnötigen Ausgabe verstimmt gewesen, doch seine Verärgerung wurde durch den Anblick gemildert, wie Nina, Aurelia und Emily allesamt zu dem Karton hinrannten wie Kinder zum Eiswagen. Das Teleskop war online bestellt worden, die magere Rechtfertigung für seine Anschaffung bestand darin, dass Aurelia im Hausunterricht Interesse in Astronomie bekundet hatte; das Gerät war schlank, glänzend und anscheinend extrem kompliziert. Es kam ihm so vor, als würden die drei nun schon seit Stunden die Anleitung studieren.

Scott hörte ihnen weiterhin zu, während er döste.

»Das wird so cool«, sagte Emily gerade. »Als Kind habe ich unheimlich gern die Sterne betrachtet. Wir hatten allerdings nie ein Teleskop. Wir sind einfach nur nach draußen gegangen und haben in den Himmel geschaut.«

»Vor langer Zeit«, erklärte Nina, »orientierten sich die Menschen an den Sternen. Wusstest du das Aurelia? Tagsüber nutzten die Seefahrer die Position der Sonne, aber nachts blickten sie zu den Sternen hinauf, um den richtigen Weg zu finden. Heute benutzen sie natürlich Computer und Satelliten, aber den damaligen Entdeckern stand so etwas nicht zur Verfügung.«

»Stell dir das doch mal vor, Aurelia«, sagte Emily. »Vor hundert Jahren wäre ich den Sternkonstellationen gefolgt, um von hier aus nach Hause zu segeln.«

Die Geräusche, die durch das Montieren der Teleskopteile entstanden, wurden von Ninas Stimme übertönt, die die Luft durchschnitt wie eine schwarze Flosse das Wasser: »Sei nicht albern, Liebes«, sagte sie. »Du bist doch schon zu Hause.«

27

Emily

»Noch ein Glas?«

Emily nickte und streckte ihm das Glas zu schnell entgegen, sodass sie den Rand beinahe am dicken grünen Flaschenhals zerbrochen hätte. »Mist.« Ein Kichern entfuhr ihr, das sich eher wie ein Schluckauf anhörte. »Zu gierig.«

Scott drehte die Flasche um und goss den Rest in ihr Glas. »*Another one bites the dust*«, sagte er und schüttelte die letzten Tropfen aus. »Schon wieder eine leer.«

Sie saßen am Rand des Pools, die Füße ins Wasser getaucht, so dicht beieinander, dass ihre Oberarme sich berührten. Die Fliesen unter ihrer Haut waren noch immer warm von der Hitze des Tages, obwohl die Sonne schon lange am Horizont versunken war. Ein rosafarbener Vollmond hing über ihren Köpfen – ein atemberaubender Anblick. Das Licht war silbrig, die Luft wie Satin, und hin und wieder stießen die Zehen von Emilys linkem Fuß gegen Scotts rechten Knöchel. Sein moschusartiger, holziger Duft erfüllte ihre Sinne.

Sie nippte am Prosecco, obwohl sie wusste, dass dieses Glas ihr den Rest geben würde. Sie hatte nicht vorgehabt, sich allzu sehr zu betrinken, nicht nach gestern Abend (sie war heute Morgen auf den Decken liegend aufgewacht, immer noch in ihrem olivfarbenen Kleid, und hatte sich vage daran erinnert, wie sie die Auffahrt hinaufgetaumelt war und sich dabei an Nina geklammert hatte wie ein widerspenstiges Kleinkind), doch der Tag war so nett, so vollkommen gewesen, dass ihr Entschluss, nüchtern zu bleiben, schon vor dem Mittagessen ins Wanken geraten war.

»Beim Krocket warst du heute eine richtige Niete«, sagte Scott glucksend.

»Schon möglich«, antwortete sie schelmisch und trank ihr Glas leer, »aber *du* hast beim Marco Polo total versagt.«

»Machst du Witze? Ich war Feuer und Flamme.«

»Aber du hast kein einziges Mal jemanden gefangen. Selbst Aurelia war zu schnell für dich.«

»Ich habe mich bewusst zurückgehalten. Ich habe es voll drauf und wollte niemanden abschrecken.«

»Du hast es *voll drauf?*«

»Oder wie auch immer die Kids das heutzutage ausdrücken.« Er grinste. »Nächstes Mal kriege ich dich.«

»Willst du mich herausfordern?«, gab Emily zurück.

Er wandte ihr den Kopf zu und musterte sie mit schweren Augenlidern. Dann stellte er sein Glas ab und stand auf. »Na komm. Revanche.«

Ihr Herz pochte laut.

Er zog sein T-Shirt aus.

Sie konnte nicht anders und blickte auf.

Er ragte über ihr empor, eine Hand leicht in die Hüfte gestemmt, das Mondlicht schimmerte auf den Umrissen seiner Brust. Emilys Magen machte einen heftigen Satz, und sie wandte den Blick ab, aber es war zu spät. Sie hatte bereits die Wölbung seiner Brustmuskeln gesehen und die dunkle Haarlinie, die bedächtig bis hinab zu seinem Bauchnabel verlief. Sie riskierte einen weiteren Blick und erspähte das tiefe »V« seiner Muskeln, die unter dem Bund seiner Shorts verschwanden. Irgendetwas pulsierte in ihrem Körper, etwas anderes als ihr Herzschlag, und sie musste sich von innen in die Wangen beißen, um nicht loszukichern.

Nina glitt leise aus den Schatten und schreckte sie beide auf. »Aurelia schläft«, sagte sie, und schuldbewusst wandte Emily den Blick ab. *Ich habe definitiv nicht die sexy Silhouette deines Ehemannes angestarrt. Nein. Ich doch nicht.*

»Wollen wir noch eine Runde schwimmen?«, fragte Nina.

»Daran hatten wir auch schon gedacht«, antwortete Scott. »Es war ihre Idee«, fügte er hinzu und deutete auf Emily.

Emily zuckte zusammen. Vielleicht war es ja *tatsächlich* Emilys Idee gewesen, aber sie hatte nur einen Witz gemacht – sie war betrunken. Sie hatte nicht eine Sekunde lang damit gerechnet, dass er wirklich aufstehen und sich das T-Shirt vom Leib reißen würde. Und jetzt schien er darauf zu warten, dass sie das Gleiche tat. *Auf keinen Fall,* dachte sie und packte den Stoff ihres Kleides, als wollte sie es daran hindern, von selbst von ihrem Körper zu rutschen. *Keiner muss sehen, was darunter ist.*

Doch dann hörten sie ein Platschen, und Nina war fort, nichts als eine blaue Lache aus Seide lag dort, wo sie eben noch gestanden hatte. Sie tauchte in einiger Entfernung im Pool wieder auf. Ihre Zähne blitzten weiß vor dem Hintergrund der zarten dunklen Haut ihres Körpers, nur unterbrochen von zwei Dreiecken aus Cremeweiß. Emily wusste gar nicht, wo sie hinschauen sollte. Nirgends war eine Spur von einem Bikini oder Unterwäsche oder überhaupt irgendeinem Kleidungsstück zu entdecken.

Scott ließ sich mit dem Hintern voran ins Wasser plumpsen, johlte dabei wie ein Irrer und sandte eine Gischt aus silbernen Tröpfchen in die Luft. »Psst, du weckst noch Aurelia«, rief

Nina, aber ihre Worte wurden vom Klatschen und Rauschen des Wassers verschluckt.

Dann wandten sie sich erwartungsvoll Emily zu. Ihre Gesichter sahen durch die Unterwasserbeleuchtung verzerrt aus, und vielleicht lag es an dem Prosecco oder den Wodka Martinis oder dem Adrenalin, aber Emily spürte, wie ihre Hemmungen in der Dunkelheit verschwanden. *Ach, was soll's*, dachte sie, oder vielleicht sprach sie es auch laut aus, denn sowohl Scott als auch Nina lachten. Sie waren beide so schön, und ihre Schönheit färbte auf Emily ab, denn sie war nun ein Teil von ihnen. Sie gehörte hierher, in dieses verrückte Paradies, und wenn sie gut genug für *sie* war, dann war sie auch gut genug für die süße Nachtluft, das funkelnde Wasser und den unverhüllten Mond.

Sie spürte, wie die Träger ihre Schultern hinabrutschten und das Kleid an ihrem Körper hinabglitt wie Butter von einem heißen Messer. Sie umfing ihre nackten Brüste mit den Händen und scherte sich keinen Deut um ihr einfaches Baumwollhöschen oder ihr Bäuchlein, sondern lachte über ihre eigene Kühnheit.

»*And I'm freeeeee!*«, sang sie, als sie mit Karacho auf den Pool zustürmte. »FREE FALLING!«

Sie sprang.

Einen Augenblick lang schwebte sie in der Luft. Die Welt drehte sich um sie. Dann tauchte sie ins Wasser ein, das über ihr zusammenschlug.

Schlüpfrige Gliedmaßen stießen an ihre Haut.

Oh Gott. Ich bin betrunken. So wahnsinnig betrunken.

Sie ließ sich vom Wasser treiben. Es trug sie an die Oberfläche, in die violette Nacht hinaus, wo sie die Augen schloss aus Angst vor dem, was sie dort sehen könnte. Doch stattdessen hörte sie sie: zunächst Scott, dann Nina, die ihr erst ins Ohr flüsterten und dann aus einiger Entfernung leise riefen.

»Marco.«

»Polo.«

Sie waren überall und nirgends, alles gleichzeitig.

28

Scott

Scott stand auf dem Rasen und sah am Baum hinauf, er wusste nicht so recht, was er mit sich anfangen sollte. Er fühlte sich etwas besser als noch vor ein paar Stunden, denn er hatte ein paar Paracetamol genommen und nicht nur einmal, sondern gleich zweimal geduscht. Trotzdem kam er sich immer noch schmuddelig vor und hatte auch immer noch Kopfschmerzen. Seltsamerweise schien er als einziger einen Kater zu haben; sowohl Emily als auch Nina waren gut gelaunt und energiegeladen und hatten bereits das erste Viertel der für heute anstehenden Aufgaben erledigt, noch bevor er überhaupt die Augen aufgemacht hatte.

»Morgen, Schlafmütze«, hatte Emily geträllert, als er nach dem Frühstück aus dem Familienhaus gekommen war, und war über die Auffahrt an ihm vorbeigerauscht, in der einen Hand einen Rechen, in der anderen einen Laubbläser. Ihre Heiterkeit war von ihm abgeprallt wie ein Ball, den niemand aufgefangen hatte.

Er kam sich ein wenig überflüssig vor, also schlenderte er eine Weile durch den Garten und fand sich schließlich an der Hütte wieder. Er nahm wahllos ein paar Werkzeuge in die Hand, bis er schließlich eine Schere auswählte. Er wollte sich nützlich machen, aber um drei Uhr hatte er nicht mehr getan, als an der

Hecke herumzuschnippeln und in epischer Breite über eine mit Weinreben berankte Pergola an der Südwand des Gästehauses nachzudenken. Er konnte keinen klaren Gedanken fassen. Was zum Teufel war gestern Abend im Pool passiert? Waren sie wirklich alle nackt gewesen? Waren sie wirklich hinterher auf der Liege eingeschlafen, die Köpfe auf den Schultern der jeweils anderen, die Beine ineinander verschlungen ... oder hatte er das geträumt? Und wenn es wirklich passiert war, wie war er dann wieder zurück in sein Zimmer gekommen? Die Lücken in seinem Gedächtnis waren so groß, dass ein Bus hindurchgepasst hätte.

Trotzdem war ihm das Ganze nicht unangenehm, sondern er fühlte sich gut. Eigentlich sogar großartig. Besser als seit Jahren. Trotz der pelzigen Zunge und der dezenten Übelkeit, fühlte er sich leicht. Heiter. Und irgendwie *ganz*.

Scott starrte noch immer die Weinreben an, wartete darauf, dass sein Hirn seinen Körper endlich einholte, als Aurelia auftauchte. Eben war er noch allein gewesen, dann stand sie plötzlich vor ihm, eine kleine alte Dame in langärmeligem Kleid, barfuß im Gras, die Arme schlaff an den Seiten herabhängend.

Automatisch sah er sich nach Nina um. »Na, hallo, Frechdachs«, sagte er schließlich. »Was hast du vor?«

Aurelia fixierte ihn mit versteinertem Blick.

Am Küchenfenster bewegte sich etwas. Er blickte auf und entdeckte seine Frau, die am Spülbecken stand und mit ein paar Weingläsern in der Hand zu ihnen hinaussah. Sie zog die Augenbrauen in die Höhe, dann stellte sie die Weingläser ab, um ihn mit nachdrücklicher Geste wegzuscheuchen. *Los, unternimm etwas mit deiner Tochter.*

Scott stöhnte innerlich, und seine seltsame, neue Heiterkeit verflog im Nu. Man hatte ihn in einen Hinterhalt gelockt.

»Nun«, sagte er an den Rand von Aurelias Strohhut gerichtet. »Wie ich hörte, hat Mummy dir ein Pony gekauft.«

Sie fixierte ihn weiter.

Scott warf einen verstohlenen Blick zum Fenster. Nina sah ihnen immer noch zu. »Sollen wir es mal besuchen gehen?«

Aurelia dachte über seine Frage nach wie über ein Rätsel. Anscheinend fand sie aber keinen Haken an seinem Vorschlag, weshalb sie sich umdrehte und sich in Richtung der Ställe auf den Weg machte.

Scott folgte ihr seufzend.

Das Pferd hieß offenbar Sebastien. Es war klein und braun. Es zuckte mit dem Schwanz, als sie sich näherten, und hatte den Kopf abgewandt. *Um Himmels willen,* dachte Scott. *Ein Pferd? Wofür soll das denn gut sein?*

Aurelia sah Scott an, als erwarte sie von ihm, dass er irgendetwas Spektakuläres tat, zum Beispiel auf den Rücken des Ponys springen und über den Zaun hinwegsetzen.

»Willst du, äh, willst du es füttern?«, fragte er sie.

Aurelia schüttelte den Kopf.

»Bist du denn schon mal auf ihm geritten?«

Aurelia schüttelte den Kopf.

»Willst du es denn?«

Kopfschütteln.

Einen Augenblick lang standen sie schweigend da. Scott streckte die Hand aus. »Komm mal her, Junge«, sagte er.

Sebastien warf Scott einen Blick zu, als wollte er *Wohl kaum!* sagen. Dann verzog er sich in die Ecke des Stalls.

»Na, das war ja lustig«, meinte Scott. »Was willst du jetzt machen?«

Sie kehrten zum Haus zurück. Scott sah sich nach einer geeigneten Aktivität um. »Willst du Tennis spielen?«

Aurelia zuckte mit den Schultern.

»Das ist die richtige Einstellung.«

Auf dem Tennisplatz griff Scott in die Holzkiste, in der Bälle und Schläger aufbewahrt wurden. »Hier, bitte.« Er gab ihr einen kleinen pinkfarbenen Schläger und nahm selbst den größeren, grünen. »Na gut, Serena Williams. Schauen wir doch mal, was du so drauf hast.«

Aurelia sah ihn ausdruckslos an. Scott stieß sie ein wenig an, und sie schlurfte zur anderen Seite des Netzes. Er stellte sich ihr gegenüber. Seine Stimmung hob sich plötzlich wieder, als er den Griff in der Hand drehte und den Ball auf dem Untergrund hüpfen ließ. Er liebte Tennis. Er und Eddie hatten früher, in seiner Jugend, ständig miteinander gespielt, bevor sie das Haus verloren. Möglicherweise hatte er auch mit seinem Vater gespielt. Er hatte eine undeutliche Erinnerung an Terrence, der mit Schweißband und weißen Shorts auf dem Platz herumge-hüpft war, aber wer konnte schon sagen, ob das stimmte oder nicht? Vielleicht hatte er sich das auch nur ausgedacht.

Scott machte einen vorsichtigen Aufschlag. Reglos beobach-tete Aurelia, wie der Ball an ihr vorüberflog.

»Okay. Das ist gut, du behältst ihn im Auge. Das ist das A und O im Tennis. Und jetzt schauen wir mal, ob du ihn auch triffst.« Wieder spielte er ihr den Ball zu, und Aurelia schwang schlaff ihren Schläger.

»Toller Versuch«, rief Scott und hielt die Daumen nach oben. »Wie wär's, wenn du den Schläger jetzt noch ein bisschen höher schwingst und mit ein bisschen mehr Kraft zuschlägst? So näm-lich.« Er zeigte es ihr.

Er versuchte, den Ball so aufzuschlagen, dass Aurelia ihn mit Leichtigkeit bekommen konnte, aber es war, als würde er gera-dewegs durch sie hindurchsegeln. Sie stand einen Augenblick lang reglos da, dann warf sie den Schläger wütend gegen das Netz. Zornig runzelte sie die kleinen Augenbrauen.

»Nur die Ruhe, McEnroe!«, lachte Scott. »Kein Grund, aggressiv zu werden.«

Doch Aurelia zeigte nicht einmal den Ansatz eines Lächelns. Wütend funkelte sie ihn an, und ihre Wangen begannen sich zu röten.

»Okay, reg dich nicht auf. Ich komme und helfe dir.« Er ging auf ihre Seite hinüber und streckte die Hand aus, um ihr den Kopf zu tätscheln. »Keine Sorge, du kriegst den Dreh sicher bald ...«

Der Tritt kam wie aus dem Nichts. Plötzlich stürzte sie sich auf ihn, schlug, biss, kratzte, grunzte, bleckte die Zähne. Ein abgehackter, hasserfüllter Schrei brachte Scotts Trommelfelle beinahe zum Platzen und seine Zähne schlugen aufeinander.

»Was zum ...?« Er taumelte rückwärts, versuchte, ihre mageren Arme zu packen, aber sie bewegten sich so schnell und mit solch grimmiger Entschlossenheit, dass er nur wenige Schläge abwehren konnte. Sie war ein kleiner Hurrikan, völlig außer Kontrolle, spuckend und knurrend griff sie ihn immer wieder an. Scott taumelte; was sollte er tun? Sie festhalten? Als er das zum letzten Mal getan hatte, hatte er blaue Flecken hinterlassen, und Nina hatte ihn monatelang dafür bestraft.

»Hey! Stopp! Hör auf damit!«, befahl er, immer noch zurückweichend. Er versuchte, sie von sich fernzuhalten, aber sie verfolgte ihn mit animalischer Wildheit, schlug mit den Fingernägeln nach ihm. Sie hatte die Augen zugekniffen, und Scott wusste, dass sie ihn nicht hören konnte. Sie war jetzt an ihrem finsteren Ort. »Es tut mir leid«, schrie er trotzdem. »Es tut mir *leid*!«

Er spürte Zweige und Blätter in seinem Rücken und merkte, dass sie ihn in die äußerste Ecke des Tennisplatzes gedrängt hatte, gegen die Büsche. Sie öffnete die Augen, und er schien gegen eine Wand aus ohrenbetäubendem Geschrei zu prallen. Speichel spritzte aus ihrem Mund und rann ihr das Kinn hinab.

Er spürte, wie er zu Boden stürzte, wie er sich der Raserei, die er heraufbeschworen hatte, ergab, ebenso wie der Strafe, die er verdiente. Bilder schwammen vor seinen Augen: ein Kissen, weich und prall. Eine winzige Hand, ein Finger, der ausgestreckt wurde, der direkt auf ihn zeigte.

»Es tut mir leid«, wiederholte er, jetzt viel lauter, um Aurelias Stimmgewalt zu übertönen. *»Es tut mir leid. Es tut mir leid, es tut mir leid, es tut mir leid, es tut mir leid, ES TUT MIR LEID!«*

29

Emily

»Wenn du in Frankreich lebst«, sagte Nina, »solltest du dich mit Wein auskennen.«

Einige alte verstaubte Flaschen standen in einer Reihe auf dem Esstisch des Gästehauses, daneben zehn funkelnde Gläser: fünf für Emily und fünf für Nina.

»Fangen wir mit dem Großvater guter Rotweine an. Dem Bordeaux. Die wichtigsten Rebsorten sind Merlot, Cabernet Sauvignon und Cabernet Franc, aber beinahe alle sind Verschnitte. So kannst du vielleicht einen Wein trinken, der vornehmlich aus Merlot und Cabernet Sauvignon besteht und einen Hauch Verdot oder etwas Ähnlichem enthält. Kannst du mir folgen?«

Emily nickte vollkommen bezaubert – und das nicht nur vom Wein. Schlüpfrige Erinnerungen an weiche Haut und glitzerndes Wasser hafteten ihr immer noch an wie Feenstaub. Ihre Erinnerungen waren bestenfalls bruchstückhaft – sie war so betrunken gewesen –, aber sie wusste noch, dass es wirklich *jede Menge* Spaß gemacht hatte. Sie hatte noch nie im Leben nackt gebadet. So *wild*. Und so albern. Sie schlug sich die Hand vor den Mund, als ihr Hirn ihr ein paar fragmentarische Details präsentierte: wie sie versucht hatte, einigermaßen würdevoll aus dem Pool zu steigen, aber gescheitert war; wie sie ihr Kleid hochgenommen und hinter die Liege geschlüpft war; wie sie das Gleichgewicht verloren hatte und in einem Busch gelandet war; und dabei so herzhaft gelacht hatte, dass ihr der Bauch wehtat.

»Der Name ›Bordeaux‹ ist eigentlich irreführend, denn die Reben wachsen über die gesamte Region verteilt. Manchmal kaufst du eine Flasche mit der Bezeichnung ›Bordeaux‹, aber meist entdeckst du beim näheren Hinsehen dazu noch die Herkunftsbezeichnung. Siehst du hier? Haut-Médoc. Und bei diesem Pauillac. Das ›L‹ spricht man nicht aus.«

Emily versuchte es. »Po-y-ack.«

»Gut. Und dann sind da noch die Klassifikationen, die die einzelnen Güter betreffen.«

»Die Güter?«

»Die Weinberge selbst. Okay, schauen wir uns einen genauer an. Das ist ein 2000er Château Pontet-Canet.« Nina goss zwei bis drei Zentimeter in ein Glas für Emily und für sich selbst ebenfalls. »Betrachten wir zunächst die Farbe. Tiefrot oder eher Scharlachrot? Bräunlich oder vielleicht eher ein Orangeton?«

»Hmm … bräunlich-rot?«

»Stimmt. Das ist ein guter Hinweis auf das Alter; der Rotton verändert sich mit der Reife des Weines, sodass er eher ins Orangefarbene oder ins Braune wechselt. Als Nächstes das Glas ein wenig schwenken und daran schnüffeln. Was riechst du?«

Emily steckte die Nase ins Glas und atmete ein, vorsichtig, um das heftige Rebellieren ihres Magens zu verbergen. »Alkohol?« *Konterbier*, dachte sie. *Es gab kein besseres Mittel gegen Kater.*

»Ja. Aber was sonst noch?«

Emily versuchte es erneut. Sie konnte kein Obst herausriechen; eigentlich stank der Wein sogar, aber es war ihr zu peinlich, das auszusprechen.

»Komm schon, was riechst du?«, beharrte Nina. »Du kannst nichts falsch machen. Schließlich ist es ganz subjektiv.«

Emily grinste entschuldigend. »Ehrlich? Es riecht nach Stall.«

Nina lachte. »Nun, ich würde eher sagen nach Leder und Gewürzen, aber viele dieser älteren Weine sind ziemlich komplex, und nicht jeder kann das wahrnehmen. Gut gemacht. Okay, jetzt trinken wir einen Schluck, aber nicht zu viel. Bewege es eine Weile im Mund. Behalte den Wein drin, dann spuck ihn aus.« Sie deutete auf den Eiskübel.

Beide tranken aus ihrem Glas, und Emily tat, was Nina gesagt hatte, sie spülte sich mit dem Wein den Mund wie mit Mundwasser. Ihre Zähne fühlten sich mit einem Mal pelzig an, und der Stallgeruch wurde überwältigend. Sie spuckte ihn in den Eiskübel und schob die Zunge gegen die Zähne. »Hmmm. Lecker«, log sie. »Ich glaube, ich schmecke tatsächlich etwas Fruchtiges. Brombeeren vielleicht?« Sie suchte Bestätigung in Ninas Blick, doch diese sah sie nicht an.

Etwas außerhalb des Anwesens fesselte ihre Aufmerksamkeit. Und dann hörte es auch Emily: Lärm – nein, eine Stimme. Die schrie. Die gleichen Worte, immer und immer wieder.

»Ist das Scott?«, fragte Emily. Nina machte einen kleinen Schritt auf die Tür zu, ein Tropfen Wein rann ihr von der Unterlippe und landete auf ihrem Sommerkleid. Ihr Gesicht war weiß. »Nina? Alles in Ordnung?«

Aber Nina war bereits losgerannt, stürzte durch den Flur und zur Eingangstür hinaus, wobei sie undeutlich vor sich hinmurmelte.

Dann sah Emily sie durch das Fenster.

Links neben dem Gästehaus eine Bewegung in den Bäumen.

Menschen.

Viele Menschen, ein ganzes Rudel.

Draußen schrie Nina: »Wer sind Sie? Was wollen Sie hier?«

Emily trat neben sie und spähte in die Bäume. Sie konnte sechs oder sieben Gestalten erkennen – einige männlich, andere weiblich –, die allesamt vom Wald herüberkamen und durch das hohe Gras hinter dem Basketballfeld stapften.

»Was machen Sie da? Das ist Privatbesitz, Sie dürfen nicht hier sein!« Nina war so schnell aus dem Haus gestürzt, dass Emily eine Minute gebraucht hatte, um sie einzuholen, aber nun war Nina stehen geblieben und hüpfte wie ein Boxer von einem Fuß auf den anderen.

Emily erstarrte, als die Menschen näher kamen. Sie waren blass und hatten graue Haare, und sie hielten lange Gegenstände in den Händen. Gewehre? Nein, zu dünn. Irgendwelche Stangen.

Instinktiv wollte sie die Flucht ergreifen. *Lauf weg und versteck dich*, raunte ihr Körper ihr zu, aber es ging nicht. Wie angewurzelt stand sie da.

Dann jedoch sah sie, dass die Menschen lächelten und winkten. Einer von ihnen stieß einen fröhlichen Ruf aus: *»Ohé!«*

Sie alle trugen khakifarbene Shorts und Bandanas sowie Kniestrümpfe, und die Stangen waren Stöcke. Wanderstöcke. »Nina, alles gut«, sagte sie. »Das sind anscheinend Wanderer. Wahrscheinlich haben sie sich nur verirrt.«

Aber das schien Nina nicht zu beruhigen. Sie rannte auf die Wanderer zu, wich dann wieder zurück, vor und zurück, vor und zurück. Sie drehte sich im Kreis, sah sich mit wilden, rollenden Augen um. Sie raufte sich die Haare und rang nach Luft.

Emily runzelte die Stirn. Das waren nur irgendwelche Leute. Sicherlich kein Grund, Angst zu haben.

»Bonjour«, rief einer der Wanderer, als sie näher kamen. *»Désolé, nous sommes perdus.«*

»Siehst du? Sie haben sich verirrt«, murmelte Emily. Es war seltsam, nach all der Zeit Fremde auf dem Gelände zu sehen und zu hören.

Die Wanderer wurden langsamer und blieben ein paar Meter vor ihnen stehen. Ein Mann mit grauem Bart und roter Schirmmütze löste sich aus der Gruppe. »*Nous voulions faire une balade au bord de la mer*«, sagte er langsam an Emily gerichtet. »*Nous pensions qu'il était possible d'escalader les rochers, mais …*« Er verstummte und zuckte hilflos mit den Schultern. »*La carte devait être fausse.*«

»Was?«, zischte Nina, die den Tränen nahe war. »Wovon reden sie? Emily, was sagen sie?«

Überrascht sah Emily sie an. Sie war davon ausgegangen, dass Nina Französisch sprach. Hatte sie Aurelia nicht unterrichtet? Wie hatte sie so lang hier leben können, ohne diese Sprache zu erlernen? Emily wandte sich wieder dem Franzosen zu. Er schien harmlos zu sein – freundlich sogar. »Ich glaube, sie suchen nach dem richtigen Weg«, antwortete sie. »Sie glaubten, sie könnten … um die Felsen herumklettern.«

»Lügner!«, schrie Nina, und die Wanderer zuckten zurück.

Plötzlich bekam Emily Angst. »Nina, ehrlich, es ist alles in Ordnung. Sie haben sich nur verirrt.«

Tränen rannen nun über Ninas Wangen, sie wirbelte erneut herum, suchte irgendetwas. Wahrscheinlich Scott. *Gute Idee*, dachte Emily. *Ein wenig Hilfe wäre jetzt nicht schlecht.*

Sie machte einen Schritt zur Seite, um Nina etwas Raum zu geben. »Schon gut. Ich kümmere mich um sie.« Sie wandte sich an die Wanderer mit einem, wie sie hoffte, beruhigenden Lächeln und besann sich auf ihr eingerostetes, stockendes Französisch. »*Pardonnez-moi*«, sagte sie. »*Je comprends. Je vais vous montrer la …*« Sie hielt inne. Wie lautete das französische Wort für Ausgang? »*… la sortie.*«

Die Wanderer erwiderten ihr Lächeln erleichtert. »*Ah, merci. Merci bien.*« Der Bärtige streckte ihr die Hand entgegen. »*Moi, je m'appelle Guillaume, et voici* ...«

»HAUT AB, VERDAMMT NOCH MAL!« Mit erhobenen Fäusten stürzte sich Nina auf sie.

Die Gruppe wich zurück, und jemand stieß einen Schrei aus.

»Okay, kommen Sie, Beeilung!«, Emily trieb die erschrockenen Wanderer wie eine Viehherde über die Einfahrt auf das Tor zu. Der Mann murmelte unaufhörlich Entschuldigungen vor sich hin. Kaum waren sie außer Hörweite, flüsterte Emily: »*Je suis désolée. Elle est ... malade.*« *Sie ist krank.*

Die Wanderer nickten und eilten mit bleichen Gesichtern davon.

30

Scott

Vom Tennisplatz aus verfolgte Scott die Ereignisse. Zuerst war er verwirrt gewesen, hatte an seiner eigenen Wahrnehmung gezweifelt. Es war so laut gewesen – sowohl er als auch Aurelia hatten sich die Lungen aus dem Hals geschrien – und ihre Schläge hatten nicht nachgelassen, sondern waren immer schneller und rasender geworden. Er hatte schon geglaubt, ihr Angriff würde niemals enden. Dann sah er Nina aus dem Gästehaus sprinten, um ihn zu retten – Gott sei Dank! Er rief nach ihr, was Aurelia genügend ablenkte, dass er ihre Handgelenke packen konnte, dann wartete er, eine Erklärung parat, darauf, dass Nina bei ihnen ankam ... doch seine Erleichterung schwand schnell. Nina rannte gar nicht in ihre Richtung.

Als er Menschen zwischen den Bäumen entdeckte, gefror ihm das Blut in den Adern. Wer waren diese Leute? Wie waren sie dorthin gelangt? Aber während er sah, wie Nina zeternd und kreischend auf sie zusprintete, wie Emily ihr mit einer Mischung aus Verwirrung und Furcht im Gesicht hinterherhastete, da wusste er, dass er nichts weiter tun konnte, als abzuwarten. Er zog Aurelia mit sich, duckte sich hinter eine Hecke und beschwor Nina im Stillen, zur Besinnung zu kommen, bevor sie alles vermasselte. Er presste die Lippen aufeinander und schaffte es irgendwie, sich still zu verhalten. Und glücklicherweise tat

Aurelia es ihm gleich. Sie saß zusammengesunken neben ihm, die Knie hochgezogen, die Arme um den gesenkten Kopf geschlungen. Er legte ihr die Hand auf den Rücken und übte leichten Druck aus.

Erst als die unglückselige Gruppe sicher vom Anwesen heruntergeführt worden war, kam Scott aus seinem Versteck und schob Aurelia vor sich her. Er wusste, dass er wild aussah (er spürte, wie wütende rote Kratzer auf seinem Gesicht anschwollen), aber er konnte nichts weiter tun, als sich dumm zu stellen. Was für Kratzer? Zerrissenes T-Shirt, wieso? Was für eine blutende Lippe?

Nina ignorierte ihn und rannte geradewegs auf Aurelia zu, nahm sie auf den Arm und schoss ins Haus – scheinbar in einer einzigen fließenden Bewegung.

Emily wirkte so durch den Wind, dass er sie am liebsten in den Arm genommen und ihr übers Haar gestreichelt hätte, aber stattdessen riss er einen dummen Witz und erfand irgendeine Geschichte, dass er beim Versteckspiel in eine Hecke gekrochen sei. »Und jetzt sieh dir an, wie ich aussehe«, meinte er. »Verdammte Zweige. Die waren spitzer, als ich dachte.« Er merkte, dass sie ihm das alles nicht abnahm, jedoch nicht die Kraft hatte nachzuhaken. Er entschuldigte sich und ging hinein, um nach Nina zu schauen.

Oben drangen die Klänge eines Disney-Films aus dem Badezimmer in den Flur hinaus, begleitet von einer Kakophonie aus Platschen und Planschen. Er stieß die Tür auf und fand Aurelia allein in einem Schaumbad sitzend; auf einem Hocker in der Nähe balancierte ein iPad.

Im Schlafzimmer stand Nina, ihre gertenschlanke Silhouette zeichnete sich vor dem offenen Fenster ab.

»Es tut mir leid«, flüsterte sie, ohne sich umzudrehen.

Sanft schloss Scott die Tür hinter sich. »Du hättest …«

»Sprich es nicht aus«, rief Nina. Sie kaute an den Fingernägeln, ihre Zähne schlugen aufeinander.

Scott wartete schweigend.

Als sie sich schließlich umdrehte, war sie aschfahl. »Sie mag dich.«

»Was?«

»Emily.« Ihre Stimme war ausdruckslos, ihre Augen kalt. »Du kannst mit ihr schlafen, wenn du willst. Wenn das hilft.« Eine Brise fuhr durchs geöffnete Fenster herein, wehte Nina einen Vorhang ins Gesicht, und einen Augenblick lang war es, als sei sie vollkommen verschwunden.

Scott gab keine Antwort. Ein Schauder durchlief ihn. Er war Orpheus, der die Unterwelt verließ und sich dabei nach Eurydike umdrehte, um zu entdecken, dass sie verwehte und verschwand wie Samenkörner im Wind.

* * *

Ich sitze allein in stets gleichbleibendem Halbdunkel. Nichts deutet hier auf das Verstreichen der Zeit hin, nichts außer den Schichtwechseln und dem entfernten Geräusch der Rollwagen – ich vermute aber, dass es Abend ist. Mein Mädchen schläft, aber das ist kein wirklicher Anhaltspunkt. Sie schläft jetzt seit Tagen.

Mein Mann macht einen Spaziergang. Er sagt, er braucht frische Luft; der Raum riecht muffig, aber ich kann mir kaum vorstellen, wohin er gehen sollte. Ich kann mich nicht einmal daran erinnern, was außerhalb des Krankenhauses liegt. Ich kann mich eigentlich an überhaupt nichts erinnern. Ich weigere mich, an irgendetwas anderes zu denken als an die Bewegung ihrer Brust. Heben. Senken. Heben. Senken.

Was denkt sie wohl da drinnen? Hat sie Angst? Kann sie irgendetwas hören? Weiß sie, dass ich hier bei ihr bin, dass ich ihre Seite nie mehr als die paar hektischen Sekunden verlassen habe, die man benötigt, um auf die Toilette zu gehen und zurückzukommen?

Ja, das weiß sie. Natürlich weiß sie das.

Eben kam die Ärztin herein. »Es tut mir sehr leid«, sagte sie und wandte traurig den Blick zur Seite, »aber sie reagiert nicht so auf die Antibiotika, wie wir gehofft hatten.« Sie sagte auch noch ein paar andere Dinge. Dinge, die mir entglitten sind, die keinen Sinn ergaben. Aber ein Wort blieb haften.

Schaden.

Schaden. Schaden. Schaden. Schaden

Seltsam, wie mich dieses Wort verfolgt.
Schadensbegrenzung. Schadhafte Ware. Bleibender Schaden.

Ich hebe den Ellbogen von dem Rahmen des Bettchens und stehe auf, lasse die Schultern kreisen und strecke die Arme. Ich mache ein paar kleine Schritte über das Linoleum, fast, als sei ich die Kranke. Ich schlurfe vor und zurück von einer farblosen Wand zur nächsten, atme durch wunde rissige Lippen ein wenig Luft ein. Ich bin schwach. Ich bin erbärmlich. Ich bin nicht Wonderwoman. Das war ich nie.

Mir kommt der vage Gedanke, dass jetzt ein guter Zeitpunkt wäre, meine Medikamente wieder zu nehmen, aber ich habe keine Möglichkeit dranzukommen. Ich kann nicht gehen, und meinen Mann kann ich auch nicht bitten, sie mir zu holen. Jetzt ist nicht der richtige Zeitpunkt für ein Geständnis. Ich blicke zur Tür, frage mich, wo die Krankenschwestern wohl die ganzen Medikamente aufbewahren. Wasser, Wasser überall, aber kein Tropfen Alkohol.

Da fällt mir etwas ins Auge, etwas Leuchtendes auf dem Tisch an der hinteren Wand.

Sein Handy. Eine Fülle von Textnachrichten leuchtet auf dem Bildschirm auf, Nachrichten von Leuten, von denen ich nie gehört habe. Fröhliche, triumphierende Worte. *Gratuliere, Kumpel. Herzlichen Glückwunsch. Freue mich so sehr für dich. Das hast du dir verdient.*

Ich lese die kleinen Fenster, die aufleuchten, unfähig zu verstehen, worüber sie sich so freuen ... und dann fällt mir die Preisverleihung wieder ein. Anscheinend haben sie gewonnen.

Wieder leuchtet das Handy auf. Und wieder. Und wieder. Er tut mir beinahe leid, weil er seinen großen Augenblick verpasst, und dass er hier ist, in der abgestandenen Luft des Krankenhauses statt auf der Bühne. Aber das spielt jetzt keine Rolle. Nichts, das sich außerhalb dieses Zimmers abspielt, ist von Bedeutung.

Später, als die Alarmsignale losgehen, und die Krankenschwestern und Ärzte herumrennen, und ich mein kleines Mädchen durch die Mauer aus Menschen und medizinischem Gerät gar nicht mehr sehen kann, und ich auch meinen Mann nicht sehen kann, weil er nicht da ist, weil er nicht im Zimmer ist, weil er draußen ist, um all diese beschissene frische Luft zu schnappen, konzentriere ich mich auf sein Handy. Ich fessle meine Aufmerksamkeit an dieses kleine Lichtlein in der Ecke, das ständig aufleuchtet und wieder dunkel wird, wie ein winziger Leuchtturm, der glückliche kleine Worte von eleganten Menschen sendet, die in einem mit rotem Teppich ausgelegten Saal lachen und trinken – eine Million Meilen weit entfernt.

31

Emily

Emily schlenderte allein zum Gästehaus zurück.

Sie werkelte in der Küche herum, räumte die Flaschen von der verwaisten Weinprobe fort und wischte die Flächen ab, aber egal, wie lange sie putzte, nichts konnte ihr ihre innere Ruhe zurückgeben. Was war da eben passiert? Klar, niemand fand es toll, wenn Fremde im eigenen Garten herumliefen, aber es waren Wanderer und keine Axtmörder gewesen. Und so wie Nina hinausgerannt war und angefangen hatte zu schreien … Emily hatte den Eindruck gehabt, als sei sie darauf vorbereitet gewesen, als *erwarte* sie ein gewaltsames Eindringen.

Danach sprach keiner mehr darüber. Scott und Nina entschuldigten sich nur und verschwanden im Haus, als sei nichts Ungewöhnliches vorgefallen.

Emily sah zum Fenster hinaus, musterte die dichte Mauer aus Blättern und Zweigen. Sie hatte angenommen, dass es nur einen Zugang zu Querencia gab, aber anscheinend führten verborgene Pfade über die Felsen am Meer ebenfalls dorthin. Sie nahm sich vor, beim nächsten Einkaufsbummel ihr Handy mitzunehmen, um sich eine Karte dieser Gegend anzuschauen.

Sie begann, den Kamin auszufegen, ertappte sich dann aber dabei, wie sie untätig den Kaminrost anstarrte. Auch Lesen war keine Ablenkung; ihre Gedanken schweiften weiterhin ab.

Schließlich goss sie sich ein Glas von irgendeinem Getränk ein, wärmte ein paar Reste vom Vorabend auf und trug alles zum Sunset Point hinunter.

Draußen war es noch immer hell und warm, aber am Horizont zogen dicke schwarze Wolken auf. Emily setzte ihren Teller vorsichtig auf der Mauer ab und setzte sich daneben, nahm die Aussicht in sich auf. Jahre schienen vergangen zu sein, seit sie in diesem Restaurant in Soho gesessen und Scotts Beschreibung von Querencia gelauscht hatte. Damals hatte sie sich gar nicht vorstellen können, dass so ein Ort überhaupt existierte, und die Wirklichkeit hatte seine Beschreibung bei Weitem übertroffen. Als sie hier angekommen war, hatte sie das Gefühl gehabt, als hätten sich die Himmelspforten für sie geöffnet. Sie blinzelte, versuchte diesen Ort mit den Augen des ersten Tages zu sehen, aber die Magie war mittlerweile zur Normalität verblasst, und trotz der Aufregung über Scotts Besuch fühlte sie sich wie ausgehöhlt. Der Feenstaub war dabei zu verfliegen. Das war früher oder später zu erwarten gewesen. Nichts blieb für immer vollkommen.

Emily trank einen Schluck Wein und bemerkte pflichtschuldig, dass er schmeckte wie das Ende eines Bleistifts. Worauf genau war ihr Unbehagen eigentlich zurückzuführen? Sicher nicht nur auf den Vorfall mit den Wanderern. Trotz des Glanzes und der knisternden Spannung hatte das ganze Wochenende schon etwas an ihr genagt. Es hatte mit dem Familienhaus zu tun und mit dem seltsamen Gefühl, das sie beschlich, wann immer sie es betrat. Es waren Aurelias Tabletten, der Badezimmerschrank und die drei Menschen: Scott, Nina und Aurelia. Etwas an der Art, wie sie sich zueinander verhielten.

Ihr fiel auf, dass sie kein einziges Mal gesehen hatte, wie Scott seine Tochter umarmte. Die einzige Zärtlichkeit war ein gelegentliches Tätscheln ihres Kopfes. Es erinnerte sie an die Art, wie ihr eigener Vater sie behandelt hatte. Zum ersten Mal seit sie sich kannten, waren Emilys Gefühle für Scott nicht mehr ausschließlich bewundernd. Vielleicht schämte er sich. Vielleicht war das der wahre Grund, warum er sich von Querencia fernhielt. Vielleicht war Aurelia ihm peinlich. Plötzlich kamen ihr die Wutausbrüche und Albträume nicht mehr ganz so merkwürdig vor.

So merkwürdig waren sie eigentlich auch gar nicht. Emily war als Kind ganz ähnlich gewesen. Je länger sie darüber nachdachte, umso mehr ging ihr auf, wie viel sie und Aurelia gemeinsam hatten: die Albträume, die Ausbrüche, das etwas seltsame Sozialverhalten – Emily hatte das auch alles durchgemacht. Je mehr Zeit sie in Aurelias Gesellschaft verbrachte, umso verbundener fühlte sie sich mit diesem seltsamen kleinen Mädchen. Wie hatte Nina es formuliert? *Wir haben so viel Zeit miteinander verbracht, dass wir wie E.T. und Elliot geworden sind: Der eine fühlt immer ganz genau, was der andere fühlt.* Emily verstand das. Einiges an Aurelia hallte beinahe greifbar in ihrem Körper wider wie zum Beispiel die Art, wie sie auf Berührungen und Geräusche reagierte. Die Art, wie sie in jenen ersten Wochen geschrien hatte, wann immer Emily ihr zu nahe gekommen war, die Art, wie sie bei Gewittern ausrastete. Selbst ihre Zeichnungen neulich … das alles war auf schmerzhafte, bizarre Weise vertraut.

Und dann kam ihr aus irgendeinem Grund Dr. Forte wieder in den Sinn; ein verblüffend klares Bild. Sie beugte sich vor, streckte die Hände aus, während ihre Lippen sich bewegten. *Schließ die Augen, Emily. Was siehst du?*

Emily überlief ein Schauer, und sie sah aufs Meer hinaus. Das Wasser lag still und glatt da, lediglich unterbrochen vom Kielwasser der Fischerboote, die abends in den heimischen

Hafen fuhren. Glitschige, spitze Felsen tauchten wie Haifisch-flossen im Wasser auf und wieder ab, während die Flut ihren höchsten Stand erreichte. Ein Blitz zuckte in der Ferne.

Und irgendwo hinter ihr knackte leise ein Zweig unter einem Fuß.

Emily wirbelte herum, stieß vor Schreck ihre Gabel von der Mauer, sodass sie klappernd die Felsen hinabfiel.

»Hallo?«

Da bewegte sich etwas – ein Schatten, der sich zwischen den Olivenbäumen durchschlängelte.

Emily schwang die Beine wieder über die Mauer und erhob sich. Ihr Herz raste.

Der Schatten blieb stehen, seine Umrisse verschmolzen mit der immer tiefer werdenden Dunkelheit, und eine Sekunde lang fragte sich Emily, ob ihr Verstand ihr gerade einen Streich spielte. Doch dann sagte der Schatten etwas.

»Tut mir leid, ich wollte dich nicht erschrecken«, meinte Scott und kam ins Blickfeld.

Emily sackte in sich zusammen. »Oh mein Gott, du bist es. Du hast mir einen Heidenschreck eingejagt!« Sie lächelte und widerstand dem Impuls, das Haar über die Schulter zu werfen. »Was ist los?«

»Ach, weißt du.« Er zuckte mit den Schultern. »Ich wollte nur mal Hallo sagen.«

Er kam näher, und Emily bemerkte, dass seine Augen blut-unterlaufen waren, die Lider rosafarben und geschwollen. Seine Wangen waren aufgedunsen, als hätte man ihn geschlagen, und die drei obersten Knöpfe seines Hemdes fehlten.

»Du siehst erschöpft aus«, sagte sie. »Hast du gerade ein Ni-ckerchen gemacht?« Doch als sie einen Schritt auf ihn zutrat, fiel ihr auf, dass er eine starke Alkoholfahne hatte.

»Oh mein Gott.« Sie stemmte die Hände in die Hüften wie eine Lehrerin. »Anscheinend habe ich die Happy Hour verpasst.«

Ein Donnergrollen rollte über den immer dunkler werdenden Himmel. Scott blinzelte und verlor das Gleichgewicht.

»Hoppla!« Sie lachte. »Vielleicht solltest du dich besser hinsetzen.« Er bewegte sich nicht, und sie zögerte. So sehr sie sich eine Wiederholung dessen, was immer vergangene Nacht geschehen war, wünschte, etwas war anders. Kein spielerisches Flirten mehr, kein Schlafzimmerblick; jetzt strahlte der betrunkene Scott eine gefährliche Intensität aus.

Emily fragte sich, ob sie ihn zu seiner Frau zurückbringen sollte, aber Nina war sicher gerade dabei, Aurelia zu Bett zu bringen. Sie wäre sicher nicht begeistert gewesen, wenn ihr Mann lautstark im Haus herumtorkelte und Chaos verursachte. Deshalb brachte sie ihn wohl besser ins Gästehaus und kochte ihm einen Kaffee, beschloss sie.

»Komm schon, gehen wir wieder rein.« Sie machte einen Schritt auf ihn zu, wollte ihm helfen, nach seinem Arm greifen oder ihm anbieten, sich auf sie zu stützen, aber plötzlich packte er ihre Schultern und zog sie an sich. Sie schluckte, und ihr Herz wechselte von leichtem in rasenden Galopp.

Scott sah sie mit gequälter Miene an, suchte ihren Blick. Seine Lippen erzitterten vom Gewicht unausgesprochener Dinge, und plötzlich loderte ein Verlangen in Emily auf, wie sie es seit der Highschool nicht mehr verspürt hatte, ein brennendes, rasendes, schwindelerregendes Gefühl, das sich teils anfühlte wie der Weihnachtsmorgen, teils wie ein Fiebertraum. Ihr ganzer Körper stand lichterloh in Flammen.

»Hey.« Seine Stimme brach, und überrascht sah Emily eine Träne aus seinem Augenwinkel rinnen. »Glaubst du an Geister?«

Ein eisiger Schauer überlief sie.

Und dann brach Scott zusammen, kippte so abrupt nach vorn, dass Emily gar keine Zeit zum Überlegen blieb. Sie wusste nicht, wie sie reagieren sollte – sie streckte die Arme aus, um ihn aufzufangen, während sie gleichzeitig rückwärts ging, um ihm auszuweichen; die Wucht seines Sturzes schleuderte sie beide gegen die Mauer. Ihre Beine prallten gegen den Stein, und sie packte ihn an den Ellbogen, hielt ihn fest, während er an ihrer Schulter zusammensackte. Einen Augenblick lang taumelten sie, klammerten sich aneinander und wankten gefährlich über dem Abgrund.

Emily hielt stand und fand ihr Gleichgewicht wieder, aber Scott war wie eine achtzig Kilo schwere Stoffpuppe. Sie blickte auf ihrer beider Arme hinab, die ineinander verschlungen waren wie Baumwurzeln, und merkte, dass seine Haut mit Wunden bedeckt war, die wie Brandmale aussahen: kleine rote Krater, die seine Handgelenke, seine Unterarme und seine Armbeugen übersäten.

»Du bist verletzt.« Die Worte sprudelten genau in dem Augenblick aus ihr heraus, als der Wind stärker wurde und ihr ohnehin schon unsicheres Gleichgewicht gefährdete. Und plötzlich war Scotts Mund auf ihrem Hals, auf ihrer Wange, nur wenige Zentimeter von ihren Lippen entfernt, und sie atmete scharf ein, nahm den Duft seiner Kleider, seiner Haut, seines Haars in sich auf. Die Welt schmolz auf das Kitzeln seiner Bartstoppeln an ihrem Kinn zusammen, auf das Rauschen seines süßen, klebrigen Atems in ihrem Ohr – und der Augenblick war so betörend, dass sie die Augen schloss. Sie konnte jede Kurve, jede Schwellung seines Körpers spüren. Verzweifeltes Verlangen erfüllte sie. Scott stöhnte, ein faszinierend tiefer Laut, der sie beschwor, der eine Frage stellte, die nur sie beantworten konnte. Ihre Lippen trafen sich …

Aber dann brach Scott erneut zusammen, kippte vornüber, erdrückte sie mit seinem vollen Gewicht, fiel zu Boden und riss sie mit sich. Sie wehrte sich, versuchte ihn hochzustemmen.

»Scott ... ich ... ich kriege keine Luft mehr.«

Ein Blitz durchzuckte den Himmel, und eine Sekunde lang war alles in helles Licht und dunkle Schatten getaucht. Doch dann senkte sich die Nacht wieder über sie, und Emily keuchte, kämpfte unter Scotts Gewicht, erstickte beinahe an seinem alkoholschwangeren Atem, und plötzlich war sie wieder auf dieser Straße, der Bus nur wenige Zentimeter entfernt, die Bremsen quietschten, und weißes Papier stob in den Himmel wie Vögel. Panik stieg in ihr auf, erfüllte sie, bis die Rippen unter ihrer Haut splitterten ... und dann war sie woanders, an einem unerkennbaren, unsichtbaren, aber dennoch entsetzlich vertrauten Ort, der dunkel, einsam und Furcht einflößend war. Sie senkte den Kopf, als sie einknickte, ihre Beine gaben nach, ihr Körper beugte sich dem schweren Gegenstand auf ihr ...

Doch dann schossen ihre Hände hervor in dem Versuch, den Gegenstand von sich zu stoßen. Sie trafen auf Scotts Brust, und sie schubste ihn mit aller Macht weg. *»Nein«,* schrie sie; plötzlich füllte bittere Kälte den Zwischenraum zwischen ihren Körpern aus.

Scott fiel zu Boden, die Hände an die Schläfen gepresst, und sofort wurde Emily von Reue überwältigt. Sie öffnete den Mund, um sich zu entschuldigen, doch sie hatte keine Worte, keine Stimme mehr: Die Panik hatte sie ihr geraubt und wollte sie nicht wieder hergeben. Emily griff nach ihrer Kehle, als könne sie sie mit den Fingern aufreißen.

Vor ihr kam Scott unsicher auf die Füße und hielt eine Sekunde lang inne. Dann machte er sich davon, stürzte durch das Gras zurück zum Familienhaus, so schnell, dass Emily sich fragte, ob er überhaupt da gewesen war. Sie war allein an der Mauer, beide Hände auf ihr Herz gepresst. Ihr schwerer Atem verlor sich im Geräusch des Windes, der den Regen vom Meer her über das Land peitschte, und der Donner dröhnte wie Kanonenfeuer.

Und durch den Lärm des Unwetters hindurch drang vom Haus her unverkennbar das Weinen eines kleinen Mädchens zu ihr herüber.

32

Scott

Scott verstaute seine Reisetasche im Kofferraum des SUVs und kletterte auf den Fahrersitz. Er war sich schmerzlich bewusst, dass Nina und Aurelia ihn von der Türschwelle aus feierlich beobachteten. Sorgfältig achtete er darauf, dass die Ärmel seines Hemdes nicht die verbrannte Haut preisgaben, als er die Hand aus dem Fenster streckte und winkte.

»Macht's gut«, rief er. »Bis bald!«

Keine von beiden winkte zurück.

Er zog den Arm wieder zurück, drehte den Schlüssel im Zündschloss, und der Motor erwachte zum Leben. Wie immer durchflutete ihn Erleichterung, als er den Fuß auf das Gaspedal drückte und sich das Auto über die Auffahrt bewegte; jeder Zentimeter, den er sich von Querencia entfernte, war ihm kostbar.

Er fühlte sich niedergeschlagen. Jeder Körperteil tat ihm weh. Der vorangegangene Abend versank im Nebel ... er erinnerte sich daran, sämtliche Schnapsvorräte ausgetrunken und sich dann mit dem Grillanzünder malträtiert zu haben, hatte aber keine Ahnung, was anschließend passiert war. Heute Morgen war er mit dem Gesicht nach unten in Aurelias Spielzimmer erwacht.

Auf dem Beifahrersitz neben ihm saß Emily, die Arme schützend vor dem Körper verschränkt. Er wusste nicht so genau, warum, aber in ihrer Gegenwart hatte er sich schon den ganzen Morgen über seltsam befangen gefühlt. Sie war ihm im Traum erschienen, ihr Gesicht so nah, dass er ihre Wimpern hätte zählen können. Zumindest vermutete er, das nur geträumt zu haben.

Plötzlich bedauerte er seine Entscheidung, sich von Emily statt von Yves zum Flughafen begleiten zu lassen. Nachdem er tags zuvor ihre gekritzelte To-do-Liste entdeckt hatte, wusste er, dass sie Einkäufe erledigen musste, deshalb hatte er vorgeschlagen, gleich zwei Fliegen mit einer Klappe zu schlagen. Er hatte geglaubt, dass sie auf der Fahrt noch Gelegenheit haben würden, miteinander zu reden. Er hatte mit ihr über das Wochenende sprechen wollen, um herauszufinden, was sie dachte. Doch jetzt wünschte er, er hätte den Mund gehalten.

Schweigend fuhren sie durch das Tor und über den holprigen Weg. Während Emily ein paar Knöpfe auf dem Armaturenbrett drückte und vergeblich nach einem Radiosignal suchte, warf Scott einen verstohlenen Blick auf sein Spiegelbild im Rückspiegel. Neben dem immer größer werdenden Bluterguss unter seinem linken Auge fanden sich zwei dünne Kratzer auf der rechten Wange und ein großer, der die gesamte Nase entlanglief. Emily hatte noch kein Wort darüber verloren. Tatsächlich war sie ungewöhnlich still. Sein Unbehagen wuchs.

Sie erreichten das Ende des Weges, und der Baldachin aus Baumkronen öffnete sich wie das Dach eines Cabriolets. Scott setzte den Blinker. Ein Lied, irgendein kitschiger Hit aus den Achtzigern, kämpfte sich durch die Statik. Sie bogen auf die Hauptstraße ein, und Emily lehnte sich zurück, den Kopf dem Fenster zugewandt. Sämtliche Anzeichen normalen Lebens rauschten an ihnen vorbei – Picknickbänke, Kreisverkehre, Straßenschilder, Straßenlaternen –, und Scott fragte sich, ob sie beide das Gleiche dachten: wie schockierend es war, dass alles noch genauso aussah wie zu dem Zeitpunkt, als sie es verlassen hatten. Was das anging, so dachte Scott, ähnelte Querencia in gewisser Weise Narnia. Man konnte Wochen dort verbringen, sogar Monate, doch bei der Rückkehr in die reale Welt kam es einem so vor, als sei überhaupt keine Zeit vergangen.

Scott räusperte sich. Er musste etwas sagen; er musste diesen Schlamassel aus der Welt schaffen und Emily wieder auf seine Seite ziehen. »Na«, sagte er, »das war ja ein ereignisreiches Wochenende.«

Er zögerte, weil er sich fragte, wie er am besten vorgehen sollte. Sie war eindeutig verstört, entweder von der beschissenen Show, die Nina gestern abgezogen hatte, oder von dem, was er gestern Abend gesagt oder getan hatte – was immer das auch gewesen war. Oder von beidem. Oder von etwas ganz anderem.

Sie fuhren weiter, glitten über einen Zubringer und reihten sich in den Verkehr auf der Autobahn ein. Scott wartete. Er spürte, dass Emily etwas auf der Zunge lag, was sie nicht aussprechen konnte oder wollte. Irgendwann klappte sie den Mund auf, schien es sich dann aber anders zu überlegen.

»Sieh mal«, sagte er. »Was gestern passiert ist – ich weiß, das war ziemlich schräg.«

Emily senkte den Kopf. Sie würde ihm nicht entgegenkommen. Also, wo sollte er anfangen? Er beschloss, dass es am wichtigsten war, dass sich Emily weiterhin ihren Glauben an Nina bewahrte. Letztendlich mussten sie und Nina aufeinander aufpassen. Vielleicht sollte er ihr einfach die Wahrheit sagen – oder zumindest die bestmögliche Version davon.

»Weißt du, eins solltest du in Bezug auf Nina wissen. Sie hat eine Menge durchgemacht. Ihre Kindheit war … ähm … schwierig.«

Emily runzelte die Stirn. »Sie hat behauptet, sie sei langweilig gewesen. Sie sagt, sie sei am Meer aufgewachsen, in einem reichen Vorort von Sidney. Total spießig, meinte sie.«

»Ja. Das ist die Version, die sie den Leuten erzählt. Aber es steckt eine Menge mehr dahinter.«

Emily verstummte. Schüttelte den Kopf.

Scott dachte einen Augenblick lang nach. »Kinder zu bekommen, war ihr sehr wichtig, allerdings schwer für uns. Wir hatten eine Menge Probleme und viele Fehlversuche. Viele Behandlungen. Wir hatten die Hoffnung schon aufgegeben. Also war Aurelia ... sie war ein Wunder.« Er blinkte nach rechts und wechselte die Fahrspur. Ninas Worte hallten in seinem Kopf wider. *Sie mag dich.*

»Aber dann wurde Aurelia krank.« Erneut warf er Emily einen verstohlenen Blick zu. »Wir haben es durchgestanden, aber die Erfahrung hat ihre Spuren hinterlassen, wie du dir sicher vorstellen kannst.«

Sie mag dich.

»Nina hat immer davon gesprochen, dass sie in Frankreich leben will, irgendwo weit weg am Meer. Als wir Querencia fanden, schien dies der ideale Ort zu sein. Ein Ort, an dem man neu anfangen konnte.«

Sie mag dich.

»Aber seit einiger Zeit mache ich mir Sorgen, dass die Isolation ihren Tribut fordert. Meine Frau war immer schon sehr sensibel, aber in letzter Zeit ...« Er seufzte. »Keine Ahnung. Im Grunde sind wir eben alle nur Menschen. Wir machen Fehler; wir neigen zu Überreaktionen. Und wir tun alles, was wir können, um die Menschen zu schützen, die wir lieben. Stimmt's?«

Sie mag dich.

Er warf ihr einen weiteren verstohlenen Blick zu. Wie wohl ein Leben mit ihr aussehen würde? Wenn sie eine Affäre beginnen, miteinander durchbrennen würden, würden sie einander glücklich machen? Sich als Seelenverwandte entpuppen? Er beschwor Erinnerungen an frühe Urlaube mit Nina herauf, strich seine Frau daraus und ersetzte sie durch Emily. Cocktails nippend in einer privaten Ferienvilla, ihr Kopf an seiner Schulter. Wie sich ihr glitschiger Körper an seinem bewegte. Ihre Zunge, die seine Lippen erkundete, ihre Hände in seinem Haar.

Aber nein. Er könnte Nina nicht verlassen. Niemals. Ein leeres, hoffnungsloses Gefühl machte sich in seiner Magengrube breit. Er umklammerte das Lenkrad so fest, dass seine Knöchel weiß hervortraten.

»Urteile nicht zu hart über sie, Emily. Sie mag dich.« Er machte eine Kunstpause. »Das tun wir alle.« Und zu seiner großen Erleichterung nickte Emily.

»Du gehörst jetzt zur Familie«, fuhr er fort. »Du bist das Puzzleteil, das uns noch gefehlt hat. Was immer wir in der Vergangenheit für Probleme gehabt haben, du hilfst uns, sie zu lösen, und wir hoffen, dir ebenfalls helfen zu können. Mir gefällt der Gedanke, wir könnten unsere Probleme gemeinsam angehen. Aber das können wir nur, indem wir einander so akzeptieren, wie wir sind, mit sämtlichen Schönheitsfehlern.«

Seine Worte hingen noch in der Luft. Und dann sah er aus dem Augenwinkel, wie Emily sich etwas von der Wange wischte.

»Schönheitsfehler?«, sagte sie nach einer gefühlten Ewigkeit. »Das habe ich nicht gebucht.«

Scott grinste und sein Griff ums Lenkrad lockerte sich. Er hatte sie am Wickel.

* * *

Ich weiß es nicht so genau, aber ich glaube, ich bin im Himmel.

Noch nie habe ich so viele schöne Menschen gesehen. So wunderschön und so freundlich. Ich will sie fragen, was sie hier tun, aber wenn ich den Mund öffne, krabbelt eine Spinne heraus. Ich schaue mich um, aber dann fällt mir ein, dass meine Augen geschlossen sind.

Ich kann Stimmen in der Nähe hören. Zwei Menschen; zwei wunderschöne Ärzte. Sie reden mit mir, stellen mir Fragen, zupfen an meiner Haut, schälen sie ab, wollen sehen, was sich darunter verbirgt. Aber die Ärzte versuchen, mich hereinzulegen. Sie tun, als seien sie mein Ehemann, damit ich mit ihnen rede. Damit ich ihnen Informationen gebe über ... etwas. Etwas Wichtiges.

Dabei sind sie die Angeschmierten. Ich werde nichts sagen, vor allem nicht zu ihm. Ich hasse ihn. Er war nicht da. Er hat uns verlassen. Er verlässt uns immer. Und er will den Körper nicht mit mir tauschen. Er weigert sich, die Plätze zu wechseln, deshalb wird er nie erfahren, wie es ist, in meiner Haut zu stecken. Er wird es nie verstehen.

Die wunderschönen Ärzte geben auf und verschwinden.

Meine Mutter fährt mich nach Hause. Wir fahren eine lange Straße entlang. Ich bin noch klein, und ich bin wütend. Meine Mutter schreit. Ich schreie lauter. Ich habe die Nase voll. Ich greife nach der Tür.

Meine Mutter reißt das Steuer herum.

Da ist ein Baum.

Das Auto explodiert. Es zerbricht in seine Einzelteile, die zum Himmel hinaufwirbeln. Ich fliege. Und dann fliege ich nicht mehr.

Ich sitze und warte. Ein verdrehter Metallklumpen liegt zu meinen Füßen. Scherben orangefarbenen Glases. Ich sehe hinab und entdecke den geschwollenen, klumpigen Kopf meiner Mutter in meinem Schoß. Sie sieht aus, als fühle sie sich nicht wohl. Ich versuche, sie zu bewegen, aber meine Arme und Hände sind ganz glitschig vor Blut. Sie gibt ein gurgelndes Geräusch von sich. »Keine Angst, Süße«, sagt sie. »Alles ist gut. Mummy ist hier.«

Ich streichele ihr breiiges Gesicht. Ich bin so traurig, und es tut mir so leid. Alles ist meine Schuld. »Keine Sorge, Mum. Ich sorge dafür, dass es dir besser geht. Ich kümmere mich um dich.«

Helle Lichter, blau und rot, die in der Ferne aufleuchten. Ein trampelndes, stampfendes Geräusch. Lederstiefel, die auf den Asphalt hämmern.

Ich sehe wieder nach unten. Meine Arme sind sauber und leer. Ich bin allein.

33

Emily

Emily grub den metallenen Unkrautstecher in die Erde und drehte ihn, um das, was darunterlag am besten zu greifen zu bekommen. Während der Vorbereitungen auf Scotts Ankunft war das Unkraut im hinteren Bereich des Gartens sich selbst überlassen gewesen und hatte sich jetzt überall ausgebreitet. Die Wurzeln waren dick und beharrlich und weigerten sich nachzugeben. Angespannt runzelte sie bei der Arbeit die Stirn.

Zehn Tage waren vergangen, seit Scott wieder nach London zurückgeflogen war, zehn Tage, in denen sie viel gegrübelt und sich über jedes Detail seines Besuchs das Gehirn zermartert hatte, bis sie Kopfschmerzen bekam. Seine Ankunft, die Nacht am Pool, die Sache mit den Wanderern, der Kuss am Sunset Point – was hatte das alles zu *bedeuten*?

Und dann die Fahrt zum Flughafen – auch sie hatte absolut keinen Sinn ergeben. Er hatte darauf bestanden, dass sie ihn begleitete, und sie hatte angenommen, dass er mit ihr unter vier Augen reden wollte, aber es hatte kein Liebesgeständnis, keine Erklärung, nicht einmal eine Entschuldigung gegeben. Er hatte während der gesamten Fahrt nur über Nina gesprochen, und Emily hatte sich verraten gefühlt. Wie konnte er die Tatsache, dass sie sich geküsst hatten, einfach *ignorieren*? Sie war verwirrt gewesen, war sich vorgekommen wie eine Betrügerin. Zurück auf Querencia hatte sie Nina nicht in die Augen sehen können. Aber nun, nachdem sie ein paar Tage Zeit gehabt hatte, um alles zu verarbeiten, war sie zu dem Schluss gekommen, eigentlich nichts falsch gemacht zu haben. Und möglicherweise hatte Scott das auch nicht.

Emily spielte den Kuss im Geiste immer und immer wieder durch, und mittlerweile kam ihr das Ganze weniger wie ein Kuss und mehr wie ein Unfall vor. Je länger sie darüber nachdachte, umso mehr fragte sie sich, wie sie die Sache für irgendetwas anderes hatte halten können. Scott war betrunken gewesen. Er hatte sich ihr nicht nähern wollen. Er war gestolpert und auf sie gefallen, und dabei hatten sich ihre Gesichter berührt.

In den darauffolgenden Tagen hatte sich diese Begegnung verklärt, bis sie in ihrer Vorstellung wie eine Szene aus *Wuthering Heights* anmutete. Sie hatte sich auf die Berührung seiner Lippen konzentriert und die Brandwunden auf seinen Armen ignoriert. Sie hatte sich an ihre Erregung erinnert, ihre Angst jedoch vergessen. Sie hatte sogar den Augenblick ausgeblendet, in dem sie Scott von sich gestoßen hatte – sie hatte ihn wirklich *weggestoßen* –, sodass er zu Boden gefallen war. All das kam ihr erst etwa einen Tag später in den Sinn, und da erschien ihr die ganze Situation nicht mehr annähernd so romantisch.

Nach vielen Überlegungen hatte Emily keine andere Möglichkeit gesehen, als sich zu bemühen, das ganze Wochenende zu vergessen. Sie konnte es nicht enträtseln, und ihr tat der Kopf weh, sobald sie es versuchte, also verzieh sie sich selbst und sie verzieh Scott und sie verzieh sogar Nina, dass sie die armen verirrten Franzosen in Angst und Schrecken versetzt hatte, denn offensichtlich waren sie *alle* ein wenig empfindlich und erschöpft gewesen und hatten in diesen drei Tagen zudem auch noch viel zu viel getrunken. Sie beschloss also, die Ereignisse hinter sich zu lassen und weiterzumachen.

Aber so einfach war das nicht. Zum einen war sie besorgt, weil sie wieder eine Panikattacke gehabt hatte, ihre zweite innerhalb von etwa drei Monaten. Das Zusammentreffen mit Scott hatte das gleiche schwarze Flattern in ihrem Kopf ausgelöst wie an dem Tag, an dem sie beinahe vom Bus überfahren worden wäre. Das war schon seit Jahren nicht mehr vorgekommen, aber sie wusste, dass es sich um den gleichen Strudel der Angst gehandelt hatte, der sie als Kind immer gequält hatte: dieses böse, niederträchtige Ding in ihr. Nach jahrelanger Therapie hatte Dr. Forte sie zwar für geistig und emotional gesund erklärt, aber Emily war immer klar gewesen, dass es nach wie vor da war, irgendwo im Hintergrund lauerte. Und nun schien es wieder an die Oberfläche gekommen zu sein.

Zum anderen wurde sie einfach das Gefühl nicht los, dass irgendetwas auf Querencia vor sich ging, etwas, von dem sie nichts wusste. Einerseits war da Ninas Verhalten. *Urteile nicht zu hart über sie*, hatte Scott im Auto gesagt, und das wollte Emily auch gar nicht. Aber sie verstand es nicht. Ja, Nina war überbehütend. Na gut. Aber erklärte das ihre Reaktion auf die Wanderer? Und jetzt schien es, als sei sie auch in Bezug auf ihre Vergangenheit nicht ehrlich gewesen, was verletzend war – insbesondere, da Emily so offen über ihre eigene gesprochen hatte. Das Meer, die großen Häuser, die Barbecues ... wie viel davon war echt? Und was hatte Scott genau mit »schwieriger« Kindheit gemeint?

Und dann war da noch dieser Medizinschrank. Emily dachte immer wieder über Aurelias Krankheit nach. Sie hatte bislang noch keinen sichtbaren Beweis dafür gesehen: kein Krankheitsausbruch, kein Erbrechen, keine Einschränkungen – nicht einmal leichtes Fieber. Sie sagte sich, dass das vielleicht gar nichts zu bedeuten hatte: Nina war wachsam, die Medikamente wirksam. Vielleicht trat die Sonnenallergie ja auch nur zu bestimmten Jahreszeiten auf. Aber da Nina ihre Tochter jeden Morgen dick mit Sonnenschutz eincremte und mit Pillen vollpumpte, begann ein unangenehmer Verdacht an Emily zu nagen.

Drittens – und das war am wichtigsten – machte Emily sich Sorgen, dass sie sich verliebt hatte. Sie konnte das nicht mit Sicherheit sagen, aber alles schien darauf hinzudeuten. Ihre dürftigen Erfahrungen aus der Vergangenheit sagten ihr, dass es bei Liebe um knisternde Spannung ging *(ja)*, um Freude *(ja)*, um Verlangen *(ja)* und um Schmerz *(ja)*; aber auch um Appetitlosigkeit und erotische Träume *(ja und, oh mein Gott, ja)*. All das war extrem beunruhigend, denn was, wenn Scott sie an jenem Abend *doch* hatte küssen wollen? Was, wenn er ihr zum Sunset Point gefolgt war, weil auch er etwas für sie empfand? Und was wäre wohl geschehen, wenn sie ihn nicht von sich gestoßen hätte? Hätte er sie ins Gras gelegt und seinen Körper auf ihren gepresst, vielleicht sogar die Hände über ihre Haut wandern lassen, ihr Kleid nach oben geschoben …?

Aber nein, nein, nein, sie verrannte sich schon wieder. Sie konnte unmöglich in Scott verliebt sein; nein, das wäre unvorstellbar schrecklich. Nein. Das wäre ungeheuer peinlich.

Wenn sie doch nur irgendwo Netzempfang hätte, dann würde sie jetzt ihr Handy zücken und sich mit dem Internet ablenken. Sie sehnte sich danach, ein paar Stunden lang die Zeit auf Instagram totzuschlagen; vielleicht sollte sie Nina noch mal wegen des WLANs fragen. Allerdings kam sie zu dem kläglichen Schluss, dass sie es wahrscheinlich nur dazu nutzen würde, den ganzen Nachmittag lang Scott Denny im Netz zu stalken. Keine gute Idee.

Emily trieb den Unkrautstecher weiterhin in die Erde und ignorierte den Krampf in ihrer Hand und die Schmerzen in ihrem unteren Rücken. Sie würde sich doch nicht von ein paar hartnäckigen Wurzeln kleinkriegen lassen. Sie wischte sich mit dem Ärmel über die Stirn, versuchte es erneut, zog und zog, bis sich etwas lockerte und sie nach hinten fiel und plump auf ihrem Hintern landete.

»Au!« Das Werkzeug lag in zwei Teilen auf dem Boden; der Griff war abgebrochen. *Mist.* Jetzt musste sie erst einmal losziehen und sich ein neues suchen.

Schwitzend sah sie sich nach Yves um. Er hatte bestimmt irgendetwas, was sie benutzen konnte. Wo war er? Nach dem Vorfall mit den Wanderern hatte Nina ihm den Auftrag gegeben, die hintere Mauer des Anwesens zu verstärken, weshalb er die ganze Woche über dort beschäftigt gewesen war und Emily mit dem unaufhörlichen Gehämmer zum Wahnsinn getrieben hatte, aber wenn sie ihn mal brauchte, war er natürlich nirgends zu sehen.

Sie blickte sich um. Auch Nina und Aurelia waren verschwunden. Es war unheimlich still.

Sie schälte sich aus den Gartenhandschuhen und stand auf. *Dieses verdammte Anwesen.* Es war einfach zu groß. Wer brauchte so viel Platz? Nie konnte man jemanden finden. Sie warf die Gartenhandschuhe auf den Boden. Na gut, egal, sie würde sich selbst darum kümmern. Sicher fand sie etwas im Geräteschuppen.

Zunehmend gereizt machte sie sich auf den Weg zum Haus zurück, wobei sie sich ständig nach rechts und links umsah. »Hallo?«, rief sie. »Nina?« Der Pool war glasklar, der Lavendel vollkommen reglos. Sogar das Meer schien den Atem anzuhalten. Sie rief wieder, bekam aber immer noch keine Antwort.

Die Schuppen (für Geräte, Tiere, Quads) befanden sich am äußersten Ende des Grundstücks in der Nähe des Eingangstors. Sie kam am Familienhaus vorüber und funkelte die geschlossene Tür und die flachen, spiegelartigen Fenster rebellisch an. Wie albern, dass sie *immer noch nicht* in Ninas Haus willkommen war! Nach zwei vollen Monaten war sie *immer noch nicht* hineingebeten worden. Das war lächerlich. *Du gehörst jetzt zur Familie*, hatte Scott im Auto gesagt. *Mir gefällt der Gedanke, dass wir unsere Probleme gemeinsam angehen.* Wenn Nina nur genauso empfunden hätte. *Sie mag dich. Das tun wir alle.* Nun ja, Emily mochte sie auch. Sie hätte alles für sie getan. Wenn Nina sie nur hineingelassen hätte. *Was immer mit dir los ist*, würde sie dann vielleicht sagen, *egal welche Probleme du hast, ich würde dich nie verurteilen. Ich bin für dich da.* Sie fragte sich, ob …

Ein winziges Geräusch weckte ihre Aufmerksamkeit.

Sie blieb stehen. Horchte.

Es war ein leiser, hoher Laut. Und er schien aus … nun, aus welcher Richtung kam er? Emily drehte sich einmal um die eigene Achse, lauschte angestrengt. Es war wie ein Miauen, nur dünner, durchdringender. Gedehnter.

Wieder ein Laut. Ein dumpfes Scharren diesmal, das irgendwo aus der Nähe des Familienhauses kam. Emily machte ein paar Schritte auf die Eingangstür zu.

Da war es wieder, ein gedämpftes Krachen, gefolgt von einem Wimmern.

Sei eilte zur Tür und drückte die Klinke herunter, aber die Tür war verschlossen. Sie sah zu den Fenstern im zweiten Stock hinauf. Es klang wie Weinen, aber wer war es? Nina oder Aurelia? Das Wimmern wurde lauter und klang erstickter – dann abgehackt wie ein Stakkato, beharrlicher. Es tat Emily im Herzen weh. Sie bog rechts ab und lauschte erneut. Dann rannte sie seitlich am Haus entlang, bog um die Ecke und wurde langsamer, als sie die Terrasse erreichte. Zuerst schien der kleine Platz leer zu sein, aber dann bewegte sich etwas in der Ecke neben dem Grill.

Im Schatten des hölzernen Vordachs stand Aurelia – gekrümmt und allein.

»Hey, Kleines«, rief Emily. »Was tust du denn hier draußen.«

Aurelias Kopf fuhr in die Höhe, und Emily keuchte. Ihr gerötetes Gesicht war tränenüberströmt und schmerzverzerrt. Ohne Vorwarnung bäumte sie sich heftig auf und stieß einen verängstigten Schrei aus. Emily machte einen Schritt auf sie zu, und Aurelia zuckte wieder zusammen, wich an die Mauer zurück und krümmte sich an den Steinen zusammen. Sie gab gequälte Geräusche von sich.

»Was ist los?«, rief Emily. Aurelia schien heftige Qualen zu erleiden. Ihre Schreie wurden noch lauter, und sie schlug wild um sich. »Okay, okay, okay.« Emily rannte zu ihr und packte sie an den Armen. »Sag es mir, Aurelia. Sag mir, was los ist.« Es war nicht leicht, sie festzuhalten; sie versuchte immer wieder, sich loszureißen. »Süße, was ist los?«

Allmählich wurde sich Emily eines unregelmäßigen Summens bewusst. Aurelia riss und zerrte an ihren Kleidern ... hatte sich etwa eine Biene darin verfangen?

»Okay. Halt still.« Aurelia trug eines ihrer langen gesmokten Kleider; das Insekt konnte sich überall in seinen Falten versteckt haben. Emily packte den Stoff und versuchte, Aurelia das Kleidungsstück über den Kopf zu ziehen, aber das Kind entwand sich ihr wieder. »Halt doch still!«, rief sie wieder, aber Aurelia riss sich los, und sie wirbelten zur Mitte der Terrasse. »Aurelia! Stopp! Ich muss ...«

Aurelia fing an zu zittern, und Emily traf eine spontane Entscheidung. Sie zerrte so heftig an dem Kleid, dass die Seitennaht nachgab und bis zum Saum aufriss. Dann zog sie es ganz nach unten und warf es zu Boden, trampelte sicherheitshalber darauf herum. Dann hob sie den Stoff hoch und schüttelte ihn aus. Schließlich fiel der gekrümmte Kadaver einer Wespe zu Boden.

Sie besah sich Aurelias Körper und fand Dutzende wütendroter Quaddeln auf Rücken, Bauch und Brustkorb. »Oh mein Gott.« Wie viele Wespenstiche konnte ein Mensch unbeschadet überstehen? »Kannst du atmen?« Aurelias Atem ging zu heftig und zu schnell, aber sie atmete. »Mach den Mund auf, Süße.« Weder ihre Kehle noch ihre Zunge schienen angeschwollen zu sein, ihr Gesicht hatte sich nicht violett verfärbt, sondern nahm langsam wieder seine normale Farbe an. Keine allergische Reaktion also, aber sicher starke Schmerzen.

»Bleib hier, ich bin gleich wieder da.« Emily rannte hinein in die Küche und ließ die Hände über die Schränke gleiten, verzog das Gesicht über den seltsamen moderigen Geruch, der immer noch über dem Raum lag. Sie öffnete und schloss die unteren Schränke und Schubladen auf der Suche nach einem Glas oder einer Tasse, aber nirgends schien sich etwas Brauchbares zu finden, nur Zierrat oder dekorative Schüsseln – wo bewahrte Nina wohl das praktische Zeug auf? Schließlich entdeckte sie eine gigantische Speisekammer, die sich hinter der rückwärtigen Wand verbarg. Drinnen schimmerten reihenweise Gläser, Tassen, Teller, Töpfe, Pfannen und Utensilien um die Wette: alles, das man eigentlich in einer Küche zu finden erwartete plus noch ein paar Dinge, die man dort nicht vermutet hätte. Alles sah funkelnagelneu aus.

Sie füllte ein Glas mit Wasser aus dem Hahn, nahm einen Eiswürfelbehälter aus dem Tiefkühlfach und wickelte ein paar Eiswürfel in ein Geschirrtuch. Dann rannte sie wieder nach draußen, wo sie Aurelia das Wasser gab und das Eis auf ihre Stiche drückte. *Antihistamine.* Das war das, was sie jetzt brauchten. Ganz bestimmt hatte Nina so etwas in ihrem Medizinschrank.

Erst da ging Emily auf, dass Aurelia beinahe nackt im prallen Sonnenschein saß.

Sie reagierte instinktiv, hakte die Hände unter Aurelias Arme und zerrte sie rückwärts in den Schatten.

Emily starrte sie an, wartete darauf, dass etwas Schreckliches geschah.

Aber nichts passierte.

Als die Steinplatten zu ungemütlich wurden, schlug Emily Aurelia vor hineinzugehen und sich hinzulegen. Dann wandte sie sich zum Gehen, weil sie nach Nina suchen wollte (Wo war sie überhaupt? Sie konnte schließlich nicht allzu weit sein, hatte sie das Geschrei nicht gehört?). Doch da ergriff Aurelia ihre Hand und zog sie sanft durch die Tür, dann durch das Wohnzimmer und den Flur entlang, und Emily folgte ihr. Die Neugier siegte auch diesmal wieder.

Der Flur war hell und weiß wie der Flur im oberen Geschoss. Sie spähte durch die halb geöffneten Türen und entdeckte ein förmliches Esszimmer, eine Waschküche und ein Badezimmer, alles elegant eingerichtet. Hinter der allerletzten Tür, durch die Aurelia sie jetzt zog, verbarg sich ein gigantisches Fernseh- und Spielzimmer; eigentlich wäre die Bezeichnung Privatkino angemessener gewesen. Der Bildschirm an der Wand war der größte, den Emily jemals außerhalb eines Kinos gesehen hatte. An der gegenüberliegenden Wand ächzten Regale unter dem Gewicht von Schulbüchern, Büchern mit Geschichten, Enzyklopädien, CDs und DVDs. An einer anderen Wand reichten ordentliche viereckige Hängeregale, die von Spielzeug und Spielen nur so überquollen, bis zur Decke. Die verbleibende Wand zierten

Hunderte von gerahmten Zeichnungen und Gemälden, allesamt versehen mit Aurelias ordentlichem Namenszug am oberen Rand.

In einer Ecke stand ein Indianerzelt, in der anderen eine Staffelei. Ein riesiges Puppenhaus thronte neben einer Miniaturküche, und aus einer großen Kiste ergossen sich Kostüme auf den Boden. Die Decke war mit Wimpeln und Lichterketten geschmückt.

»Heiliger Strohsack«, entfuhr es Emily. »Das ist ja unglaublich.«

Aurelia stand mit ausdruckslosem Gesicht in der Mitte. Sie warf sich auf einen Sitzsack und deutete auf den gigantischen Bildschirm.

»Ja, hm, keine Ahnung, wie der funktioniert.« Emily nahm eines der Prinzessinnenkleider aus der Verkleidungstruhe. Sie kniete neben Aurelia nieder und half ihr vorsichtig hinein. »Keine kleinen Biester drin, versprochen«, sagte sie, als Aurelia zögerte. Sie zeigte ihr, wo sie das kleine Eispäckchen an die Haut halten musste, dann stand sie auf. »Ich werde jetzt mal nach deiner Mummy suchen, okay?«

Aurelia drückte eine Hand gegen ihren Schenkel. *Geh nicht.*

»Oh Süße, ich muss deine Mum holen. Ich dürfte eigentlich gar nicht hier drin sein, weißt du.« Es war schon eine Weile her, seit erwähnt worden war, dass das Familienhaus tabu war, deshalb war Emily nicht sicher, wie Nina reagieren würde, aber sie wollte es auch nicht herausfinden. Hier drin zu sein, kam ihr wie Verrat vor, und deshalb war es wahrscheinlich auch einer.

Aber Aurelia sah sie aus ihren Rehaugen so flehend an, dass sie schließlich zu Boden sank. Sie schmiegte sich an den Sitzsack und strich Aurelia übers Haar, wobei sie jederzeit damit rechnete, dass die allergische Reaktion einsetzte; was, wenn das

Kind plötzlich anschwoll oder ohnmächtig wurde oder platzte oder so etwas? Was täte sie dann? Nina würde ausrasten.

Aurelia rutschte so lange herum, bis sie gemütlich in Emilys Armbeuge lag; dann griff sie nach ihrer Hand und sie verschränkten die Finger miteinander. Emily lächelte, weil sie plötzlich einen winzigen Eindruck davon bekam, wie es gewesen wäre, Geschwister zu haben. Mitternachtspartys, geflüsterte Geheimnisse. *Kleine Schwester*, dachte sie und schmiegte sich noch enger an Aurelia.

»Hey«, sagte Emily nach einer Weile leise. »Kannst du sprechen?«

Wie nicht anders zu erwarten, gab Aurelia keine Antwort.

»Kannst du meinen Namen sagen? Kannst du *Emily* sagen?«

Nichts. Emily blickte auf Aurelias kreideweiße Knie hinunter, die an ihre gelehnt waren. Ihr war nie aufgefallen, wie viele Sommersprossen Aurelia hatte: eine einzige honigfarbene Sternenkonstellation.

Die Minuten verstrichen, und sie verfielen in behagliches, schläfriges Schweigen. Kopf an Kopf, Hand in Hand betrachteten sie die Zimmerdecke, ihre Brust hob und senkte sich im selben gezeitenartigen Rhythmus, bis ihnen die Lider schwer wurden und sich die Lichter in Glühwürmchen verwandelten, die über ihnen kreisten.

Emily erwachte. Ihr Mund war trocken vom Schlafen.

Beunruhigt setzte sie sich auf und sah sich um. Sie befand sich noch immer im Spielzimmer, war aber allein. Aurelia war fort.

Mit pochendem Herzen stützte sie sich auf den Ellbogen. Die Schatten an der Wand hatten sich verändert, und das Licht, das durchs Fenster strömte, hatte einen goldenen Orangeton angenommen. Wie lange sie hier wohl gedöst hatte? Nichts deutete darauf hin, dass Nina zurückgekommen oder im Zimmer gewesen war (keine Geräusche aus der Küche, keine Schuhe und kein Handtuch auf dem Boden des Spielzimmers), aber irgendwie fühlte Emily sich beobachtet.

Sie spitzte die Ohren, lauschte auf ein Geräusch, irgendetwas, dann folgte ihr Blick den Lichtern, die kreuz und quer über ihrem Kopf verliefen, und dem Muster, das die Bilder an den Wänden ergaben. Hunde und Katzen. Feen und Hexen. Multiplikationstabellen. Ein Poster des Sonnensystems. Ein Bild von einem Bären, unter dem »Ich habe dich bärig lieb« zu lesen war.

Und da wurde ihr schlagartig klar, was sie an diesem Haus so irritiert hatte. Es gab nirgends Fotos. Kein einziges. Keine Familienschnappschüsse, keine Babyfotos, keine Bilder vom Ausflug in den Zoo. Kein verschmiertes Eiscreme-Gesicht oder Geburtstagskerzen oder die erste Fahrradtour. Nicht mal ein Bild von der Hochzeit. Nina stand nicht besonders auf Krimskrams, aber Emily hätte dennoch erwartet, hier und da ein paar Bilderrahmen zu finden, besonders in ihrem Schlafzimmer. Aber außer den gerahmten Zeichnungen in diesem Zimmer und den Gemälden im Wohnzimmer waren alle Wände nackt. Kahle Flächen der Leere.

* * *

Ich berühre meine Wange mit klebrigen Fingern. Der puderrosa Teppich hat einen Abdruck auf meiner Haut und Fasern auf meiner Zunge hinterlassen. Anscheinend habe ich einige Zeit auf dem Boden gelegen.

Ich strecke den Arm aus. Er fühlt sich schlaff und energielos an, wie ein Lappen nutzloser Haut. Ich rolle mich herum und höre Glas knirschen. Ein gesplitterter Holzrahmen sticht mir in den Rücken.

Der Raum ist auf die Seite gekippt. Das Mobiliar spielt mir einen Streich. Stehlampen mit Schirmen aus Papier sprießen wie Bohnenstangen aus den Wänden; das Bettchen hängt von der Decke. Stofftiere treiben auf einem abschüssigen Meer aus Flusen dahin.

Blut sickert in einem breiten Streifen den Spielsachen entgegen, ein schwarzer See, in dem eine Flaschenpost schwimmt. *Achtung!*, rufe ich einem kleinen gelben Teddybär zu. *Pass auf, dass du nicht ertrinkst!* Ich versuche, ihn zu retten, aber ich bin zu weit entfernt.

Ich blinzele, und der Blutfleck ist verschwunden.

34

Emily

Nichts geschah nach dem Vorfall mit der Wespe. Überhaupt gar nichts. Zum zweiten Mal schaffte Emily es anscheinend unbemerkt aus dem Haus. Aurelia ging es wieder ganz gut.

Der Verdacht, der an Emily nagte, setzte ihr immer mehr zu. Sie ertappte sich dabei, wie sie Aurelias Verhalten aufmerksamer beobachtete und immer mal wieder nach ihr sah. An den »schlechten« Tagen, an denen Aurelia sich angeblich »ausruhte«, entdeckte Emily häufig, wie sie im Familienhaus umherrannte, im Spielzimmer spielte oder auf den Sofas im Wohnzimmer herumhüpfte. Jetzt, wo Emily begonnen hatte, darauf zu achten, wurde ihr klar, wie viele Pillen Aurelia nahm. Es waren ungeheuer viele.

Trotzdem schien es ihr meist gut zu gehen. Sie war ein wenig weggetreten, ja, aber fit. Und nach ein paar Tagen beschloss Emily, es einfach auf sich beruhen zu lassen. Sie würde die Wespe nicht erwähnen – zumindest solange Nina nicht darauf zu sprechen kam –, denn was hätte das für einen Sinn gehabt? Okay, vielleicht übertrieb Nina es im Hinblick auf Aurelias Erkrankung ein wenig. Vielleicht waren die Medikamente nicht alle notwendig. Aber Nina meinte es gut; sie war einfach nur vorsichtig. Und Aurelia hatte alles, was sie brauchte. Sie wurde geliebt, gehegt und gepflegt, bekam zu essen und zu trinken. Ja, es wäre schön für sie gewesen, gelegentlich auch mal von diesem Anwesen wegzukommen, Freundschaften zu schließen, aber wenn man schon daheim bleiben musste, dann war Querencia der ideale Ort dafür. Und wie Nina ihr Kind großzog, ging Emily nun wirklich nichts an.

Sie wagte es nicht, ihren Gefühlen weiter auf den Grund zu gehen. Denn tief im Innern wusste sie, dass sie nur nicht *wollte*, dass es sie etwas anging.

In sehr ruhigen Augenblicken, wenn es dunkel war und sie im Bett lag, dachte Emily darüber nach, wie es sich auf ihre Freundschaft zu Nina auswirken würde, wenn sie das Thema anschnitt. Sie überlegte, ob sie nach Hause zu ihren Eltern zurückkehren sollte. Sie dachte an Scott. Jeden Tag dachte sie an ihn. Und plötzlich kam ihr ihr neues Leben auf Querencia wie ein kostbarer Kunstgegenstand vor, den sie auf ihrer Handfläche balancierte. Sie wollte sich nicht ungeschickt anstellen und ihn fallen lassen.

Also verdrängte Emily ihre Überlegungen in den hintersten Winkel ihres Gehirns und widmete sich wieder ihren Aufgaben. In den darauffolgenden drei Wochen mähte sie den Rasen und fütterte die Tiere, mistete Sebastiens Stall aus und sammelte die Eier aus den Hühnerställen ein. Sie strich noch mehr Wände, putzte Toiletten, fischte die Blätter aus dem Poolfilter und goss die Pflanzen. Sie half Nina dabei, den Keller und ein weiteres Zimmer umzuräumen, um Raum für weitere unerwartete Lieferungen zu schaffen: einen Flipper, eine altmodische Jukebox und, was am erstaunlichsten war, eine Hüpfburg. Es gab weitere Marktbesuche und Ausflüge in den Supermarkt. Nina brachte Emily bei, wie man einen Fisch abschuppte, ausnahm und entgrätete. Sie kochten gemeinsam mit Zutaten aus dem eigenen Garten. Feigen- und Aprikosenmarmelade. *Pommes dauphine.*

Gazpacho. Selbst gemachte Pasta mit einer frischen Tomaten-Basilikum-Soße. Emily spielte mit Aurelia; sie fuhren auf den Quads, spielten Verstecken und jagten einander mit Wasserpistolen über das Gelände.

Und schließlich ließen Emilys Zweifel nach und lösten sich in Wohlgefallen auf. Nina hätte ihrer Tochter nie etwas zuleide getan; sie verbarg nichts. Und selbst wenn, war Emily viel zu sehr mit Essen und Wein beschäftigt, um sich darüber Sorgen zu machen; viel zu sehr in Anspruch genommen von der Sonne auf ihrer Haut und dem Sand zwischen ihren Zehen. Das Leben auf Querencia wurde wieder normal.

Sie waren am Pool, als es passierte, hatten eine Kissenschlacht auf der großen Liege gemacht. Sie war an allen vier Seiten von luftigen weißen Vorhängen umgeben und mit maßgeschneiderten Kissen bedeckt und damit der ideale Ort zum Entspannen – oder, wenn man sechs Jahre alt war, um stundenlang darauf herumzuhüpfen.

Es war später Nachmittag, und Emily machte gerade eine Pause vom Schälen und Ausnehmen der Garnelen, um Aurelia dabei zu helfen, ein Paar Feenflügel am Rücken ihres Kleides zu befestigen. »Bitteschön«, sagte sie und tätschelte Aurelia den Rücken. »Eine wunderschöne Feenkönigin.« Beim Weggehen traf sie ein Kissen zwischen den Schulterblättern, und ab da eskalierte die Situation.

Emily war beeindruckt, wie gut Aurelia werfen konnte. Der Treffer hätte Emily beinahe in den Pool befördert.

»Oooh, dafür wirst du büßen.« Emily lachte und schleuderte ein besonders dickes Kissen so fest sie konnte auf Aurelia. Doch kaum hatte es ihre Hand verlassen, wusste sie, dass sie zu weit gegangen war. Es traf Aurelia mitten ins Gesicht, sodass sie rückwärts gegen einen der Pfosten prallte. Man hörte ein sattes Klatschen, als ihr Kopf aufschlug, und plötzlich war überall Blut.

Einen Augenblick lang war Emily so starr vor Angst, dass es ihr den Magen umdrehte, dann stürzte sie vorwärts. »Oh mein Gott ... Aurelia? Geht es dir gut?« Sanft drehte sie Aurelia auf die Seite und tastete vorsichtig ihren Hinterkopf ab; sie scheitelte ihr Haar und fand eine hässliche Wunde. Sie war tief, aber sie hatte schon Schlimmeres gesehen. Ihr ehemaliger Mitbewohner Spencer war einmal bei einer Party vom Balkon gefallen und hatte sich den Kopf so heftig aufgeschlagen, dass man das Weiß seines Schädels hatte erkennen können.

Aurelia bewegte sich, und Blut strömte aus ihrer Nase in ihren Mund. Das Kissen hatte sie nicht nur zu Fall gebracht, sondern auch ihre Nase getroffen, aus der es jetzt wie aus einem Wasserhahn hervorsprudelte. »Oh mein Gott, oh mein Gott.« Emily rannte los und holte ein paar Handtücher von den Liegen, presste eines gegen Aurelias Kopf, das andere an ihre Nase. »Es tut mir so leid, Süße«, sagte sie.

Aurelia begann zu heulen.

»Schon gut«, beschwichtigte Emily. »Hey. Sieh mich an – alles wird gut.«

Gehorsam blickte Aurelia auf.

Emily erstarrte.

Zuerst konnte sie nicht so recht einordnen, was sie da sah. Spielte ihr das Licht einen Streich? Sie sah genauer hin. Eines von Aurelias Augen hatte die Farbe verändert. Das linke war bernsteinfarben wie immer, doch das rechte war leuchtend grün.

Und dann entdeckte sie aus den Augenwinkeln etwas neben den ausgebreiteten Locken von Aurelias schwarzem Haar. Ein kleiner perlmuttartiger Gegenstand lag auf dem Kissen. Er sah aus wie die Hälfte einer Blase – durchsichtig, aber dunkel vor dem weißen Leinen der Polster.

Eine Kontaktlinse. Eine farbige.

Emily legte Aurelia die Hände auf die Wangen und rückte näher. Ihre Pupillen hatten sich so verengt, dass jede Iris deutlich sichtbar war. Ihr braunes Auge war mit goldenen Pünktchen übersät und von einem dunkleren Rand umgeben. Das grüne war hell und hatte innen einen deutlichen gelben Ring, wie eine Krone.

Aurelia trägt farbige Kontaktlinsen? Sie musterte die linke Iris genauer, auf der Suche nach dem verräterischen Ring um das Braun. Sie sah hin und her, hin und her. Aber soweit sie es erkennen konnte, gab es keine zweite Kontaktlinse. Beide Augen hatten jetzt ihre natürliche Farbe. Eines braun, das andere grün.

Sie wandte sich dem Kissen wieder zu und streckte den Finger aus, um die verlorene Kontaktlinse zu berühren. Da ertönte ein Schrei hinter ihr, und sie wandte sich um: Nina kam über den Pfad auf den Pool zugeflogen.

»Aurelia!«, schrie sie, während sie die Stufen hinabrannte. Und dann: »Geh weg von ihr!«

Emily setzte sich auf die Fersen und hob die Hände in die Höhe wie ein Dieb, den man auf frischer Tat ertappt hatte. »Schon gut. Es geht ihr gut. Sie ist nur ...«

»Ich sagte, *weg von ihr!*« Nina warf sich auf die Liege und zog Aurelia auf ihren Schoß. In Sekundenschnelle waren ihre nackten Arme blutverschmiert.

»Es tut mir so leid«, stammelte Emily. »Es war ein Unfall. Sie ist nur gefallen. Wir haben ...«

Aber Nina schnitt ihr das Wort ab. »Nein, nein, nein, nein, nein«, stöhnte sie. Tränen strömten ihr übers Gesicht, und ihr Mund war auf groteske Weise verzerrt.

Emily klappte den Mund auf und schloss ihn dann wieder. Es sieht schlimmer aus als es ist, wollte sie sagen. Aber Nina jammerte, als sei Aurelia tot. »Neiiin!« Sie schluchzte. »Bitte nicht.«

Emily zuckte zusammen. Das war alles ein bisschen theatralisch. Sie machte Anstalten, von der Liege herunterzukrabbeln. »Ich hole die Schlüssel und fahre mit dem Wagen vor«, verkündete sie, aber Nina hob ruckartig den Kopf. Ihr Blick war unstet, als sei sie gerade erst aufgewacht.

»Nein. Nein. Bleib hier.«

»Aber …«

»Nein.«

»Sie muss ins Krankenhaus, ich …«

»Ich sagte *Nein!* Kein Krankenhaus!« Nina drehte sich wieder um und strich ihrer Tochter über das verfilzte Haar. »Es geht ihr gut. Alles wird wieder gut, nicht wahr, Kleines? Mummy macht dich wieder heile. Mummy sorgt für dich.« Sie nahm Aurelia auf den Arm wie ein Bündel nasser Wäsche und stand auf.

Emily erhob sich ebenfalls. »Bist du sicher, dass ich nicht …«

»Lass uns verdammt noch mal einfach in Ruhe!«

Es war wie ein Schlag in die Magengrube.

Nina wandte sich um, stapfte den Treppenstufen entgegen und verschwand den Pfad hinauf, sodass Emily allein bei der Liege zurückblieb. Verblüfft senkte sie den Kopf. Blut tropfte von den Polstern und sammelte sich zwischen ihren Zehen. Durch einen Schleier aus Tränen hindurch suchte sie das weiße Leinen, die roten Spritzer nach der perlmuttartigen halben Blase ab.

Aber sie war nicht mehr da. Die Kontaktlinse war verschwunden.

35

Emily

Zitternd zog Emily die Bezüge von den Kissen ab, trug sie in die Waschküche und füllte so viel Waschmittel in die Waschmaschine, wie hineinpasste. Dann nahm sie einen Schwamm und einen Eimer mit zum Poolbereich und schrubbte jeden noch so kleinen Blutfleck von der Liege und deren Holzrahmen ab. Anschließend widmete sie sich den Travertinfliesen und wischte auch hier jeden einzelnen Tropfen weg.

Als sie fertig war, ging sie langsam auf das Familienhaus zu. Eine Blutspur führte über die Stufen, die vom Pool aus hinaufführten, und über die Auffahrt; der Sand hatte die Flüssigkeit aufgesogen, sodass sich kleine rote Kügelchen gebildet hatten. Sie erschauerte, weil ihr die Szene immer wieder durch den Kopf spukte: Aurelia, die wie in Zeitlupe nach hinten flog, das Geräusch ihres Kopfes, der gegen den Pfosten prallte. Die Fleischwunde unter dem verfilzten schwarzen Haar, und dunkle, anschwellende Blutergüsse, die ihre gesamte Kopfhaut zu bedecken schienen. Es war schlimm gewesen ... aber *so* schlimm nun auch wieder nicht. Nicht genug, um ein Wehklagen zu rechtfertigen, das einer irischen Beerdigung würdig gewesen wäre.

Und wenn es doch so schlimm war, warum hatte sich Nina dann geweigert, sie ins Krankenhaus zu bringen? Wäre das nicht das Naheliegende gewesen, wenn sie so schwer verletzt war? Sie dachte wieder an den Badezimmerschrank und fragte sich, wie viel Nina glaubte, selbst in den Griff bekommen zu können. Emily musste sich einfach davon überzeugen, dass es Aurelia gut ging, und nachfragen, ob sie irgendwie helfen konnte.

Die Blutspur führte zur offenen Tür des Familienhauses. Der Türrahmen war ein wenig blutverschmiert, und auf der Steintreppe und über die Holzdielen ging die Spur weiter wie eine Ameisenstraße. Sie wagte sich weiter hinein, folgte den rubinroten Krumen bis in die Küche. Die Spur verlor sich unerklärlicherweise in der Vorratskammer.

Emily steckte den Kopf hinein. Die Kammer war leer, aber auf dem Boden und auf der Arbeitsfläche, genau vor der Mikrowelle, fanden sich noch ein paar rote Flecken.

Emily wollte sich gerade umdrehen und woanders weitersuchen, als sie etwas Merkwürdiges an der rückwärtigen Wand bemerkte. Dort befand sich ein Spalt, als passten die aneinander angrenzenden Regale oder die Arbeitsplatte nicht so recht zueinander. Sie streckte die Hand aus, um sie zu berühren, und ein ganzer Abschnitt erzitterte. Also packte sie die Kante und zog. Die Regale schwangen in einem einzigen Block zurück.

Eine Tür.

Und hinter der Tür Treppenstufen, die nach unten führten, ein dicker Blutfleck auf jeder einzelnen.

Was zum Teufel …?

Von unten kam ein gedämpfter, knirschender Laut, und sie zögerte, hatte plötzlich Angst. Was tat sie hier eigentlich? Warum schlich sie hier als ungebetener Gast herum – und das schon zum *dritten* Mal? Sie suchte ja förmlich Ärger. Aber vom Fuße der geheimen Treppe drang ein gedämpfter Lichtschein zu ihr empor, und Emily wollte unbedingt herausfinden, was sich dort unten befand, eine Antwort auf zumindest eine ihrer vielen Fragen finden.

Leise und vorsichtig bewegte sie sich bis zum Treppenabsatz und schlich auf Zehenspitzen hinunter.

Das Erste, was ihr auffiel, war der Geruch. Der schwache Verwesungsgeruch, der das ganze Haus durchzog, war hier drin besonders stark und wurde immer stärker, je tiefer sie hinabstieg. Die Luft war stickig und feucht.

Am Fuße der Treppe befand sich ein viereckiges Zimmer von der Größe eines kleinen Fahrstuhls. Eine Sackgasse. Das Ganze war zugemauert worden. Wenigstens sah es zuerst so aus, aber nachdem sich Emilys Augen an das Dämmerlicht gewöhnt hatten, erkannte sie, dass die »Mauer« aus Kartons bestand, mehrere Stapel, die bis zur Decke hinaufreichten. Sie sah sich um und entdeckte immer mehr: riesige Mengen an Schachteln, Kisten und Kästen, die sich bis in einen anscheinend sehr großen Raum erstreckten.

Emily würgte. Der Geruch war unerträglich.

Sie starrte die nächstbeste Kiste an. Irgendetwas stand darauf, aber sie konnte es nicht entziffern; alles lag im Schatten eines schwachen gräulichen Lichts, das von irgendwo im hinteren Bereich des Zimmers zu kommen schien. Eine Stimme war zu hören. Nina, die in gedämpftem, aber eindringlichem Ton etwas sagte.

Emily bedeckte Nase und Mund mit der Hand und wagte sich weiter vor, zwängte sich durch die Lücken zwischen den Stapeln, wobei sie sorgfältig darauf achtete, nicht entdeckt zu werden.

Am hinteren Ende, hinter all den Kisten, befand sich eine massive Tür, die halb offen stand. Das graue Licht kam aus dem Innern des dahinterliegenden Raumes, es flackerte und veränderte sich in kurzen Abständen. Hinter der Tür waren Schatten zu sehen. Emily blinzelte. Sie konnte die Umrisse eines Stuhls und die Beine eines Ess- oder Schreibtisches erkennen. Was war das hier? Ein Büro? Ein Warenlager? Vielleicht betrieb Nina eine Art Paketdienst von hier unten.

Plötzlich bewegte sich etwas im Eingang, und Emily presste sich flach gegen eine Kiste. Aus dem Grau tauchte Nina auf, die mit einem Handy am Ohr auf und ab schritt. Sie keuchte, als habe sie soeben einen Sprint hinter sich gebracht. Sie blieb stehen, schob die Tür noch einen Spalt weiter auf und sah zu den Kisten hinüber. »Ich kann nicht«, sagte sie mit heiserer Stimme, und Emily zuckte zusammen, weil sie einen nervenaufreibenden Augenblick lang glaubte, entdeckt worden zu sein. Doch dann sprach Nina wieder. »Hab ich. Ich hab sie gesäubert und verbunden.« Sie entfernte sich wieder, und ihre Stimme wurde leiser.

Emily versuchte, langsamer zu atmen. Wo war Aurelia?

Nach einer Pause kam Nina wieder zurück. »Bitte, gib ihm, was immer er verlangt.«

Emily wurde schwindelig. Was, wenn Nina sie entdeckte? Warum war sie nicht auf direktem Weg ins Gästehaus zurückgekehrt und hatte sich nur um ihren eigenen Kram gekümmert?

Weil das hier mein Kram ist. *Weil hier irgendetwas Seltsames vor sich geht. Weil Nina sich in einem unterirdischen Bunker versteckt. Weil sie mich belügt.*

»So bald wie möglich«, sagte Nina gerade. Sie streckte die Hand nach der Tür aus, zog sie zu, und der Raum war in Dunkelheit getaucht.

Leise, vorsichtig tastete sich Emily durch das Gewirr der Kisten zurück. Dann schlich sie die Treppe hinauf und aus dem Haus.

Fünf Minuten später stand sie mitten in ihrem Schlafzimmer, kaute an ihren Fingernägeln herum und versuchte, sich einen Reim auf das zu machen, was sie gerade gesehen hatte. *Nun, offensichtlich hatte Nina eine krankhafte Kauflust. Der Raum ist nur ein Arbeitszimmer, und das seltsame Licht kam von einem Computer. Einkaufen als Therapie; das verschafft ihr einen Kick. Daran ist erst mal nichts Unheimliches.*

Nur dass irgendwo da unten Aurelia blutete, wahrscheinlich eine Gehirnerschütterung hatte und nicht ins Krankenhaus geschafft wurde. Nina drehte durch. Und der Raum hatte nicht ausgesehen wie ein Arbeitszimmer. Eher wie ein Verlies oder ein Labor.

Emily starrte hinaus zum Fenster des Familienhauses. Seine Lichter blitzten durch die Zweige des Baumes hindurch.

Kurz nach halb zwölf hörte sie in der Ferne das Surren des Tores, und ein Auto tauchte auf, das mit abgedunkelten Scheinwerfern die Auffahrt hinaufglitt. Sie verrenkte sich den Hals, doch der Baum versperrte ihr die Sicht – und dann fiel das Licht einer der Sicherheitslampen auf Yves' weißen Lieferwagen. Er hielt vor dem Familienhaus, und ein paar Sekunden lang passierte gar nichts; das Auto stand einfach nur da, die Fenster dunkel und undurchdringlich. Dann öffnete sich die Fahrertür mit einem leisen Geräusch, und Yves stieg aus. Er ging zur Beifahrerseite hinüber und machte auch diese Tür auf.

Yves war nicht allein. Ein Mann stieg aus: klein, kahlköpfig, in Jeans und T-Shirt. Er hatte eine Sporttasche mit kurzen Riemen bei sich. Yves führte den Mann ins Haus, und die Eingangstür schloss sich hinter ihnen.

Emily trommelte mit den Fingern auf das Fensterbrett. Nach einer Weile verließ sie ihr Schlafzimmer und eilte nach unten, wobei sie die Lichter löschte, um unentdeckt zu bleiben, wenn sie aus dem Fenster sah.

Genau sechsundzwanzig Minuten später öffnete sich die Tür des Familienhauses erneut. Yves kam heraus, gefolgt von dem Kahlköpfigen mit der Sporttasche. Emily bemühte sich, einen Blick auf sein Gesicht zu erhaschen, aber es war dunkel, und die beiden bewegten sich schnell. Mit gesenkten Köpfen huschten sie zum Auto. Der Kahle ging zur Beifahrerseite und stieg ein. Yves öffnete die Fahrertür, aber bevor er sich ans Steuer setzte, hielt er inne. Emilys Herz machte einen Satz und pochte schneller. Aus dieser Entfernung war es schwer zu sagen, aber sie hätte schwören können, dass er zum Gästehaus herübersah. Zu *ihr*.

Sie verbarg sich in den Schatten dessen, was sie mittlerweile als ihr eigenes Haus betrachtete, und plötzlich packte sie die Wut – oder war es Eifersucht? Es missfiel ihr, dass Nina ihre Geheimnisse Yves anvertraut hatte, ihr jedoch nicht. Es war, als werde man vom Spiel auf dem Schulhof ausgeschlossen. *Du darfst nicht mitspielen. Wir lassen dich nicht.*

Yves stand da, einen Fuß schon im Auto, eine Hand auf der Tür und starrte noch immer in Emilys Richtung. Seine große Gestalt wirkte angespannt, und Emily kam der Gedanke, wie wenig sie ihn doch kannte. Sie hatte seine Anwesenheit die ganze Zeit für selbstverständlich gehalten – er war nur der Handwerker, der Landschaftsgärtner, der »Mann fürs Grobe«. Harmlos. Aber wer war er in Wirklichkeit? Ein Fremder. Ein Außenseiter. In diesem Augenblick wurde ihr klar, dass sie ihn nie gekannt hatte – und ihm auch nie vertraut hatte.

Ohne nachzudenken, öffnete Emily die Haustür und rannte auf die Veranda, wobei der Bewegungsmelder über der Tür anging. Sie warf sich in den Lichtschein, und Yves machte eine Bewegung, als hätte er einen Hieb mit der Peitsche bekommen.

Er zuckte zurück und breitete dabei die Arme aus, als müsse er Halt finden. Die Luft zwischen ihnen schien zu erstarren. Dann riss er die Autotür weit auf und saß drinnen, bevor Emily überhaupt wusste, was geschah.

»Warten Sie!«, stieß sie hervor. »Stopp!« Aber ihre Stimme wurde vom Motorengeräusch übertönt, als Yves den Wagen herumriss und auf das Tor zubrauste.

* * *

Ich nehme das silberne Päckchen zwischen die Finger und drücke die Pille mit dem Daumen hinaus. Sie sieht aus wie ein kleiner blauer Augapfel; nicht das Medikament, das ich sonst immer bekomme, aber so ähnlich. Zumindest steht das auf der Website. Wirklich erstaunlich, was man heutzutage alles online ergattern kann. Es überrascht mich, dass überhaupt noch jemand zum Arzt geht.

Ich werfe mir den Augapfel in den Mund und drehe den Wasserhahn auf.

Ich trinke direkt aus dem Hahn, als es an der Tür klingelt – es klingt wie zwei laute Trompetenstöße. Ein paar Sekunden lang kann ich mich nicht bewegen. Wasser tropft mir vom Kinn. Dann öffne ich die Badezimmertür und gehe zum Schlafzimmerfenster hinüber. Ich sehe hinunter und entdecke einen Lieferwagen, der mit dröhnendem Motor auf der Straße steht, und eine Frau vor meiner Haustür.

Mit zitternden Knien gehe ich die Treppe hinunter und öffne die Tür – aber nur einen Spalt. »Ja?«, sage ich.

Die Frau ist klein, hat graue Strähnen und trägt eine Warnweste. »Wo soll ich sie abstellen, Schätzchen?«, fragt sie.

»Was?«

»Ihre Einkäufe. Wo soll ich Ihnen die Tüten hinbringen?« Sie reckt den Hals in dem Versuch, an mir vorüber ins Haus zu sehen.

»Lassen Sie sie vor der Tür stehen, bitte«, sage ich, wobei ich darauf achte, die Tür nicht noch weiter zu öffnen.

»Sicher? Ich kann sie reinbringen, dann haben Sie es leichter.«

»Nein.«

»Kein Problem, Schätzchen. Ist im Service inbegriffen.«

»Ich sagte Nein.«

Die kleine Frau verzieht das Gesicht. »Wie Sie meinen.« Sie stellt die Tüten ab und kehrt zu ihrem Lieferwagen zurück.

Ich blicke auf die Tüten hinunter. Aus einer von ihnen ragt der oberste Gegenstand heraus. Bunte Plastikfolie mit einem Bild auf der Vorderseite. Perlenzähnchen. Grübchen. Goldene Locken. Ich bücke mich und greife nach dem Bild, strecke die Finger aus, bis ich die pfirsichweiche Haut spüre, samtig wie Rosen. Dicke kleine Schenkel. Zehn winzige Zehen. Zehn kleine Zappelmänner tanzen auf und nieder, zehn kleine Zappelmänner tun das immer wieder.

»Wie alt ist Ihr Baby?«

Ich zucke zusammen. Die Lieferantin steht wieder vor mir, diesmal mit einem elektronischen Unterschriften-Pad.

»Hä?«

»Ihr Baby.« Sie deutet auf das Plastikbild. »Wie alt?«

Ich spüre, wie sie mich anstarrt, die Verbände an meinen Handgelenken. Ich ziehe die Ärmel herunter und schaue auf. Unsere Blicke treffen sich, und sie zuckt zusammen. Ich frage mich, wie sie wohl mit eingeschlagenem Kopf aussähe. Wahrscheinlich wie eine frisch aufgeschnittene Wassermelone. Bei der Vorstellung muss ich lachen.

36

Emily

Am nächsten Morgen erwachte Emily von misstönendem Vogelgezwitscher und einem trüben Lichtschein. Sie hob den Kopf. Ihr Haar klebte ihr unangenehm an der Wange. Ihre Augen brannten und fühlten sich verquollen an, ihr Kinn schmerzte, ein sicheres Zeichen dafür, dass sie mit den Zähnen geknirscht hatte.

Mühsam setzte sie sich auf und rieb sich die Augen.

Yves und der Kahlköpfige.

Die geheime Treppe.

Blut auf dem Sand und ein hellgrünes Auge.

Hatte sie das geträumt? Trotz der Hitze schauderte sie. Furcht und Übelkeit brannten in ihrem Magen.

Sie schlang die Decke um sich, ging zum Fenster hinüber und sah hinaus. Querencia breitete sich vor ihr aus, genau wie immer. Da war der Rasen, grün und normal. Da waren die Bäume und die Blumen und der Pool. Kein Zeichen für irgendetwas Ungewöhnliches oder Unheilvolles. Und doch kam ihr irgendwie alles anders vor.

Innerhalb von zehn Minuten war sie zur Tür hinaus und saß im Auto. Sie hatte keinen wirklichen Plan, nur den dringenden Wunsch, von diesem Anwesen wegzukommen: allein sein, aber unter Menschen; nur in ihrer Nähe sein, um sich zu vergewissern, dass es da draußen noch welche gab.

Während sie den SUV auf das Tor zusteuerte, verspürte Emily einen so starken Drang, Gas zu geben, dass sie mit dem Auto beinahe durch die Eisenstäbe hindurchgepflügt wäre, ohne an der Kontrolltafel anzuhalten. In letzter Minute bremste sie scharf vor dem silbernen Bedienfeld und gab den Code ein. Sie wartete, trommelte mit den Fingern auf das Lenkrad, aber nichts geschah.

Emily runzelte die Stirn. Sie streckte den Arm aus und drückte die Tasten erneut, diesmal langsamer. Doch das Tor blieb auch weiterhin geschlossen, nichts regte sich. Das kleine rote Licht an der rechten Ecke des Tastaturfeldes, das sonst grün wurde, bevor sich das Tor öffnete, blinkte nicht. Es leuchtete nicht einmal.

Sie stieg aus dem Auto und betrachtete das Tastenfeld. Das Display war leer. Dann sah sie durch das Tor hindurch auf die Einheit auf der anderen Seite. Ebenfalls kein Licht. Sogar die Sicherheitskameras, die zu beiden Seiten der hohen Mauern angebracht waren, waren tot. Das ganze System war lahmgelegt.

Sie packte die Stäbe und rüttelte daran. Verschlossen. Eine heiße Woge der Angst durchflutete ihren Körper. Aber dann fiel es ihr wieder ein. *Das hier sind die Schlüssel zum Haus und zu Ihrem Auto. Der kleine hier passt auf das vordere Tor, aber wir verfügen über ein elektronisches Sicherheitssystem. Wahrscheinlich werden Sie ihn also nicht benötigen.* Scott hatte recht gehabt; er war so unnötig gewesen, dass sie ihn sogar vergessen hatte.

Sie rannte zum Auto zurück, riss den ganzen Schlüsselbund aus dem Zündschloss. Der kleinste Schlüssel glitt in das manuelle Schloss in der Mitte des Tores und ließ sich leicht herumdrehen. Nachdem sie das Tor geöffnet hatte, fuhr sie hindurch auf die andere Seite, dann schob sie es wieder hinter sich zu und schloss es sorgfältig ab.

Der Feldweg war trocken. Sie trat aufs Gaspedal und erhöhte das Tempo, sodass sich hinter ihr Staubwolken in die Luft erhoben. Über ihr bahnte sich das Sonnenlicht seinen Weg durch das dichte Blätterdach und tauchte alles in einen unheimlichen Grünschimmer. Grünes Gras, grüne Stängel, grünes Moos, darüber mehrere Schichten leuchtend grüner Blätter.

Grün. Wie Aurelias Auge.

Sie bekam das Bild einfach nicht mehr aus dem Kopf. Wie einen Sonnenfleck, der sich in ihre Netzhaut gebrannt hatte. Beim Gedanken daran beschlich Emily ein zutiefst mulmiges Gefühl. Wie eine Art Déjà-vu: als hätte sie es tief im Innern immer gewusst, aber vergessen.

Sie runzelte die Stirn und schüttelte den Kopf. *Hör auf, dir den Kopf darüber zu zerbrechen. Du bist müde. Denk einfach an etwas anderes.* Aber jedes Mal, wenn sie die Augen schloss, sah sie es vor sich: einen leuchtenden Ring um einen kleinen schwarzen Kreis. Eine blassgrüne Sonnenfinsternis.

Emily fuhr etwa eine Stunde Richtung Norden und landete schließlich in einer hübschen Stadt, die an einer geschwungenen Bucht lag. Sie hatte sie schon einmal gesehen – sie und Yves waren an ihrem ersten Tag auf dem Weg vom Flughafen daran vorbeigekommen. Aber wirklich wahrgenommen hatte sie die Stadt erst während ihrer unangenehmen Fahrt mit Scott; sie erinnerte sich, wie sie all die Menschen, die dort Kaffee tranken und im frühmorgendlichen Sonnenschein die Zeitung lasen, neidisch durch das Fenster beobachtet hatte.

Die Stadt besaß einen kleinen Sandstrand und eine gepflasterte Promenade, die von Geschäften gesäumt wurde. Perfekt. So langsam formte sich der Plan in ihrem Kopf, sich in ein Café zu setzen, irgendetwas mit viel Schokolade zu bestellen und zu beobachten, wie die Welt an ihr vorbeizog. Außerdem hatte sie ein digitales *Re*tox dringend nötig: eine WLAN-Orgie. In ihrem Kopf herrschte zu viel Lärm. Den konnte sie zum Schweigen bringen, indem sie sich über den neuesten Promiklatsch informierte, checkte, was ihre Freunde zu Abend gegessen hatten, und wo sie Urlaub gemacht hatten. Sie würde im Fakeleben anderer Menschen abtauchen und danach vielleicht einen Strandspaziergang machen und Eis essen. Danach ginge es ihr sicher besser.

Sie griff nach ihrem Handy – und erstarrte. *Mist.* Sie hatte wieder einmal vergessen, es aus dem obersten Fach ihres Kleiderschrankes zu nehmen. *Egal,* dachte sie und änderte rasch ihren Plan.

Sie spazierte eine Weile umher und entdeckte schließlich ein niedliches kleines Gebäude mit strahlend türkisfarbenen Stühlen, mosaikverzierten Tischen und einem Schild im Fenster mit der Aufschrift CYBER CAFÉ. Emily ging zur Theke und bestellte einen *café au lait* mit einem *pain au chocolat.* Die Kellnerin nahm ihre Bestellung und ihr Geld entgegen, dann schaltete sie einen staubigen alten Computer ein, der in der Ecke stand. Emily setzte sich und wartete, bis der alte PC hochgefahren war.

Als ihr das warme, fluffige Gebäck serviert wurde, entpuppte es sich als genau das, was sie jetzt brauchte; sie spürte buchstäblich, wie ihr mit jedem knusprigen, schokoladentriefenden Bissen der Stress von den Schultern glitt. Auf Querencia zu leben und zu arbeiten war ihr zunächst wie ein Traum vorgekommen, der wahr geworden war, doch jetzt fiel ihr auf, dass sie sich in den vergangenen elf Wochen nicht einen einzigen Tag frei genommen hatte; sie hatte einfach nicht das Bedürfnis gehabt. Doch jetzt, wo sie im Café saß und durch das Fenster auf eine ganz neue Landschaft blickte, in der sich unzählige Fremde tummelten, wurde ihr klar, wie gefangen sie sich in letzter Zeit gefühlt hatte. Das hätte sie schon viel früher tun sollen. Allein schon bei dem Gedanken, dass sie das Anwesen verlassen hatte, ohne Nina Bescheid zu sagen, fühlte sie sich leicht wie Papier.

Nina.

Die vergangenen paar Monate waren so intensiv gewesen, dass Emily ihr früheres Leben beinahe vollständig vergessen hatte. Das Anwesen und seine Besitzer waren ihr Ein und Alles geworden. Niemand hatte Emily jemals auch nur halb so sehr das Gefühl gegeben, willkommen zu sein, wie die Dennys – so bedingungslos akzeptiert. Wie lautete doch die Redensart? *Familie kann man sich nicht aussuchen.* Nun, das mochte vielleicht zutreffen, aber wenn man Emily noch vor einem Monat gebeten hätte, eine Urkunde zu unterzeichnen, durch die sie jegliche Bande zu Juliet und Peter gekappt und sich stattdessen an die Dennys gebunden hätte, hätte sie es bereitwillig getan.

Aber das war damals.

Emily lehnte sich zurück. Das schreckliche Gefühl zu ersticken, das sie am Abend zuvor gehabt hatte, hatte nachgelassen, und ihr Geist fühlte sich befreit. In einigem Abstand von Querencia war es leichter, sämtliche Fragen vor sich auszubreiten und sie einer genauen Betrachtung zu unterziehen; insbesondere die Frage, was zum Teufel gestern Abend los gewesen war? Warum war Yves aufgetaucht? Wer war der kahlköpfige Mann gewesen? Was war mit dem geheimen Keller und all den Kisten? Und der Geruch – woher kam *der* überhaupt?

Tatsächlich begannen ihr hier, zwischen den kleinen blauen Tischen und im hellen Tageslicht, eine Menge Dinge merkwürdig vorzukommen. Dass es kein WLAN gab. Das kaputte Telefon. Sogar das Wochenende mit Scott. Es waren wunderbare Tage gewesen, aber wie viele Haushälterinnen pflegten mit ihren Arbeitgebern nackt zu baden? In der Tat waren Nina und sie selbst einander inzwischen auch auf körperlicher Ebene vertraut. Emily betrachtete dies mittlerweile als selbstverständlich ... aber war das nicht auch seltsam? Hatte Scott diese Vertrautheit quasi als grünes Licht betrachtet? Wenn sie die Situation einer Freundin geschildert hätte, hätte diese womöglich tatsächlich den Eindruck gehabt, sie huldige einem Polygamiekult.

Doch die wichtigste Frage lautete im Grunde: Täuschte Nina in Wirklichkeit Aurelias Krankheit vor? So etwas gab es ja durchaus. Es hatte einen deutsch klingenden Namen. Münchhausen. Das war er. Münchhausen-Stellvertreter-Syndrom. Obwohl ihr das etwas weit hergeholt vorkam. Sie beleuchtete die Idee von allen Seiten, aber irgendwie schien sie doch keinen Sinn zu ergeben. Nina war ein guter Mensch. Sie würde Aurelia nie etwas zuleide tun; sie war ihre Mutter. Allerdings bedeutete das keineswegs immer das, was es bedeuten sollte.

Und wenn es sich tatsächlich um das Münchhausen-Stellvertreter-Syndrom handelte, dann steckten Scott und Yves mit ihr unter einer Decke. Sie schützten und *begünstigten* es sogar. Warum? Was hatten die beiden davon?

Sie seufzte und schloss die Augen. Da war sie wieder. Die Sonnenfinsternis. Die kleine Halbblase. Grün, braun, grün, braun.

Der Computer piepte. Er war bereit. Emily griff nach der Maus und klickte. Sekunden später war sie endlich wieder mit Google vereint.

Sämtliche Gedanken an die sozialen Medien waren verflogen – der Promiklatsch konnte warten –, und sie gab ein paar Worte ins Suchfeld ein.

Google sagte ihr, dass der ausgefallene Name für zwei verschiedenfarbige Augen Iris-Heterochromie lautete. Sie war in der Regel vererbt, aber unter bestimmten Umständen konnte sie auch erworben werden. Sie konnte die Folge einer Verletzung oder einer Wachstumsstörung sein. Google lieferte ihr eine ausführliche Liste von Störungen, die mit unterschiedlicher Pigmentierung der Augen einherging: das Sturge-Weber-Syndrom, Morbus Recklinghausen, Morbus Hirschsprung, das Bloch-Sulzberger-Syndrom ... Anscheinend konnten auch Tuberkulose oder Herpes eine solche Pigmentstörung hervorrufen, ebenso wie ein gutartiger Tumor. Außerdem gab es das sogenannte Waardenburg-Syndrom, eine genetisch bedingte Störung, die mit Taubheit und Pigmentveränderungen einhergehen konnte, nicht nur der Augen, sondern auch der Haut und des Haars.

Besonders beunruhigend war, dass medizinische Augentropfen die Augenfarbe eines Menschen verändern konnten, ebenso wie eine Verletzung durch Aufprallen oder Eindringen. Bei dieser Erkenntnis lief es Emily eiskalt den Rücken herunter.

Sie klickte sich durch noch mehr Seiten, folgte Links und öffnete Websites, bis ihr die Augen wehtaten. Schließlich löste sie die Hand von der Maus und bestellte noch einen Kaffee. Sie zupfte an der trockenen Haut ihrer Lippen herum, starrte blicklos auf die Straße hinaus.

Theoretisch war es also möglich, dass Aurelia ein andersfarbiges Auge hatte, weil sie körperlich misshandelt worden war. Vielleicht hatte ihr jemand ins Gesicht geschlagen oder sie gegen einen harten oder scharfen Gegenstand gestoßen. Aber so etwas hätte Nina niemals getan. Münchhausen schien im Vergleich zu dieser Variante erheblich wahrscheinlicher. Vielleicht hatte Nina Aurelia ja auch bestimmte Augentropfen verabreicht, sagen wir, gegen ein eingebildetes Glaukom? Hatte sie nicht an Emilys erstem Tag schon darauf hingewiesen, dass

Aurelias Augen empfindlich waren? Das hätte zumindest zu sämtlichen anderen erfundenen Symptomen gepasst. Ausschläge, Erbrechen, tagelange Bettruhe – warum nicht auch noch eine kleine Augenkrankheit hinzufügen?

Aber Nina würde ihrer Tochter niemals Leid zufügen. Ganz bestimmt nicht.

Emily presste sich die Hand auf die Stirn. Sie schwitzte.

Vielleicht hatte Aurelia ja tatsächlich irgendeine Krankheit, und Nina log einfach nur im Hinblick darauf, um was für eine es sich wirklich handelte. Wenn Aurelia zum Beispiel am Waardenburg-Syndrom litt, bei dem Gehör, Augen, Haut und Haar eines Menschen betroffen sind, gab es keine wirklichen Symptome per se, nur körperliche Anzeichen. Emily dachte an Aurelias Schüchternheit, an ihre Weigerung zu sprechen – allerdings gab es keine weiteren Hinweise darauf, dass sie auch nur teilweise taub sein könnte.

Gehör, Augen, Haut, Haar.

Haut. Haar. Ein Bild schoss Emily durch den Kopf. Gestern, als Aurelia sich den Kopf gestoßen hatte, hatte Emily sich den Schaden besehen, indem sie ihr Haar gescheitelt hatte. Sie hatte geglaubt, dunkle Prellungen zu sehen, nicht nur um die Wunde herum, sondern auf der gesamten Kopfhaut – aber niemand konnte sich schließlich auf dem gesamten Kopf blaue Flecken zuziehen, oder?

Ihr ganzer Kopf ... Aurelias Haar war schwarz. Die Badewanne hatte bräunlich-schwarze Flecken aufgewiesen, und das Handtuch, das sie darunter gefunden hatte, war mit dunklen Streifen übersät gewesen.

Die Wahrheit traf sie wie ein Schlag in die Magengrube, und sie hatte Mühe, nicht vom Stuhl zu rutschen: *Nina färbte Aurelias Haar.*

Wenn Aurelia also tatsächlich am Waardenburg-Syndrom litt, dann konnte sie Google zufolge weiße Haarsträhnen haben, Veränderungen in der Hautpigmentierung und verschiedenfarbige Augen. Emily hatte sogar eine Website gefunden, die das Waardenburg-Syndrom mit »geistiger Behinderung« und »grundlosen aggressiven Ausbrüchen« in Verbindung brachte. Das ergab einen gewissen Sinn. Ja, das musste es sein. Aurelias Haar war gefärbt, ihre Augen hinter Kontaktlinsen versteckt, und ihre Haut stets bedeckt, denn darunter sah sie vollkommen anders aus. Sie verhielt sich »abnormal«. Und das passte nun mal nicht zu Ninas und Scotts wunderschöner, makelloser Existenz. Emily hatte recht gehabt: Scott schämte sich Aurelias. Das taten sie beide. Nina war es peinlich, ein hässliches, seltsames Kind zu haben, deshalb versteckte sie ihre Tochter in einer Fantasiewelt, wo sie sie lieben konnte, ohne befürchten zu müssen, dafür verurteilt zu werden.

Tränen brannten in Emilys Augen. Was war falsch daran, anders zu sein? Wieder wandte sie sich dem PC zu und scrollte wütend durch Google-Bilder. Es gab Unmengen cooler Promis mit Heterochromie, und sie alle waren atemberaubend. *Da zum Beispiel!* Mila Kunis? *Fantastisch.* Kate Bosworth? *Umwerfend.* Wie hieß dieser Baseballspieler? *Absolut heiß.* Ihre Ampelaugen machten sie nur umso attraktiver. Jane Seymour, Elizabeth Berkeley, Kiefer Sutherland, Alice Eve.

Und ... ein kleines Mädchen.

Emily hörte auf zu scrollen, und ihr Zeigefinger schwebte über der Maus.

Das Foto kam ihr bekannt vor. Es unterschied sich von allen anderen: Es war keine professionelle Aufnahme, weit und breit kein roter Teppich. Etwas verschwommen und überbelichtet zeigte es ein süßes kleines Mädchen mit rötlich-blondem Haar, einer Stupsnase und Lücken zwischen den strahlend weißen Baby-zähnchen. Sie trug eine Kette aus gelbem Plastik um den Hals und umklammerte mit den rundlichen Händchen ein Spielzeug-pony. In der unteren linken Ecke sah man ein Stück von einem pinkfarbenen Rucksack.

Plötzlich bekam Emily keine Luft mehr. Ihre Haut wurde heiß, und ihr Magen sackte ab, als wäre sie gerade aus einem Flugzeug gefallen.

Mit einem Ruck schob sie den Stuhl zurück, stieß ihren Kaf-fee um und rannte so schnell sie konnte aus dem Café, sie lief blindlings drauflos, wohin, spielte dabei keine Rolle. Sie musste nur so weit weg von diesem Computer wie irgend möglich.

Am Ende der Promenade sprang sie auf den Strand und rannte ins Wasser, ließ die Wellen über ihre Sandalen und ihre Waden hinwegspülen. *Nein. Nein. Nein. Das kann nicht … das darf nicht …* Die Leute starrten sie an, aber das war ihr gleichgültig. In ihrer Brust zerbrach gerade etwas.

Das Foto des kleinen Mädchens kam ihr bekannt vor, denn sie hatte es schon einmal gesehen. Eine unangenehme Erinne-rung stand ihr plötzlich in aller Deutlichkeit vor Augen: vor drei Jahren, als sie mit trockenem Mund und Kopfschmerzen in Rheas Haus aufgewacht war, umgeben von fremden Typen. Bärte, Bongrauch und die Nachrichten in Endlosschleife. Jeder hyp-notisiert von den dauernden Berichten über Schießereien, Kin-desmisshandlung, Mord … und über ein Kind. Eine rothaarige Dreijährige.

Eine dunkle Masse aus Wolken kroch über das Meer heran. Ein Name schlängelte sich in Emilys Kopf wie eine Made.

Amandine.

Der Fall hatte für Schlagzeilen gesorgt. Sie erinnerte sich

deshalb so genau daran, weil Rhea sie an jenem Morgen mit zu diesem dummen Geburtstag geschleppt hatte. Sie hatte umgeben von Hunderten Kleinkindern im Garten von Rheas Schwester gestanden, ins Leere geblickt und an das Foto gedacht und daran, wie unangemessen es doch war, dass sie die Traurigkeit, die dieses Bild ausstrahlte, mit auf eine Party gebracht hatte, zusammen mit dem durchdringenden Geruch nach Gras.

Ein Regentropfen landete auf ihrer Wange, eine Windbö blies ihr das Haar aus dem Gesicht. Die Wolken kamen näher und brachten Donnergrollen mit sich. Schon wieder zog ein Gewitter auf.

Emily würgte.

La Fille d'Orage.

Das Gewittermädchen.

Dieses Foto war europaweit in jeder Zeitung erschienen. Es war um die ganze Welt gegangen. Die Augen des Mädchens standen dabei natürlich im Fokus: eins war braun, das andere grün.

* * *

Mein Mann dreht seinen Laptop so, dass ich den Bildschirm sehen kann. Er zeigt mir das Foto eines Hauses. Nein, es sind zwei Häuser nebeneinander, mit Bäumen, Gras, Blumen und einem Swimmingpool.

»Das erste hier hat acht Schlafzimmer und vier voll ausgestattete Badezimmer. Genau richtig für Gäste. Man muss ein bisschen Arbeit hineinstecken, aber nicht zu viel.«

Wir stehen in der Küche. Ich schaue am Laptop vorbei ins Wohnzimmer und betrachte uns in dem Spiegel, der dort an der

Wand hängt. Das perfekte Paar in seinem perfekten Haus. Es steckt die Köpfe zusammen und spricht bei einer Flasche Pinot über Immobilien.

»Ich sehe es schon vor mir«, sagt er. »Ein abgeschiedenes Gästehaus. Wir könnten einen Großteil der Renovierungsarbeiten selbst übernehmen. Ich baue dir deine Traumküche – draußen, am Pool, damit du beim Kochen aufs Wasser schauen kannst.«

Die Lilien auf der Kücheninsel verwelken. Ihre Blütenblätter sind dünn und schlaff. Eine erzittert, als habe ein unsichtbarer Finger sie berührt, dann fällt sie auf die Arbeitsplatte. Klümpchen orangefarbener Pollen verstreuen sich auf dem Marmor.

Er berührt das Touchpad seines Laptops, und das Bild verändert sich. »Das zweite Haus ist kleiner, nur fünf Schlafzimmer. Sehr gemütlich. Stell dir doch nur vor: samstagmorgens Märkte, an langen Wochenenden Paris. Genau das, wovon du immer geträumt hast. Das könnte ein Neuanfang für uns sein. Ein sauberer Schnitt.«

Neu. Sauber. Ich wälze die Wörter in meinem Kopf herum, bis sie auseinanderfallen und ihre Bedeutung verlieren.

»Unser Haus ist bestimmt schnell verkauft, dessen bin ich mir sicher. Ich kümmere mich um den Umzug. Du musst keinen Finger rühren.«

In meinem Kopf ertönt ein leises Klingeln: eine Alarmglocke. »Nein«, höre ich mich sagen – eine Spur zu laut. »Ich kümmere mich ums Packen.«

»Gut, wie du willst. Und danach machen wir Urlaub.«

Mein Kopf übernimmt das Nicken für mich. Seine Stimme wird schwächer.

»Wir lassen alles verladen, während wir fort sind, damit wir nicht noch mal herkommen müssen. Und du kannst aus dem Entspannungsmodus heraus direkt ins neue Haus einziehen.«

»Was?«, frage ich. »Ich kann dich nicht verstehen.«

»Wie wäre es mit Nizza. Nizza ist hübsch.«

Mein Blick wird an den Rändern unscharf. Mir ist übel. Meine Hände zittern. Meine letzte Dosis ist schon zu lange her. Ich drehe mich um und mache mich auf den Weg ins Badezimmer.

Zuerst kommen mir so viele Dinge in Bezug auf den Urlaub wie schlechte Vorzeichen vor.

Der Abendflug von Gatwick hat Verspätung. Als wir landen, hat die Mietwagenagentur schon lange geschlossen. Stattdessen treffen wir uns in den Untiefen des Parkhauses mit einem zwielichtig aussehenden Typen, dessen Schnurrbart ebenso unzulänglich ist wie seine Formulare. Er gähnt, als er uns die Schlüssel für unseren Porsche Cayenne übergibt. Als mein Mann darin einen Kindersitz vorfindet, sagt er dem Schnurrbärtigen, dass hier wohl ein Fehler vorliegt, und bittet ihn, den Sitz auszubauen. Aber Schurrbartmann weigert sich, er behauptet, keinen Platz für dessen Aufbewahrung zu haben; deshalb sind

wir gezwungen, mit einem leeren Kindersitz, der auf dem Rücksitz thront wie ein Geist, zu unserem Hotel zu fahren.

Wir parken vor dem Hotel. Das Mädchen an der Rezeption ist
unerhört schwanger. Ihr Bauch kräuselt sich und zuckt, während
sie unsere Daten aufnimmt und uns die Räumlichkeiten er-
läutert.

Als ich an jenem Abend endlich eindöse, fängt ein Baby im
Zimmer nebenan an zu weinen und hört nicht mehr auf. Am
nächsten Morgen verlasse ich das Hotel missmutig und mit glasigen Augen, nur um festzustellen, dass im Gebäude daneben
eine Designerboutique untergebracht ist, die nichts als Spielzeug und Babykleidung, kleine Schuhe und Lunchboxen verkauft.

Mein Mann ist entsetzt, sein Gesicht wird immer röter und
wütender, während uns das Universum nach Belieben eine
schmerzhafte Erinnerung nach der anderen entgegenschleu-
dert. Doch ich weiß, was ich zu tun habe. Ich schließe die Augen
und beschwöre meine Superkräfte herauf. Ich schotte mich geistig ab und ziehe mich zurück, sodass meine leere Hülle hinter
meinem Mann auf und ab hüpft wie ein Luftballon an einer
Schnur. Nichts kann mir etwas anhaben. Und das bleibt auch so,
bis zu dem Tag, an dem man mich unversehens allein lässt.

Und mit einem Mal verwandeln sich alle bösen Omen in gute.

Ich schlage gerade die Decke zurück und lege mich ins Bett, als
er die Balkontür öffnet und wieder ins Zimmer tritt.

»Kann ich kurz mit dir reden?«, sagt er und klopft sich mit dem Handy auf den Handballen. »Das war Verity. Es gibt ein Problem im Hinblick auf eine unserer Exit-Strategien.«

Ich starre ihn an.

Er setzt sich auf die Bettkante. »Anscheinend geht es ohne mich nicht voran. Es tut mir so leid, aber wie es aussieht, muss ich kurz nach London zurück. Nur für ein paar Tage.«

Ich kratze meine Handgelenke. Die Narben sind jetzt beinahe ein Jahr alt, aber sie jucken immer noch.

»Aber du musst nicht mitkommen. Ich meine, wahrscheinlich willst du ja lieber nicht ...« Er verstummt.

Ich nicke. Allein schon die Vorstellung, nach London zurückzukehren, macht mich krank.

»Wir sollten sowieso am Montag auschecken. Die Sache verkürzt unseren Urlaub also nicht nennenswert. Aber es bedeutet, dass wir die Autofahrt vergessen können.« Er greift nach meiner Hand. »Ich schlage vor, du fährst mit dem Wagen zum Flughafen zurück und nimmst einen Flieger nach Bordeaux. Dort organisiere ich dir dann einen Mietwagen.«

»Ich möchte aber mit dem Auto hinfahren«, höre ich mich sagen.

»Tut mir leid«, antwortet er. »Ich weiß, dass es eine Enttäuschung ist.«

»Nein. Ich meine, dann fahre ich eben allein.«

»Oh, ich weiß nicht so recht.« Er fährt sich mit der Hand durchs Haar, eine Geste, die er sich in letzter Zeit angewöhnt hat. »Ich glaube, mir wäre wohler dabei, wenn du flögest.«

»Nein, ich will fahren.«

»Wirklich?«

»Ja. Ich könnte wirklich etwas Zeit für mich gebrauchen.«

Er reibt sich das Kinn. »Die Fahrt ist ziemlich lang. Bist du sicher, dass du das schaffst?«

»Ganz bestimmt. Das geht schon. Ich könnte ja auch die Pausen einlegen, von denen du gesprochen hast. Ich wollte mir immer schon mal Marseille ansehen.«

Er hält inne. Lächelt mich an. »Mein Gott, ist das schön, dich so reden zu hören. Du hast schon so lange kein Interesse mehr an irgendwas gezeigt.«

Das stimmt, das habe ich nicht. Aber Wonderwoman ist wieder da. Und sie schafft alles.

Ich wache in einem leeren Zimmer auf, in dem die Stille widerhallt. Sein Koffer ist fort, seine Bettseite kalt. Die Balkontür steht offen, und die Vorhänge bauschen sich wie Flügel, ein Abdruck meines Traumes.

Ich bestelle etwas beim Zimmerservice und frühstücke auf dem Balkon, kaue auf den Eiern herum, ohne sie zu schmecken. Ich sehe zu, wie eine Gruppe von Mädchen in kurzen Röcken die Straße überquert. Hinter ihnen schlendert Arm in Arm ein silberhaariges Paar in identischen pastellfarbenen Polo-Shirts. Eine Frau in einem braunen Kleid und Stöckelschuhen zieht einen kläffenden Hund an der Leine hinter sich her. Etwas weiter die Straße hinunter taucht eine Familie aus einer Seitenstraße auf. Fünf Kinder in bunt zusammengewürfelter Prozession, angeführt von einem mageren Rotschopf mit bösem Gesicht. Die Rothaarige stapft auf den Fußgänger-überweg zu, zerrt am Arm eines dürren Jungen, der nicht älter als neun sein kann und eine Baseballkappe trägt. Zwei etwas kleinere Jungen – Zwillinge? – laufen hinterher, gefolgt von einem stämmigen fünf- oder sechsjährigen Kind. Das Schlusslicht bildet ein kleineres Mädchen in einem lila Bade-anzug.

Ich konzentriere mich auf sie. Ich befinde mich im fünften Stock, aber ich kann jede Einzelheit erkennen. Sie watschelt wie ein Entenküken, ihre Schritte sind flach und unregelmäßig. Kupfer-farbene Locken hüpfen um ihr Gesicht herum, während sie den Kopf von rechts nach links wendet und alles betrachtet: den Verkehr, die Touristen, die Gebäude, die Geschäfte. Sie ver-sucht, mit ihren Geschwistern Schritt zu halten, wird aber abge-lenkt, zuerst von einem Hund, dann von etwas Kleinem auf dem Boden. Sie bleibt stehen, um es aufzuheben, und ich spüre, wie ich unwillkürlich zusammenzucke. »Heb das nicht auf, Süße«, murmele ich. »Das ist eklig.« Ich schaudere, als das kleine Mäd-chen es – was immer es ist – in den Mund steckt.

Vorne wirbelt die rothaarige Frau herum und wirft frustriert die Hände nach oben. Die Zwillinge streiten sich. Sie lässt die Hand des älteren Jungen los, stapft zum Ende der Gruppe und schubst einen der Jungen ein wenig. Unterdessen ist das kleine Mädchen im Badeanzug stehen geblieben, um zu den Souvenirständen auf der anderen Straßenseite hinüberzustarren. Bunte Bälle und sich drehende Windmühlen stapeln sich unter rot-weiß gestreiften Markisen. Sie zeigt fasziniert darauf und tappt auf den Bordstein zu.

Ich umklammere das Balkongeländer.

In seliger Unwissenheit hockt sie sich hin, obwohl aus beiden Richtungen Autos an ihr vorbeirasen, und greift nach unten, um am Bordstein Halt zu finden. Sie senkt eines ihrer molligen Füßchen auf den Asphalt herab, und ich unterdrücke ein entsetztes Schluchzen – in diesem Moment kommt ihr ein Mann in Hawaii-Hemd zur Rettung, während eine Kakophonie aus Hupen ertönt. Er packt den Arm des kleinen Mädchens und zerrt es auf den Bürgersteig zurück. Mir wird ganz schwach vor Erleichterung.

Die Rothaarige, die den Tumult mitbekommen hat, kehrt nun zurück. Sie ignoriert den Fremden, der ihrer Tochter das Leben gerettet hat, vollkommen, beugt sich herab, kommt mit ihrem großen roten Gesicht der Kleinen ganz nah und schreit sie so laut an, dass ihre Stimme bis zu meinem Balkon heraufdringt. Dann hebt sie die Hand und schlägt dem kleinen Mädchen fest auf die Beine.

Mehr ist nicht nötig. Ich sehe ihr verängstigtes kleines Gesicht und spüre den schmerzhaften Schlag auf meiner eigenen Haut.

Plötzlich erwacht etwas in mir brodelnd zum Leben. Ich springe auf und komme mir vor, als würde ich aus einem endlos langen Tunnel kommen und dabei nach Luft schnappen, als hätte mich soeben jemand aus einem mit Wasser gefüllten Grab gezogen.

Ich packe den Griff meines Koffers, zerre ihn hinab in die Lobby. Ich bezahle meine Rechnung und gebe dem Hoteldiener die Anweisung, mein Auto zu den Parkplätzen an der Straße zu bringen.

»Ich hoffe, Sie haben Ihren Aufenthalt hier genossen, Madame«, sagt die Dame am Empfang. »Hüten Sie sich vor dem Unwetter.«

»Unwetter?«

»*Oui, Madame.* Für heute Vormittag ist ein Unwetter vorausgesagt.«

Ich blicke aus dem Fenster zum klaren blauen Himmel hinauf. »Nun ja, bis jetzt ist noch nichts zu erkennen. Ich glaube, dann werde ich noch einen Abstecher an den Strand machen, um ein letztes Mal schwimmen zu gehen.«

»Sehr wohl. Wollen Sie Ihr Gepäck bei der Concierge lassen?«

»Nein, danke. Ich bringe es ins Auto.«

Der Porsche wird auf einer Seitenstraße direkt hinter dem Hotel abgestellt. Nachdem ich meinen Koffer im Kofferraum verstaut habe, werfe ich mir meine Strandtasche über die Schulter und überquere die Straße in Richtung Strand; unterwegs kaufe ich noch im Uexpress an der Ecke eine Schale Erdbeeren.

Am Strand ist für einen Montagmorgen erstaunlich viel los.

Sorgfältig suche ich mir ein geeignetes Plätzchen. Ich lege mich auf die Sonnenliege und setze die Sonnenbrille auf. Ich will sie nur beobachten. Nur in ihrer Nähe sein.

Mit ihren kupferfarbenen Locken und ihrer milchweißen Haut sieht sie eigentlich nicht aus wie mein Baby, zumindest nicht auf den ersten Blick. Sie ist älter als Aurelia es war, dennoch gibt es ein paar Ähnlichkeiten. Die Art, wie sie den Kopf schief legt. Wie sie das Kinn auf die Brust drückt, wenn etwas ihre Aufmerksamkeit fesselt. Die blütenblattähnliche Unterlippe, die Position ihrer Ohren, die Art, wie sie beim Laufen die Ellbogen anwinkelt, wie eine geschäftige Hausfrau. Keine Zeit, stehen zu bleiben, viel zu tun, immer auf dem Sprung.

Ich hole die Erdbeeren aus meiner Tasche – Aurelias Lieblingsobst. Ich stelle das Schälchen auf meine Liege und hole die größte, saftigste heraus. Ich halte sie ihr hin und presse den Finger an die Lippen. *Pssst, das ist ein Geheimnis.* Niemand sieht es; die Menschen in meiner Umgebung nehmen ein Sonnenbad und haben die Augen geschlossen, und der Rotschopf ist viel zu sehr damit beschäftigt, auf dem Handy herumzuwischen und zu scrollen. Das kleine lockenköpfige Mädchen tappt zu mir herüber, beäugt die Erdbeere. Ich lächle, und sie kommt noch etwas näher. Schließlich fasst sie Mut und schnappt sie sich aus meiner Handfläche. Dann entdeckt sie die Schale und nimmt sich noch eine, dann noch eine, stopft sie sich in den Mund, bis ihr der Saft übers Kinn läuft. Mit ihren zweieinhalb, vielleicht drei Jahren ist sie bereits eine geübte Diebin.

»Komm her, Erdbeer-Mädchen«, sage ich, strecke eine Serviette nach ihr aus, um den Beweis von ihrem Gesicht abzuwischen – und mir bleibt das Herz stehen. Ihre Augen. Sie sind vollkommen verschiedenfarbig, wie zwei Edelsteine: das eine goldbraun, das andere von der Farbe seichten Meerwassers.

Mit beinahe körperlicher Macht kommt mir Aurelias Gesicht in den Sinn; diese glitzernden komplexen Brauntöne und dann dieser kleine blaue Fleck, der kleine Gezeitentümpel.

Es überwältigt mich. Das ist ein Zeichen.

Eine halbe Stunde später setzt die Rothaarige sich auf. Sowohl ihr Gesicht als auch ihre Schultern sind jetzt von einem schmerzhaften Orange-Pink überzogen. Red Mum, denke ich mit einem Lächeln.

Ich wende mich wieder Erdbeerchen zu. Sie sieht Aurelia jetzt immer ähnlicher. Wenn ich die Augen nur richtig zusammenkneife, kann ich beinahe glauben, dass sie es *ist*. Sie ist wunderschön, erstaunlich, und niemand nimmt nur die geringste Notiz von ihr. Hunderte besonderer, kleiner Augenblicke – Lächeln und Stirnrunzeln und Ausrufe – werden wie Brautsträuße von ihr in die Luft geworfen, und ich bin die Einzige, die sie auffängt. Ein Teil von mir will Red Mom ordentlich zusammenstauchen: »Stell dein Getränk ab, Frau! Sieh dir an, was dir entgeht!« Aber ich lasse es sein. Es gefällt mir, Erdbeerchen ganz für mich allein zu haben.

Wir spielen Kuckuck miteinander. Sie schenkt mir Kieselsteine. Ich finde ein paar alte Kassenzettel im hinteren Teil meiner Handtasche, und sie malt Bilder darauf, überreicht sie mir wie Liebesbriefe. Ich sehe, wie Red Mum sich Kaffee wie Tequila-Shots hinter die Binde gießt und sich nur ein- oder zweimal um-dreht, um nach ihrer Tochter zu schauen.

Als die Mittagszeit naht, steht Red Mum total unter Strom. Sie trommelt mit den Fingern, wackelt mit den Füßen und presst das Handy ans Ohr, um einen erfolglosen Anruf nach dem nächsten zu tätigen. Leise vor sich hin murmelnd starrt sie aufs Wasser hinaus, dann scheint sie eine Entscheidung zu tref-fen. Sie wirft das Handy auf ihre Liege und fängt an, ihre Hab-seligkeiten in ihre Strandtasche zurückzuschleudern. Dabei bellt sie ihren Kindern auf Französisch irgendetwas zu und wischt sich unwirsch krause Strähnen ihres roten Haars aus dem Gesicht.

Mit hängenden Köpfen schlurfen nach und nach vier miss-mutige Kinder aus den Wellen an den Strand.

Ich bewege mich nicht, gerate aber innerlich in Panik. Ich schaue mich nach Erdbeerchen um, kann sie aber nirgends ent-decken. Ich will nicht, dass sie geht.

Red Mum schlägt nun immer hektischer mit den Flügeln. Sie wirft sich die Tasche über die Schulter und stapft mit dem Handy am Ohr Richtung Ausgang davon. Sie schreit ein paar grob klingende Worte über die Schulter, aber Erdbeerchens aufgedrehte Geschwisterschar bekommt gar nichts mit. Sie drängeln sich an den Sonnenanbetern und Kellnern vorbei, kreischen und zanken und versuchen, sich gegenseitig ein Bein zu stellen.

Erdbeerchen sehe ich immer noch nicht. Ich setze mich auf. Wo ist sie? Und dann höre ich ein Kichern, und etwas pikst mich von unten an. Ich gleite von meiner Liege herunter und lasse mich auf Hände und Knie herab. Sie hat sich zu einer Kugel zusammengerollt und ihr wunderschönes Gesicht hat einen schelmischen Ausdruck angenommen. »Hey, Äffchen«, flüstere ich. »Du läufst jetzt lieber auch los. Sonst gehen sie noch ohne dich.«

Erdbeerchen legt einen Finger auf die Lippen. *Pssst.*

»Komm schon«, sage ich sanft. Mein Blick schweift von dem kleinen Mädchen zu ihrer schnell davonschreitenden Mutter und wieder zurück. Ich weiß, dass ich ihr hinterherrufen sollte: *I ley! Stopp! Sie haben da etwas vergessen!* Aber die Worte wollen mir einfach nicht über die Lippen kommen.

»Komm schon«, sage ich noch einmal zu Erdbeerchen und wische mir die Tränen aus den Augen. Ich strecke die Hand aus, aber Erdbeerchen schüttelt den Kopf. Wieder hält sie den Finger an die Lippen. *Pssst.*

Und dieses Mal tue ich es ihr gleich, bin ihr Spiegelbild.

Eine kalte Windbö zerzaust mein Haar. Überrascht blicke ich zu dem sich bauschenden blau gestreiften Stoff des Sonnenschirms hinauf und sehe in der Ferne eine sich auftürmende Masse aus dunkelvioletten Wolken. Woher kommen die so plötzlich? Um mich herum starren die Leute staunend zum Himmel hinauf.

Erdbeerchen krabbelt unter der Sonnenliege hervor.

Wieder ein kräftiger Windstoß, diesmal noch stärker. Ein paar Handtücher werden zu Boden gefegt. Im Restaurantbereich flattern die Speisekarten von den Tischen und wirbeln über die Terrassendielen davon.

Es folgt eine Pause, dann legt der Sturm so richtig los – wie ein Orchester, das anfängt zu spielen. Das Meer schwillt an und spuckt eine riesige weiße Welle auf den Sand – der Einsatz für einen dröhnenden Donnerschlag. Dann stimmt der Regen mit ein, klopft einen leisen Rhythmus, eine Ouvertüre, die schnell immer lauter und kräftiger wird, bis jede verfügbare Oberfläche von einer prasselnden Percussion dicker Wassertropfen widerhallt.

Erdbeerchen stößt ein Geheul aus und streckt mir die Arme entgegen.

Der Regen rinnt in Strömen von den Kanten der Schirme herab. Menschen, die noch vor wenigen Augenblicken wie tot auf ihren Sonnenliegen ruhten, springen jetzt auf und werfen sich die Handtücher über den Kopf. Sie hasten durch die Reihen der weißen Strandmöbel, stolpern übereinander, um unter das Dach des Restaurants zu gelangen.

Eine Frau vor mir wickelt ihren kleinen Jungen in einen Sarong, sodass er von Kopf bis Fuß eingepackt ist. Sie hebt ihn hoch und eilt mit ihm davon. Sein kleines Gesicht ist unter der flauschigen Kapuze kaum mehr sichtbar. Eine Familie eilt vorüber, ebenfalls mit entsprechend eingewickelten Kindern im Arm. Eines von ihnen heult wie eine Sirene. Der Vater fängt meinen Blick auf und wirft mir ein verschwörerisches Elterngrinsen zu. *Das Leben mit Kids, was?*

Das Trommeln des Regens verwandelt sich in ein lautes Hämmern harter Gegenstände, denn nun fallen Hagelkörner vom Himmel. Erdbeerchen schreit auf, als eines davon seine Schulter streift. »*Maman!*«, ruft sie.

Ohne nachzudenken nehme ich das Mädchen auf den Arm und halte es fest. »Ist schon gut, Kleines«, sage ich und ziehe sie an mich. »Ich passe auf dich auf.«

Über uns kracht der Donner.

Ich passe auf dich auf …

Ich greife nach meinem Handtuch auf der Liege und werfe es Erdbeerchen über den Kopf, genau wie die Frau mit dem kleinen Jungen es zuvor getan hat.

Ich passe auf dich auf …

Erdbeerchen schmiegt das Gesicht an meine Schulter … und plötzlich halte ich sie wieder im Arm, mein Baby, meine Aurelia, und ich renne zum Auto, lasse Geburtstagskuchen und Geschenke zurück, und dann bin ich im Krankenhauszimmer, machtlos und verängstigt, durchlebe noch einmal jenen schmerzlichen, grausamen Augenblick, in dem sich ihre Augen mit Furcht füllen, den Augenblick, in dem sie die Hoffnung verliert, den Augenblick, in dem ihr klar wird, dass ihre Mummy sie nicht retten kann. Ich sehe, wie sie unter den Händen der Ärzte erschlafft, genau wie Jahre zuvor meine eigene Mutter in meinen Armen erschlafft war. Ich sehe, wie sie die Augen verdreht, wie ihre Haut wie Beton erstarrt, und ich weiß, dass ich sie im Stich gelassen habe.

Aber ich werde sie nicht noch einmal im Stich lassen.
»Schon gut, Süße«, sage ich, während der zarte Duft von Aurelias Haut meine Nase erfüllt. »Alles wird gut. Mummy ist hier.«

Ich haste auf das Restaurant zu, die Schultern zum Schutz gegen den Wind hochgezogen. Aber dort ist kein Platz; unter dem Vordach drängen sich nasse, schwatzende Touristen zusammen. Ich versuche, mich hineinzudrängen, aber niemand bewegt sich. Also renne ich zum Ausgang.

Ein lilafarbener Schirm liegt achtlos weggeworfen am Fuße der Treppen, und ich schnappe ihn mir. Ich verlagere Aurelia so, dass sie auf meiner Hüfte sitzt, öffne den Schirm und stemme ihn gegen den Wind.

Ich eile die Stufen hinauf zur Promenade. Ich hebe den Schirm ein wenig und werfe einen Blick auf den Bürgersteig. Der Hagel hat aufgehört, und der Regen lässt nach, aber das Wasser schießt noch immer wie ein Fluss durch die Gosse. Ich halte nach Scheinwerfern Ausschau und zucke zusammen, als ein heller Blitz die Straße beleuchtet.

Plötzlich ertönt ein entsetzlicher Knall: ein ohrenbetäubendes Krachen, das mir den Atem raubt.

Ich taumele rückwärts, als das Krachen zu einem Getöse anschwillt, und dann wird die ganze Welt von einem sengenden orangefarbenen Licht verzehrt. Aurelia schreit, und einen verwirrenden Augenblick lang glaube ich, dass sich die Erde unter mir auftut. Ich höre laute Stimmen und ein schmerzhaftes, reißendes Geräusch; die Erde bebt – doch sie reißt nicht auf, und wir werden nicht in die Tiefe gerissen. Stattdessen frischt der Wind auf und startet einen seltsamen Angriff aus heißen und kalten Gegenständen auf meiner Haut. Glühende Asche überall, heiße Funken, die zischend und knallend protestieren, als sie auf den nassen Beton treffen. Ich drehe mich um und entdecke ein wütendes Feuer, das nur wenige Meter von mir entfernt lodert: Eine Palme ist vom Blitz getroffen worden. Ihr gespaltener Stamm ist quer über die Straße gestürzt, in den Blättern knistern Flammen. Abgebrochene brennende Zweige bedecken den Boden. Ich beobachte, wie das Feuer gegen den Regen ankämpft, bemerke zu spät, dass auch Aurelia es wie gebannt anstarrt, den Mund weit aufgerissen, das Gesicht von Asche bedeckt. Sie hat schreckliche Angst.

Eine Stimme zu meiner Linken ruft auf Englisch: »Geht es Ihnen gut? Sind Sie verletzt?«

Ich drehe mich zu der Stimme um, doch ein plötzlicher Windstoß bläst mir Rauch und Asche direkt ins Gesicht und in die Kehle. Ich halte den Schirm vor mich, verwandle ihn in einen Schild.

Einen Moment lang kann ich nichts sehen. Ich rufe nach der Hilfe, die scheinbar wieder verschwunden ist, und stürze davon, stolpere, als mein Fuß vom Bordstein abrutscht. Die Straße ... ich bin beinahe da. Ich schaffe das.

Ich packe mein zitterndes Babys fester und haste weiter, wobei ich in der Sturzflut eine Sandale verliere. »Nicht mehr weit, Kleines, halt durch«, schreie ich, während ich mich auf die andere Seite kämpfe. Es gelingt mir, nach rechts abzubiegen und weiterzulaufen, bis ich an eine Ecke gelange, die ich kenne. Dann bin ich in einer Seitenstraße, dann bei einem Auto, und da ist mein Mietwagen, der Porsche.

Flüchtig nagt das Gefühl an mir, dass ich etwas tun, dass ich irgendwohin gehen sollte, aber beides fällt mir nicht mehr ein, und der Regen prasselt immer noch auf mich herunter. Aurelia schreit; sie ist so schwer, ein großes Mädchen inzwischen, und sie ist tropfnass. Ich muss sie ins Auto setzen, damit sie nicht krank wird ...

Ich halte den Schirm und Aurelia weiterhin fest, streife den Riemen meiner durchweichten Strandtasche von meiner Schulter und krame nach den Schlüsseln. Ich schließe das Auto auf, öffne die hintere Tür – und der unerwünschte Kindersitz begrüßt mich wie ein alter Freund.

Ich lasse den Schirm los, damit der Wind ihn davonträgt, ziehe das nasse Handtuch von meiner schluchzenden Tochter und schiebe sie in den Sitz, wo ich sie sorgfältig anschnalle. Ich werfe meine Tasche in den Fußraum und knalle Aurelias Tür zu. Dann hechte ich auf die andere Seite, öffne die Fahrertür und steige rasch ein.

Eine Sekunde lang weiß ich nicht so genau, wo ich bin.

Was ist los? Was tue ich hier? Was kommt als Nächstes?

Der Regen hämmert auf das Dach des Porsches und fließt über die sich langsam beschlagende Windschutzscheibe.

Autofahrt.

Jetzt weiß ich es wieder. Ich mache eine Autofahrt zu einem neuen Haus. Einem neuen Leben. Dort treffe ich meinen Mann. Unterwegs komme ich durch Marseille, besichtige die Kathedrale.

Ich stecke den Schlüssel ins Zündschloss.

Auf dem Rücksitz ein leises Wimmern.

Ich spüre, wie ich erstarre. Ein Muskel zuckt in meiner Wange.

»Maman?«

Mein Körper macht dicht. Ich kann mich nicht umdrehen.

Aurelia?

Einatmen. Ausatmen.

Ich schließe die Augen.

»Alles gut«, sage ich. »Mummy ist da. Fahren wir nach Hause, okay?«

Mit zitternden Fingern starte ich den Motor und schalte die Belüftung ein. Der Nebel auf der Windschutzscheibe ist beinahe auf der Stelle verschwunden.

37

Emily

Emily saß bei laufendem Motor hinter dem Steuer des SUVs, die Augen auf den Eingang eines braunen Gebäudes gerichtet. Glastüren glitten auf und wieder zu, und Menschen gingen ein und aus. Sie kaute auf ihrer Unterlippe herum und spähte mit zusammengekniffenen Augen durch die regenbespritzte Windschutzscheibe.

Ein Mann in marineblauer Hose und hellblauem Hemd tauchte auf, schlenderte durch die Türen auf einen Wagen zu, der am Bordstein parkte. Emily setzte sich auf, die Finger um den Türgriff gekrallt. Aber in letzter Minute ließ sie los und beobachtete, wie der Mann davonfuhr, denn was sollte sie auch sagen?

Ich weiß, wo Amandine Tessier ist.

Sie machte den Mund auf, um die Worte auszuprobieren, um zu hören, wie sie wohl klangen, doch sie blieben ihr im Hals stecken wie trockene Krümel.

»Fuck.« Sie beugte sich vor und schlug den Kopf gegen das Lenkrad. Was zum Teufel dachte sie sich dabei, vor einem Polizeirevier herumzusitzen nur wegen etwas, das sie im Internet gesehen hatte oder glaubte gesehen zu haben? Sie konnte sich irren. Sie irrte sich doch dauernd.

Das ist verrückt, sagte sie sich. *Du bist verrückt*. Wer ins Meer watet und sich danach tropfnass ins Auto setzt, um anschließend über eine Stunde lang im Kreis zu fahren und Selbstgespräche zu führen, kann nur verrückt sein, oder? Sie hatte überlegt, ob sie anhalten und jemanden um Hilfe bitten sollte, aber schon die Vorstellung, tatsächlich mit jemandem zu sprechen, einem Fremden, einem *französischen* Fremden, der nicht verstehen würde, wovon zum Teufel sie überhaupt sprach, war ihr unerträglich gewesen. Vielleicht würde man sie ja für betrunken oder übergeschnappt halten; vielleicht würde jemand die Polizei rufen und man würde *sie* verhaften, man würde *sie* in eine Gummizelle stecken, als sei *sie* diejenige, die ein Verbrechen begangen hatte.

Emily bekam kaum mehr Luft. Was, wenn die Polizei sie verhaftete? Was, wenn man sie für eine Mitverschwörerin hielt? Was, wenn man sie ins Gefängnis steckte und ihre Eltern anrief – oder noch schlimmer, Nina, die sämtliche Beweise verstecken und sich herausreden würde. Was würde dann geschehen?

Aber nein, niemand würde verhaftet werden, weil sie sich wahrscheinlich einfach nur irrte. Das Mädchen auf dem Foto war nicht Aurelia. Nein. Sie selbst war einfach nur zu lange eingesperrt gewesen. Sie hatte all das Seltsame, das in letzter Zeit passiert war, zu einem eigenen kleinen Drama verarbeitet.

Oh Gott, ich will einfach nur nach Hause, dachte sie und wünschte sich verzweifelt, Juliets Arme um sich zu spüren. Ihre Eltern würden helfen. Sie würden ihr sagen, was sie jetzt tun sollte. Emily legte eine Hand auf die Schlüssel und die andere auf den Schalthebel, bereit, sofort zum nächsten Flughafen zu fahren oder – noch besser – nach Norden, geradewegs nach Calais, wo eine stabile Fähre sie meilenweit über die raue See tragen würde.

Aber sie konnte nirgends hin. Ihr Ausweis lag in einer Schublade in ihrem Schlafzimmer auf Querencia.

Dann geh einfach zur Polizei, sagte sie sich und schaltete den

Motor wieder aus. Sie sollte dort einfach hineingehen und ihnen sagen, was sie vermutete. Sicherlich würden sie zumindest einen Polizeiwagen hinschicken und sich umsehen? Sie konnten es unter einem Vorwand tun – eine »Routineüberprüfung« oder so etwas. Sie würden sowieso nichts finden, nur eine ganz normale Familie, die in Ruhe gelassen werden wollte.

Aber wenn Emily recht hatte, wenn Scott und Nina *tatsächlich* etwas Schreckliches getan hatten, wenn das wirklich Amandine Tessier war und sie gegen ihren Willen dort festgehalten wurde … dann sollte es so sein. Aurelia – nein, *Amandine* – würde wieder ihrer rechtmäßigen Familie übergeben werden, und Nina würde …

Ins Gefängnis kommen.

Plötzlich wurde ihr klar, was das alles bedeutete. *Oh Gott, Nina, was hast du getan?* Und Scott … auch er würde verurteilt werden. Alles, wofür er sich sein Leben lang abgerackert hatte, alles, was er sich aufgebaut, alles, was er geschafft hatte, alles, was er war, was er besaß: Er würde alles verlieren, und er würde im Gefängnis sterben, denn die Scham würde ihn umbringen. Sie würden ihn finden, den Kopf in einer Schlinge, die in einer schäbigen kleinen Zelle von der Decke baumelte.

Emily schluchzte, während sich der Regen draußen verstärkte. Sie brachte es nicht fertig. Sie konnte sie nicht verraten; diese großartigen, wunderbaren Menschen, die sie aufgelesen und bei sich aufgenommen hatten, die für sie gesorgt hatten, als gehöre sie zu ihnen. Sie waren gut, sie waren freundlich, sie waren ihr neues Zuhause. Sie *liebte* sie …

KLOPF, KLOPF, KLOPF. Eine verschwommene Gestalt hämmerte gegen das Beifahrerfenster. Jemand stand auf dem Gehsteig, wischte mit einem schwarzen Ärmel das Wasser von der Scheibe und schaute herein. Emily schrak zurück.

»Allo, ça va?«, rief eine weibliche Stimme.

Sag es ihr. Sag es ihr jetzt.

»Ça va?«, fragte die Polizistin wieder.

Sag es ihr.

Unschlüssig wandte sich Emily wieder der Windschutzscheibe zu. Sie war hin- und hergerissen. Doch dann entdeckte sie etwas. Einen weißen Lieferwagen. Er stand mit laufendem Motor an der Ecke, die Scheinwerfer eingeschaltet. Auf dem Fahrersitz ein dunkler, massiger Schatten.

Sie richtete sich kerzengerade auf.

»Madame? Puis-je vous aider?«

Emily drehte den Schlüssel im Zündschloss, tastete nach dem Schaltknüppel und legte den Gang ein; dann bog sie scharf auf die Straße ab und ließ die Polizistin mit offenem Mund im Regen stehen.

38

Emily

Im Zustand absoluter Panik fuhr Emily nach Querencia zurück. Sie führte Selbstgespräche, haderte mit ihrem Gewissen, bog von der Straße ab und wendete, nur um wenige Augenblicke später die Richtung schon wieder zu wechseln.

Beruhige dich, sagte sie sich. *Denk nach.*

Sie war überzeugt gewesen, dass der dunkle Schatten in dem weißen Truck Yves gewesen war, dass er ihr bis hierher gefolgt war. Aber das war lächerlich ... oder? Sie dachte an den Tag, als sie ihn auf dem Markt gesehen hatte. War er ihr vielleicht auch damals gefolgt? Wie oft war er ihr sonst noch bei einer Einkaufstour hinterhergefahren? Jedes Mal? War sie nie allein gewesen?

Sei nicht albern. Das hier ist kein Spionagefilm. Niemand »beschattet« dich, niemand ist »hinter dir her«. Scott und Nina würden sie niemals bedrohen oder ihr ein Leid zufügen, sagte sie sich. Doch anstatt überzeugt zu sein, fühlte sie sich nur verunsichert.

Sie machte sich Vorwürfe, dachte darüber nach, erneut zu wenden. Sie hätte es der Polizei sagen sollen. *Feigling.*

Aber eigentlich war es gar keine Feigheit, und auch keine Angst. Es lag nicht einmal an der Vertraulichkeitsvereinbarung, die sie in London unterschrieben hatte, deren Sinn und Zweck sie erst jetzt allmählich verstand. Nein, sie war nur deshalb nicht auf das Polizeirevier gegangen, weil sie nicht genau wusste, ob es überhaupt irgendetwas zu erzählen gab.

Wenn sie doch nur mit Scott hätte reden können. Er konnte sicher alles erklären. Wieder dachte sie an ihr Handy, das nutzlos in ihrem Kleiderschrank lag.

Sie konnte ihre aufgewühlten Gedanken nicht länger ertragen, deshalb schaltete sie einen lokalen Radiosender ein und konzentrierte sich auf das Französisch, übersetzte teilweise idiotische Unterhaltungen über Hunde und den Zustand der Straßen. Sie atmete lang und tief in den Bauch, achtete bewusst auf ihre Umgebung und entspannte ihre Muskeln – einen nach dem anderen. Sie ließ die Schultern sinken und öffnete die Fenster. Sie visualisierte ihre Angst als Ballon, der zum Himmel hinaufschwebte, und als sie die Abzweigung nach Querencia erreicht hatte, waren ihre Augen trocken, der Regen hatte aufgehört, und sie war überzeugt, dass sie vollkommen irrational reagiert hatte. Melodramatisch. Falsch.

Das Foto, das sie auf Google entdeckt hatte, konnte unmöglich Aurelia gewesen sein. Was für eine alberne, *alberne* Idee. Sie war wohl verrückt geworden, vor dem Polizeipräsidium herumzusitzen. Was hatte sie sich nur dabei gedacht? Sie und Nina würden später wahrscheinlich darüber lachen.

Du hast was?, würde Nina nachfragen.

Ich weiß, würde Emily antworten. *Ich bin wohl ziemlich durchgeknallt, oder?*

Absolut!

Total verrückt!

Sie kicherte noch immer vor sich hin, als sie das Tor erreichte, aber ihr Lächeln erstarb, als sie daran dachte, dass sie heute Morgen das Tor von Hand hatte aufschließen müssen. Stumm betrachtete sie das Kontrollfeld und entdeckte, dass das rote Licht wieder blinkte. Misstrauisch gab sie den Code ein.

Emily blinzelte, als der Mechanismus sofort anfing zu summen. Es dauerte ewig, bis sich das Tor geöffnet hatte. Die Angeln quietschten laut, und die schwarzen Buchstaben schienen sich zu krümmen, als das Metall zurückglitt. Langsam fuhr sie über die sandige Auffahrt und parkte auf ihrem üblichen Platz vor dem Gästehaus. Vielleicht lag es am Wetter, aber beide Häuser wirkten jetzt schmutziger als heute Morgen.

Sie stieg aus und hielt inne, spitzte die Ohren, ob irgendein Laut ihr verriet, wo Nina war. Beinahe genau wie an ihrem ersten Tag hier drehte sie sich im Kreis, betrachtete das ordentliche Kreismuster auf dem Rasen und die Pfade, die über das Grundstück führten. Außer dem Geräusch leise tropfenden Wassers war alles ruhig.

Wahrscheinlich waren sie drinnen. Vielleicht sollte sie jetzt erst mal duschen. Danach würde sie wieder klar denken können. Sie erklomm die Veranda des Gästehauses und streifte ihre Sandalen ab. Dann stieß sie die Tür auf und schaltete das Licht im Flur an.

»Himmelherrgott noch mal!«

Im Türrahmen stand Nina, die Hände in die Hüften gestemmt. »Hey, da bist du ja«, sagte sie lächelnd. »Du bist zurück.«

Emily starrte sie an. Die Handtasche glitt ihr von der Schulter und landete mit einem dumpfen Geräusch auf dem Boden. »Hi«, sagte sie zu laut.

Nina legte den Kopf schief. »Du hast uns heute Morgen einen Schreck eingejagt, als du so davongerast bist. Wir dachten schon, es wäre ein Notfall.«

»Oh. Nein. Ich war nur ... ein wenig unterwegs.« *Sie ist wirklich groß*, dachte Emily. *Und fit. Wahrscheinlich könnte sie ziemlich weit und schnell rennen.*

»Wo warst du?«

Emily musterte Ninas Gesicht auf der Suche nach … irgendetwas. Schuld. Panik. Einem großen roten »K« für »Kidnapper«. Dann ging ihr auf, dass sie sich bislang keine Ausrede hatte einfallen lassen. »Ich, äh, war im, äh, Supermarkt«, stammelte sie. »Ich war in der Vorratskammer und habe entdeckt, dass ein paar Sachen ausgegangen sind, weißt du? Ich war heute sowieso früh wach, also dachte ich mir …« Sie verstummte, erkannte zu spät, wie fadenscheinig ihre Lüge war. Im Auto waren keine Einkaufstaschen, keine Einkäufe, kein Kassenzettel.

Ninas Blick flackerte zur Tür, als hätte sie ihre Gedanken gelesen.

»Tolle Idee«, sagte sie und kam näher. »Soll ich dir beim Ausladen helfen?«

»Oh, na ja, nein, denn er war zu. Der Supermarkt, meine ich. Keine Ahnung, warum.«

Sie merkte, dass sie zitterte. *Komm schon, Emily. Du bist Schauspielerin, oder nicht? Also SPIEL IHR WAS VOR!*

Nina sah sie ohne zu blinzeln an, doch Emily holte tief Luft und hielt ihrem Blick stand. »Ein Feuerwehrfahrzeug stand davor. Sie haben niemanden reingelassen, deshalb bin ich in einem Städtchen in der Nähe einen Kaffee trinken gegangen und habe mich dort ein wenig umgesehen. Ich hoffe, du hast nichts dagegen. Ist schon eine Weile her, seit ich das Anwesen verlassen habe.«

»Oh klar, es tut ja immer gut, mal rauszukommen.« Nina nickte. »Aber sag nächstes Mal einfach Bescheid, okay?«

»Okay.«

Es entstand eine Pause, in der Emily der Gedanke kam, dass

Nina mit ihr spielte. Vielleicht wusste Nina ja genau, wo sie gewesen war. Vielleicht war das vor dem Polizeirevier ja *tatsächlich* Yves gewesen.

»Hey, hör zu.« Nina berührte Emily am Ellbogen. »Ich wollte mit dir sowieso mal über gestern reden.«

»Gestern?«

»Aurelias Unfall?«

Emily schlug sich mit der Hand vor den Mund. Das hatte sie ja total vergessen. »Oh mein Gott, Aurelia. Wie geht es ihr? Ist alles in Ordnung?«

»Es geht ihr gut. War im Grunde nur ein Kratzer.« Nina zuckte fröhlich mit den Schultern. »Du weißt ja, wie diese Kopfwunden bluten können. Nein, ich wollte einfach nur sagen, dass es mir leid tut, die Beherrschung verloren zu haben. Das war total unangebracht. Ich hatte einen ganz fürchterlichen Tag, und als ich das ganze Blut sah, ist es einfach mit mir durchgegangen.«

»Schon gut.« Emilys Stimme klang hoch und zittrig.

»Nein, eigentlich nicht. Schließlich war es nicht deine Schuld.«

»Oh …« Emily fuhr verlegen mit der Hand durch die Luft. »Kein Problem.«

Sie standen einander einen Augenblick lang gegenüber, beide mit diesem Pantomimengrinsen auf dem Gesicht.

»Jedenfalls«, sagte Nina schließlich, »erwartet mich Aurelia am Pool. Das Mittagessen ist fast fertig, falls du uns Gesellschaft leisten willst?«

»Ja. Großartig. Ich springe nur noch schnell unter die Dusche.«

»Dann bis gleich am Pool.«

Nina bewegte sich als Erste und ging auf ihrem Weg zur Haustür um Emily herum. Kurz bevor sie hinausging, blieb sie jedoch stehen und drehte sich noch einmal halb zu Emily um.

»Was ich noch fragen wollte … wie bist du eigentlich heute Morgen durch das Tor gekommen?«

»Wie bitte?«

»Wir hatten heute Nacht einen Stromausfall«, erklärte Nina. »Das ganze System ist heruntergefahren. War das Tor denn nicht verschlossen?«

»Oh …« Ohne so genau zu wissen wieso, errötete Emily. »Ja. Aber ich habe einen Schlüssel.«

»Ach so.« Nina nickte und betrachtete nachdenklich die Tapete. »Du hast einen Schlüssel. Natürlich.« Und dann rauschte sie mit einem fast unmerklichen Lächeln zur Tür hinaus ins Tageslicht.

39

Scott

»Ah, da sind Sie ja«, sagte Verity, und ihre Absätze klapperten auf dem Betonboden des Zwischengeschosses. »Was machen Sie denn hier oben?«

»Nichts«, antwortete Scott und löste den Blick von der Aussicht auf das, was jenseits der Dachterrasse lag: graue Gebäude, flache Dächer und eine dicke Wolkendecke. »Ich schaue nur hinaus. Sind Sie noch nicht zum Mittagessen gegangen? Dann stimmt es womöglich, dass Sie von Luft und Effizienz leben?«

»Haha.« Verity stellte sich neben ihn und blickte ebenfalls über die Brüstung. Unten auf der Straße fuhren Autos. »Ich dachte nur, ich informiere Sie, dass Channel 4 wieder angerufen hat, um sich zu erkundigen, ob Sie es sich vielleicht doch anders überlegt haben und zu einem Interview für diesen Dokumentarfilm bereit sind.«

Scott schnaubte.

»Ich dachte mir, dass Sie das sagen würden. Außerdem wollte ich Ihnen das hier zeigen.« Sie reichte ihm ein Hochglanzmagazin, dessen erste Seiten umgeschlagen waren. »Offenbar sind Sie berühmt.«

Scotts Magen machte einen Satz. Dann sah er das Bild. Es zeigte drei Menschen auf einem roten Teppich. Zwei davon waren erschreckend schön und hatten die Arme umeinander geschlungen. Die dritte Person war gebeugt, graugesichtig, abgespannt. *Ich hätte mich rasieren sollen*, dachte er und erinnerte sich daran, wie er an diesem Tag direkt nach der Arbeit ein Taxi genommen hatte. Er hatte sich im Wagen umgezogen.

Er zuckte mit den Schultern und betrachtete wieder die Gebäude.

Verity schüttelte den Kopf. »Oh nein, diesmal lasse ich Sie nicht mit diesem blasierten Getue davonkommen.« Sie tippte mit dem Finger auf das Foto. »Das sind doch Sie, oder?«

»Ich glaube schon.«

»Und ist Ihnen klar, mit wem Sie da zusammenstehen?«

Scott wusste sehr gut, wer das war. Es gab wohl niemanden auf der Welt, der das Gesicht dieser Frau nicht gekannt hätte – oder das Gesicht ihres Ehemannes.

»Was hatten Sie denn mit den beiden zu *schaffen*?«, sprudelte es aus Verity heraus. Ihr sonst so kühles Verhalten war angesichts wahrer Promis wie weggeblasen. »Worüber haben Sie geredet? Wie sind sie? Oh mein Gott, ich bin ein Riesenfan von den beiden. Wann zum Teufel war das?«

»Auf dieser Benefizveranstaltung vor ein paar Wochen.« Scott seufzte. Er war ein Idiot. Er hätte nie hingehen sollen. »Irgendein Wohltätigkeitsball.«

»Oh ja, sie hat viel für wohltätige Zwecke übrig, stimmt's? Save the Children, oder?«

»Etwas in der Art.«

»Wo wir gerade beim Thema sind«, sagte Verity, klemmte sich die Zeitschrift unter den Arm und reichte ihm schwungvoll ein Blatt Papier.

»Was ist das?«, fragte er.

»Das ist von der Phare Foundation. Sie verleihen Ihnen dieses

Jahr den Ehrenpreis. Den Lodestar Award.« Sie lächelte. »Gratuliere.«

Scott betrachtete das Blatt.

Verity zog eine Augenbraue hoch. »Das ist der Hammer, wissen Sie? Letztes Jahr hat Taylor Swift diesen Preis gewonnen.«

»Was hat sie gemacht?«

»Hat jede Menge Geld an Opfer von Naturkatastrophen gespendet.«

»Ach ja?«

»Hm-hmmm. Und was haben *Sie* getan?«

»Oh, Sie wissen schon. Etwas ganz Ähnliches.«

»Für welchen Zweck?«

»Hab ich vergessen.«

»Interessant, denn hier steht, dass Sie ›beispiellose Geldsummen‹ ausschließlich für Wohltätigkeitsorganisationen gespendet haben, die sich dem Schutz und dem Wohlergehen von Kindern widmen. Insgesamt reden wir über eine Summe von …« Verity hielt inne. »Wow. Damit haben Sie aber ganz schön hinterm Berg gehalten.«

Scott ließ die Knöchel knacken. »Nun ja, wissen Sie, die Firma hatte eine Glückssträhne. Und ein Boot besitze ich schließlich schon, also …« Er wandte sich wieder dem Fenster zu, dem immer dunkler werdenden Himmel und den Menschen, die darunter herumkrabbelten wie Ungeziefer.

»Sie sind wirklich ein guter Mann, Scott«, sagte Verity nach einer Weile.

Er wand sich verlegen.

»Ich meine es ernst«, bekräftigte sie und trat einen Schritt näher. »Sie tun so viel, um anderen zu helfen, und nie lassen Sie sich das als Verdienst anrechnen. Sie haben sogar *mir* sehr geholfen und es wahrscheinlich nicht mal gemerkt.«

»Bitte«, sagte er zurückweichend. Er war kein guter Mensch. Das bisschen Geld, das er irgendwelchen Wohltätigkeitsorganisationen in den Rachen warf, würde nichts daran ändern.

»Ich wollte Sie nicht in Verlegenheit bringen, aber ich glaube, ich habe Ihnen nie richtig gedankt.«

Scott blieb mit einem Mal die Luft weg. Er verdiente keinen Dank. Er war ein Feigling, ein Versager, das älteste Klischee der Geschichte. Nicht besser als sein beschissener Vater.

In seiner Tasche vibrierte sein Handy.

»Sie haben mir eine Chance gegeben, als niemand sonst dazu bereit war«, fuhr Verity fort, die gerade offensichtlich zu einer Rede ansetzte. »Sie haben mir geholfen, wieder auf die Beine zu kommen. Sie haben mich gerettet.«

»Bitte«, wiederholte Scott. »Das ist nicht nötig. Er griff in seine Tasche, wobei eine unangenehme Gänsehaut seine Arme überzog. Er wich einen Schritt zurück, und Verity verkrampfte sich.

»Was ist los?«, fragte sie.

Er war unhöflich, das wusste er, aber er bekam keine Luft mehr. Er musste sofort weg hier. Sein Handy fühlte sich wie ein brennendes Holzscheit in seiner Hand an, das sein Fleisch bis auf die Knochen versengte.

»Entschuldigen Sie, ich muss, äh …«, er rannte die Treppe hinab und in sein Büro, schloss die Tür und schaltete das elektrochrome Glas auf opak. Als die Wand vollkommen undurchsichtig war, nahm er das Handy heraus. Und da waren sie, gefangen in einer Sprechblase, jene Worte, von denen er so sicher war, sie niemals lesen oder hören zu müssen.

Sie weiß es.

Sein Herz setzte einen Schlag aus. Sein Mund wurde trocken.

Dann eine weitere Nachricht, die der ersten auf dem Fuße folgte.

Sie wird es verraten.

Beinahe wäre ihm das Handy entglitten, so feucht waren seine Hände.

Keine Panik, tippte er, *wir geben ihr Geld.*

Drei Punkte erschienen am Fuße des Bildschirms, was eigentlich bedeutete, dass Nina etwas tippte, aber es erschien keine weitere Nachricht. Er stellte sich vor, wie sie im Keller saß, die Finger über der Tastatur ihres MacBooks.

Wie auf Autopilot durchquerte er mit nur drei Schritten das Zimmer und schnappte sich die Whiskeykaraffe und ein Kristallglas vom mittleren Regalbrett des Schrankes. Er goss sich eine großzügige Portion ein und kippte sie hinunter.

Als sie nach einigen Minuten noch immer nicht geantwortet hatte, versuchte er es noch einmal. *Warte noch. Unternimm nichts. Ich komme.*

Noch eine Pause. Noch ein Drink.

Nein, kam schließlich Ninas Antwort. *Ich bin es leid, die Dinge auf deine Art zu regeln. Ich kümmere mich selbst darum.*

Scott spürte, wie sein ganzer Körper so schlaff wurde, als treibe er im Wasser.

Dann holte er weit aus und schleuderte das Glas so heftig gegen die Wand, dass es in tausend glitzernde Scherben zerstob.

40

Emily

Das Mittagessen bestand aus einem dampfenden, glitzernden, brasilianischen Meeresfrüchteeintopf. Unten am Pool schwirrte Nina eifrig umher, holte Schüsseln und Besteck aus der Küche, arrangierte Blumen in einer Vase und goss selbst gemachte Limonade in einen Krug. Sie stellte alles sorgsam auf den Tisch und trat einen Schritt zurück, um ihr Werk zu bewundern. Ihr Gesicht war zu einem Barbie-Lächeln erstarrt, die Augen zu einem wilden Blick aufgerissen.

»Aurelia hat sämtliche Zitronen selbst ausgepresst, nicht wahr, Erdbeerchen?«, sagte Nina und deutete auf die Limonade. Sie goss ein Glas ein und reichte es Emily mit bebender Hand. Die Flüssigkeit darin schwappte sanft am Glas empor.

Aurelia bekam von der ganzen Anspannung nichts mit, sondern ordnete sorgfältig Figürchen um ihren Teller herum: Pferde, Feen, Hexen, Drachen. Sie hatte dunkle Ringe unter den Augen, aber ansonsten merkte man ihr vom gestrigen Drama nichts an; die Wunde war unter ihrem üblichen schlabberigen Strohhut verborgen. Emily hoffte nur, dass sie vernünftig versorgt und verbunden worden war.

»Super-duper fühlt sie sich heute nicht gerade«, sagte Nina, die Emilys Blick gefolgt war. »Das arme Ding hat eine schlechte Nacht gehabt.« Nina nahm ein Messer zur Hand und fing an, ein Baguette in schmale Scheiben zu schneiden. Aurelia blickte auf, als wolle sie fragen: *Wer, ich?*

Emily stellte ihre Limonade auf den Tisch, ohne einen Schluck davon zu nehmen. *Alles in Ordnung,* sagte sie sich. *Ich habe mich geirrt. Ich habe einen Fehler gemacht.* Sie versuchte zu lächeln, aber ihre Mundwinkel senkten sich automatisch immer wieder herab.

»Komm schon, mein Schatz.« Nina stand hinter Aurelia und rückte sie sanft zurecht, bis sie vernünftig am Tisch saß. »Du musst etwas essen.«

Emily setzte sich gegenüber hin. Die Sonne stand direkt über ihnen und brannte auf ihre Rücken hinab, erhitzte das Besteck, bis man es kaum noch anfassen konnte, weil es so heiß war.

Ich habe mich geirrt. Alles in Ordnung.

Sie starrte in ihre Suppentasse. Die Garnelen ragten aus der Oberfläche des Eintopfes hervor wie gekrümmte Finger.

Nina riss ein Stück Brot in kleine Stückchen und hielt sie Aurelia an die Lippen. Diese war so in ihr Spiel vertieft, dass sie nur den Mund öffnete und ernst vor sich hinkaute. Dann tippte sie Nina auf den Arm, um sie daran zu erinnern, dass sie den Spielfiguren ebenfalls etwas zu essen geben sollte. Nina gehorchte, und hielt das Stück Brot erst der Fee, dann dem Pferd, dann der Hexe hin.

Emily konzentrierte sich auf Aurelias Hände, jeder Fingernagel wie ein winziges Rosenblättchen. Am Zeigefinger hatte sie einen Fleck aus lila Tinte, und das linke Handgelenk zierten diverse fröhliche rote Stempel, auf denen *Gut gemacht!* stand. Auf ihrem Unterarm, gerade noch sichtbar unter der dicken Schicht aus Sonnencreme, waren die verräterischen Sonnensprossen. Und als sie einmal begonnen hatte, Aurelia zu mustern, konnte sie nicht mehr aufhören. Aurelias Haarwurzeln wurden von diesem Hut verdeckt, aber Emily glaubte, einen leicht unnatürlichen Schimmer an den Haarspitzen zu erkennen, einen unmerklichen Hauch von Rot. Sie rief sich das Google-Foto ins Gedächtnis und legte es im Geiste über Aurelias ernstes kleines Gesicht. Es passte perfekt.

Nein. Ich irre mich. Ich muss mich einfach irren.

Aber plötzlich wurde ihr alles klar, und zwar so schnell, dass sie die Tischkante umklammern musste, um nicht vom Stuhl zu fallen. Aurelia war nicht Aurelia. Sie war Amandine Tessier, ein kleines, französisches Mädchen, das im Alter von fast drei Jahren auf den Straßen Nizzas entführt worden war. Weitere drei Jahre lang hatte man sie hier auf Querencia versteckt. Sie war verwöhnt, verhätschelt und leidenschaftlich geliebt worden, und zwar von einer Frau, die nicht ihre Mutter war. Sie war bis zur Unkenntlichkeit verkleidet worden. Ihre »Erkrankung« bot eine Vielzahl von Entschuldigungen, um sie vor den Blicken der Öffentlichkeit zu verbergen, sie nicht zur Schule zu schicken und von Kopf bis Fuß zu verhüllen. Sowohl ihr Herz als auch ihre Muttersprache waren ihr auf grausamste Weise herausgerissen worden und durch etwas unaussprechlich Fremdes ersetzt worden. Das Trauma hatte sie verstummen lassen; sie war buchstäblich sprachlos vor Angst.

Und Nina … das war die Ironie daran, Nina hatte eine Heidenangst davor, jenen Menschen zu verlieren, den sie am meisten liebte. Täglich wurde sie von dem Gedanken gequält, dass jemand kommen und sie ihr wegnehmen könnte.

Plötzlich fühlte sich Emily dermaßen fremd hier, dass sie beinahe zusammengebrochen wäre. Sie gehörte nicht an diesen Ort, zu diesen Menschen. Sie wollte nach Hause flüchten, aber sie erkannte, dass sie gar nicht wusste, wo das war. Zum ersten Mal in ihrem ganzen Leben sehnte sie sich verzweifelt nach ihrer richtigen Mutter. Sie brauchte jetzt die Frau, die ihr das Leben geschenkt hatte, ihr eigen Fleisch und Blut. Ohne sie fühlte sich Emily klein und allein auf der Welt, eine Astronautin, die nicht mehr mit ihrem Raumschiff verbunden war.

Bitte, mach, dass das aufhört. Bitte, lass mich vergessen. Bitte, lass alles wieder so sein, wie es vorher war.

Unter dem Tisch versetzte ihr etwas einen Tritt. Sie sah auf und bemerkte, dass Aurelia sie mit großen Augen beobachtete, in der ausgestreckten Hand hielt sie ein Pferd. *Spiel mit mir.* Emily erwiderte Aurelias Blick und stellte fest, dass sie die Kontaktlinse jetzt sehen konnte, ein ganz schwacher Ring um die linke Iris herum, kaum wahrnehmbar, wenn man nicht danach suchte. Und Aurelias Gesichtszüge … Emily begriff nun, dass man sie komplett zum Narren gehalten hatte. Es gab keine wie auch immer geartete Ähnlichkeit mit Nina oder Scott. Ihre Nase war zu groß, ihre Augen zu rund.

Ein tiefes Gefühl des Verrats durchzuckte sie, schmerzhaft und bitter. *Sie haben mir nie vertraut,* dachte sie. *Sie haben mir immer nur etwas vorgespielt.*

»Geht es dir gut, Em?« Ein Blick in Ninas wunderschönes Gesicht, so voller Liebe und Sorge, und Emily wäre beinahe zusammengebrochen. »Du siehst gar nicht gut aus.«

»Ja, ich … ich sollte auf mein Zimmer gehen und mich hinlegen.«

»Tu das.« Nina sah ihr eindringlich in die Augen. »Hoffentlich hast du nichts Falsches gegessen.«

Irgendetwas in Emilys Brust wurde ganz eng. Sie sah Nina an. Dann blickte sie auf den Eintopf hinab.

»Kann ich dir irgendetwas bringen?«, fragte Nina, ohne mit der Wimper zu zucken.

»Nein, ich denke nicht.« Emily schob den unberührten Teller

von sich und stand auf. Ihr Stuhl scharrte lärmend über die Fliesen. »Ich ruhe mich einfach etwas aus.«

Bevor sie sich zum Gehen wandte, sah Emily auf, und ihre
Blicke trafen sich. Auch Ninas Augen schimmerten nun feucht
und waren voller Angst, voller Schmerz und Trauer ... und noch
etwas anderem.

Entschlossenheit.

41

Scott

Eigentlich sollte man Ryanair wegen Misshandlung verklagen, dachte Scott, während er sich auf seinem Flugzeugsitz wand und herumzappelte. Vielleicht sollte *er* sie verklagen.

Er schnappte sein Handy, drückte erneut auf die Ruftaste, hielt es sich wieder ans Ohr, aber niemand hob ab. *Gottverdammt, Yves, wo bist du?*

Er kam sich vor wie eine Legehenne, die man zusammen mit Hunderten stinkender, schmutziger Kreaturen in einen Stahlkäfig gezwängt hatte. Der Sitz selbst war so unerträglich eng und die Armstützen so schmal, dass er das Gefühl hatte, die Ellbogen auf die Klingen einer Schere zu legen. Die Toiletten hatten offenbar die gleiche Größe wie die Handgepäckfächer, und dieser Geruch ... Scott schnüffelte und verzog das Gesicht ... nach Füßen und in der Mikrowelle erwärmten Fertiggerichten. Er sah sich unter seinen Mitreisenden um, musterte die streitenden Familien und die Paare, die zufrieden die Duty-Free-Magazine durchblätterten. Keiner von ihnen schien das alles hier nur halb so abstoßend zu finden wie er. Tatsächlich schienen manche Leute sogar erheblich mehr an *ihm* interessiert zu sein, als an den unmenschlichen Bedingungen, die einem hier zugemutet wurden.

Allerdings sah er zugegebenermaßen tatsächlich ein wenig

fehl am Platz aus in seinem Tom-Ford-Anzug, der glitzernden Rolex und den Ray-Bans, aber er hatte nun mal keine Zeit mehr zum Umziehen gehabt. Er hatte Verity gesagt, dass es sich um einen Notfall handelte, aber offenbar war der Jet im Hangar und wurde einer Routinekontrolle unterzogen, und so kurzfristig waren keine anderen Chartermaschinen zu kriegen. Schlimmer noch, Linienflüge sollte es erst am nächsten Morgen wieder geben. Die einzige Möglichkeit, um sofort nach Frankreich zu gelangen, bestand also in einem Billigflieger.

Glücklicherweise hatte Verity noch ein Last-Minute-Ticket für ihn ergattert. Er war am Check-in-Schalter angekommen – verschwitzt, verwirrt und vollkommen verloren ohne seine übliche VIP-Betreuung. Er hatte stundenlang in der Schlange am Gate gestanden, zusammen mit unzähligen Menschen, die allesamt Plastiktüten und diese albernen Reisekissen in der Hand hatten. Seine Körpertemperatur war mit jeder Sekunde gestiegen, und er hatte sich bis jetzt noch nicht abgekühlt. Er dachte darüber nach, sein Jackett auszuziehen, aber andererseits kam es ihm irgendwie wie ein Schutz vor, wie eine Rüstung. Auch die Sonnenbrille kam ihm plötzlich wie eine vorbeugende Maßnahme vor: eine Abschreckung für jedermann, der das Bedürfnis verspürte, ihm Small Talk aufzuzwingen.

Komm schon, komm schon, komm schon, komm schon. Wieso diese Verzögerung? Sie saßen jetzt schon eine Ewigkeit auf dem Rollfeld fest.

Schließlich kroch das Flugzeug rückwärts zum Terminal hinaus, und ein paar Leute stießen halbherzige Jubelrufe aus. Scott überschlug im Kopf, wann er auf Querencia ankommen würde. Sie würden etwa eine Stunde und fünfunddreißig Minuten in der Luft sein. Dann noch eine Viertelstunde, um von Bord zu gehen und die Passkontrolle am anderen Ende zu passieren. Er hatte kein Gepäck. Es bestand also keine Veranlassung, am Gepäckband herumzustehen, aber so, wie es aussah, war es immer wahrscheinlicher, dass er irgendwie allein vom Flughafen wegkommen musste.

Die Motoren begannen zu dröhnen, und der Flieger schoss vorwärts. Nicht zum ersten Mal wunderte sich Scott über die Situation, in die er geraten war. Er konnte immer noch nicht fassen, wie er sich von einem Mann, der seine Frau liebte und anbetete, in jemanden hatte verwandeln können, der sie fürchtete. Sie war noch immer dieselbe Frau, in die er sich verliebt hatte, dasselbe Mädchen, das ihn vom ersten Tag an umgehauen hatte. Doch gleichzeitig war sie noch jemand anderes; eine Fremde, die nicht zögern würde, das Unvorstellbare zu tun.

Als er sie geheiratet hatte, war ihm klar gewesen, dass sie verletzlich war, aber das war Teil ihrer Anziehungskraft gewesen. Sie war gebrochen, aber kultiviert, wie diese japanischen Vasen, deren Risse sie besonders kostbar machen, wenn sie mit Gold gekittet werden. Die Gründe für diese Verletzlichkeit waren allerdings unklar. Er hatte ihr Fragen gestellt, als sie anfangs miteinander ausgingen, aber sie war eine Expertin in Ablenkungsmanövern. Das wenige, das sie ihm tatsächlich *erzählt* hatte, legte nahe, dass sie vor einer schmerzhaften Vergangenheit geflohen war und keinen Kontakt mehr zu ihrer Familie hatte. Er hatte Verständnis dafür und beschloss, sie nicht nach Einzelheiten zu fragen. Erst als sie verlobt waren und ihre Hochzeit planten, kam die Wahrheit ans Licht: Es *gab* keine Familie. Sie war das einzige Kind einer alleinerziehenden Mutter, die auf tragische Weise verstorben war. Nach einer Anzahl von Pflegefamilien, die sich allesamt als ungeeignet erwiesen hatten, hatte sie sich eine eigene Wohnung und einen Job gesucht und ihr Geld gespart. An ihrem dreiundzwanzigsten Geburtstag hatte sie eine Weltreise gebucht und nicht mehr zurückgeblickt.

Also hatte Scott beschlossen, ihr Ein und Alles zu sein. Sie würde nie wieder allein sein. Er kleidete sie in teure Gewänder und setzte sie in teure Autos und – *Bang!* – sie war geheilt. Repariert. Wieder normal. *Gern geschehen, kleine Lady.*

Nie war ihm der Gedanke gekommen, dass mehr vonnöten sein könnte.

Er brauchte Jahre, um die ungeheure Tragweite dessen zu erfassen, was sie getan hatte. Er hätte zur Polizei gehen müssen, sobald er auf Querencia angekommen war, sobald er dieses seltsame kleine Mädchen gesehen hatte. Vielleicht wäre es dann nicht gar so schlimm gewesen; vielleicht hätte sie dann die Hilfe bekommen, die sie wirklich brauchte. Aber jetzt war es dafür zu spät.

Scott wand sich in seinem Sitz, Schweiß strömte ihm von der Stirn. Er beschwor die Maschine, schneller zu fliegen. Er setzte die Sonnenbrille ab und wischte sich die Augen mit dem Ärmel ab, versuchte, still zu sitzen.

»Alles klar, Kumpel?«, sagte eine Stimme.

Scott öffnete die Augen.

Der Mann auf dem Sitz neben ihm musterte Scott mit zusammengekniffenen Augen. »Sie sehen nicht aus, als ob es Ihnen gut ginge. Ich habe ein paar Reisetabletten da, wenn Sie eine wollen. Oder vielleicht zwei?«

»Mir geht es gut«, antwortete Scott.

»Sind Sie sicher?«

»Ich sagte doch schon, dass es mir gut geht.«

»Okay, kein Problem. Ich hab sie hier, falls Sie es sich anders überlegen.«

Scott schloss die Augen erneut und versuchte, sich zu konzentrieren. Vielleicht war er ja *tatsächlich* krank. Er fühlte sich, als müsste er sich gleich übergeben oder ohnmächtig werden. Vielleicht hatte er ja einen Herzinfarkt. Vielleicht erlitt er ja hier im Flieger einen Herzstillstand, und der Typ neben ihm würde aufstehen und rufen: *Ist hier ein Arzt an Bord?* Sanitäter würden sie auf dem Rollfeld erwarten, ihn ins Krankenhaus verfrachten und ihn in einen hell erleuchteten Raum bringen, in dem Krankenschwestern jede Menge Aufhebens um ihn machten und ihn in weiche weiße Decken wickelten.

Sein Sitznachbar beugte sich erneut vor. »Tut mir leid, dass ich Sie noch mal belästige, Kumpel, aber kenne ich Sie nicht von irgendwoher?«

Mit übermenschlicher Anstrengung wandte Scott den Kopf. Der Mann war fett und rotgesichtig mit kleinen Schweinsäuglein. Seine Speckfalten am Nacken steckten in einem billig aussehenden Poloshirt. Seine Haut war durchzogen von schuppigen Muttermalen.

»Ja, ich kenne Sie«, sagte Schweinsäuglein. »Aus der Glotze. Was war das noch für eine Sendung? Sie haben über den Aktienmarkt gesprochen.«

Scott funkelte ihn wütend an. *Wage es noch einmal, mich anzusehen, du widerliches Stück Scheiße, dann reiße ich dir eigenhändig deine beschissenen Augäpfel aus dem Schädel.*

Schweinsäugleins Lächeln verwandelte sich in ein Stirnrunzeln, und Scott wandte sich ab, sah aus dem Fenster und betrachtete die flaumigen Wolken, die über der immer näher kommenden französischen Küste dahintrieben; er fragte sich, wie lange es wohl dauern würde, bis er stürbe, wenn er jetzt die Brandschutztür aufriss und sich hinausstürzte.

42

Emily

Oben in ihrem Schlafzimmer angelangt, hievte Emily ihren Koffer von ihrem Schrank herunter. Ihr drehte sich der Magen. Der Geruch des Meeresfrüchtetopfes blieb ihr beharrlich in den Nebenhöhlen haften, klebte hinten in ihrer Kehle wie Öl.

Du bist so verdammt dämlich, sagte sie sich. *Und leichtgläubig. Blind. Schwach. Warum hast du nur so lange gebraucht?*

Sie begann, Schubladen aufzuziehen und ihre Kleider herauszuholen, überlegte es sich wieder anders und nahm ihre baumwollene Strandtasche vom Haken an der Tür. Sie würde nur mitnehmen, was sie unbedingt brauchte. Dann blieb sie plötzlich wie angewurzelt stehen und fragte sich, wie sie wohl zum Flughafen kam.

Na ja, ich werde wohl fahren. Ich nehme einfach das Auto und lasse es am Flughafen stehen.

Aber was, wenn ich nicht sofort einen Flug bekomme? Was, wenn Nina mir folgt oder Yves losschickt, um mich zurückzuholen?

Sie stellte sich vor, wie sie durch den Airport sprintete wie Jason Bourne, wie sie in ihrer Hast fortzukommen, alle Leute beiseite stieß. Sie würde am besten einen der größeren Flughäfen wählen, wo sie sich in der Menge verstecken konnte. Dort würde sie an den Schalter gehen und ein Ticket an irgendeinen beliebigen Ort im Vereinigten Königreich buchen. London,

Glasgow, was immer verfügbar war. Bezahlen würde sie mit Scotts Kreditkarte, die sie für Einkäufe benutzte.

Nein. Schlechte Idee. Man würde die Transaktion zurückverfolgen können und in Erfahrung bringen, welche Airline sie benutzt hatte. Sie musste also bar bezahlen. Sie hatte ein Bündel Banknoten in ihrer Sockenschublade versteckt; auf dem Weg konnte sie am Geldautomaten anhalten und noch mehr abheben. Und dann, wenn sie wieder in England war, würden ihre Eltern sie beschützen. Sie würden ihr sagen, was sie jetzt tun sollte.

Die Schatten wurden länger, und die Dämmerung setzte ein; Emily ging in ihrem Zimmer auf und ab und wartete auf eine Gelegenheit, um sich nach unten zu schleichen, ohne zu riskieren, dass sie auf Nina stieß. Mit jeder Stunde die verging, hatte sie ihr Ziel deutlicher vor Augen. Sie eilte zwischen den Fenstern hin und hier, spähte über die Fensterbretter und hinter den Vorhängen hervor und duckte sich beim kleinsten Anzeichen irgendeiner Bewegung. Irgendwann legte sie sich sogar bäuchlings auf den Boden und robbte auf den Balkon hinaus, damit sie unbemerkt durch die Lücken im Geländer blicken konnte.

Unten schien Nina ganz normal weiterzumachen. Sie und Aurelia hatten den Tisch abgeräumt und die Teller weggepackt. Dann waren sie schwimmen gegangen. Als sie anschließend am Gästehaus vorbei zurückschlenderten, sah Nina mehrfach zu Emilys Fenster hinauf, machte aber keine Anstalten hereinzukommen.

Erst nachdem beide im Familienhaus verschwunden waren, fühlte sich Emily sicher genug, um ihre Tür zu öffnen und auf Zehenspitzen bis zum Treppenabsatz zu schleichen. Mit eingezogenem Kopf eilte sie die Treppe hinab und in den Flur, wo sie sich hektisch nach ihrer Handtasche umsah. Sie musste doch irgendwo sein. Sie konnte sich genau daran erinnern, wie sie sie vorhin hatte fallen lassen.

Wo ist sie, wo ist sie nur ...? Sie sah an der Garderobe nach, hinter den Türen und sogar auf der Terrasse. Hatte sie sie etwa mit nach oben genommen? Nein, sie hatte sie definitiv genau hier im Flur fallen lassen. Schließlich fand sie sie im Esszimmer, wo sie über einer Stuhllehne hing. Sie kramte darin herum; als sie nicht finden konnte, wonach sie suchte, holte sie den gesamten Inhalt heraus und verteilte ihn auf dem Tisch.

Dann stand sie mit weit geöffnetem Mund da. Dort auf der schimmernden Eichentischplatte lagen ihr kleiner Münzgeldbeutel und ein paar Münzen, ein Tiegel Lipgloss, eine alte Einkaufsliste, ein pinkfarbener Plastikring, den Aurelia ihr geschenkt hatte, Scotts Kreditkarte ... und sonst nichts.

Wieder zurück in ihrem Zimmer zerrte sie den Stuhl unter der Frisierkommode hervor und klemmte ihn unter die Türklinke.

Nina hatte ihr die Autoschlüssel weggenommen. Wahrscheinlich trug sie sie jetzt um den Hals wie ein Kerkermeister.

Nein, dachte Emily in dem Versuch, sich ein bisschen Mut zu machen. *Keine Chance. Ich lasse mich nicht hier festhalten. Ich bin kein wehrloses Kleinkind. Du kannst mich nicht entführen.* Sie konnte also nicht wegfahren. Na schön. Kein Problem. Planänderung. Dann würde sie eben zu Fuß gehen.

Sie zog Jeans-Shorts und ein T-Shirt an und sah auf die Uhr. Sie hatte noch dreieinhalb Stunden bis zum Einbruch der Dunkelheit. Dann würde Nina zu Bett gehen. Unterdessen würde sie packen. *Handy,* dachte sie und schnippte mit den Fingern. *Vergiss das verdammt noch mal nicht wieder.* Sie kehrte also zu ihrem Kleiderschrank zurück, reckte sich auf die Zehenspitzen und tastete danach. Dann schob sie unwirsch ein paar Kleidungsstücke beiseite und tastete erneut umher.

Eine entsetzliche Kälte machte sich in ihrer Brust breit, als sie zu dem Stuhl hinüberrannte und ihn unter der Klinke hervorzog. Sie stellte ihn vor den Schrank und kletterte hinauf. Das Brett war leer. Ihr Handy war verschwunden.

Sie sprang vom Stuhl herunter, eilte zur Frisierkommode und riss die mittlere Schublade auf der linken Seite auf, durchwühlte alte Reisepapiere, Kassenbelege und britische Bankkarten, wobei sie wusste, was sie hier finden bzw. nicht finden würde. Ihren Pass. Er war ebenfalls weg.

Emily wirbelte herum, hielt sich den Kopf, als könne er ihr von den Schultern fallen. Handy, Pass, Autoschlüssel. Nina hatte alles an sich genommen. Sie saß in der Falle.

Sie ging zu den Balkontüren hinüber und spähte durch die Vorhänge. Draußen fingen die Grillen an zu zirpen. Die Sonne ging langsam unter und warf einen orangefarbenen Schein auf die größten Pinien, erhellte sie wie Geburtstagskerzen. Obwohl der Himmel noch hell war, brannten bereits die Sicherheitslampen. Ihre fluoreszierenden Strahlen verjagten sämtliche Schatten. Die Botschaft war eindeutig: *Ich sehe dich*.

Emily lehnte die Stirn an den Fensterrahmen und ließ ihren Tränen freien Lauf. »Wäre ich doch nur zu Hause«, flüsterte sie. »Wäre ich doch nur zu Hause.«

43

Scott

Der Taxifahrer – ein erschöpft aussehender, etwa vierzigjähriger Mann mit Tränensäcken und Falten um den Mund – wirkte entrüstet, als Scott an sein Fenster klopfte und verlangte, beinahe zwei Stunden an der Küste entlanggefahren zu werden, und das, obwohl er ihm ein dickes Bündel Geldscheine unter die Nase hielt. Vielleicht war seine Schicht bald beendet, dachte Scott. Vielleicht musste er nach Hause zu seiner Frau und den Kindern. Er stellte sich vor, wie der Taxifahrer nach einem langen Arbeitstag die Haustür aufstieß, die Schuhe von sich schleuderte und sich aufs Sofa sinken ließ, um die Arme um seine liebevolle, pummelige Frau zu schlingen. Vielleicht machte er sich ein Bier auf und sah sich eine Episode seiner Lieblingskrimiserie an, bevor er sich die knarrenden Stufen hinauf auf den Weg ins Bett machte. Vorher spähte er noch durch die angelehnten Türen, um nach seinen schlafenden Kindern zu sehen.

Scotts Augen brannten ein Loch in den langsam kahl werdenden Hinterkopf des Mannes.

Wie immer überkam ihn die Erinnerung schleichend und unerwartet, wie eine Schlange. Sie schlängelte sich über seine Haut, wand sich um sein Herz und drückte zu.

Er fährt durch das Tor von Querencia, sein Herz weit von einer Hoffnung, die er schon für tot gehalten hatte. Die Häuser tauchen zwischen den Bäumen auf, flirrend wie eine Fata Morgana. Sie sind blendend weiß, und die Luft riecht nach Sommer. Er betritt das Familienhaus und ruft. Er sehnt sich danach, seine Frau zu sehen. Seine Reise nach London war von Sorge überschattet, aber Ninas Textnachrichten waren positiv gewesen. Beinahe glücklich. Ihre Autofahrt war gut verlaufen; die Kathedrale war wunderschön. Er ist voller Triumph, als hätte er einen Berg bezwungen.

»Nina?« Er erklimmt die Treppenstufen, grinst wie ein Idiot die Bodendielen, die Dachbalken, die Fensterläden an. Querencia ist alles, was er sich je erträumt hat, und noch viel mehr. Hier werden sie sich ein neues Leben aufbauen.

»Hier drin.« Ihre Stimme hallt, als befinde sich Nina in einer großen Höhle.

Er erreicht den Treppenabsatz. Eine Tür am anderen Ende des Flurs geht auf, und wie ein wahr gewordener Traum steht sie dort, in einem hellen, lichtdurchfluteten Zimmer. Sie sieht aus wie ein Engel.

Aber sie ist nicht allein.

Ein Kind sitzt neben ihr. Ein Kleinkind mit kupferroten Haaren, zornroten Wangen und verängstigtem Blick. Ein Kind, das er noch nie gesehen hat, umgeben von Puppen, Spielsachen und Büchern.

Er bleibt wie angewurzelt in der Tür stehen. Nina und das Kind wenden ihm die Köpfe zu und sehen ihn an. »Es ist Daddy!«, ruft Nina, und ihre Freude ist so ansteckend, dass das Kind anfängt zu strahlen: zwei blendend weiße Lächeln. Die gleichen erwartungsvollen Mienen.

»Aurelia«, sagt sie. »Lauf und umarme deinen Daddy.«

Scott riss seinen Blick vom Taxifahrer los und starrte aus dem Fenster. Es wurde langsam dunkel. Er sah auf die Uhr. Beinahe halb neun. Er seufzte und trommelte mit den Fingern auf den Sitz, wünschte, er trüge Turnschuhe statt seiner steifen Schnürschuhe aus Leder. Er würde lange laufen müssen.

Eine Stunde später spähte er mit zusammengekniffenen Augen durch die Windschutzscheibe und suchte den leeren Straßenabschnitt nach den Hinweisen ab. Er war nicht daran gewöhnt, diese Abzweigung zu finden; er war diese Strecke nur ein einziges Mal selbst gefahren – vor drei Jahren. Seitdem hatte stets Yves ihn vom Flughafen abgeholt und an der Tür abgesetzt.

Eine riesige Eiche rauschte vorbei, deren V-förmige Gabelung schon schwarz und abgestorben war. Dann noch eine, die genauso aussah wie die erste, nur mit zwei riesigen runden Geschwüren über einem tiefen Spalt im Baumstamm: zwei Augen und eine Nase. Früher hatte Scott diesen Baum als Wachtposten betrachtet, der über seinem vergrabenen Schatz wachte. Er pflegte der Eiche mit stummem Nicken seinen Gruß zu entbieten wie einem treuen Diener. Doch heute kam ihm der Baum eher vor wie ein Todesengel.

»Anhalten«, befahl Scott.

Der Taxifahrer zuckte erschrocken zusammen. Er wurde langsamer und spähte in die Dunkelheit. *»Mais il n'y a rien ici«*, sagte er. *Aber hier ist doch gar nichts.*

»Anhalten, sagte ich!«

Der Mann setzte den Blinker nach rechts und fuhr langsam an die Seite. Zugegeben, es kam einem wirklich so vor, als ob es hier nichts gäbe, nur das flache schwarze Band der Straße, das zu beiden Seiten von einer Wand aus Bäumen gesäumt wurde. Doch der Taxifahrer irrte sich. Alles war hier.

Scott warf ein Bündel Geldscheine auf den Beifahrersitz und öffnete die Tür. Stickige feuchte Luft schlug ihm entgegen und trug den Übelkeit erregend vertrauten Duft von Pinienzapfen und Meeressalz zu ihm herüber.

44

Emily

Die Luft draußen war warm, geradezu glitschig vor Feuchtigkeit, aber der Sand in der Auffahrt fühlte sich unter Emilys nackten Füßen kalt an. Ihre Baumwolltasche stieß ihr beim Gehen gegen die Hüfte, und ein Paar Badelatschen baumelten an den Fingern ihrer einen Hand.

Nachdem sie mit Weinen fertig gewesen war, war sie wieder wütend geworden. Sie würde sich *nicht* gegen ihren Willen einsperren lassen. Nina mochte ihr Handy und Ausweis abgenommen haben, aber das würde sie nicht aufhalten. Irgendwie würde sie schon wieder nach Hause kommen.

Ursprünglich hatte sie vorgehabt, sich heimlich, still und leise wie ein Dieb am Rand des Anwesens entlang zum Tor zu schleichen. Aber es hatte seit Wochen nicht geregnet, und der Boden unter den Bäumen war mit raschelndem Laub und trockenen Grasbüscheln übersät; Nina würde sie hören. Außerdem war es möglich, dass Nina gar nicht zu Bett gegangen war, wie das dunkle Fenster sie glauben machen wollte. Vielleicht saß sie momentan da unten in ihrem Geheimzimmer, die Fingerspitzen aneinander gelegt wie ein Schurke aus einem Bond-Streifen.

Nein, besser war es, lässig die Auffahrt hinabzuschlendern und sich überraschen zu lassen. Vielleicht davon, dass Alarm ausgelöst wurde oder sie schmerzhaften Stolperdraht an den Knöcheln fühlte. Wenn nichts passierte, umso besser. Dann würde sie in Richtung Tor laufen, über das sie – wie sie beunruhigt feststellte – womöglich würde hinwegklettern müssen, wenn das System wieder »heruntergefahren« war.

Hoffentlich würde Nina erst morgen früh feststellen, dass sie fort war.

Aber wenn sie entdeckt wurde und Nina versuchte, sie aufzuhalten … nun ja. Emily hatte keine Ahnung, was sie dann tun würde. Weglaufen wahrscheinlich. Durch das Tor in den Wald flüchten. Sich verstecken und sich dann in Richtung Straße schleichen. Danach konnte sie per Anhalter zum nächsten Polizeirevier oder zur Britischen Botschaft fahren.

Per Anhalter? Dann wirst du ermordet.

Na, dann würde sie eben laufen und in den Büschen Schutz suchen, wenn sie müde wurde.

Unter einem Busch Schutz suchen? Für wen hältst du dich? Für Bear Grylls oder was?

Ihre Zuversicht schwand, und sie verlangsamte ihren Schritt. Draußen in freier Natur, ohne den Schutz ihres gemütlichen weißen Schlafzimmers, kam ihr die Idee eher dumm als mutig vor. Vielleicht sollte sie einfach wieder ins Haus zurückkehren, ins Bett gehen, sich die Decke über die Ohren ziehen und sich morgen früh mit alldem herumschlagen.

Nein. Hier kann ich nicht bleiben. Ich muss hier raus.

Als sie sich der Stelle näherte, an der das Spielhaus gestanden hatte, raschelte etwas in der Dunkelheit. Sie blieb stehen und suchte den Rasen ab. Ihre Lungen zitterten vor Anstrengung, als sie ein Keuchen unterdrückte, und ihr Herz drohte zu zerspringen. Sie trat in den Schatten eines nahe gelegenen Baumes und wartete. Zwei Minuten … drei … fünf.

Nichts. Wahrscheinlich nur ein Vogel.

Emily blickte zu dem Land Cruiser zurück, der auf seinem üblichen Platz vor dem Gästehaus stand und dessen metallische Masse sich vor einem angeleuchteten Baumstamm abhob. Er sah so solide aus, so behaglich. Wenn sie die Autoschlüssel hätte, könnte sie innerhalb weniger Sekunden fort von hier sein. Innerhalb von Stunden könnte sie sonst wo sein. Nina würde sie niemals einholen können, nicht mal, wenn sie jetzt aus dem Bett sprang und ihr mit dem Quad hinterherjagte.

Das Quad.

Im Schuppen gegenüber den Tiergehegen standen zwei davon. Emily war nur zweimal damit gefahren. Sie war alles andere als eine geübte Fahrerin, aber ein Quad hatte Räder und einen Motor. Damit würde sie mit Leichtigkeit in die nächstgelegene Stadt kommen, und sie würde den Motor noch nicht mal sofort einschalten müssen. Vorausgesetzt, dass sie das Tor aufbekam, konnte sie es zunächst mal ein Stück schieben.

Emily bezweifelte nicht, dass Nina die Autoschlüssel mit ihrem Handy und ihrem Pass in einem sicheren Versteck aufbewahrte, aber die Schlüssel für die Quads befanden sich in einem kleinen Holzkästchen im Familienhaus, zusammen mit den Schlüsseln für die Geräteschuppen und die mechanische Poolabdeckung. Das Kästchen hing direkt an der Wand hinter der Terrassentür; sie hatte gesehen, wie Nina die Schlüssel dort verstaut hatte. Womöglich fand sie dort sogar den Schlüssel zum Tor.

Emily blickte zu den Fenstern hinauf. Es würde nur wenige Sekunden dauern, um sich hineinzuschleichen – wenn die Türen nicht verschlossen waren.

Sie schlich sich ums Haus herum und wurde von einer Adrenalinwoge erfasst. Sie würde das schaffen. Sie würde ein Quad nehmen und davonfahren wie einer der Sons of Anarchy. Oder vielleicht würde sie das ja auch gar nicht müssen; vielleicht hatte sie ja Glück, und die Autoschlüssel hingen ebenfalls in dem Holzkasten. Jedenfalls war sie sicher bald weg von hier.

Sie presste den Rücken gegen die Wand wie der Agent einer Spezialeinheit und spähte um die Ecke. Die Terrasse lag still da, was sie aus irgendeinem Grund an einen Film erinnerte, den sie sich als Kind mal versehentlich angeschaut hatte und der ihr auch heute noch Albträume bescherte. Das Remake irgendeines japanischen Horrorfilms; ihr fiel der Titel nicht ein, aber er hatte sie zu Tode geängstigt.

Na super. Japanische Horrorfilme. Genau die beruhigenden Gedanken, die ich jetzt brauche.

Langsam schlich sie über die Steinplatten, wobei sie darauf achtete, leise aufzutreten, genau wie man es ihr auf der Schauspielschule beigebracht hatte. Erst die Ferse, dann abrollen bis zu den Zehen. Niemals auf die Bühne gestampft kommen, hatte ihre Bewegungspädagogin immer gesagt: *Um Himmels willen, Emily. Steht in den Regieanweisungen etwa »Auftritt Elefant«?* Im Geiste zeigte Emily ihrer Lehrerin den Mittelfinger. Heute Nacht war sie der Inbegriff der verstohlenen Schritte.

Sie erreichte die Terrassentür, holte tief Luft, legte die Finger auf die Klinke und drückte sie herunter.

Abgeschlossen.

Mist.

Auf der anderen Seite der Tür, hinter dem Fensterglas, steckte der Schlüssel im Schloss. Emily betrachtete ihn, hielt die Klinke weiterhin in der Hand und stellte sich den langen, dunklen Weg durch den Wald vor. Sie sah bildlich vor sich, wie sie die Straße erreichte und sich mit ausgestrecktem Arm und nach oben zeigendem Daumen hinstellte und wartete. In der Ferne tauchten vielleicht Scheinwerfer auf. Vielleicht würde ein Auto neben ihr halten, ein Fenster würde langsam heruntergekurbelt und einen Mann mit fahlem Gesicht und fiesem Lächeln preisgeben.

Nein danke. Ich muss mir diese Schlüssel holen.

Sie konnte das Holzkästchen an der Wand hinter der Tür erkennen, quälend nah.

Sie lehnte sich zurück und sah an der Hauswand empor. Am Ende des Hauses stand ein Fenster nur einen Spalt offen. Emily ging auf Zehenspitzen hinüber. Es war das Fenster zu Aurelias Spielzimmer: ein großer viereckiger Fensterrahmen mit zwei nach außen aufgehenden Flügeln. Der Spalt war nicht groß, aber breit genug, um den Arm hindurchzuzwängen.

Ehe sie sichs versah, griff sie hinein, löste den Metallriegel vom Haken und öffnete die linke Fensterseite so weit es ging. Drinnen stand ein Bücherregal. Sie warf ihre Tasche darauf, dann legte sie beide Hände auf das Sims und schwang ihre Beine über die Seite hoch. Ein paar Sekunden lang rang sie um ihr Gleichgewicht, dann verlagerte sie ihr Gewicht nach vorn, die eine Hand am Fensterrahmen, die andere fest gegen das Bücherregal gestemmt. Sie schob ihr Gesäß hinein und krümmte sich zu einem Halbmond, bis sie beinahe in der Horizontale schwebte, dann beugte sie die Knie und bewegte die Beine. Endlich landete sie – halb rollend, halb fallend – auf dem Boden.

Schwer atmend setzte sie sich auf. Sie war drin.

Das Spielzimmer wirkte im Halbdunkel geradezu unheimlich. Lange Schatten lauerten an den Wänden, scheinbar ohne von irgendwelchen Gegenständen geworfen zu werden, und die Wimpel, die bei Tag so hübsch aussahen, tropften nun gespenstisch wie Stalaktiten von der Decke.

Sie schlang sich die Riemen ihrer Tasche wieder über die

Schulter und schlich zur Tür, sie hatte Angst, auch nur die Luft um sie herum aufzuwühlen.

Die Treppe im Flur schimmerte weiß. Kein Laut drang von oben herunter; es brannte kein Licht.

Sie bog links ab, durchquerte die Küche und ging auf Zehenspitzen zur Terrassentür. Dann erreichte sie das Kästchen an der Wand, öffnete die Klappe mit zitternden Fingern und musterte den Inhalt. Die Enttäuschung traf sie wie ein Fausthieb in den Magen. Der Schlüssel zum Fahrradschuppen war da, ebenso wie die klobigen, goldenen der Quads, aber keine Autoschlüssel.

Na gut, dann eben doch die Quads.

Langsam und vorsichtig nahm sie die Schlüssel, die sie brauchte, von den Haken und ließ sie in die Tasche ihrer Shorts gleiten. Aber sie machte keine Anstalten zu gehen, sondern blickte stattdessen zur Vorratskammer hinüber. Das Auto ging ihr einfach nicht aus dem Kopf. Außerdem waren die Quads nutzlos, wenn das Tor verschlossen war – und das war zu erwarten. Sie brauchte ihre Schlüssel. Bestimmt waren sie in diesem geheimen Zimmer.

Aber was, wenn Nina auch dort ist? Im Halbdunkel kaute Emily auf ihrer Lippe herum und wunderte sich darüber, wie es so weit hatte kommen können, dass sie nachts in Ninas Haus einbrach, herumschlich und stahl und ihre Flucht plante.

Ihre Füße bewegten sich wie von selbst, tappten zur Vorratskammer hinüber, trugen sie zu der Stelle, wo die Regale nicht genau zusammenpassten. Sie packte eines davon und zog daran, genau wie beim letzten Mal, aber nichts rührte sich. Sie spürte, wie ihr das Herz bis zum Hals schlug, so deutlich, dass sie es beinahe schmecken konnte, und ließ die Finger über die Kanten gleiten, wobei sie nach einem Hebel oder Knopf tastete. Als sie nichts fand, ließ sie die Hände unten über die Regalbretter gleiten, überprüfte die Ecken und die Lücken hinter dem Geschirr, lehnte dann die Schulter gegen das Ganze und stemmte sich dagegen.

Es gab ganz leicht nach. Sie schob kräftiger und spürte, wie sich der Regalabschnitt aus der Verankerung lockerte und dann mit einem leisen Klicken auf sie zuglitt.

Die Tür war offen.

Sie trat auf die oberste Treppenstufe und sah hinab. Die Treppe war erheblich dunkler als beim letzten Mal. Ihr Atem klang laut und misstönend in dem engen Raum.

Jetzt, wo sie diesen Punkt erreicht hatte, schienen ihre Füße sie nicht mehr tragen zu wollen; also zwang sie sie Schritt für Schritt, einen nach dem anderen, hinunter in die Dunkelheit, bis sie am Fuß der Treppe anlangte. Die Kisten wirkten riesig, ihre Schatten monströs. Der Geruch war intensiver denn je. Was zum Teufel verbarg sich in diesen Dingern?

In einem Augenblick blinder Panik tastete Emily über die Wand auf der Suche nach einem Lichtschalter. Ihre Finger streiften einige Spinnweben, bevor sie die Kante einer kleinen Konsole fanden. Sie drückte auf einen Knopf, und über ihrem Kopf erwachte eine Neonröhre flackernd zum Leben.

Der Raum war sogar noch größer, als sie zu Anfang angenommen hatte. Außer einem schmalen Durchgang in der Mitte war jeder Zentimeter mit irgendwelchen Sachen vollgestopft: vornehmlich Schachteln, aber sie entdeckte auch andere Dinge, die seitlich am feuchten Mauerwerk lehnten: Hochstühle, Stubenwagen, Kinderbettchen und Wickelkommoden. Kissen, Matratzen und ein Schaukelpferd, alles bedeckt mit einer dicken Schimmelschicht.

Die Kisten, die ihr am nächsten standen, sahen neu aus, waren noch blitzsauber und mit Paketband und kleinen viereckigen Plastikhüllen versehen, in denen die Lieferscheine steckten. Auf manchen waren Bilder an den Seiten zu erkennen: Spielzeuge, Fahrräder, Bastelutensilien und Sportausrüstung. Bergeweise nagelneue Möbel.

Lautlos setzte Emily ihren Weg fort. Je weiter sie vordrang, umso älter wurden die Gegenstände. Holzkisten mit dem Namenszug »Denny« gefolgt von einer Adresse im Westen Londons und dem Logo eines Umzugsunternehmens aus Übersee. Einige Deckel lagen nur lose darauf. Vorsichtig hob sie einen hoch und sah hinein. Babykleidung, feucht und vergammelt. In einer anderen fand sie alte Saugflaschen, fleckige Baumwolltücher und eine Milchpumpe. Alles war von Schimmel bedeckt.

Emily starrte die Sachen an. So viel Zeug; um alles durchzusehen, würde man Wochen brauchen; außerdem war alles so dicht gepackt, dass sie auf die Stapel oder über sie hinweg hätte klettern müssen. Braune Kötel bedeckten den Boden. Kein Wunder, dass es hier unten stank, dachte sie, das tote Nagetier fiel ihr wieder ein, das sie im Gästehaus gefunden hatte. Hier konnte alles hineingekrabbelt und gestorben sein.

Hinter all dem Gerümpel stand die Tür zu dem geheimen Zimmer einen Spalt offen, und ein schauriges weißes Licht fiel auch jetzt wieder hindurch.

Emily zwang sich, darauf zuzugehen – trotz der zahllosen bizarren und entsetzlichen Bilder, die ihr durch den Kopf schossen. Was würde sie in diesem Zimmer vorfinden? *Bitte, Gott, lass es leer sein. Lass mich dort nur die Schlüssel finden. Bitte, bitte, lass mich die Schlüssel finden.*

Als sie die Tür erreicht hatte, streckte sie die Hand aus und zog sie ein wenig weiter auf, wobei ihr auffiel, wie dick und schwer sie war. Etwa ein Dutzend zylindrischer Bolzen ragten aus der Seite hervor, bereit, um in passende Löcher in der Türzarge einzurasten. Etwas in der Nähe knackte, und sie zuckte zurück, mit einem Mal überzeugt, gleich Nina und Aurelia hier drin zu finden, zusammengekauert, mit Medikamenten betäubt, an die Wand gekettet oder an Laborstühle gefesselt oder in Särgen schlafend oder ...

Stille. Sie lauschte angestrengt. Das Haus knarrte und klickte um sie herum. Die Heißwasseranlage summte.

Hol dir die Schlüssel.

Emily spähte vorsichtig um die Tür herum und entdeckte etwas, das wie ein kleines, ziemlich gewöhnliches Apartment wirkte, das ein Sofa und eine Küchenzeile umfasste. Außerdem standen darin ein kleiner Schreibtisch mit einem Telefon und einem Apple-Laptop sowie ein Kühlschrank; hinter einem Alkoven gab es sogar eine Toilette und eine Dusche.

Ein Wort stieg aus ihrem Unterbewusstsein auf: »Panikraum«.

Sie ging um die Tür herum und weiter hinein; dabei stellte sie fest, dass das seltsame graue Licht von einer Wand aus kleinen Monitoren stammte, auf denen Schwarz-Weiß-Bilder zu sehen waren. Überwachungsbildschirme.

Die Kameras. An ihrem allerersten Tag auf Querencia hatte sie sie wahrgenommen: kleine silberne Kästen, die vor dem Haus und im Wohnzimmer angebracht waren und deren winzige Lichter warnend blinkten. *Stopp. Zutritt verboten.* Es gab auch noch andere, über dem Tor und über der Veranda des Gästehauses. Zu Anfang hatte sie sie seltsam gefunden, aber dann hatte sie sich überlegt, dass Sicherheit hier wichtig war. Wenn man so abgeschieden lebte, war es kein Wunder, dass man sich in die Angst hineinsteigerte. Seitdem hatte sie nicht mehr allzu häufig darüber nachgedacht. Die Kameras waren für sie genauso selbstverständlich wie die Einrichtung geworden.

An der angrenzenden Wand, im rechten Winkel zu den Bildschirmen, war ein iPad angebracht. Ein Überwachungssystem, wie Emily vermutete. Sie betrachtete die Bildschirme. Die Bilder veränderten sich ständig. Sie sah das Tor und den Pfad, die Auffahrt und den Rasen. Dann den Pool, die Ställe und jeden Raum im Familienhaus, einschließlich eines opulenten Schlafzimmers, das Emily bislang noch nie gesehen hatte. Darin standen ein Himmelbett, ein riesiges Puppenhaus und unzählige Regale mit Spielsachen. Aurelias Zimmer.

Dann sah sie den Sunset Point. Die Zimmer im Gästehaus. Ihr eigenes Schlafzimmer.

Oh Shit, oh Shit, oh Shit. Die Kameras waren überall, verborgen an Orten, an denen sie niemals nachgesehen hätte. Nina hatte sie die ganze Zeit über beobachtet.

Sie dachte wieder daran, wie sie Türen und Schubladen geöffnet hatte. Wie sich Ninas frische weiße Bettwäsche angefühlt hatte. Die Klauenfußbadewanne, das Handtuch und der Medizinschrank fielen ihr wieder ein. Und dann dachte sie an Scotts Arme, die er am Sunset Point um sie gelegt hatte, an seinen Körper und seine Lippen, die sich auf ihre pressten. Nina musste das alles gesehen haben.

Hektisch suchte sie die Bildschirme nach Ninas Zimmer ab und fand es, bevor die Bilder wieder wechselten. Das Bett schien genauso leer zu sein wie damals, als sie es zum letzten Mal gesehen hatte. Sie studierte jedes Bild genau, ließ keine Ecke aus.

In Aurelias Zimmer entdeckte sie etwas am Fußende des Bettes. Eine Decke, und darunter sah ein Fuß hervor. Plötzlich verstand Emily, warum Ninas Zimmer so unbewohnt wirkte. Sie schlief bei Aurelia auf dem Boden wie ein Wachhund.

Der Fuß zuckte und riss die erschrockene Emily aus ihrem tranceähnlichen Zustand.

Die Schlüssel.

Sie wandte sich wieder dem Schreibtisch zu und ließ die Hände über die Tischplatte gleiten. Fieberhaft öffnete sie die Schubladen darunter, durchwühlte eine Anzahl wohlgeordneter Notizbücher und Stifte, Quittungen und Büroklammern. *Komm schon, komm schon, sie müssen doch hier irgendwo sein.* Sie suchte auf den Regalen, in den Schränken der Kochnische, ja sogar im Kühlschrank und fand nichts außer Staub und Leere. Aber dann, in einem kleinen, über der Toilette eingelassenen Schränkchen, entdeckte Emily eine zerbeulte grüne Geldkassette. Darin lagen ihr Handy und ihr Pass. Sie wäre vor Erleichterung beinahe in Ohnmacht gefallen. »Ja!«, zischte sie, fischte sie heraus und presste sie an die Brust – aber ihre Freude löste sich schnell wieder in Wohlgefallen auf, denn nun bestand kein Zweifel mehr. Sie hatte sich nichts von alldem eingebildet.

Plötzlich veränderte sich die Atmosphäre im Raum, und sie hörte ein leises schälendes Geräusch, als würde ein Pflaster von weicher Haut abgezogen.

Emily wirbelte herum.

In der Tür des Panikraumes stand mit weit aufgerissenen Augen Aurelia – wie ein Geist in einem weißen Nachthemd.

Emily blieb wie angewurzelt stehen und starrte sie an. *Der Fluch – The Grudge*, dachte sie plötzlich. Das war der Titel dieses furchterregenden japanischen Horrorfilms gewesen.

Aurelia legte den Kopf schief und runzelte die Stirn.

»Hi Süße«, flüsterte Emily, ihr Mund war trocken wie Papier. »Warum bist du denn nicht im Bett?« Über ihnen waren Geräusche zu hören, eine kurze Folge aus leisem Klicken und Knarren, und ihr Blick flog zur Decke. »Warum gehst du nicht wieder schlafen?«

Aurelias schmales Gesichtchen blickte enttäuscht drein. Knochige kleine Knie stachen unter dem Saum ihres Nachthemdes hervor, und unter ihnen standen ihre alabasterfarbenen Füße beieinander wie kleine Halbmonde.

Warum sie?, fragte sich Emily. *Warum hat sie dieses kleine Mädchen genommen und kein anderes? Was hatte sie verbrochen? Womit hatte sie das alles verdient?* Impulsiv streckte sie die Arme aus, und Aurelias magerer Körper glitt wortlos in ihre Umarmung. Emily strich ihr übers Haar und dachte, dass das Spiel aus war, sobald Nina entdeckte, dass sie fort war – und was würde dann geschehen? Würde Nina auf Querencia herumsitzen und auf die Polizei warten? Wohl kaum. Sie würde fliehen. Sie würde Aurelia mitnehmen und verschwinden, vielleicht für immer. Sie und Scott hatten genug Geld; wahrscheinlich kannten sie Leute, die sie verstecken oder ihnen helfen würden. Womöglich taten sie Aurelia sogar etwas an – wer konnte schon wissen, wie weit sie gehen würden, um nicht ins Gefängnis zu müssen?

Was wird dann aus dir, kleine Schwester?

Plötzlich wieder ein Geräusch über ihren Köpfen, diesmal lauter. Emily hielt den Atem an, lauschte.

Ein Dielenbrett knarrte.

Emily wirbelte herum und überprüfte die Überwachungsbildschirme. Die Decke am Fußende von Aurelias Bett war verschwunden.

Ohne zu überlegen, ergriff Emily Aurelias Hand. »Komm«, flüsterte sie. »Wir spielen ein Spiel.«

45

Scott

Die Hölle musste ein endloser, staubiger Weg sein, dachte Scott.

Er stapfte im Stockdunkeln voran, wobei er die Taschenlampenfunktion seines Handys nutzte, um das Gewirr aus Baumwurzeln und Blättern zu seinen Füßen zu beleuchten, die Anzugjacke über dem Arm. Er ging jetzt bereits Stunden, vielleicht sogar Tage oder Wochen.

An seinen Fersen bildeten sich Blasen, denn das harte Leder seiner Schuhe scheuerte auf seiner Haut. Er stolperte in Furchen und Löcher hinein, blieb an den klebrigen Fingern heruntergefallener Zweige hängen. Doch seine Umgebung schien sich nicht zu verändern. Tatsächlich kam es ihm vor, als würde er immer wieder am gleichen Baum vorbeikommen. Die Grillen zirpten ihren ewigen Kanon. Genau alle dreißig Sekunden (er zählte nach) heulte eine Eule. Es war, als würde jemand das Band »entspannende Naturgeräusche« in Endlosschleife abspielen.

Er wurde langsamer und sah sich um. Wo war dieses gottverdammte Tor? Der Weg war lang, aber doch nicht *so* lang? War er falsch abgebogen? Vielleicht hatte er den falschen Weg eingeschlagen. Vielleicht gab es, ohne dass er es wusste, Dutzende von Pfaden, die sich durch den Wald schlängelten und allesamt zu verborgenen Villen führten, in denen gestohlene Kinder gefangen gehalten wurden. Vielleicht wohnte hier in den Wäldern eine ganze Gemeinschaft aus Kindesentführern. Wenn sie das doch nur geahnt hätten! Nina hätte eine Party schmeißen können.

Scott spürte einen eisigen Stich der Angst in seinen Eingeweiden. Er wandte sich um, verfolgte seine Schritte zurück, blieb stehen, wandte sich erneut um. Die Bäume schienen nach ihm zu greifen, ihre spindeldürren Zweige bogen sich nach unten und tasteten nach ihm. Vergeblich versuchte er, sich an die geografischen Gegebenheiten dieser Gegend zu erinnern. Was gab es hier sonst noch außer Querencia? Welche Orientierungspunkte gab es? Wo war das Meer? Wo lag Norden? Er hielt sich das Handy dicht vors Gesicht – sicherlich gab es doch einen Kompass darauf? – gerade noch rechtzeitig, um die Akkuanzeige zu sehen. Nur noch ein Prozent.

»Nein«, hauchte Scott.

Der Bildschirm wurde schwarz.

»Nein!« Er tippte darauf herum, drückte den Einschaltknopf, schlug damit auf den Handballen. Nichts. Es war tot.

Er blickte auf. Die Nacht legte sich wie eine Tasche um seinen Kopf.

»*Verdammter MIST!*«, schrie er.

Und irgendwo zu seiner Linken, weit entfernt zwischen den Bäumen, antwortete jemand.

Scott wirbelte herum, lauschte angestrengt. »Hallo?«, rief er.

Stille … und dann hörte er es wieder, diesmal lauter.

In der Ferne schrie jemand.

Scott rannte los.

46

Emily

»Aurelia! AURELIA!«

Emily rannte über den Rasen und die Auffahrt hinab. Ninas immer verzweifeltere Schreie schnappten wie Wölfe nach ihren Fersen. In der einen Hand umklammerte sie die Schlüssel für das Quad, mit der anderen hielt sie Aurelias feuchte kleine Finger so fest, wie sie es wagte.

Aurelia rannte ebenfalls, aber als sie sich den Schuppen näherten, wurden ihre Schritte zögerlicher, sodass Emily sie den restlichen Weg hinter sich herziehen musste.

Als sie den Fahrradschuppen erreicht hatten, griff sie in ihre Tasche. Der Schlüssel fühlte sich glitschig in ihren Händen an, ein winziger silberner Fisch.

»Aurelia!« Der Strahl einer Taschenlampe blitzte hinter ihnen durch die Bäume.

Emily griff nach dem Schloss. Der Schlüssel glitt mühelos hinein, ließ sich aber nicht drehen. Emily drehte ihn in die eine Richtung, dann in die andere, so fest, dass sich das Metall in ihre Hand grub – *komm schon, KOMM SCHON!* – aber das blöde Ding gab einfach nicht nach. Dann rutschte der Schlüssel heraus und glitt ihr durch die Finger. Sie tastete auf dem Boden herum, durchwühlte das Gras, aber sie konnte ihn nirgends erfühlen. Der Schlüssel war weg.

Auf allen vieren kauernd spähte sie durch das Blattwerk eines Busches hindurch.

Nina stand mitten auf dem Rasen und schwang ihre Taschenlampe wie ein Schwert.

Es war dunkel, aber auch ohne die Taschenlampe würde es nicht lange dauern, bis sie entdeckt wurden. Die Büsche um sie herum waren niedrig und nicht besonders dicht: Nur noch ein paar Schritte, und Nina würde sie sehen.

Emily sah auf das Gras herab, dann wieder hinauf zum Schloss. Für das Quad blieb jetzt keine Zeit mehr. »Komm, Süße, los geht's«, zischte Emily an Aurelia gewandt, doch die hörte gar nicht zu. Ihr Gesicht war aschfahl und verschwitzt, sie schlotterte in ihrem dünnen Nachthemd. Die Augen hatte sie fest zugekniffen, und immer wieder kam ihr ein gequältes Wimmern über die Lippen.

Emily wusste, dass sie schnell handeln musste. Sie überlegte fieberhaft, wie sie Aurelias Aufmerksamkeit fesseln konnte, wie sie sie beruhigen und zum Lächeln bringen konnte.

Und dann fiel es ihr ein. Emily nahm Aurelias Hand. »*Écoute*«, flüsterte sie und klammerte sich wider alle Vernunft an ihre Hoffnung. »*Tout va bien. Je promets.*«

Aurelia wurde ganz still. Sie öffnete die Augen.

Emily hielt den Atem an.

»*Aurelia!*« Ninas Stimme klang jetzt näher.

Emilys ganzer Körper befahl ihr zu fliehen. Dreißig Meter ungeschützte Ausfahrt lagen zwischen ihnen und dem Tor. Sie würden aus der Deckung kommen und schnell rennen müssen, wenn sie es hindurchschaffen wollten. *Verdammt, bitte lass das Tor nicht verschlossen sein, bitte lass das System eingeschaltet sein.* Sie legte Aurelia die Hand auf die Wange und zwang sich, ruhig zu bleiben.

»*Tout va bien*«, wiederholte Emily. Das Französisch schien tatsächlich zu helfen, aber jetzt war ihr Kopf wie leergefegt. »*Je ne te ... je ne te ferai ...*«

»*Aurelia!*«

Aurelia blinzelte und wandte den Kopf Ninas heiseren Schreien zu.

»Nein, sieh bitte *mich* an«, flehte Emily. »*S'il te plaît, je ... je besoin que ...*« *Denk nach, wie heißen die Worte?*

Aurelia wimmerte und presste erneut die Augen zu, versuchte, Emily ihr Handgelenk zu entwinden.

»*Amandine*«, Emily spürte, wie ihr Kinn zitterte. »Amandine, bitte. Ich muss dich nach Hause bringen.«

Ihre Worte zeigten sofortige und unerwartete Wirkung. Aurelia riss die Augen auf, ihr kleines Gesicht strahlte absolutes Entsetzen aus. Dann zog sie langsam die Lippen nach hinten, wie ein Tier, das die Zähne fletschte, und öffnete den Mund, um Zeter und Mordio zu schreien.

Emily sprintete los, zerrte Aurelia hinter sich her, dachte an nichts anderes als an das Tor, daran, hindurchzugelangen, so viel Abstand wie möglich zwischen sich und Nina zu bringen.

Das silberne Eingabefeld funkelte im Dunkeln. Sie war so dicht davor, sie konnte beinahe die Hand danach ausstrecken – und dann war sie da, ihre Hände schlugen auf das Metall, ihre Finger drückten die Knöpfe. Aber das Licht war aus, der Mechanismus tot.

Über Aurelias fürchterliches Geschrei hinweg hörte sie das Geräusch schwerer Schritte in der Ferne, die auf die Erde trafen und immer näher kamen.

»Komm schon!« Emily versuchte, Aurelia fortzuzerren, suchte die Mauern ab nach einer Stelle, an der man hinüberklettern konnte, doch Aurelia zog in die entgegengesetzte Richtung, und schließlich riss sie sich los und hastete blindlings auf die Frau zu, die sie für ihre Mutter hielt.

»Nein! Komm zurück!« Aber Aurelia war fort. Da ihr nichts anderes übrig blieb, stürzte Emily davon und warf sich in die Büsche zu ihrer Linken. Dahinter löste sie sich wieder aus dem Blattwerk und bewegte sich an der Wand entlang, auf der Suche nach Stellen, an denen ihre Füße Halt finden konnten. Nach ein paar Sekunden fiel ihr Blick auf einen Stein, der in einer Höhe von wenigen Metern herausragte – und nur wenige Meter entfernt stand Yves' Schubkarre neben dem Kompost. Sie kippte die Komposttonne um und leerte sie aus, dann zerrte sie beides an die Wand und stellte die leere Tonne in die Schubkarre.

Irgendwo hinter ihr schrie Nina ihren Namen.

Mit Anlauf sprang Emily auf die wackelige Konstruktion, kletterte um ihr Leben, zerkratzte sich die nackten Zehen an der Mauer, griff nach dem Stein, zog ihr Gewicht nach oben, immer weiter, bis ihre Hand auf dem oberen Mauerrand landete. Wie durch ein Wunder gelang es ihr, sich bäuchlings hinaufzuhieven und ihr Bein auf die andere Seite zu schwingen. Nun saß sie rittlings auf der Mauer und warf einen Blick zum Haus zurück.

Im Licht der Sicherheitslampen rannte Nina auf sie zu. Der Lichtkegel der Taschenlampe erfasste Emily und blendete sie einen Augenblick lang, doch kurz davor sah sie noch Ninas grimmiges, angriffsbereites Gesicht – und etwas Glänzendes in ihrer Hand.

Nina hatte eine Waffe.

Die Zeit geriet einen Augenblick lang aus den Fugen.

Ungläubig stieß Emily ein kurzes bellendes Lachen aus. Die Vorstellung, dass die herzensgute, tierliebe Nina eine Waffe schwang, war so himmelschreiend unpassend wie eine Machete in den Händen von Schneewittchen. Emilys Verstand sagte ihr, dass diese absolut verrückte Situation sich innerhalb weniger Sekunden in Wohlgefallen auflösen würde. Das konnte gar nicht anders sein, oder? Dinge wie diese geschahen im wahren Leben nun mal nicht. Menschen, die man kannte – die man sogar *mochte* – verwandelten sich nicht über Nacht in Wahnsinnige, die eine Waffe mit sich herumschleppten.

Und doch passierte das alles gerade. Nina stürmte über den Sand, das Gesicht voller Hass. Dann wurde sie langsamer und hob den Arm, und plötzlich war die Waffe real, alles war unerträglich real, und Emilys Gehirn fing wieder an zu arbeiten. Sie stürzte sich von der Mauer, und in diesem Augenblick hörte sie einen ohrenbetäubenden Knall wie von einem Hammer, der auf Stahl trifft.

Sie kam hart auf dem Boden auf, knickte ein, rollte sich zu einer Kugel zusammen. Schmerz durchzuckte ihren Knöchel und schoss hinauf bis zu ihrer Hüfte, dennoch rappelte sie sich auf und hastete über die rissige Erde, wobei ihr eine Million verschiedener Gedanken durch den Kopf flirrten: *Sie hat auf mich geschossen hat sie mich getroffen bin ich verletzt blute ich nicht schnell genug sie kommt sie hat auf mich geschossen ich werde sterben sie wird mich umbringen kommt sie wo zur Hölle laufe ich hin rennen rennen rennen rennen rennen rennen.*

Sie hörte nur noch das Rauschen des Blutes in ihren Ohren und ihren eigenen abgehackten Atem … und dann – in der Ferne – das Rasseln des Tores.

Sie kommt.

Emily rannte immer weiter. Sie ließ die allmählich schwächer werdenden Lichter des Hauses zurück, tauchte im Dickicht ab, suchte nach dem Pfad. Irgendwo vor ihr – viele Meilen vor ihr – war die Straße.

Stöckchen und Steine bohrten sich schmerzhaft in ihre nackten Zehen. Ein niedrig hängender Ast schlug ihr gegen den Kopf, sodass sie nach rechts geschleudert wurde, wo scharfe Dornen ihr die Beine zerkratzten. Sie streckte die Arme vor sich aus, um Hindernisse zu ertasten, aber wie Speere kamen ihr noch mehr Dinge aus der Dunkelheit entgegen; Zweige, Nesseln, harte Erdhügel, ein Teil eines verrottenden Zaunes. Ein Tosen zu ihrer Linken ließ sie innehalten – *Ist das das Meer? Ich laufe in die falsche Richtung;* sie machte kehrt und trat geradewegs in ein Loch. Ihr Knöchel verdrehte sich abrupt. Schmerz loderte ihr bereits verletztes Bein hinauf, und sie rief um Hilfe, von der sie wusste, dass sie nicht kommen würde.

Irgendwie gelang es ihr dennoch, in Bewegung zu bleiben, doch sie steckte bis zu den Knien in Farngestrüpp, und aus allen Richtungen hörte sie es rascheln.

Etwas streifte ihren Arm, warm und fest. Ein menschlicher Körper. Sie schoss rückwärts, versuchte wegzulaufen, aber Hände hielten sie fest, umfassten ihre Handgelenke, kratzten ihre Arme, und eine Stimme sagte: »Stopp, ist schon gut, stopp, stopp, stopp, ich bin's, ich bin es. Ich bin hier.«

Scott. Es war Scott. Sie hatte keine Ahnung, wie das kam, aber er war da, ihr Ritter in schimmernder Rüstung, ihr Superheld, der gekommen war, um sie ein zweites Mal zu retten. Ein Teil von ihr wäre vor Erleichterung beinahe in sich zusammengesunken, während der andere Teil, jener Teil, der es besser wusste, immer weiter gegen ihn ankämpfte.

Hinter ihnen raschelte und knackte es weiter. Die Geräusche wurden immer lauter, bis Nina durchs Unterholz brach, die Waffe vor sich in der Hand. Abrupt blieb sie stehen und kniff die Augen zusammen. »Scott? Wie hast du …?«

Emily riss sich aus Scotts Griff los und wich zurück. Mit

einem Ruck richtete Nina die Waffe auf sie. Emily spürte, wie der Lauf jeder ihrer Bewegungen folgte. Suchend spähte sie in die Dunkelheit. Sie standen auf einer Art Lichtung; schlanke Bäume mit silberner Borke umgaben sie wie die Stäbe eines Käfigs.

Ihr Blick wanderte von Scott zu Nina und wieder zurück, suchte in ihren schemenhaften Gesichtern nach einem letzten, winzigen Rest von Vernunft, aber ihre Züge waren verzerrt und entstellt und glänzten vor Schweiß. So standen sich die drei abwartend gegenüber, angespannt wie Sprinter im Startblock – ein atemloses, bebendes Dreigestirn.

»Was zum Teufel soll das, Nina?«, sagte Scott schließlich.

Nina warf einen Blick auf die Waffe in ihrer Hand, als sei sie überrascht, sie dort zu entdecken.

»Gib sie mir.« Seine Stimme war leise, vernünftig. »Ich habe die Situation unter Kontrolle.«

»Unter Kontrolle?« Nina wedelte mit der Waffe in Emilys Richtung und bleckte dabei bösartig knurrend die Zähne. »Sie hat versucht, mir mein Baby zu stehlen!«

Emily warf erneut einen Blick auf die Bäume. Wenn sie jetzt losrannte, wie weit würde sie wohl kommen?

Nina sah zum Haus hinüber, dessen Lichter durch die Bäume schimmerten. »Ich muss wieder zurück. Aurelia ist ganz allein.«

»Gute Idee, Nina«, antwortete Scott. »Dann geh zurück. Ab jetzt übernehme ich.«

Aber Nina schüttelte heftig den Kopf. »Nein, erst muss ich das hier erledigen.« Ihr Blick schoss fieberhaft zwischen Emily und dem Haus hin und her.

Emily atmete schwer. Ihr wurde gerade bewusst, dass irgendwo auf dem Gelände Aurelia ganz allein war. Verängstigt. Verwirrt. *Kleine Schwester.* Ob sie immer noch draußen im Garten war? Oder war sie in ihr Schlafzimmer zurückgekehrt, hatte sich unter ihrem Bett verkrochen und hielt sich mit den Händen die Ohren zu? Plötzlich regte sich so etwas wie eine Erinnerung in Emily, tief sitzend, aber verschwommen.

Scott machte einen winzigen Schritt auf Nina zu, griff nach der Waffe. »Überlass das mir. Lass *mich* das erledigen.«

»Nein«, stieß Nina zwischen den Zähnen hervor, die Augen traten ihr aus den Höhlen. »Du magst sie zu sehr. Du glaubst sie zu kennen, aber das tust du nicht. Nicht so wie ich. Sie ist hinterhältig. Ich habe gesehen, wie sie im Haus herumgeschnüffelt hat.«

»Sie ist Haushälterin«, antwortete Scott und trat einen weiteren Schritt vor. »Dafür bezahlen wir sie schließlich.«

»Ist das so? Bezahlen wir sie auch dafür, dass sie vor Polizeirevieren herumsitzt?« Nina warf Emily einen gehässigen Blick zu. »So ist das nämlich. Ich weiß, wo du heute Morgen warst. Yves ist dir gefolgt.«

Scott erstarrte, dann fragte er Emily: »Stimmt das?«

Emily merkte, wie sie ins Schleudern geriet. Es hatte keinen Zweck wegzulaufen. Schließlich war niemand in der Nähe; niemand würde sie hören. »Es tut mir leid«, sprudelte es unwillkürlich aus ihr hervor. »Es tut mir so leid, dass ich es herausgefunden habe. Es tut mir so leid.«

Der Wind frischte auf, wirbelte trockenes Laub durch die Luft.

»Es tut dir *leid*?«, sagte Nina und trat einen Schritt von Scott weg – aus seiner Reichweite. »Du bist in mein Haus eingedrungen. Du hast versucht, mir mein Kind zu stehlen. Du hast sie mitten in der Nacht aus dem Bett gelockt und sie in die Wälder gezerrt.« Angewidert verzog sie die Lippen. »Wir haben dir *vertraut*.«

»Nein«, schrie Emily und drohte die Nerven vollends zu verlieren. »Nein, das habt ihr nicht! *Ich* habe *euch* vertraut! Ich hatte euch lieb, euch alle. Und ihr habt mich belogen.« Sie schluchzte mit rasselndem Atem. »Wie konntet ihr nur? Wie konntet ihr jemandem das Kind stehlen?«

Nina zuckte zurück, als hätte man sie geschlagen, und ihr verletztes Gesicht erfüllte Emily mit Wut. »Das Theater kannst du dir sparen«, sagte sie. »Ich weiß, dass Aurelia nicht deine Tochter ist. Dass sie nicht mal so heißt.« Sie sah Scott an. Er hatte die Augen niedergeschlagen. Er brachte es nicht einmal fertig, sie anzusehen.

Nina schüttelte den Kopf. Einmal. Zweimal.

»Habt ihr dazu nichts zu sagen?«, schrie Emily. Kleine Funken begannen vor ihren Augen zu tanzen. »Wie habt ihr es angestellt? Habt ihr sie euch einfach so auf der Straße geschnappt?«

Nina blinzelte. »Du weißt ja nicht, wovon du redest.«

»Doch, das weiß ich genau. Ich rede von Amandine Tessier, verdammt noch mal.«

»Nein«, flüsterte Nina und griff sich mit ihrer freien Hand an die Brust. »Du weißt gar nichts darüber. Du verstehst das nicht.«

»Dann erklär es mir! Erzähl mir, was passiert ist.«

»Du …«

»Sag es mir!«

»Sei still!« Speichel sprühte aus Ninas Mund. »Du würdest es nie verstehen. Du hast keine Ahnung.«

»Du musst sie gehen lassen«, stöhnte Emily, und eine entsetzliche Dunkelheit breitete sich in ihr aus wie eine schmutzige Flutwelle. »Du musst sie gehen lassen.«

Nina machte wieder einen Schritt auf sie zu; ihre Schultern bebten.

Dann Scotts Stimme. »Nina, es reicht. Ich mache das schon.«

»Hörst du sie, Scott?« Nina kam immer näher. »Sie ist verrückt.«

»Ich sagte, es reicht!«

»Aber es muss jetzt geschehen, Scott. Ich muss zurück zu Aurelia. Sie braucht mich.«

Emily hob schützend die Arme über den Kopf. Es kam. Das Flattern. Tausende Flügel, die alle gleichzeitig schlugen, das entsetzliche Ding, das nie wirklich weggegangen war. Es zuckte und rührte sich. Erwachte.

»Ich habe versprochen, sie zu beschützen.« Nina hob die Waffe.

»Dann beschütze sie«, sagte Scott. »Geh, wenn sie dich braucht. Ich schwöre dir, dass ich mich um das hier kümmern werde.«

Emily sog immer mehr Luft in sich ein, die von unten gegen ihre Schlüsselbeine drückte, bis sie das Gefühl hatte, dass sie gleich bersten würden. Das Flattern überwältigte sie, verschlang sie, brachte sie an einen Ort, an dem sie schon einmal gewesen war, den sie jedoch hinter sich gelassen hatte, an einen Ort, den sie nie wieder hatte betreten wollen. Es zerrte sie hinab, wie in einen Riss im Ozean, an einen Ort, an dem es keine Worte gab, der einen auf grausame Weise erstickte, einen Ort unfassbarer Dunkelheit.

Emilys Lider schlossen und öffneten sich zitternd. Zu. Auf. Zu. Auf.

»Wirklich, Scott?«

»Ja, wirklich. Ich schwöre es.«

»Denn wenn du nicht …«

»Ich weiß.«

»Wir haben keine Wahl.«

»Ich weiß.«

Sie sah, wie Nina die Waffe Scott reichte, sich abwandte und davonging.

Scott blieb regungslos stehen, die Waffe in der Hand.

Nina sah sich um, nur ein einziges Mal.

Scotts Schultern bebten, seine Augen wirkten leblos.

Die Waffe.

Die Waffe.

Die Waffe.

Alles kippte. Emily schlug um sich, war wieder gefangen unter irgendetwas Schwerem. Sie versuchte, es von sich zu stoßen, konnte aber nicht. Gleißend grüne und orangefarbene Flecken tanzten vor ihren Augen, und sie stürzte zu Boden. Die Erde wurde der Himmel, der Himmel die Erde, und die Erde sauste auf sie zu wie die vereiste Oberfläche eines Sees …

… und genau in diesem Augenblick ging neben ihrem Ohr ein Feuerwerkskörper los – nein, kein Feuerwerkskörper, ein *Schuss* – begleitet vom Laut splitternden Holzes. Schmerz explodierte in jedem Teil ihres Körpers. Sie fing an zu schreien.

Ihr Kopf traf mit einem abscheulichen Krachen auf den Waldboden, und dann war alles dunkel.

Sie kam kurz zu sich.

Ein Licht zwischen den Bäumen. Schmerz. Ein Druck in ihrem Rücken.

»Bleib liegen«, sagte eine Stimme. »Nicht bewegen.«

Scheinwerfer glitten über totes Laub.

Stille. Schritte. Stimmen.

»Ist sie …«

»Ja.«

»Ich habe das Auto mitgebracht. Und einen Spaten.«

»Wo ist Yves?«

»Keine Ahnung. Kann ihn nicht erreichen, nicht seit er heute Morgen angerufen hat.«

»Gut. Ruf ihn nicht an. Schreib ihm auch nicht. Halt ihn da raus.«

Hände glitten unter ihre Arme, zerrten sie nach hinten. Sie wurde hochgehoben. Sanft auf ein ledernes Lager gebettet.

Dann das Schlagen einer Tür, das Klirren von Schlüsseln, das Brummen eines Motors.

47

Scott

Etwa auf halber Strecke zurück fand Scott eine Stelle, die so flach und unbewaldet war, dass der SUV hindurchpasste. Er bog ab, lenkte das Auto durch die Bäume und Büsche, bis er eine kleine Lichtung erreichte.

Er blickte zur Windschutzscheibe hinaus und stellte sich einen Ring aus blauem Plastikband, Hügel frisch aufgeworfener Erde und eine Truppe anonymer Gestalten in Schutzanzügen vor. Er biss sich auf die Lippe und schmeckte Blut. Was zum Teufel war geschehen? Warum parkte er mitten in der Nacht im Wald? Warum lag jemand auf der Rückbank? Warum hatte ihm seine Frau mit bis zur Unkenntlichkeit verzerrtem Gesicht einen Spaten in die Hand gedrückt?

Emily lag reglos hinter ihm. Ihr Gesicht war schlaff und glatt wie das eines Kindes, ihr leicht verzogener Mund ein wenig geöffnet, und Scott kämpfte mit einem Mal gegen eine Flut von Erinnerungen an. Knarrende Linoleumböden, gestärkte Bettwäsche und diese steifen weißen Decken mit Löchern darin. Das Piepen der Maschinen und das Klappern eines Clipboards, das zu Boden fällt. Dann die kahlen Wände und nackten Böden Querencias, all ihr Besitz, der in Kisten verstaut worden war, um im Keller vor sich hin zu modern.

Eine weitere Erinnerung zog klar und deutlich in ihm herauf.

Er schleicht sich vor Tagesanbruch im Dämmerlicht über den Flur, denkt an diese Kisten, daran, was sie enthalten; die hauchzarten Dinge, die nicht länger nach ihr duften. In einem rosafarbenen Zimmer steigt er vorsichtig über Spielsachen hinweg und bleibt am Fußende des Bettes stehen. Eine kleine Hand lugt unter der Decke hervor, ein zarter Finger, der anklagend auf ihn zeigt. Er blickt auf das Kissen hinab, das er in seinen verschwitzten, zitternden Händen hält. Er hebt das Kissen hoch. Du bist nicht sie, denkt er, kommt näher, hebt das Kissen noch höher, hält es über das Bett. Du wirst niemals sie sein …

In allerletzter Minute bricht er zusammen. Das Kissen fällt zu Boden, und der auf ihn zeigende Finger verschwindet wieder unter der Decke, als seine Besitzerin sich auf die andere Seite dreht und im Schlaf leise seufzt.

Scott sank über dem Steuer zusammen, den Mund weit aufgerissen zu einem stummen Schrei.

48

Emily

Emily öffnete die Augen und sah die vertrauten Polster und die getönten Scheiben. Sie lag auf dem Rücksitz des SUVs mit einer zusammengerollten Picknickdecke unter den Knien. Draußen war es noch immer dunkel.

Mühsam, Stück für Stück, stützte sie sich auf einen Ellbogen. Scott saß auf dem Fahrersitz.

Sie fasste sich an den Hinterkopf, und sofort wurden ihre Finger feucht. »Bin ich angeschossen worden?« Ihre Stimme klang heiser, als hätte sie sie seit Jahren nicht mehr benutzt. Ihre eigenen Worte erschreckten sie. *Angeschossen? Wer wurde angeschossen?*

Scott hustete und rieb sich die Augen. »Nein, ich habe über dich hinweg gezielt. Auf die Bäume. Du bist wieder ohnmächtig geworden und hast dir den Kopf an einem Stein gestoßen. Außerdem hast du dich auf deiner Flucht ziemlich heftig zugerichtet.«

Mühevoll setzte Emily sich auf. Ihr Kopf pochte. Sie berührte die linke Schulter und spürte rohes, blutiges Fleisch.

»Das sieht übel aus«, meinte Scott. Ihre Blicke trafen sich im Rückspiegel. »Und dein Knöchel ist ebenfalls geschwollen.«

Emily hob den Fuß. Er war dick und aufgedunsen. »Was ist passiert? Wo ist Nina?«

»Wieder im Haus. Keine Sorge, wir sind allein.«

Allein. Sie konnte sich nicht konzentrieren. Die Kälte durchdrang sie bis auf die Knochen. Sie tastete erneut ihren Hinterkopf ab und spürte einen feuchten, verfilzten Klumpen. Undeutlich erinnerte sie sich, wie sie rückwärts über den Boden geschleift worden war. Instinktiv schoss ihre Hand zur Autotür, ihre Finger umschlossen den Türgriff.

»Sie ist nicht abgeschlossen«, sagte Scott und beobachtete sie im Spiegel.

Emily zog, und tatsächlich ging die Tür einen Spalt auf, sodass feuchter Laubgeruch hereindrang. Das führte sie im Geiste geradewegs zurück nach Hoxley, auf das Feld hinter dem Bahnhof, wo sie ihren ersten Kuss bekommen hatte: fünfzehn Jahre alt, eine Flasche Cidre in der einen Hand, die andere im strähnigen Haar eines Jungen vergraben. *Zuhause. Mein wahres Zuhause.* Sie dachte an ihre Eltern, die sich Sorgen machten und darauf warteten, dass sie anrief.

»Alles wird gut«, sagte Scott, als Emily anfing zu weinen. »Komm schon, schnappen wir etwas frische Luft. Hier drin ersticke ich langsam.«

Langsam, argwöhnisch kletterten beide aus dem Auto und sahen einander an. Die Blätter raschelten unter ihren Füßen. Scott stand da, die Hände in den Taschen vergraben, mit hängendem Kopf, wie ein Schuljunge, der nachsitzen muss.

»Ich weiß nicht, wo ich anfangen soll«, sagte er.

Emily wischte sich mit dem Handrücken über die Augen. Sie brachte keinen Ton heraus. Eine unerträgliche Spannung hatte ihren Körper erfasst, sodass sie den Kiefer zusammenpresste.

Scott blickte erst zu Boden, dann in den Himmel hinauf, dann zur Motorhaube des Wagens hinüber. »Der Tag, an dem wir zum Flughafen fuhren? Ich habe dir die Wahrheit gesagt.

Wir hatten eine Tochter, und sie hieß Aurelia. Sie wurde krank. Und hat nicht überlebt.« Er atmete langsam aus. »Der Tod unserer Tochter hat alles verändert. Nina war eine gebrochene Frau, und ... na ja, es ist schwer zu erklären, wenn man nicht ...« Er sah sich suchend nach den richtigen Worten um.

Emily schauderte, kam sich in ihren Shorts und dem dünnen T-Shirt ungeheuer verletzlich vor. »Wie lange war sie schon ... so?«

Scott zuckte mit den Schultern. »Das weiß ich ehrlich gesagt nicht genau. Sie hat mir so lange Zeit so viel verheimlicht. Ich weiß, das klingt wenig glaubhaft – wie konnte ich nur so blind sein, nicht wahr? Aber sie hat die Ärzte immer nur klammheimlich aufgesucht, sie log mich an wegen ihrer Medikamente ... ich meine, nach der Beerdigung war es schlimm, aber ich hatte keine Ahnung *wie* schlimm; zumindest nicht, bis es zu spät war.

Du darfst nicht schlecht über sie denken«, fuhr er fort. »Sie erinnert sich nicht daran, was in Nizza geschah, jedenfalls nicht genau. Sie hat die Lüge so lange gelebt, dass sie sie allmählich selbst glaubt. Meist denkt sie, dass dieses Mädchen *tatsächlich* unsere Tochter ist.«

»Wie konntest du damit leben? Warum bist du nicht zur Polizei gegangen?«

Scott zuckte mit den Schultern. »Anfangs geriet ich in Panik. Ich wusste nicht, was ich tun sollte. Ich konnte sie nicht anzeigen. Das brachte ich einfach nicht fertig. Also tat ich nichts. Ich spielte mit, weil ich Angst hatte. Und dann wurde mir eines Tages klar, dass es kein Zurück gab.«

»Das ist nicht wahr.« Emily zitterte. Sie schlang sich die Arme um den Körper, um sich warm zu halten. »Du kannst immer noch alles zum Guten wenden.«

»Oh ja. Denn das Gefängnis ist die Lösung für alles.«

»Aber wenn du dich stellen würdest, bin ich mir sicher, dass …«

»Dass man uns freispricht, weil wir geständig waren? Dass ein Richter einsieht, was für nette Menschen wir sind, und uns nur einen Klaps auf die Hand gibt?« Scott beugte sich vor, seine Nackenmuskeln spannten sich mit einem Mal an und traten vor wie dicke Kabel. »Du hast keine Ahnung, was ich verlieren würde. Niemand kann das jemals ermessen. *Nie im Leben.*«

Die Worte fielen zwischen sie – schwer wie Schnee.

»Yves weiß es«, sagte Emily leise.

»Ja. Yves weiß es. Aber zwei seiner Söhne gehen jetzt auf eine Privatschule, und ein dritter steht an erster Stelle auf der Spenderliste für ein neues Herz, deshalb bezweifle ich, dass er es eilig damit hat, den verantwortungsbewussten Bürger zu spielen.«

»Hast du das auch mit mir vor? Willst du mich kaufen?«

Er betrachtete sie einen Augenblick lang nachdenklich. »Du hast eine Vertraulichkeitsvereinbarung unterzeichnet, weißt du noch?«

Emily lachte bitter auf. »Du weißt, dass sie keine Gültigkeit mehr hätte.«

Scott nickte gedankenverloren. »Dann ja«, sagte er. »Ich werde dich bezahlen.«

»Und was, wenn ich nicht käuflich bin?«

Scotts Blick war hart, sein Kiefer zusammengepresst.

Emily wandte den Blick ab. *Ich will dein Geld nicht,* dachte sie kläglich. *Es ging mir nie wirklich ums Geld.* Ihr war so kalt, sie zitterte so heftig, dass ihr buchstäblich die Knie schlotterten. »Warum … warum hast du mich hergebracht?«

Scott atmete scharf ein. »Es kam mir damals wie eine gute Idee vor«, hauchte er. »Nina brauchte Gesellschaft. Ich erkannte, dass die Isolation ihr sogar noch mehr schadete. Ganz allein hier draußen mit ihrer Schuld, ihrer Angst … jeden Tag fürchtete ich, dass sie eine Dummheit begehen würde.« Er blickte zum Himmel empor. »Jemand musste hier sein, nach ihr sehen, aber ich selbst konnte es nicht. Ich ertrug es nicht, ihr nahe zu sein. *Ihnen* nahe zu sein. Ich war so erschöpft, und ich hatte schon so viele Fehler gemacht. Ich wollte mein Leben zurück. Ich glaubte, so könne es funktionieren. Und das tat es ja auch – eine Weile.«

Er legte die Hände auf die Knie und beugte sich vor. Holte tief Luft. Richtete sich wieder auf.

»Weißt du, dass sie mich früher zwanzig, dreißig Mal am Tag anrief? Weinte, drohte. Manchmal flehte sie mich an, nach Hause zu kommen. »Arbeite doch nicht so viel«, sagte sie dann. »Komm und verbringe etwas Zeit mit deiner *Tochter*.« Er spie das Wort hervor. »Und unterdessen kauft sie ein. Sie kauft und kauft und kauft. Überwachungskram, Sicherheitsausrüstung. Verdammte *Pferde*. Also arbeitete ich noch mehr, um alles finanzieren zu können. Und dann ruft sie mich mitten in der Nacht an und sagt mir, dass sie sich umbringen will. Und der Teufelskreis beginnt von Neuem.«

Scott fuhr sich mit den Fingern durchs Haar. Als er weitersprach, war seine Stimme leise, als hätte er Emilys Anwesenheit vergessen. »Das alles machte mich so wütend. Aber ich war ihretwegen auch traurig. Ich habe sie einmal geliebt. Ich liebte sie so sehr. Sie war früher so witzig, so glücklich; zumindest kam es mir so vor.« Er verstummte und schüttelte den Kopf. »Keine Ahnung warum, aber ich glaubte, wenn ich ihr alles gäbe, was sie sich je erträumt hatte, wenn ich ihr Zeit und Raum gäbe, dann ginge es ihr irgendwann besser. Ich glaubte, die alte Nina käme dann zurück, und wir würden zusammen eine

Lösung für diesen Schlamassel finden. Aber sie kam nicht zurück. Es wurde nur schlimmer.

Dann dachte ich, dass ihr Gesellschaft guttun würde. Ein Freund. Also stellte ich Yves an in der Hoffnung, dass er sie im Auge behalten, ihr hie und da helfen würde. Aber er stellte schon bald klar, dass er nicht ihr Betreuer sein würde.«

Emily starrte ihn an. »Und das sollte ich für sie sein? Ihre Betreuerin?«

Scott blickte auf seine Füße hinunter. »Sie brauchte jemanden, der sie verstand. Einen Menschen, der sie genauso brauchte wie sie ihn. Als ich dich kennenlernte, wusste ich, dass du perfekt dafür warst. Ich hatte nur nicht erwartet, dass du auch für mich perfekt sein würdest.«

Als er wieder aufblickte, entdeckte Emily in seinem Gesicht nichts als Schmerz. Und als er die Hände ausstreckte, ergriff sie sie, ohne nachzudenken. So standen sie einen Augenblick lang da, ernst und feierlich. Emily schloss die Augen, bat ihn im Stillen, sie an sich zu ziehen, stellte sich vor, dass ihre Wange perfekt in die Kuhle seines Brustbeins passte. Sie wollte hören – nein, *spüren –,* wie sein Herz im Gleichklang mit dem ihren schlug. Sie wollte mit ihm verschmelzen, eins werden und die nasse Kälte des Waldes hinter sich lassen.

Des Waldes.

Emily öffnete wieder die Augen. Dunst erhob sich in der Dunkelheit, ein Hauch von Staub und Erde, der aus dem Boden emporstieg. Scotts Hände umfingen warm die ihren. Er drückte ihre Finger. So tröstlich. So innig. *Und so falsch.*

Sie entzog sich ihm, und es fühlte sich an, als steige sie aus dem Wasser.

»Nein …«, sagte sie. »Nein. Ich meinte, warum hast du mich *hierher* gebracht?« Sie deutete mit dem Kinn auf die Bäume, deren knochige Zweige in den Scheinwerfern bleich in den Himmel ragten.

Scotts Gesicht fiel in sich zusammen. Es dauerte lange, bevor er antwortete. »Ich musste es wissen«, flüsterte er.

»Was wissen?«

»*Kann* man dich kaufen?«

Emily verstand nur halb, was er da verlangte. Scotts Blick flackerte zu einem Punkt hinter ihr. Sie folgte seinem Blick und entdeckte einen dicken, hohen moosbewachsenen Baumstamm. Eine Eiche.

An ihrem Stamm lehnte ein Spaten.

49

Scott

Als Scott über die sandige Auffahrt schritt, verfing sich sein Fuß in der Schlaufe eines Wasserschlauchs, und er stolperte, fiel unglücklich auf die Knie. Er spürte, wie seine Hose zerriss; eigentlich belanglos, aber es schien der Tropfen zu sein, der das Fass endgültig zum Überlaufen brachte. Er ließ die Faust auf den Boden niedersausen, dann hob er eine Handvoll Sand auf und schleuderte ihn mit einem erstickten Schrei in die Luft. Die Sandkörner rieselten auf ihn herab, trafen schmerzhaft auf Augen und Nase, blieben an seinen Lippen haften.

Das Familienhaus ragte vor ihm empor. Das Licht über der Tür leuchtete wie ein Fanal. Er stand auf, jeder Muskel pulsierte vor Schmerz. Er humpelte zur Haustür und stieß sie auf.

Der vertraute Gestank nach Duftkerzen traf ihn ins Gesicht. Alles war bildhübsch, ordentlich wie in einem Puppenhaus. Die zierlich geschwungenen Tischbeine, die samtig-weichen Sessel – alles Fassade, wie die Kulisse für ein Theaterstück.

Dahinter saß Nina am Esstisch, angetan mit einem silbrigen knielangen Kleid. Auf dem Tisch standen ein Glas Rotwein und eine kleine Käseplatte. Brie, Comté, Bleu d'Auvergne. Cracker, Trauben und Quitten.

Bei seinem Anblick verzog sie mitfühlend den Mund. »Armes Baby«, flüsterte sie und schob ihren Stuhl zurück.

»Stopp«, sagte er und hob die Hand.

Sie zögerte, wollte dann wieder etwas sagen, doch er schnitt ihr das Wort ab.

»Es ist erledigt.« Seine Hand zitterte. Eine nie gekannte Wut hatte ihn gepackt. »Was du wolltest. Was du von mir verlangt hast. Es ist erledigt.«

Nina sah ihn aus großen runden Augen an. *Genau,* dachte Scott. *Schau mich genau und in aller Ruhe an. Siehst du, was du getan hast? Siehst du, was aus mir geworden ist? Was aus dir geworden ist?*

Und dann verglühte der Zorn wie eine Supernova, und er brach zusammen.

Nina rannte zu ihm und fing ihn auf, als er zu schluchzen begann. Beide sanken zu Boden. »Pssst«, sagte sie und legte seinen Kopf in ihren Schoß. »Ganz ruhig. Ich halte dich fest. Ich bin bei dir.«

Sie strich ihm übers Haar und trocknete seine Tränen, bis er schließlich nachgab. Er rollte sich ein, kapitulierte, presste sein Gesicht in den Stoff ihres Kleides.

»Es gibt nichts, worum du dir Sorgen machen musst«, flüsterte Nina. »Sei dankbar. Wir haben alles, was wir uns je gewünscht haben.«

Ihre Worte waren wie ein warmer Schal an einem kalten Tag, und Scott konnte nicht anders: Er musste sich darin einhüllen. Sie hatte recht. Natürlich hatte sie recht. Es gab nichts, worum er sich Sorgen machen musste. Emily war nichts weiter als eine kleine Bodenwelle gewesen, und er hatte sich entsprechend darum gekümmert.

Und ja, er sollte dankbar sein. Immerhin hatten er und Nina einander, sie hatten Querencia, und die restliche Welt war weit,

weit fort. Sie waren unsichtbar. Sie waren eine Blase im Ozean, eine Nadel im Heuhaufen. Niemand konnte sie finden, niemand konnte zu ihnen gelangen.

Sie waren in Sicherheit.

50

Emily

Der Shuttlebus zum Airport war warm und einladend nach der Kühle des Morgens. Der Fahrer warf Emily einen misstrauischen Blick zu, als sie durch die Tür hinkte und ihre zerschlissene Baumwolltasche auf den erstbesten Sitz schwang. Sie ließ sich daneben fallen und lehnte den Kopf ans Fenster.

Als der Bus losfuhr, versuchte Emily, nicht an das zu denken, was gerade geschehen war. Sie bemühte sich um glückliche, normale Gedanken, doch der Wald wollte sie einfach nicht loslassen. Sie hatte immer noch seine Erde unter ihren Fingernägeln, seine Schatten hatten sich in ihrem Haar verfangen.

Als Emily den Spaten am Baum hatte lehnen sehen, war ihr erster Gedanke gewesen: *Das war's. So werde ich also sterben.* Sie hatte die Augen ganz fest geschlossen und darauf gewartet, dass die Kante des schmutzigen Metalls auf ihren Schädel traf … aber nichts geschah. Die Zeit schien einen Augenblick lang stillzustehen. Als sie die Augen wieder öffnete, waren Scotts Wangen nass.

»Es tut mir so leid«, sagte er. Es tat ihm leid, dass er sie nach Frankreich geholt hatte. Dass er sie hineingezogen hatte, dass er nicht mehr getan hatte, um sie zu beschützen. Und es tat ihm leid, dass er ihr gleich eine solche Last aufbürden würde, die ihr Leben für immer verändern würde. Aber, sagte er, er würde alles wieder gutmachen. Er würde ihr alles geben, was sie verlangte.

Als ihr langsam klar wurde, dass sie nicht sterben würde, begann Emily unkontrolliert zu zittern. Sie sank auf die Knie und legte die Hände auf die feuchte Erde, als würde sie beten.

Scott sagte, dass er sie unter der Bedingung, dass sie ihr Geheimnis bewahren würde, gehen lassen würde. Sie würde alles vergessen müssen, was Querencia betraf, sie würde vergessen müssen, dass es überhaupt existierte, und niemals mit irgendjemandem darüber sprechen dürfen. Im Gegenzug würde er ihr jenen Wohlstand bieten, den sie niemals erlangen würde. Ihr Leben würde leicht sein. Sie würde nie wieder einen beschissenen Zeitarbeitsjob übernehmen müssen. Sie würde sich niemals Sorgen um Schulden machen müssen. Sie würde kein Geld sparen müssen, um sich ein Haus zu kaufen; *er* würde ihr eins kaufen. Sie konnte alles tun, und sie konnte sein, wer sie wollte. Er würde die Rechnung begleichen.

»Das wird das Beste sein«, sagte er leise. »Nicht nur für dich, sondern auch für Aurelia.« Er zögerte. »Für Amandine.«

Als Emily keine Antwort gab, sprach er schnell und sehr wortgewandt weiter, zählte die Punkte an seinen Fingern ab. Aurelia Denny hatte ein gutes Leben, beharrte er. Sie erinnerte sich nicht, woher sie kam, was geschehen war; Nina war die einzige Mutter, die sie je kannte, und sie hatte alles, was ein kleines Mädchen sich wünschen konnte. Sie wurde beschützt und leidenschaftlich geliebt. Es mangelte ihr nicht an Essen und Kleidung, und sie wurde gut unterrichtet. Und wenn die Zeit reif war, so versprach Scott, dann würde das kleine Mädchen auch frei sein. Sie würde nicht den Rest ihres Lebens auf Querencia gefangen gehalten werden. Irgendwie würde er Amandine Tessier wieder in die reale Welt zurückbringen – aber als reiche und privilegierte Aurelia Denny.

»Man wird sie wiedererkennen«, wandte Emily ein.

»Nein«, widersprach Scott heftig. »Sie wird entsprechend konditioniert sein und an ihre Krankheit glauben. Sie wird sich immer bedecken. Sie wird immer diese Kontaktlinsen tragen.«

Und in diesem Moment zweifelte Emily zum ersten Mal an Scotts geistiger Gesundheit. *Sie machen sich beide etwas vor*, dachte sie. Die erwachsene Aurelia würde auf jeden Fall herausfinden, dass ihre Erkrankung eine Lüge war.

Scott spürte wohl ihre Zweifel. »Stell dir die Alternativen vor«, sagte er. »Die kurzfristigen, meine ich. Sie würde in eine Klinik mit weißen Wänden gebracht, wo man sie auf Herz und Nieren untersucht und auf den Kopf stellt. Sie müsste Aussagen machen. Sie würde zum zweiten Mal in ihrem kurzen Leben ihrem Zuhause entrissen, von ihren Eltern getrennt und Fremden übergeben – aber diesmal würde sie alles mitbekommen und sich an alles erinnern. Und sie würde diese Bürde für den Rest ihres Lebens mit sich herumtragen.« Er wischte sich über die Augen. »Tu ihr das nicht an, Emily. Tu es Nina nicht an. Noch mehr Schmerz haben sie nicht verdient. Ich hätte geglaubt, dass ausgerechnet du das verstehst.«

Ausgerechnet ich, hatte Emily gedacht. *Was soll das heißen?*

Aber sie hatte keine Gelegenheit, weiter darüber nachzudenken. Scott steigerte sich weiter in seine Argumentation hinein, und fairerweise musste man sagen, dass sein Plädoyer gut war. Emily konnte sich Aurelia nicht in den Armen einer anderen Person vorstellen. Sie konnte die Vorstellung nicht ertragen, dass man sie in ein fremdes Haus brachte, wo man ihr etwas Ungewohntes zu essen und neue Kleider gab und ihr ein fremdes Bett zuwies. Wer war ihre leibliche Mutter überhaupt? Was war sie für ein Mensch? Wie würde sie für Aurelia sorgen? Wie würde sie mit ihr sprechen? Auf *Französisch*, das stand fest.

Amandine Tessier hatte vielleicht Französisch gesprochen, aber Aurelia Denny hatte seit drei Jahren kein französisches Wort mehr gehört.

Emily schüttelte den Kopf. »Nina wird mich finden«, wandte sie ein.

»Nein. Sie wird nicht einmal nach dir suchen.«

Nein, natürlich würde Nina nicht nach ihr suchen. Nina hielt sie für tot. Sie glaubte, Scott hätte sie erschossen, ermordet und im Wald vergraben.

Emily wirbelte herum und erbrach sich. Als sie fertig war, wischte sie sich den Mund ab und nickte zustimmend. *Ja. Ich werde dein Geheimnis bewahren. Hand aufs Herz. Hier, lass mich dir helfen, ein falsches Grab zu schaufeln. Hast du noch einen zweiten Spaten dabei?*

Scott wies sie an, die Kreditkarte zu behalten, und versprach, eine erste Geldsumme innerhalb der nächsten zwei oder drei Werktage auf ihr Bankkonto zu überweisen. Vorausgesetzt dass Emily sich an die Bedingungen hielt, würde der Rest in regelmäßigen Abständen folgen. Er nickte und bedachte sie mit einem aalglatten Lächeln. *Es war mir ein Vergnügen, Geschäfte mit Ihnen zu machen.*

Dann stapfte er durch die Bäume, um ein paar große Steine zu sammeln. Er warf sie in das Loch, das sie gegraben hatten, und warf eine Decke vom Rücksitz seines Land Cruisers darauf. »Falls sie doch neugierig wird«, erklärte er.

Emily übergab sich erneut.

Nachdem er das Loch mit Erde gefüllt hatte, fuhr Scott sie nach La Rochelle. Keiner von beiden sagte auf dem Weg auch nur ein einziges Wort.

Sie hielten neben einer Bushaltestelle in der Nähe des Hafens. Ein dünner Lichtstreifen zeigte sich so langsam am Horizont.

»Geh ins Sinclair Hotel in Covent Garden«, sagte er. »Dort ist ein Zimmer für dich reserviert.« Er griff hinter sich, holte seine Anzugjacke vom Rücksitz und legte sie ihr über die Schultern. »Warte dort auf mich. Ich bin in ein paar Tagen bei dir. Dann reden wir weiter.«

Emily versuchte sich auszumalen, wie sie in einer Hotelsuite saß, aber sie war so lange auf Querencia abgetaucht, so sehr davon eingenommen gewesen, dass sie sich gar nicht vorstellen konnte, woanders zu sein. Sie dachte daran, wie sie das Anwesen zum ersten Mal gesehen hatte und wie glücklich sie gewesen war, wie dankbar, dass das Leben ihr endlich eine Chance geboten hatte.

Als die ersten Sonnenstrahlen auf dem Wasser glitzerten, sah Scott sie an. »Bitte«, flüsterte er, »denk gut über alles nach, was ich gesagt habe.« Der Augenblick kam ihr bedeutungsvoll vor, und doch hatte Emily nichts zu sagen. Ihre Furcht hatte sich ebenso in Luft aufgelöst wie ihre Wut. Sie fühlte sich leer, wie ausgehöhlt.

Sie sah ihn ein letztes Mal ganz genau an, sammelte Details wie Souvenirs. Die Sommersprosse genau über seiner rechten Augenbraue, die gepflegten Barthaare unter seiner Unterlippe, seine Fingernägel, nun abgebissen und schmutzig, seine Augen, rot gerändert vor Erschöpfung.

Schließlich öffnete sie die Tür und trat auf den Gehsteig hinaus. Sie zog sich Scotts Jackett um die nackten Schultern und blickte zurück, und ihr Herz formte einen absurden, geradezu kindischen Gedanken: *Bitte verlass mich nicht.*

»Ich hatte recht«, sagte Scott mit leichtem Lächeln. »Du warst tatsächlich perfekt. Für uns alle.« Dann zog er die Tür zu und fuhr davon.

* * *

Es war eine solche Erleichterung, wieder in vertrauter Umgebung zu sein, dass sie beinahe die schmutzige Londoner Straße geküsst hätte. Der Verkehr, die Abgase und all die grimmigen Gesichter; nichts auf der ganzen Welt hätte ihr willkommener sein können.

Sie hinkte in die Lobby des Sinclair, ignorierte die neugierigen Blicke und checkte sich erfolgreich ein. Aber dann war es mit ihrer Selbstbeherrschung vorbei. Nach einer langen, heißen Dusche lag sie in ein Handtuch gewickelt auf dem lächerlich riesigen Bett und heulte in die Kissen. Ihr Schluchzen prallte an der Strukturtapete ab und wurde von den Falten der Vorhänge verschluckt. Die Marmorbüste einer barbusigen Frau beobachtete sie mit mildem, verhangenem Blick.

Warte dort auf mich. Ich bin in ein paar Tagen bei dir.

Emily stellte sich vor, wie Scott die Tür öffnete und hereinkam. Champagner, Erdbeeren. Abendessen in einem hübschen Restaurant. Wie lang wollte er sie wohl in diesem Hotel verstecken? Für immer?

Nachdem sie zwei geschlagene Stunden geweint hatte, stand Emily auf, putzte sich die Nase und schwang sich die schlammverkrustete Tasche über die Schulter. Sie warf Scotts Jackett aufs Bett, checkte aus, dann machte sie sich auf den Weg zur Euston Station, wo sie den ersten Zug Richtung Norden nahm.

Das Taxi hielt vor einer Doppelhaushälfte aus Sandstein mit einer roten Tür, und Emilys Unterlippe zitterte beim Anblick der hell erleuchteten Fenster. Sie hatte es doch gewusst: Sie waren zu Hause. Mittwochs lief *Große Träume, große Häuser*, und danach ging man früh ins Bett – regelmäßig wie ein Uhrwerk.

Sie reichte dem Fahrer Scotts Karte und beobachtete, wie dieser sie an die Maschine hielt. Es piepte. *Zahlung erfolgt.* Der Taxifahrer zog die Augenbrauen hoch. Emily konnte ihm keinen Vorwurf daraus machen, dass er überrascht war; sie hatte ihre Wunden so gut es ging gesäubert, aber sie sah immer noch ziemlich ramponiert aus.

Sie weinte, noch bevor ihre Mutter die Tür öffnete.

Juliet schnappte nach Luft. »Oh mein Gott. Wo warst du? Wie bist du hergekommen?« Sie nahm Emily fest in den Arm. »Du hättest anrufen sollen!«

Wann genau hätte ich anrufen sollen?, dachte Emily, und die Nackenhaare stellten sich ihr auf, wie bei einer allergischen Reaktion. *Als ich im Auto gefangen war, als man im Wald auf mich schoss oder als ich mein eigenes Grab schaufelte?*

»Oh mein Gott, bist du etwa *verletzt?*«

Emily senkte den Blick, während Juliet ihre lädierte Schulter betastete.

»Lass mich mal sehen.« Hinter Juliet tauchte nun Peter auf und musterte sie durch seine schildpattfarbene Gleitsichtbrille. Er holte ein Taschentuch heraus – Peter war der einzig lebende Mensch, der immer noch ein Stofftaschentuch benutzte – und betupfte die Wunde, sodass Emily das Gefühl hatte, wieder sieben Jahre alt zu sein.

Dann richtete er sich auf und stieß einen tiefen Seufzer aus, der nach Bier roch. »Was ist los, Emmy?«

Emily machte den Mund auf. *Ich wäre fast gestorben*, hätte sie beinahe gesagt. Aber diese Worte passten nicht in dieses Haus, in diesen Schrein des Alltäglichen.

Ihre Eltern rochen nach Milch und Keksen. Der Duft nach Zimt drang von der Küche herüber, und Kevin McCloud gab aus dem Wohnzimmer sein abschließendes Urteil zum Besten.

Es spielt keine Rolle, dachte sie. *Nichts davon spielt eine Rolle. Ich bin zu Hause.*

In den darauffolgenden Tagen behandelte Juliet Emily wie eine Patientin, und Emily genoss es, verhätschelt zu werden. Sie lieferte keine Erklärung für ihr plötzliches Wiederauftauchen, aber es fragte auch niemand nach – wie es eben typisch war für die Proudmans. Juliet und Peter schlichen nur auf Zehenspitzen um sie herum und kochten ihr einen Tee nach dem anderen. Und ausnahmsweise war Emily dankbar für ihre mangelnde Kommunikationsfähigkeit.

Sie schlief viel: leichte, unruhige Nickerchen voller düsterer Träume. Drei Nächte in Folge wachte sie schweißgebadet auf und war fest davon überzeugt, dass jemand versuchte, ins Haus einzubrechen.

Sie weinte jeden Tag. Unter ihren Rippen herrschte eine Mischung aus Leere und Übelkeit, als hätte sie seit Wochen nichts gegessen. Doch das Gefühl wollte einfach nicht verschwinden, egal, wie viel sie aß.

Sie sah viel fern. Sie kroch ins Bett und gelobte, nie wieder hier wegzugehen.

Doch nach ein paar Tagen wagte sie sich wieder nach draußen, machte kurze Ausflüge zu den Geschäften im Ort oder Spaziergänge mit Juliet im Park. Aber jedes Mal, wenn sie das Haus verließ, wurde ihr übel. Überall sah sie Scott: im Auto, wie er etwas aus der Reinigung holte, wie er beim Metzger anstand. Was würde er tun, wenn er entdeckte, dass sie gar nicht mehr im Sinclair wohnte? Wusste er es vielleicht schon? Er würde Kontakt zu ihr aufnehmen, dessen war sie sicher. Aber wann? Und wie?

Drei Tage nach ihrer Ankunft in England bekam Emily eine Textnachricht von einer unbekannten Nummer.

> Tut mir leid, dass dir das Hotel nicht zugesagt hat. Doch
> ich habe Verständnis für dein Bedürfnis, dein Leben neu
> zu sortieren. Ich denke, diese erste Rate wird dir den Druck
> von den Schultern nehmen.

Ihr drehte sich der Magen. Sofort checkte sie ihre Banking-App und stellte fest, dass eine obszöne Geldsumme auf ihr Girokonto überwiesen worden war. Ein paar Minuten später ging eine weitere Textnachricht ein.

> Genieße deinen Besuch. Deine Eltern haben ein hübsches
> Haus.

Sie sprang vom Bett, rannte zum Fenster und presste das Gesicht gegen das Glas. Sie suchte den Bürgersteig ab, die Bushaltestelle, die Autos, die Büsche, erwartete, irgendwo eine Seidenkrawatte oder eine goldene Uhr aufblitzen zu sehen. Aber die Straße war leer.

Ohne auch nur eine Sekunde zu zögern, wählte sie die unbekannte Nummer und wartete; zunächst gähnende Stille, dann die automatische Nachricht, dass die Nummer, die sie gewählt hatte, nicht vergeben war. Sie versuchte es auf Scotts normaler Nummer – bislang hatte sie es einfach noch nicht über sich gebracht, diese zu löschen – und bekam die gleiche Nachricht. Keine Verbindung.

In den ersten Tagen nach ihrer Rückkehr verbrachte Emily jede Menge Zeit im Internet. Sie konnte nicht anders. Wie unter Zwang googelte sie Amandine Tessier, las jeden verfügbaren Artikel und jedes Interview, das sie auftreiben konnte. Sie schaute sich alte Fernsehberichte an, die unscharfe Bilder einer

Küstenstadt zeigten, die von einem Unwetter heimgesucht wurde. Die Reporter sprachen von verrückten Witterungsverhältnissen, erklärten, dass die Polizei ursprünglich davon ausgegangen war, Amandine sei ins Meer gespült worden – vielleicht ohnmächtig durch irgendetwas, das ihr auf den Kopf gefallen war, und zu klein, als dass ihr jemand in dem Gedränge Beachtung geschenkt hätte. Aber dann hatten sich zwei Touristen gemeldet und behauptet, sie gesehen zu haben. Ein Mann, der mit seinen Kindern auf einem privaten Strandabschnitt gewesen war, sowie eine Rucksacktouristin auf der Promenade.

»Sie war es«, sagte der Mann. »Ich bin mir ganz sicher.«

»Sie war auf der Straße«, gab die Rucksacktouristin an. »Eine Frau hatte sie auf dem Arm. Dann fiel ein Baum um und hätte sie beinahe erschlagen. Ich habe versucht, ihr zu helfen. Überall waren Flammen.«

Keiner der Zeugen konnte die Frau jedoch eindeutig identifizieren. Sie hatten ihr Gesicht nicht gesehen; sie hatte einen großen Schirm bei sich gehabt und einen Hut auf dem Kopf getragen, aber sie konnten sich nicht darauf einigen, was für ein Hut es gewesen war. Auch ihr Alter vermochten sie nicht eindeutig zu schätzen.

»Sie trug eine Sonnenbrille«, sagte der Mann.

»Durch den Regen und den ganzen Rauch konnte man nicht viel erkennen«, sagte die Rucksacktouristin.

Das Filmmaterial der Überwachungskameras hatte sich als Fehlschlag erwiesen. Der Blitz hatte nicht nur Bäume entzündet, sondern auch einen beträchtlichen Teil des Netzwerkes lahmgelegt, und die noch funktionstüchtigen Kameras waren nutzlos. Sie zeigten Hunderte vermummter Gestalten, die sich in Hauseingänge drängten oder mit Hüten und Handtüchern über dem Kopf in Autos abtauchten. Viele von ihnen hatten Kinder auf dem Arm.

Nina hatte anscheinend großes Glück gehabt.

Nachdem man offiziell zu dem Schluss gekommen war, dass es sich bei ihrem Verschwinden um eine Entführung handelte, gingen natürlich jede Menge Telefonate ein. Die Anrufer wollten allesamt ein rothaariges Mädchen gesehen haben – am Strand, in den Geschäften, im Kino. Sie berichteten von einem Mann, der ein Kind hinter sich hergezerrt hatte, von einer Frau, die ein Kind geschlagen hatte, von einem Kind, das ganz allein gewesen war, einem Kind, das die Straße überquert hatte, in ein Auto gestiegen war, ein Eis gegessen hatte, gerannt war, geschrien hatte, gefallen war, geweint hatte. Die Menschen posteten im Internet Fotos ihrer Nachbarn und wiesen darauf hin, dass die DuPonts oder die Wilsons oder die Garcias, die gerade gegenüber eingezogen waren, eine Tochter oder eine Nichte oder eine Cousine mit Heterochromie hatten. Ob das Amandine sein konnte?

Menschen wurden in Einkaufszentren und Arztpraxen verhaftet, junge Mütter wurden festgenommen und verhört, weil ihre Töchter verschiedenfarbige Augen hatten. Die Polizei hatte offenbar Jahre damit verbracht, sämtlichen Spuren zu folgen, aber erstaunlicherweise hatte keiner einen entscheidenden Hinweis geben können.

»Wenn Sie irgendwelche Informationen haben«, sagte eine sorgfältig frisierte TV-Moderatorin in einem farbenfrohen Studio, »dann rufen Sie bitte die Hotline an.«

Emily studierte sämtliche Blogs, sämtliche Selbsthilfeforen und jede Weltverschwörungs-Website, die es zu diesem Thema gab. Sie schaute sich endlose Videos von Pressekonferenzen an. Amandines Familie, die mit wächsernen und erschöpften

Gesichtern im Blitzlichtgewitter stand. Ihre Geschwister, traurig und klein. Sie spielte die Filme immer und immer wieder ab, bis sie jedes Video auswendig kannte. Sie sah sich an, wie Nicolette Tessier zusammenbrach – immer und immer wieder – und in einen Strauß von Mikrofonen schluchzte.

Emily klickte noch mehr Links an. Eine berühmte Sängerin, ein internationaler Star, der sich in Wohltätigkeitsorganisationen für Kinder stark engagierte, hatte diesen Fall vor laufender Kamera erwähnt und ein entsprechendes Lippenbekenntnis abgegeben. Das Gewittermädchen machte Schlagzeilen in aller Welt. Der Fall wurde in spätabendlichen Diskussionsrunden ebenso thematisiert wie in den sozialen Medien. Aber alles Reden konnte Amandine nicht zurückbringen und lieferte auch keinerlei Hinweise über ihren derzeitigen Aufenthaltsort. Ihr Leichnam wurde nie gefunden, und schließlich kam man zu dem Schluss, dass das Meer sie doch verschluckt haben musste.

Häufig ertappte Emily sich auch dabei, dass sie Nina vermisste. Sie dachte an ihr Lachen, an die Art, wie sie sprach. Dass sie immer genau wusste, was sie sagen musste, wenn Emily deprimiert war. Sie dachte an all ihre Gespräche. Emily hatte ihr ihre innersten Geheimnisse anvertraut. *Sie waren anscheinend nicht besonders nett. Alkoholiker. Haben mich geschlagen und so.* Das hatte sie sonst noch niemandem erzählt.

Außer mit ihren Eltern hatte sie auch noch mit niemandem über ihre Therapie gesprochen. *Sie meinten, mein Körper würde sich vielleicht in gewissem Maße an die Misshandlungen erinnern. Also, nicht die Art von Erinnerungen, die wir als Erwachsene oder ältere Kinder haben. Etwas anderes. Es gibt ein Wort dafür ...* Dieser Fachbegriff, so erinnerte sie sich jetzt, lautete »implizites Gedächtnis«. Dr. Forte hatte versucht, es ihr zu erklären. Frühere Erfahrungen, an die man sich unterbewusst erinnert. Traumata, die auf diese

Weise im Gehirn abgelegt und als Bilder oder körperliche Empfindungen verschlüsselt werden. Erinnerungsfetzen, die sich schmerzhaft ins Gehirn bohren. *Der Körper schreibt das alles mit*, hatte sie gesagt.

Emily wandte sich erneut Google zu und suchte nach Informationen zu frühen Kindheitstraumata. Sie erkannte, dass Aurelia wahrscheinlich keine *explizite* Erinnerung an jenen schicksalhaften Tag in Nizza hatte, dass sie ihre Entführung aber trotzdem beinahe täglich wieder durchlebte. Jedes Mal, wenn sie es donnern hörte oder in den Regen geriet oder auf bestimmte Weise berührt wurde, erinnerte sich ihr *Körper* – und reagierte. Mal äußerte sich diese Reaktion in einem Gefühlsausbruch, mal manifestierte sie sich als Fixierung oder Phobie. Oder in einer verdammten Feuersbrunst. Jedenfalls war das alles auf das zurückzuführen, was geschehen war … was wiederum beunruhigende Fragen über Emilys eigene Verhaltensmuster aufwarf. Die Wutanfälle, die Albträume, die Besuche bei Dr. Forte. Die Panikattacken. Das Flattern. Das schwere Objekt auf ihrer Brust. Deshalb fragte sie sich: Was genau durchlebte sie *selbst* noch einmal? Woran erinnerte sich *ihr* Körper?

Als Emily am elften Tag nach ihrer Rückkehr nach England aufwachte, war sie von brennender Zielstrebigkeit erfüllt. Sie stand auf, kleidete sich an und verbrachte den Morgen am Computer ihrer Eltern, wobei sie unzählige Tassen Nescafé trank. Sie kritzelte allerlei auf einen Spiralblock, telefonierte. Dann schnappte sie sich ihren Geldbeutel und nahm den Bus ins Dorf.

Im Supermarkt füllte sie ihren Korb mit Kabeljaufilets, Jasminreis und Feta. Sie kaufte Tomaten, Knoblauch, Zucchini, Auberginen und einen großen Bund Minze sowie die teuerste Flasche Wein im ganzen Laden. An der Self-Service-Kasse hielt sie ihre Karte über das Kartenlesegerät. Diesmal konnte sie, wie nicht anders zu erwarten, problemlos bezahlen.

Dann überquerte sie die Straße zur Bank. Sie reichte ihre eigene abgewetzte Karte durch das kleine Fenster am Schalter und nannte ihre Kontodaten der Bankangestellten, deren zusammengekniffene Lippen und niedergeschlagene Lider in Emily die Frage aufkommen ließen, was für ein Leben sie wohl führen mochte. *Was ist wohl deine Geschichte?* dachte sie, während die Frau mechanisch auf ihrer Tastatur herumtippte. *Welche Geheimnisse verbirgst du vor der Welt?* Jeder hatte sein Päckchen zu tragen, wie sie so langsam erkannte. Die Welt war viel dunkler und komplizierter, als sie je geglaubt hatte.

»Sind Sie sicher, dass Sie das Konto schließen wollen, junge Frau?«, fragte die Kassiererin skeptisch.

Emily nickte.

»Und was wollen Sie mit dem, äh, Guthaben machen?«

Emily sagte es ihr.

Die Kassiererin erbleichte. »Alles?«

»Alles. Das hier«, Emily schob ein Blatt Papier unter der Abtrennung hindurch, »sind die Empfängerdaten.«

Die Kassiererin zog die Augenbrauen hoch und murmelte etwas über Wunder, die es doch immer wieder gab.

Abgesehen von einer gelegentlichen Münze in einen Becher hatte Emily noch nie etwas für wohltätige Zwecke gespendet, und sie hatte das Gefühl, in eine warme Badewanne zu steigen. Sie beschloss, sich auf diese Empfindung zu konzentrieren und nicht auf die leise Stimme, die ihr zuflüsterte: *Was hast du getan, du verrückte, dumme Närrin?*

Das Richtige, antwortete sie der Stimme und schlug ihr im Geiste die Tür vor der Nase zu.

Die Worte des Mannes, mit dem sie vorhin am Telefon gesprochen hatte, waren sehr motivierend gewesen. »Ich wünschte, es gäbe mehr Menschen wie Sie«, hatte er gesagt, als er verstanden hatte, dass das alles kein Scherz war. »Im Namen von Missing People UK danke ich Ihnen von ganzem Herzen.«

Emily verließ die Bank und erhaschte einen Blick auf ihr Spiegelbild in den riesigen viereckigen Fenstern. Sie wirkte irgendwie größer. Leichter.

Wieder in der Küche nahm Emily eine Schere aus der Besteckschublade. Sie zerschnitt Scotts Amex-Karte in vier ordentliche Stücke und warf sie in den Mülleimer. Dann packte sie ihre Einkaufstaschen auf der Küchenanrichte aus. Sie legte die Zutaten in kleine Schüsseln, und zwar in genau der richtigen Reihenfolge, wie sie sie benötigen würde, so wie Nina es ihr beigebracht hatte. Sie trat einen Schritt zurück und sah auf die Wanduhr. Noch über eine Stunde, bis ihre Eltern von der Arbeit nach Hause kamen. *Perfekt*. Noch genug Zeit.

Sie würde ein schönes Abendessen kochen. Sie würde den Wein öffnen. Sie würde Zeit mit ihren Eltern verbringen. Danach … na ja, in Bezug auf das Hinterher hatte sie noch keine Ideen. Sie würde irgendwann wieder Geld verdienen müssen. Sich einen Job suchen. Vielleicht nicht gerade Schauspielerin, aber hoffentlich etwas, das ihr gefiel. Es gab unendlich viele Möglichkeiten da draußen, einige machbarer als andere, aber sie waren alle da. Und sie würde sich ein Leben aufbauen, und zwar ganz allein.

Aber zuerst, bevor all das geschehen konnte, bevor sie überhaupt mit dem Kochen anfangen konnte, musste sie noch etwas anderes erledigen.

Sie schnappte sich ihre Jacke und schlüpfte zur Hintertür hinaus. Die Sonne stand noch hoch am Himmel, aber die Nachmittagshitze hatte beträchtlich nachgelassen und von Norden pfiff eine kühle Brise. Der Herbst nahte, was die britische Öffentlichkeit offenbar sehr erleichterte. Peter zufolge war dieser Sommer der heißeste in der Geschichte der europäischen Wetteraufzeichnungen gewesen, mit mehr Sonnentagen in Folge als je zuvor. Alle hatten es genossen, sagte er, allerdings nur in den ersten paar Wochen; danach hatten sie sich den Regen zurückgewünscht. Manchen Menschen konnte man es eben nie recht machen.

Emily ging den Gartenweg entlang, duckte sich unter dem Bogen mit Wicken hindurch und stieß das Hintertor auf. Sämtliche Häuser auf dieser Straßenseite grenzten hinten an einen gurgelnden Bach und einen öffentlichen Fußweg, der vom letzten Haus bis in die Stadtmitte führte. Sie bog links ab und folgte dem Flüsschen, vorbei an Reihen ordentlich gepflegter Gärten, bis sie den schmalen Betonsteg erreichte, unter dem sie früher auf dem Heimweg von der Schule mit ihren Freunden Stöckchen hatte hindurchschwimmen lassen.

Sie duckte sich unter den grünen Metallgeländern hindurch und kletterte das Ufer hinab, bis sie einen alten, verwitterten Baumstamm erreichte. Er hatte eine weiche Stelle in der Mitte, wo das Holz ganz glatt war. Dorthin setzte sie sich und streckte die Beine aus. Dann holte sie ihr Handy aus der Jackentasche und öffnete die Handyhülle. Sie holte den Papierfetzen heraus, den sie heute Morgen hineingesteckt hatte, glättete ihn und las die Ziffern, die sie auf der Rückseite notiert hatte.

In ihrem Magen wand und schlängelte sich etwas, als sie die Zahlen auf der Tastatur eingab. *Das war's,* dachte sie. Sobald sie auf »anrufen« gedrückt hatte, gab es kein Zurück mehr. Nur eine winzig kleine Bewegung, und alles wäre vorbei.

Sie dachte an Scott. Sie schämte sich inzwischen dafür, wie

sie sich ihm an den Hals geworfen hatte. Es war ihr peinlich zuzugeben, wie sehr sie sich gewünscht hatte, gerettet, auserwählt zu werden. Sie war so blind gewesen. Sie hatte nur das gesehen, was sie hatte sehen wollen, und ihn dadurch zu etwas gemacht, was er nicht war. Sie war verbittert. Fühlte sich verraten. Aber ein winziger Rest Zuneigung blieb dennoch.

Bilder zuckten ihr stroboskopartig durch den Kopf. Sein Gesicht, das von der aufgehenden Sonne beleuchtet wurde, an der Bushaltestelle von La Rochelle. Der Klang seiner Stimme, als sie aus dem Auto gestiegen war. *Denk gut über alles nach, was ich gesagt ha*be. Das Restaurant in London; dieses jungenhafte Lächeln. *Jede noch so winzige Kleinigkeit kann Ihr Leben verändern. Und ehe Sie sichs versehen, ist nichts mehr, wie es einmal war.* Ihr eigenes keksverschmiertes Gesicht, das sich in den blanken Oberflächen seines Büros spiegelte. *Ich glaube, Sie haben uns etwas zu bieten, das wir von keiner Agentur bekommen können.* Und schließlich ihr Magen voller Eiscreme, ihr Herz voller Hoffnung, ihre Hand ausgestreckt, um einen Schlüssel entgegenzunehmen. *Ich hatte recht. Du warst tatsächlich perfekt. Für uns alle.*

Er hatte so viele Hinweise hinterlassen, so viele Fingerzeige. Sie fragte sich, warum sie so lang gebraucht hatte, um sie wahrzunehmen.

Über ihr kreiste ein Vogel am Himmel, und sie folgte ihm mit Blicken. Sie fragte sich, wie es sich wohl anfühlen mochte, dort oben zu schweben, sich genau in dieser Minute in die Luft zu schwingen und davonzufliegen, hoch in den Wolken dahinzusegeln, über Hügel und Straße, Strände und Landzungen. Wenn sie hätte fliegen können, hätte sie nun die Augen geschlossen und sich vom Wind davontragen lassen, wohin er wollte. Sie wäre vielleicht über einen riesigen Ozean und eine weite Waldfläche geflogen, über ein Dach aus Baumkronen, das so dick und dicht war, dass es eine Fortsetzung des Meeres zu sein schien. Beim Hinuntersehen hätte sie vielleicht die nadelfeinen Lichtpunkte gesehen, die durch den Baldachin hindurchschimmerten wie Diamanten in einem Felsen. Und wenn sie näher herangeflogen wäre, hätte sie vielleicht ein Haus sehen können und eine Frau, die auf einem befestigten Felsvorsprung saß, ein Glas eiskalte, flachsfarbene Flüssigkeit in der Hand.

Vielleicht wäre dann ein Mann aus den Schatten neben sie getreten, ein Mann mit braunem Haar und schwarzen Augen. Und er hätte ein Kind auf dem Arm gehabt.

Wenn Emily sich dann ganz weit hätte herabsinken lassen, hätte sie den Mann sprechen hören. *Ich habe sie weinen hören*, hätte er vielleicht gesagt. *Sie hatte einen Albtraum.* Und die Frau hätte die Arme ausgestreckt, alle drei hätten einander umarmt, sodass ihre Köpfe ganz dicht beieinander gewesen wären, der Inbegriff der Liebe. Die perfekte Familie.

Dann hätte Emily sich wieder zurückgezogen, weil sie nicht hätte stören wollen, wäre zum Nachthimmel hinaufgeflogen und hätte dort ihre Kreise gezogen wie Peter Pan. Sie wäre auf den Luftströmen geritten, über noch mehr Wälder und Wasser hinweggeflogen, über gewundene Straßen und den Flickenteppich der Felder, bis sie helle Lichter und hohe Gebäude entdeckt hätte. Sie wäre über Häusern und Wolkenkratzern gekreist, hätte eine weitere Frau entdeckt, eine Frau mit rotem Haar und Fragen, auf die sie nie eine Antwort gefunden hatte. Sie hätte auf einer anderen Art von Felsvorsprung gesessen: einer Betonplatte, von der aus man auf eine stark befahrene Straße hinabblicken konnte. Diese Frau wäre allein gewesen, ihre Arme schmerzhaft leer.

Emily blickte auf ihr Handy hinab. Ihr Daumen zuckte.
Warte. Noch nicht.

Jeden Augenblick würde sich die Welt jetzt verändern. Ihr Leben und das vieler anderer wäre nie wieder wie zuvor. Aber in diesem Augenblick war alles köstlich ruhig und still, als ob jemand auf die Pausetaste gedrückt hätte.

Nur noch ein bisschen, dachte sie. *Nur noch eine Minute.*

Irgendwo hinter ihr hörte sie das Klirren von Besteck und das Klappern von Geschirr. Stimmengewirr drang aus einem geöffneten Fenster, gefolgt von lautem Lachen. Das glückliche Geräusch eines sicheren, behaglichen Zuhauses.

51

Scott

Als sie kamen, um ihn zu holen, befand sich Scott oben im Gästehaus.

Er stand in Emilys altem Schlafzimmer, an den Rahmen der Balkontür gelehnt, und blickte über die unendliche Weite des Ozeans hinaus. Ein Schwarm Stare flog über den Horizont, kreiste und drehte sich in stets wechselnden Mustern, Tausende von Vögeln, die sich zusammenzogen und wieder auseinanderdrifteten wie ein einziger Körper. Mit erhobenen Armen beobachtete er sie fasziniert, imitierte ihre Bewegungen mit den Händen, ließ die Gedanken mit ihnen davonwirbeln, wobei sein mattes Gehirn weder in der Lage war, die ungeheure Schönheit von Mutter Natur zu erfassen noch die riesige Menge von Drogen in seinem Körper.

Vor etwa einer Stunde hatte er Unmengen von Pillen in Ninas Badezimmer gefunden – Valium, nahm er an, aber eigentlich konnte es alles sein – und hatte sich eine Handvoll davon eingeworfen.

Scott hatte nun schon seit Jahren gelitten, aber nie hatte er Medikamente genommen. Er trank – gütiger Himmel, und wie er trank – und er hatte kreative Methoden gefunden, um seinen emotionalen Schmerz zu lindern, deren pinkfarbene, runzelige Male auf seinem ganzen Körper zu finden waren. Aber Medikamente waren immer tabu gewesen, denn das hätte bestätigt, dass sein psychischer Zustand auch nicht besser war als Ninas.

Aber dann hatte Emily ihn verlassen. Oder besser: Sie hatten einander verlassen.

Und er hatte lügen und seiner Frau vormachen müssen, Emily ermordet zu haben, was besonders problematisch war, denn er hatte ein paar sehr komplizierte Gefühle für seine frühere Angestellte entwickelt. Durch Emily hatte er sich wieder jung und aufregend gefühlt, als könne er mit seinem Leben noch einmal von vorn anfangen. Sie hatte ihn an den Mann erinnert, der er früher einmal gewesen war.

Aber jetzt war sie fort, und sie hatte ihm den letzten Rest Hoffnung genommen, dass er sich jemals wieder in diesen Menschen würde zurückverwandeln können. Er war in dieser elenden verdammten Schneekugel für den Rest seines Lebens eingesperrt, würde hier nie wieder herauskommen, egal wie sehr er versuchte, das Glas zu sprengen.

Daher die Pillen. Freude überkam ihn und er tätschelte seine Tasche, erspürte das Päckchen, das er für später darin verstaut hatte.

Scott entdeckte gerade, dass er Valium sehr mochte, falls es tatsächlich Valium war. Er fühlte sich wundervoll ruhig und leicht, dazu kam ein kleines spritziges Prickeln im Blut. Tatsächlich war er so entspannt, dass er spürte, wie seine Füße sich vom Boden lösten. Er erhob sich einen Meter hoch in die Luft, schwebte dort, hüpfte sanft auf und ab wie ein Ballon.

Während er noch höher stieg, kehrte seine Aufmerksamkeit zu den Vögeln zurück. Er fragte sich, ob er vielleicht tatsächlich ein Vogel *sein* könnte. Er war ohnehin etwas anderes als ein Mensch. Seine Haut platzte, schälte sich streifenweise ab und machte schwarzen Federn Platz, die sich wie Stacheln aufrichteten und durch sein zerfetztes Fleisch ragten. Scott sah zu, wie seine Arme schmolzen und sich in riesige schwarze Schwingen verwandelten, die sich hinter ihm ausbreiteten, sodass der Vogelschwarm aufhörte, über ihm vor und zurück zu kreisen, um ihn zu bewundern. Wie ein einziger Vogel drehten sie bei und flogen auf ihn zu, um ihn als einen der ihren in ihren Kreis aufzunehmen.

Scott blinzelte. Die Vögel kamen *tatsächlich* auf ihn zu. Ein wirklich riesiger hatte sich sogar vom Schwarm gelöst und flog geradewegs in seine Richtung, wurde größer und größer und machte dabei ein seltsames Geräusch, ein schreckliches Stampfen und Schwirren. Scott streckte die Hand aus – *bring mich fort, Riesenvogel* – aber ein heftiger Windstoß riss ihn nach hinten, peitschte ihm das Haar aus dem Gesicht, und in diesem Augenblick begriff er, dass er sich geirrt hatte. Das war kein Vogel.

Eine Stimme knarzte durch ein Megaphon. Scott blickte aus luftigen Höhen herab und war überrascht, Menschen zu sehen, die auf dem gesamten Anwesen ausschwärmten, kleine schwarze Wesen, die die Wege auf und ab liefen, die die Blumenbeete verschlangen wie die Ameisen in seinem Büro die Kakerlaken. Er sollte Yves anrufen und ihn anweisen, Insektenvernichtungsmittel zu sprühen.

Aber dann fiel ihm wieder ein, dass Yves seine Familie genommen und ohne ein Wort verschwunden war. Scott war in seinem Haus gewesen und hatte es leer wie ein Mausoleum vorgefunden. *Touché, mein Freund*, hatte er gedacht, als er über die leeren Bodendielen hinwegblickte.

Wieder ein merkwürdiger Laut; irgendetwas heulte auf. Das Tor am Ende der Auffahrt war aufgeschwungen, und Autos strömten hindurch, auf denen hübsche Lichter blitzten. Sie hielten vor dem Familienhaus, und weitere Wesen schwärmten aus.

Eine Frau schritt in ihrer Mitte und bellte Befehle, eine Frau in Uniform mit kurz geschnittenem dunklen Haar und einer dick umrandeten Brille. *Die Ameisenkönigin*, dachte Scott.

Mit unbeteiligter Neugier beobachtete er, wie die Dinge ihren Lauf nahmen. Er sah, wie die Ameisenkönigin in ihr Handy sprach, wie ihre Ameisenarmee in sein Heim hinein- und wieder herausströmte, wie sie sich aus der Eingangstür ergoss wie aus dem Mund eines Leichnams. Er beobachtete, wie sie seine Frau fortschleppten, wie sie sich widersetzte und heulte, ihren wunderschönen Kopf von einer Seite zur anderen warf, das Gesicht rot und verzerrt wie das eines Neugeborenen. Nina schlug so heftig um sich, dass die Ameisen in sämtliche Richtungen gestoßen wurden; sie hatten Mühe, sie festzuhalten, und ihre Wangen waren feucht von ihrer Spucke. Sie schrie, und ihre Zähne blitzten weiß.

»Aureeeeeliaaaaaaa.«

Dann erschien Aurelia selbst, und Scott spürte einen dumpfen Schlag in die Magengrube, ein plötzliches Absacken, das ihn an Fahrgeschäfte in Freizeitparks denken ließ.

Aurelia schrie, als wolle man sie zum Galgen führen, ihre kleinen Finger krallten und kratzten, ihre Füße traten nach allem, was sie erwischen konnte. Sie vergoss schockierte, hysterische Tränen und warf den Kopf in den Nacken, um ihren Schrecken in den Himmel zu schreien.

Nina streckte ein letztes Mal die Hand nach dem Geist ihres toten Kindes aus, bevor die Ameisen sie auseinanderzwangen und mühsam in getrennte Polizeiautos verfrachteten. Sie schoben die Türen zu, als rollten sie einen Stein vor eine Grabstätte.

Und auf all das sah Scott herab: unbeteiligt, unverwundbar. Inmitten des Chaos richtete die Ameisenkönigin ihren Blick auf

seine geflügelte Gestalt, und einen Augenblick lang war er überwältigt, als hätte ihr Blick sein Innerstes nach außen gekehrt.

Die Ameisenkönigin öffnete den Mund, streckte ihm die
Handfläche entgegen. *Stopp*, befahl sie.

Als sie losrannte, riss Scott den Blick von ihr fort und richtete ihn stattdessen auf die majestätische Fläche des Ozeans. Er
ertappte sich dabei, dass er nicht an einen Ausweg für sich selbst
dachte, sondern an Emily. Er konnte sie noch immer in seinen
Armen spüren, hatte noch immer ihre Stimme im Ohr. *Warum
hast du mich hierhergebracht?*, hatte sie gefragt. Damals war ihm die
Antwort einfach vorgekommen. Er hatte sie eingestellt, weil er
Hilfe brauchte. Weil sie ein schwacher, leicht beeinflussbarer
Mensch war, der keine Fragen stellen würde, eine verlorene
Seele, die gefunden werden wollte. Er erinnerte sich, wie begeistert er gewesen war, als er jenen orangefarbenen Umschlag in
seinem Büro geöffnet hatte. Als er die Gerichtsprotokolle gelesen hatte, den Bericht des Jugendamtes, das von der Psychologin entworfene Profil, da hatte er gewusst, dass er den Jack-
pot geknackt hatte. Er hatte den einen Menschen auf der Welt
gefunden, der *verstehen* würde, der eine Verbindung zu seiner
Familie herstellen und ihre Gedankengänge nachvollziehen
konnte.

Aber wie er da so mit ausgestreckten Armen auf dem Balkon
stand, traf ihn die Wahrheit mit einer Klarheit so hart wie ein
Diamant. Er hatte von Anfang an das Pferd beim Schwanz auf-
gezäumt. Emily war in der Tat die Richtige gewesen, aber nicht
weil sie sie *unterstützen* würde, sondern weil sie es eben *nicht* tun
würde. Sie würde sich mit Aurelias Erfahrungen zwar identifizieren, sie aber gleichzeitig zutiefst verabscheuen. Sie würde
den Albtraum als das erkennen, was er war. Und sie würde ihn
beenden.

Ohne es zu wissen, hatte er Emily *dafür* eingestellt. Er hatte ihr Herz gesehen und gewusst, dass sie das tun würde, wozu er niemals fähig gewesen wäre.

Scott spürte, wie seine Zehen sich um etwas Metallisches krallten. Er sah hinab und entdeckte, dass seine Füße auf dem Geländer balancierten – sie sahen absolut nicht aus wie die eines Vogels, hatten keine Klauen, sondern waren blassrosa und fleischig wie Mäusebabys.

Es ist vorbei, dachte er, als er Getrappel auf der Treppe hörte.

Und überrascht stellte er fest, dass er nicht traurig war. Er war nicht wütend, hatte keine Angst und spürte auch kein Bedauern.

Er fühlte sich frei.

EPILOG

Emily fand ihre Eltern im Garten vor. Sie saßen auf der Terrasse unter dem Kirschbaum, leere Teller vom Abendessen vor sich auf dem Tisch. Juliet las gerade laut aus einer Zeitung vor, die Seiten dem grellen Schein einer Campinglaterne zugeneigt; Peter hatte sich auf seinem Stuhl zurückgelehnt, die Hände über dem Bauch verschränkt.

»Alles okay, Liebes?«, fragte er und musterte sie über den Rand seiner Brille hinweg. »Du siehst etwas käsig aus.«

Emily holte tief Luft, denn ihr schwirrte der Kopf vor Fragen. *Hier ist sie*, dachte sie. *Die perfekte Gelegenheit zu fragen.*

Schon früh ging der Vollmond auf, bleich hing er zwischen den Zweigen des Baumes. Emily betrachtete das Gesicht ihrer Mutter, ihre Hände, erinnerte sich daran, wie Juliet sie früher immer zu Bett gebracht hatte, sie aufgehoben hatte, wenn sie hingefallen war, geklatscht hatte, wenn sie etwas Neues gelernt hatte. Die Augen ihres Vaters, einst strahlend blau, hatten ihr zugesehen, wenn sie lachte und weinte, tanzte und rannte, scheiterte und Erfolg hatte. Jetzt hingen weiche Tränensäcke darunter wie bläuliche Pflaumen, und seine Wangen waren gesprenkelt von geplatzten Äderchen. Wann war er so alt geworden?

Sie erkannte, wie egoistisch sie gewesen war. Sie hatte ihre Eltern wie Ungeheuer behandelt, während sie doch eigentlich nur ein bisschen nervig waren, wahrscheinlich auch nicht mehr als andere Eltern. Es stimmte nicht, dass sie nie zuhörten; Emily hatte ihnen nur nie die Gelegenheit dazu gegeben. Nun, diese Gelegenheit war jetzt gekommen. Jetzt und hier.

»Du hast recht«, antwortete sie. »Ich fühle mich nicht allzu wohl. Aber weißt du, was dazu beitragen könnte, dass ich mich besser fühle?«

»Was denn, Schatz?«

Beinahe hätte sie es ausgesprochen. Sie war so kurz davor. *Was ist mir zugestoßen? Woher komme ich? Wer bin ich?* Aber als sie Juliets zärtlichen Gesichtsausdruck sah, besann sie sich eines Besseren. Ihre Eltern hatten ihr Bestes getan, und es ging ihr gut. Es war ja nicht so, dass etwas mit ihr nicht stimmte, dass sie einen schlechten Kern hatte. Zugegeben, sie hatte ein paar Probleme, aber die Krise hatte sie überstanden, und das würde sie wieder schaffen, wenn es sein musste. Sie war jetzt kein Opfer mehr. Vielleicht war es manchmal besser, die Dinge auf sich beruhen zu lassen.

Emily lächelte. »Eine hübsche Tasse Tee.«

»Großartige Idee«, antwortete Peter. »Setz doch bitte schon mal den Kessel auf, Liebes.«

Emily kehrte zum Haus zurück. Als sie die Hintertür erreichte, drang Juliets Stimme zu ihr herüber. »In der Dose sind noch Kekse, Schatz. Deine Lieblingsplätzchen.«

Emily blieb stehen, die Finger auf der Türklinke. Irgendwo in ihrem Inneren verlagerte sich etwas. Nachdem sie jahrelang herumgeirrt war, um die einzelnen Mosaiksteinchen ihres Lebens aufzusammeln, war es auf einmal, als hielte sie sämtliche Teile endlich in den Händen. Und obwohl sie nicht die leiseste Ahnung hatte, wie sie zusammenpassten, wusste sie, dass sie es eines Tages herausfinden würde.

»Danke Mum«, rief sie.

Sie hob das Gesicht gen Himmel und beobachtete, wie violette Wolken miteinander verschmolzen und sich wieder trennten, wie sie geräuschlos über den Himmel trieben und einen blassen Teppich aus winzigen blinkenden Lichtern enthüllten.

Die Sterne kamen heraus.

ANMERKUNGEN DER AUTORIN

Zunächst einmal möchte ich Ihnen von ganzem Herzen danken, dass Sie *Gewittermädchen* gelesen haben. Während des Entstehungsprozesses machte ich mir unaufhörlich Gedanken, ob ich den Roman auch perfekt hinbekommen würde; aber irgendwann während der dritten Fassung machte eine gute Freundin eine Bemerkung, die mich zum Nachdenken brachte.

»Dein Buch wird niemals perfekt sein«, meinte sie.

»Danke«, erwiderte ich.

»Lass mich ausreden«, sagte sie. »Es wird erst perfekt sein, wenn es seine Leser gefunden hat.«

Ich war verwirrt. Sicherlich findet ein Buch nur dann Leser, wenn es auch veröffentlicht wird, und warum sollte irgendjemand ein mangelhaftes Werk publizieren? Heute aber glaube ich, dass meine Freundin Folgendes meinte: Selbst die brillanteste, perfekt überarbeitete Geschichte ist nur halb fertig, solange sie nicht gelesen wird. Vervollständigt wird sie dann durch die Gedanken der Person, die das Buch zur Hand nimmt.

Deshalb bin ich Ihnen, liebe Leser, unendlich dankbar dafür, dass Sie sich für mein Buch entschieden haben. Dadurch haben Sie es zwar immer noch nicht perfekt gemacht (Perfektion ist, wie ich gelernt habe, nichts weiter als ein Mythos), aber Sie haben es vollendet. Ich hoffe sehr, dass es Ihnen gefallen hat. Ich freue mich, wenn Sie mir Ihre Gedanken mitteilen wollen. Schreiben Sie mir eine E-Mail, oder schicken Sie mir einen Gruß über die sozialen Medien. Kaum etwas genieße ich mehr, als eine Unterhaltung über ein Buch.

Apropos: Ich möchte mir kurz Zeit nehmen, um zu erklären, wie *Gewittermädchen* entstanden ist. Denn indirekt hat es auch *mich* vollendet.

In meiner Familie gab es jede Menge Geschichtenerzähler, die meine Kindheit prägten. Drama gehörte quasi zu meinem täglich Brot. Zudem war ich ein kreatives Kind und immer schon eine absolute Leseratte. Aber am meisten gefiel mir das Schreiben. Im Alter von zehn Jahren wurde ich jedoch ernsthaft vom Theatervirus infiziert.

Jahrelang hatte ich nur das eine Ziel vor Augen, meine Karriere als Schauspielerin voranzutreiben. Sie war mein Lebensinhalt, mein Markenzeichen. Ich war das *Mädchen auf der Bühne*. Nichts genoss ich mehr als die Proben, und nirgends fühlte ich mich mehr zu Hause als im Theater. Ich arbeitete hart, um meinen Traum zu verwirklichen, eine professionelle Schauspielerin zu werden, und ich hatte tatsächlich Erfolg. Nach meinem Abschluss an der Schauspielschule fand ich Anstellungen sowohl beim Theater als auch beim Fernsehen – aber der Weg war steinig, und es stellte sich heraus, dass ich mit den Unwägbarkeiten, mit denen er mich konfrontierte, nicht gut klarkam. Die Unsicherheit dieses Jobs warf mich aus der Bahn und brachte ein hohes Maß an Angst und Einsamkeit mit sich. Letztlich überforderte mich das, und mit meiner Karriere ging es bergab. Nun war mir das genommen worden, was ich immer für meinen Lebenssinn gehalten hatte, und ich kam mir verloren und wertlos vor. Also tat ich 2008 das einzig Vernünftige und lief davon. (Kommt Ihnen das bekannt vor?)

Ich ging auf Reisen. Ich lebte auf einem schneebedeckten Berg, schwamm im Roten Meer. Ich stieg zu Tempeln hinauf und ritt auf Pferden. Ich verliebte mich in einen großen, gut aussehenden Australier, der eines Tages sogar mein Ehemann wurde, und gemeinsam jagten wir, wann immer es möglich war, dem Abenteuer hinterher.

Eines dieser Abenteuer führte uns zu einer vierköpfigen englisch-amerikanischen Familie. Wir kümmerten uns um ihr spektakuläres Urlaubsdomizil an der Atlantikküste Frankreichs. Es hätte kaum schöner sein können: Die Arbeit war entspannt, und unsere Arbeitgeber waren warmherzig, witzig und ungeheuer großzügig (wir sind bis heute miteinander befreundet). Ich möchte betonen, dass dort nichts Unheilvolles geschah und dass die Charaktere in diesem Buch auch absolut nichts mit ihnen zu tun haben. Auch die Menschen, mit denen wir während unseres Aufenthalts dort in Kontakt kamen, finden sich nicht in diesem Buch wieder. Aber das Anwesen war wirklich außergewöhnlich. Dort zu leben, eröffnete uns eine andere Welt, und es war so abgelegen, dass wir ganz und gar für uns waren. Wir waren mehr oder weniger von der Bildfläche verschwunden. Ich erinnere mich, wie ich damals dachte: *Hier könnte alles passieren, und niemand würde je davon erfahren.*

Sonnenschein, Freiheit, Romantik ... wegzulaufen hatte sich für mich als Segen erwiesen. Trotzdem nagte der Gedanke an mir, wie lange ich so weitermachen konnte. Was würde passieren, wenn ich das Reisen aufgab, was unweigerlich irgendwann sicher der Fall sein würde? Was würde ich dann tun? Wer würde ich sein? Einerseits genoss ich jetzt die beste Zeit meines Lebens, andererseits hatte ich Angst. Indem ich vor meinen Problemen davongelaufen war, hatte ich vieles von mir selbst zurückgelassen.

Ich spule im Schnelldurchlauf vor bis 2016, das Jahr, das mich beinahe umgebracht hätte. Ich lebte nun in Australien mit meinem wundervollen Ehemann und zog zwei wunderschöne Kinder groß. Wir hatten uns in einem idyllischen Küstenort ein hübsches Leben aufgebaut – aber aus irgendeinem Grund verlor ich den Boden unter den Füßen. Als ich auf dem Tiefpunkt war, fand ich mich auf dem Treppenabsatz vor dem Kinderzimmer meines Jüngsten wieder, zusammengerollt zu einem Ball und vollkommen bewegungsunfähig. Mein Baby schrie in seinem Bettchen, genau wie mein Kleinkind im Zimmer nebenan, aber ich schaffte es einfach nicht, zu ihnen zu gehen. Ich hatte einen völligen Zusammenbruch, nur weil meine Kinder nicht einschlafen wollten. Anscheinend waren meine Panikattacken wieder da.

Schließlich raffte ich mich vom Boden auf, um einen Termin bei einer Psychologin zu machen. Sie besuchte ich viele Monate lang. Seien Sie nett zu sich selbst, pflegte sie nach jeder Sitzung zu sagen. Nehmen Sie sich eine Auszeit, um die Dinge zu tun, die Sie lieben. Entspannen Sie sich. Ruhen Sie sich aus. Laden Sie Ihre Batterien wieder auf. Aber ich wollte eigentlich nur eines: arbeiten. Allerdings nicht einfach irgendetwas; ich hatte bereits einen Teilzeitjob, der mich aber in keiner Weise ausfüllte. Ich war vollkommen durcheinander. Abseits von Mittagsschläfchen und Stillen hatte ich vollkommen vergessen, wer ich war. Ich hatte mich so weit von mir selbst entfernt, dass ich keine Ahnung hatte, wie ich zurückgelangen konnte.

Ich vermisste das Geschichtenerzählen, aber ich konnte mich einfach nicht mehr aufraffen, auf die Bühne oder vor die Kamera zu treten. Also beschloss ich, es mit einer anderen Variante der Kreativität zu versuchen: einer ruhigeren Methode, um meine Geschichten zu erzählen, ganz allein, nur für mich.

Zuerst war das ganz schön schwer. Ich hatte keine Ahnung von dieser Tätigkeit, und zwischen meinem Job und den Kids (mein Mann arbeitete Vollzeit) hatte ich nur wenige Gelegenheiten zum Lernen. Ich las ein paar Bücher über kreatives Schreiben, hörte mir ein paar Podcasts an und war total eingeschüchtert. Ich schrieb eine Szene. Sie war schrecklich; ich warf sie fort. Und die postnatalen Panikattacken wollten auch nicht einfach so wieder verschwinden. Ich hatte schreckliches Heimweh nach meiner Familie und meinen Freunden auf der anderen Seite des Globus, und ich machte mir endlose Sorgen um meine Kids. Ich war wie besessen von dieser Geschichte in den Nachrichten, die sich ein paar Jahre zuvor zugetragen hatte – Sie wissen schon: ein kleines Mädchen, das aus einer europäischen Feriensiedlung verschwand und nie wieder auftauchte. Ich googelte diese Geschichte immer wieder. Ich wurde von der irrationalen Angst erfasst, dass meinen Kindern irgendetwas Schreckliches zustoßen würde, wenn ich gerade nicht hinsah, dass jemand sie entführen würde.

Aber einer der Vorteile, wenn man gerade Mutter geworden ist und jene Grauzone zwischen Realität und etwas anderem betritt, besteht darin, dass die Fantasie noch unverbraucht ist und hohe Wellen schlägt. Ich schrieb also noch eine Szene, die besser war als die letzte. Und dann schrieb ich wieder eine … und noch eine. Ich nutzte die seltenen Gelegenheiten, wenn meine Kinder schliefen. Ich stand morgens um 4.30 Uhr auf. Bei der Arbeit kritzelte ich im Hinterzimmer schnell Notizen. Innerhalb von sechs Monaten hatte ich 25 000 Wörter eines Romans zusammen. Und was noch viel wichtiger war: Ich war glücklicher. Ich schlief besser, war weniger abgelenkt, kam besser mit dem Leben klar. Und das Beste von allem: Ich genoss das Zusammensein mit meinen Kindern wieder.

An diesem Punkt hatte ich noch keine langfristigen Pläne. Ich liebte das Schreiben nur um des Schreibens willen. Ich liebte es, Figuren zu erschaffen und ihre Stimmen in meinem Kopf zu hören. Ich liebte das Gefühl der Kontrolle und des Erfolgs, wenn mir eine Szene gelungen war. Das half mir, meine Ängste zu kanalisieren, und gab meinem Herzen den Freiraum, den es brauchte, um sich zu weiten. Es war gar nicht notwendig, dass meine Tätigkeit zu irgendetwas führte, denn diesmal war meine Kreativität nicht mein *Lebensinhalt*. Sie half mir einfach nur weiterzuleben.

Aber dann, 2017 bei einem Literaturfestival in Sydney, hatte ich das, was ich nur als meinen »großen Augenblick« bezeichnen kann. Ich hatte mich bei einem Autorenworkshop angemeldet, den eine Lektorin von einem namhaften Verlag leitete. Ich tat es, weil es mir Spaß machte und um mich weiter zu motivieren, aber am Ende des Kurses äußerte die Lektorin Interesse an meiner derzeitigen Arbeit. Sie meinte, die Geschichte habe Potential. Und plötzlich machte es Klick. Ich wusste, dass es jetzt Zeit wurde, die Sache mit einem gewissen Ernst weiter zu betreiben. Als ich den Raum verließ, war ich von einem Hochgefühl und unbeschreiblicher Energie erfüllt.

Nachdem ich abends zu meinem Mann nach Hause zurückgekehrt war, fragte ich ihn, ob wir ein paar Dinge in unserer Familie verändern könnten, um Zeitfenster zu schaffen, in denen ich mich dem Schreiben vernünftig widmen konnte. Also so, als sei das *meine Berufung*.

»Klar«, antwortete er. »Ich glaube, das kriegen wir hin, wenn es das ist, was du wirklich willst.«

»Ja«, antwortete ich. »Das will ich wirklich.«

Drei Jahre später stehen wir hier. Es *ist* meine Berufung. Den Beweis halten Sie in Händen. Das Leben ist immer noch kompliziert, denn das ist es immer, und ich bin immer noch die gleiche Frau wie früher. Aber jetzt habe ich etwas, das ich noch nie hatte. Ein gewisses inneres Gleichgewicht.

Das, und ein Buch.

Und diese beiden Dinge finde ich so wunderbar, dass mir … die Worte fehlen.

Na ja, *beinahe*.

DANKSAGUNGEN

Es ist mir eine Ehre, und ich betrachte es als Privileg, an dieser Stelle all die phänomenalen Menschen erwähnen zu dürfen, die sich auf das Wagnis eingelassen, das Potential in meinem Manuskript erkannt und hart gearbeitet haben, um dieses Buch zu realisieren. Leute, ihr habt mein Leben verändert. Euretwegen sind sowohl mein Roman als auch ich selbst erheblich besser geworden.

Von ganzem Herzen danke ich meinen außergewöhnlichen Agentinnen: Tara Wynne, deren Rat, Freundschaft und Durchsetzungsvermögen mir ungeheuer viel bedeuten, und Hillary Jacobson, deren unermüdlicher Fleiß und deren unerschütterlicher Glaube an mich mir jeden Tag aufs Neue wie ein Wunder vorkommen. Ich werde nie erfahren, warum ich so viel Glück hatte, ausgerechnet an euch beide zu geraten. Ein ganz besonderes Dankeschön schicke ich auch dem übrigen Team bei Curtis Brown Australia und ICM Partners für sämtliche Unterstützung. Zudem gilt meine ewige Dankbarkeit der absolut hinreißenden Katie Greenstreet bei C+W sowie Kate Cooper und den Mitgliedern der Lizenzabteilung bei Curtis Brown UK.

Danke an meine außergewöhnlichen Verleger auf der ganzen Welt. Bei Affirm Press hätte ich es niemals ohne die Expertise von Martin Hughes geschafft, dessen sensationelle Leidenschaft und dessen riesigen Enthusiasmus man nur nachvollziehen kann, wenn man beides aus erster Hand erlebt hat. Sowohl er als auch Ruby Ashby-Orr haben sich als rigorose, aber gleichzeitig auch einfühlsame Lektoren erwiesen, die ich genauso nötig hatte wie mein Buch. Keiran Rogers und Grace Brenn geleiteten mich mit großer Fürsorge und Weisheit durch die Verlagswelt. Alles Liebe für dieses fantastische Team – ich bin überglücklich, mit euch zusammenarbeiten zu dürfen.

Bei Minotaur Books gelang es Catherine Richards irgendwie, mich davon zu überzeugen, dass sie während dieser ganzen Reise an meiner Seite war, obwohl sie doch viele tausend Kilometer entfernt saß. Für ihre Anleitung, Großzügigkeit und ihr redaktionelles Adlerauge bin ich ihr unendlich dankbar. Außerdem geht mein Dank an Nettie, Hector, Joe, Steve, Kelley und alle anderen Mitglieder des Teams, die stets vollen Einsatz zeigten.

Ein herzliches Dankeschön gilt Eve Hall, einer Kollegin von unschätzbarem Wert. Unsere Zusammenarbeit habe ich sehr genossen. Außerdem danke an Hodder and Stoughton für ihren Input und dafür, dass sie an mich glaubten (besonders Ellie Wheeldon, die mich in Sachen Audiobook ermutigte!).

Mein Dank gilt auch der Gesamtheit der Autorengemeinschaft (noch nie habe ich Menschen getroffen, die einen dermaßen unterstützen) und meinen Kurskollegen und Beta-Lesern beim Curtis Brown Kurs für kreatives Schreiben. Eure Solidarität, Motivation und Inspiration waren für mich unendlich wertvoll. Ein ganz besonders großes Dankeschön an Polly Crosby, Paula Arblaster, Ben Jones, Jo Kavanagh, Carol Barnes-Burrell, Kristy Gillies und Matt Telfer, von dem der Titelvorschlag stammt.

Zutiefst dankbar bin ich auch meinen früheren Arbeitgebern, deren Namen ich an dieser Stelle nicht nenne, deren atemberaubendes Haus jedoch die inspirative Quelle für *Querencia* war. Euch beiden herzlichen Dank.

Aber mein Dank gilt auch meinen vorherigen Brötchengebern, Richard Pettigrew und Chris Becker, die mich nicht feuerten, obwohl ich mehrfach dabei ertappt wurde, dass ich während der Arbeitszeit an meinem Roman schrieb.

Ohne meine Familie und meine Freunde jedoch wäre ich verloren gewesen. Ein besonderes Dankeschön geht an Aoife Searles, Sarah Edwards und Sophie Devonshire, die meine ersten Entwürfe lasen; ferner an Beth Vuk, die mir meine Fragen zur kindlichen Psychologie beantwortete, an Abi Campbell für die medizinischen Ratschläge; an Candice Boyd und Jackie Lollback, weil sie mich stets ermutigten – weit mehr, als ich erwartet hätte; an Carly, Annabel, Caitlin und Polly, weil sie immer für mich da waren.

Danke an meinen Stiefvater Charlie, an meine Stiefmutter Liz und meine Schwiegereltern Bev und Pete, an meine Großeltern Jo und Ken, die mir immer versicherten, dass ich es schaffen konnte (und anscheinend auch immer wussten, dass ich es schaffen *würde*); an meinen Dad Robert, dem ursprünglichen Geschichtenerzähler, an meine Mum Heather, die im Grunde dafür sorgt, dass meine Welt sich weiter dreht; und an Lu, meine Schwester, meine beste Freundin und Muse.

Schließlich und endlich danke ich meinen erstaunlichen, klugen, witzigen und wunderschönen Kindern, Jack und Daisy, die meine Welt auf den Kopf stellten und mich auf diese Weise zwangen, mir ein größeres, helleres und viel glücklicheres Leben aufzubauen. Ich liebe euch, Kinder. Last but not least will ich meinem Mann danken, Matt, der mein Ein und Alles ist und ohne den nichts von all dem jemals möglich gewesen wäre.

Packend. Abgründig. Schockierend.

Samantha M. Bailey, *Nur ein Schritt*
ISBN 978-3-453-36065-5 · Auch als E-Book

»Nimm mein Kind!«, sagt die Fremde und stürzt vor den einfahrenden Zug. Morgan steht fassungslos mit dem Baby in den Armen am Gleis. Schnell gerät sie in Verdacht, nicht so unschuldig und ahnungslos zu sein, wie sie aussagt. Denn sie wünscht sich schon lange ein Kind. Doch wie konnte die Fremde das wissen? Und wieso hat sie Morgan in ihrem Testament berücksichtigt, obwohl sie einander noch nie begegnet sind? Morgan muss die Wahrheit herausfinden. Dabei stößt sie auf jemanden, der für die Erreichung seiner Ziele töten würde...

Leseprobe unter diana-verlag.de

DIANA